INES THORN

Die Strandräuberin

atb aufbau taschenbuch

INES THORN wurde 1964 in Leipzig geboren. Nach einer Lehre als Buchhändlerin studierte sie Germanistik, Slawistik und Kulturphilosophie. Sie lebt und arbeitet in Frankfurt am Main.
Als Aufbau Taschenbuch sind von ihr die Sylt-Romane »Die Walfängerin« sowie »Ein Stern über Sylt« lieferbar; bei Rütten & Loening ist erschienen: »Ein Weihnachtslicht über Sylt«.

Es ist die Zeit der Walfänger und Strandräuber. Das Leben ist hart auf Sylt – besonders für Frauen, die sich alleine durchschlagen müssen. Seit dem Tod ihrer Eltern ist für Jördis die Kate ihrer Großmutter Etta in Rantum ihr karges Zuhause. Die beiden leben von Strandräuberei und davon, dass sie den Insulanern heimlich die Zukunft weissagen – mit ihrem Runenorakel, denn sie hängen dem alten nordischen Glauben an. Misstrauisch vom Pfarrer des Ortes beäugt, geht Jördis ausgerechnet mit dessen Tochter Inge eine Freundschaft ein. Als sie gesteht, dass sie in Arjen, den jungen Schmied, verliebt ist, zerbricht die Freundschaft, denn auch Inge hofft, dass Arjen ihr die Ehe anträgt. Doch der Schmied gesteht Jördis seine Liebe. Sie beschließen, vor dem nächsten Biikebrennen zu heiraten. Aber alles kommt anders, als in der Kirche ein Kreuz von der Decke fällt und ein heftiger Sturm die Insel heimsucht. Der Pfarrer findet sofort die Schuldigen: Jördis und ihre Großmutter sollen Hexen sein.

INES THORN

Die Strandräuberin

HISTORISCHER ROMAN

atb aufbau taschenbuch

MIX
Papier aus verantwortungsvollen Quellen
FSC® C083411
www.fsc.org

ISBN 978-3-7466-3401-2

Aufbau Taschenbuch ist eine Marke der
Aufbau Verlag GmbH & Co. KG

1. Auflage 2018

Die Originalausgabe erschien 2017 bei Rütten & Loening, einer
Marke der Aufbau Verlag GmbH & Co. KG
Umschlaggestaltung www.buerosued.de, München
unter Verwendung eines Bildes
von © Arcangel Images / Maria Heyens
Gesetzt aus der Baskerville und der Aldus
durch Greiner & Reichel, Köln
Druck und Binden CPI books GmbH, Leck, Germany
Printed in Germany

www.aufbau-verlag.de

Sylt 1711

Prolog

Es war Herbst geworden. Die Frauen der Seefahrer stellten sich im Morgengrauen auf die Dünen und hielten Ausschau nach den Schmackschiffen, die von Amsterdam oder Hamburg her kamen und ihre Ehegatten, Brüder, Liebsten oder Väter an Bord hatten. Alles Männer, die auf Walfang gewesen waren. Im Februar, nach dem großen Biikefeuer und dem Petritag, waren sie aufgebrochen, waren den Sommer über bis nach Spitzbergen oder Grönland gesegelt und hatten Wale gefangen. Sie waren in Stürme geraten und in Packeis, sie waren auf kleinen Schaluppen nahe an die Riesen des Meeres herangerudert und hatten unter Einsatz ihres Lebens Harpunen auf die Wale geworfen, sie hatten die toten Tiere zum Mutterschiff gezogen und waren dann halsbrecherisch auf ihnen herumgeklettert, um den Speck von den riesigen Knochen zu lösen. Sie hatten gefroren, sie hatten geschwitzt, sie hatten gelacht und geflucht und waren nun froh, wieder nach Hause zu kommen. Es herrschte gute Stimmung auf den Schmackschiffen. Die Männer hatten die Taschen voller Geld, die Seemannskisten mit Geschenken gefüllt und freuten sich auf einen Winter, den sie mit Frauen und Kindern am warmen Ofen verbringen konnten.

Das zumindest hofften die Frauen, die auf den Dünen standen. Manch eine hatte die Bibel in der Tasche, umklammerte vielleicht auch ein kleines Holzkreuz, denn es war ungewiss, ob ausgerechnet ihr Mann nach Hause kommen würde. Brachen im Februar hundert Männer auf, so kamen nur siebzig von ihnen zurück, und jede Frau fürchtete, dass sie bald einen Sarg und eine Totenfeier in Auftrag geben musste.

Der Sturm, der sich schon durch kräftiges Wetterleuchten angekündigt hatte, war am Tag über die Insel gefegt, hatte den Sand wirbelnd durch die Luft geschleudert und das Dünengras niedergedrückt. Die kurzen Wogen trugen weiße Kappen, dann raste und schäumte das Meer und warf die hohen Wellen auf das Ufer hinauf bis zum Spülsaum und weiter bis zu den Fischerbooten, die am Fuße der Dünen lagen und mit Pflöcken und Stricken festgemacht worden waren.

Als die Dämmerung eingesetzt hatte und der Sturm so gewaltig brüllte, dass man sein eigenes Wort nicht mehr verstehen konnte, zog sich Niels Taken, der Strandvogt von Rantum, seine Öljacke an, stülpte sich eine abgewetzte Seehundsmütze auf den Kopf, steckte sich ein Stück Brot und einen Apfel in die Tasche und begab sich zu seinem Nachbarn.

»Es wird schlimm werden heut Nacht«, erklärte er dem Nachbarn und sah besorgt zum Himmel hinauf. »Zwei Mann wenigstens sollten in den Dünen Wache halten.«

Everett, der Nachbar, kratzte sich im Nacken. »Bei

dem Wetter kein Vergnügen«, knurrte er. »Es ist kalt, nass und dunkel. Und mein Weib ist weich und warm.«

Der Strandvogt nickte. »Recht hast du, aber bedenke: Wenn wirklich ein Schiff strandet, dann bist du der Erste vor Ort.«

Everett wiegte nachdenklich den Kopf, dann rief er seinen Hund, ein großes, schwarzzottiges Tier, zog sein Ölzeug an, und schon bald danach lagen die beiden Männer in den Dünen und suchten Schutz in einer Kuhle. Es war bitterkalt, der Wind biss in Wangen und Ohren, warf den Sand wie Spielzeug hin und her. Das Meer brüllte so laut, dass man sein eigenes Wort kaum verstehen konnte, und der Sturm heulte wie ein hungriges Wolfsrudel.

Niels Taken zeigte mit dem Finger nach links. »Siehst du die dunkle Ecke dort, den Abhang, der so jäh bis zum Meer hinunter fällt? Nun, da ist schon manches Schiff zerbrochen. Ich habe in den letzten Nächten dort Lichter gesehen. Flackernde, tanzende Lichter. Du weißt, wenn die Lichter tanzen, wird ein Schiff zum Wrack. Nun, heute Nacht ist es wohl soweit. Am Mittag sah ich in Südwest eine gewaltige Brigg. Wenn sie mit dem Wind fährt, dann wird sie noch heute Nacht hier stranden.«

»Ich weiß schon, Strandvogt«, erwiderte Everett. »Man sagt von dieser Ecke, dass sie die Schiffe anzieht wie ein Magnet das Eisen. Und in den letzten Jahren hat sich das bestätigt. Wann immer ein Schiff gestrandet ist, so geschah es gerade hier. Mein Vater noch hat an dieser Stelle Korn angebaut, doch im Laufe der Jahre hat das Meer sein Land verschlungen. Aber das Meer ist gerecht; es wird mir und den Meinen den Schaden schon ersetzen. Wo es nimmt, da gibt es auch.«

Der Strandvogt warf Everett einen Blick zu. »Ja, das Meer ist gerecht. Und die Strandordnung ist es auch. Wer sich Strandgut aneignet, den trifft der Arm des Gesetzes.«

Everett lachte leise. »Der Arm des Gesetzes ist manchmal nicht sehr lang. Die meisten Strandräuber sind arm. Wenn man sie vor dem Winter ins Gefängnis setzt, so tanzen sie vor Freude, denn sie haben zu essen und zu trinken und einen trockenen Platz zum Schlafen.«

Plötzlich schlug der Hund an. Doch sein Gebell ging im Getöse des Sturmes unter.

»Es ist soweit«, erklärte der Strandvogt. Er erhob sich halb aus der Kuhle und spähte hinunter zum Strand. Dort sah er im letzten Schein des allmählich verblassenden Mondes, der sich nur hin und wieder hinter jagenden Wolkenfetzen verbarg, dunkle Gestalten über den Strand huschen. »Sie sind schon da, Nachbar. Sie wissen genauso gut wie wir, dass es heute eine Strandung geben wird.«

Everett hatte nach vorn geblickt, die Augen zusammengekniffen. Nun zeigte er mit dem Finger. »Da, da hebt sich was aus den Wellen. Da, inmitten des dunstigen Schaumes. Ich kann die Umrisse sehen. Es ist ein Schiff.«

Der Strandvogt spähte ebenfalls in die Dunkelheit. Er legte eine Hand hinter sein Ohr, suchte nach Geräuschen und fand sie. Eben krachte mit lautem Getöse ein Schiff gegen das Riff, ein einzelner Schrei stieg wie ein Vogel in die Luft. Die beiden Männer hörten Holz krachen und Segel ächzen, dann warf die nächste große Welle schon einzelne Wrackteile gegen den Strand.

Die finsteren Gestalten blieben stehen. Einer hatte eine Taurolle über dem Arm, um damit gegebenenfalls Gegenstände aus dem Wasser ziehen zu können. Erbarmungswürdige Schreie durchschnitten die Nacht, gellende Rufe von höchster Dringlichkeit. Der zweite Mann hielt den ersten am Ärmel, als der weitergehen wollte. »Nicht so hastig«, redete er seinen Kumpan an. »Wir sollten warten, bis die Schreihälse ruhig geworden sind. Es braucht nur noch ein, zwei Wellen, dann bricht das Schiff in tausend Stücke. Die Seemänner, die dann noch leben, werden im tosenden Meer versaufen, und für uns gibt es eine schöne Beute.«

»Und der Strandvogt?«, fragte der erste und blickte sich nach allen Seiten um.

»Mach dir um den keine Sorgen. Niels Taken hockt mit seinem Nachbarn Everett hinten in der Kuhle. Geschwätzig, wie er ist, wird er nichts als die eigene Stimme hören.« Er lachte leise und blickte zu den Dünen. Dann standen die beiden still. Der Sturm brüllte weiter, doch nun mischte sich das Geräusch gurgelnden Wassers in den Lärm. Und der eine sagte zum anderen: »Hörst du, jetzt läuft das Schiff bis oben hin voll Wasser.«

Der andere vernahm noch einmal einen spitzen Schrei, dann löste sich eine Gestalt von der Reling der schon zur Seite gekippten Brigg und fiel ins Wasser. Sie hörten ganz kurz ein Plätschern, dann versank etwas auf immer in der tobenden See.

Der eine Mann rieb sich die Hände. »Nur noch ein paar Augenblicke, dann können wir loslegen.«

Plötzlich erhob sich direkt vor ihnen eine große Gestalt aus dem Wasser und schleppte sich an den Strand. Es war ein Mann.

Die Strandräuber stutzten. »Ich dachte, sie sind alle tot«, sagte der eine zum anderen. »Wenn auch nur einer überlebt, so gehört die Ladung des Schiffes ihm.«

Der andere erwiderte: »Wir haben lange genug gewartet, wir haben auch ein Recht auf das Strandgut. Lass uns nur sehen, ob noch mehr kommen.«

Sie beobachteten, wie der Mann am Strand zusammenbrach, das Gesicht im Salzwasser. Sie hätten hinlaufen und ihn umdrehen können, sie hätten ihn retten können. Aber sie standen nur da und starrten. Einen überfiel ein leichtes Zittern, doch der andere betrachtete ganz ruhig und ungerührt, wie der Seemann noch ein letztes Mal den Kopf um eine Handbreit hob, dann mit dem Gesicht ins Wasser fiel und sich nicht mehr bewegte.

»Los!«, schrie der eine und stürzte auf die reglose Gestalt zu. Er riss an dessen Stiefeln, die aus feinem Kalbsleder gemacht waren, während der andere an der Jacke zerrte und den Saum befingerte, ob Geldstücke darin eingenäht waren. Nachdem sie den Mann derart ausgeraubt hatten, warfen sie ihn in die Dünen und zeigten sich gegenseitig ihre Schätze.

Sie waren so vertieft in ihre gierige Freude, dass sie den Mann nicht bemerkt hatten, der nach dem Ersten aus den Fluten stieg. Es war ein großer, schwerer Mann, der einen Knüppel in der Hand trug. Damit schlug er nacheinander auf die Köpfe der Strandräuber und sah mit Genugtuung, wie sie in die Knie brachen und zu Boden sanken.

Inzwischen waren auch der Strandvogt und sein Nachbar Everett herangekommen. Sie begriffen, wer da vor ihnen stand: Es war ein Seemann, Cornelius Hagendefeldt aus Rotterdam, um die dreißig Jahre alt und Kapitän des Schiffes, das vom Süden her kam, beladen mit Seide und Baumwolle, und hinüber zur Ostsee wollte.

»Was ist passiert?«, wollte der Strandvogt wissen und streifte die beiden wie tot daliegenden Strandräuber mit einem Seitenblick.

»Eine Sturzwelle war es«, erklärte Hagendefeldt. »Sie hat mir fast die ganze Mannschaft genommen bis auf zwei Mann.« Er wandte sich nach links, zeigte auf den Toten, der nun in den Dünen lag. »Das war mein Kajütenwächter. Nun, da auch er tot ist, bin ich wohl der Einzige, der überlebt hat.« Mit grimmiger Miene blickte der Holländer zu den beiden Strandräubern, die noch immer betäubt im nassen Sand lagen. »Einen schönen Empfang habt ihr uns bereitet.«

Der Strandvogt erwiderte nichts darauf, sondern wandte sich an Everett. »Bring den Holländer zu mir nach Hause. Mein Weib soll ihm etwas zu essen und zu trinken geben. Und trockene Sachen von mir, wenn sie denn passen. Dann komm wieder herunter zum Strand. Aber vorher fesseln wir noch die Strandräuber.« Er nahm einen langen, dicken Kälberstrick aus seiner Tasche, zog ein Messer aus dem Stiefelschaft und trennte den Strick in zwei Teile.

Augenblicke später lagen die Strandräuber, noch immer benommen von den Schlägen, mit auf dem Rücken gefesselten Händen da.

Dann trieb Niels Taken die beiden hoch, jagte sie

mit einem Knüppel in der Hand vor sich her durch die Dünen und sperrte sie schließlich in den Glockenturm der Rantumer St.-Peter-Kirche. Die beiden winselten um Gnade, doch der Strandvogt wusste, dass er ihnen kein Pardon gewähren durfte, wollte er seine Autorität bewahren.

Eine Weile danach war es wieder ruhig am Strand. Der Sturm zerrte an dem Wrack, löste die Planken und warf sie ans Ufer. Eine junge Frau, eigentlich ein Mädchen noch, stand in der Nähe und besah aufmerksam die Umgebung. Bald rückte sie sich die Taurolle zurecht, die sie über der Schulter getragen hatte, hob die Laterne, die sie in der anderen Hand hielt, auf Schulterhöhe und stieg ins Meer. Das Kleid klebte sofort nass an ihrem Körper, der schwere, mit Werkzeugen gefüllte Ledergürtel zog sie herunter, doch das Mädchen achtete nicht darauf. Mit langen, langsamen Schritten näherte sie sich dem Wrack, das halb umgekippt auf der rechten Seite lag. Behände erkletterte sie das Schiff, tanzte auf den Planken wie ein Irrlicht, ließ sich dann auf der anderen Seite herab und blickte sich um. Die Deckskûche lag in Trümmern, ein paar Fässer rollten herum. Ein Korb mit Möhren war umgekippt, und aus einem großen Sack rieselte Mehl heraus. Sie öffnete vorsichtig die Decksluke und tastete sich in der Dunkelheit bis hinunter in den Laderaum. Dort stand das Wasser bereits knietief. Dicke Ballen mit Leinenstoffen troffen vor Nässe, auf der anderen Seite lagen Holzbohlen, wie man sie zum Bau von Häusern verwandte. Sie schlang das Tau um einen der Stoffballen, kletterte wieder hinauf auf das Oberdeck und zog dann so lange an dem Seil, bis der nasse

Ballen endlich an die Oberfläche kam. Dann warf sie ihn ins Wasser, sprang hinterher und zog ihre Beute an den Strand, der noch immer leer und verlassen dalag. Am Himmel zeigten sich mittlerweile breite violette Streifen, die den Morgen ankündigten. Zwei Silbermöwen flogen kreischend vorüber, ansonsten war alles still. Sie blickte nach dem kaum noch sichtbaren Mond und versuchte zu berechnen, wie viel Zeit inzwischen vergangen war. Der Strandvogt musste bald zurückkommen. Schaffte sie es noch, ein, zwei Fässer zu bergen? Sie wagte es, schwamm zum Schiff, erkletterte die Bordwand, umschlang eines der Fässer, dessen Inhalt sie nicht kannte, mit dem Tau, warf es ins Wasser und brachte es geschwind zum Ufer zurück. Sie hatte ihre Beute gerade hinter die erste Düne geschleppt, als sie Stimmen hörte. Sofort kauerte sie sich in eine Sandkuhle. Der Strandvogt war zurückgekehrt und mit ihm sein Nachbar Everett. Beide traten ans Ufer, und der Strandvogt bückte sich, um die Fußspuren im Sand zu untersuchen.

»Schon wieder!«, rief Niels Taken wütend. »Eines Tages werde ich sie erwischen!«

Everett lachte leise. »Das ist noch keinem gelungen; sie ist schlau.«

Am nächsten Mittag um Punkt zwölf Uhr – der Sturm hatte nachgelassen, und der Himmel zeigte sich in strahlendem Blau – wurden die beiden Strandräuber an den Pranger gebunden, der sich in der Mitte des Dorfes Rantum befand, gleich gegenüber der Schankwirtschaft. Ein Büttel riss den Männern die Hemden vom Leib und ließ dann die Peitsche sprechen. Zweimal fünfundzwanzig Schläge, und bei jedem drangen gellende Schreie durch das Dorf, ehe die Übeltäter zusammenbrachen, verkrüppelt wahrscheinlich für den Rest ihres Lebens. Der eine röchelte nur, während der andere ganz still und wie tot liegenblieb. Die Weiber, die zugesehen hatten, hielten die Fäuste auf den Mund gepresst, als ob sie Schreie unterdrücken wollten. Eine zitterte und wurde von einer anderen gestützt, die ebenfalls recht wackelig auf den Beinen stand und tiefe Schluchzer ausstieß. Ein kleines Mädchen rannte zu einem der Liegenden, warf sich neben ihm in den Sand und strich ihm zaghaft über den blutigen Rücken. Sie trug ein verblichenes Kleid, dessen Saum zerschlissen war. »Vater«, flüsterte die Kleine, »Vater, hörst du mich?«

Dann kamen vier Männer. Groß und mit breiten Schultern. Der Schmied befand sich unter ihnen, die anderen waren Fischer. Sie hoben die Ausgepeitschten vom Boden auf und trugen sie in deren Katen, die sich windschief an die Dünen klammerten. Die beiden Frauen folgten ihnen, stützten einander und klagten und schrien. »Was soll nun aus uns werden, wenn unsere Männer zu Krüppeln geschlagen sind?«

Niemand gab ihnen eine Antwort. Die Rantumer verhielten sich ganz still, sie blickten teils gleichgültig, teils mitleidig auf die Geschlagenen. Das Mädchen, das am Rand stand, beachtete niemand. Daher sah auch keiner, dass sie am ganzen Leibe zitterte, bei jedem einzelnen Schlag zusammengezuckt war, das Gesicht so schmerzhaft verzogen, als träfe die Peitsche ihren Rücken. Sie wusste, dass ihr dieselbe Strafe blühen würde, wenn man sie einmal erwischte. Bis jetzt hatte sie Glück gehabt, aber auf dieses Glück konnte sie nicht vertrauen. Sie würde viel lieber etwas anderes tun, aber auf Sylt gab es wenig Arbeit für Frauen. Und die Frauen, die keine Männer hatten, waren allesamt arm. Deshalb ging sie nachts nach jeder Strandung hinunter zum Meer. Sie wollte einfach leben und essen und trinken. Nicht üppig, sondern nur so, dass es ausreichte. Sie hatte weder Vater noch Mutter, hatte keinen Bruder und auch keine Schwester. Sie hatte nur ihre Großmutter, sonst niemanden auf der ganzen Welt.

I. TEIL

Erstes Kapitel

Wer die vierundzwanzig Vorfahren der heiligen Brigid von Kildare aufsagen konnte, der war geschützt bei Tag und Nacht, geschützt vor den Nachstellungen des Teufels, geschützt vor irdischen Feinden. So jedenfalls erzählte man es sich auf Eisland.

Jördis kannte nur Mutter und Vater der heiligen Brigid, aber sie war ja auch keine Runenmeisterin wie die Großmutter Etta oder wie ihre verstorbene Mutter Nanna eine gewesen war. Vielleicht passierten ihr deshalb so oft Dinge, die sie eigentlich gar nicht wollte, vielleicht war sie deshalb so wenig geschützt vor irdischen Feinden. Vielleicht aber hatte sie trotzdem Glück, denn schon wieder war sie nicht erwischt worden. Sie war recht müde, denn sie hatte die ganze Nacht unten am Strand verbracht. Dann war sie auf das Wrack geklettert, hatte hernach einen ganzen nassen Stoffballen und zwei kleinere Fässer nach Hause geschleppt. Jetzt hing der Stoff ausgebreitet nebenan in der Scheuer zum Trocknen. In einem der Fässer hatte sie gepökelten Speck gefunden, in dem anderen Fass befand sich mit Holzspänen geschützte Keramik in wundervollen Farben. Sie würden den Stoff später verkaufen, nicht auf dem Markt, sondern unter der

Hand und zu günstigen Preisen. Den Speck würden sie aufteilen: Ein Teil würde in die eigene Speisekammer kommen, und die anderen Teile würden sie an die Witwen hier im Dorf verschenken. Nur was sie mit der Keramik machen sollten, das wussten sie noch nicht.

Es war Jördis' Geburtstag. Sie wurde sechzehn Jahre alt, und die Großmutter würde zum ersten Mal die Runen für sie werfen. Noch nie hatte Jördis so sehnsüchtig die Dämmerung herbei gesehnt. Sie hatte den halben Tag auf einem Dünenkamm gehockt und hatte dem Strandvogt und den Rantumer Männern beim Bergen der Ladung zugeschaut. Am Ufer stapelten sich klatschnasse Stoffballen, daneben lagen Holzbohlen, auf die manch einer der Berger ein Auge geworfen hatte. Aber auf die Bohlen konnten sie lange warten, das wusste Jördis. Es gab Überlebende des Schiffbruchs. Also gehörte denen die Ladung, und die Rantumer mussten sich mit dem Bergelohn zufrieden geben. Dann gab es noch ein, zwei Männer, die um die Ladung herumschlichen und vom Strandvogt immer wieder vertrieben wurden. Der krumme Tamme war unter ihnen. Er war ein Krüppel, nicht fähig, eine anständige Arbeit zu verrichten. Jeder in Rantum wusste, dass er sich mit Strandräubereien über Wasser hielt, doch nur Jördis kannte seine Methode. Er kam, wenn alle weg waren. Dann erklomm er das Wrack und schnitt das Segel ab, kappte die Taue und nahm mit, was nicht angenagelt war. Oft saß er die ganze Nacht am Ufer und wartete darauf, dass Leichen angespült wurden. Denen zog er die Stiefel aus und die Hosen, die Jacken und die Mützen, leerte ihre Hosentaschen, riss ihnen die Goldketten vom Hals und die Messer vom Gürtel. Aber dann, wenn er sie ausgeraubt hatte, begrub er sie ordentlich in den Dünen. Er schaufelte grabgroße Kuhlen, legte die Leichen mit gefalteten Händen hinein, schüttete die Gräber wieder zu und sprach für jeden der Toten ein Gebet. Auch jetzt hielt er sich in der Nähe des Wracks auf, beäugte die Rantumer und merkte sich genau, wer was vom Schiff geborgen hatte. In der Nacht würde er wiederkehren, dann, wenn die Rantumer und der Strandvogt in der Schänke saßen und den Bergelohn versoffen. Jetzt hatte Tamme sie entdeckt und winkte ihr zu. Jördis lächelte und winkte zurück.

Sie drehte sich um und legte sich mit dem Rücken in den Sand. Der Himmel über ihr war weit und milchig blau. Es duftete nach Heidekraut, Fisch und Salz. Über ihr kreischten ein paar Silbermöwen, doch Jördis beachtete sie nicht. Sie hielt Ausschau nach den beiden Raben, die den Gott Odin begleiteten und die ausflogen und dem Gott von den Menschen berichteten. Das Mädchen war sich ganz sicher gewesen, dass Odin an diesem besonderen Tag die Raben zu ihr schicken würde, aber sie hatte vergeblich Ausschau gehalten. Über der Insel Sylt kreisten Möwen und Rottgänse, im Watt staksten Austernfischer und Reiher durch den Schlick der Ebbe, weiter draußen, dort, wo das Wasser hoch stand, entdeckte sie ein paar Eiderenten, und ganz in ihrer Nähe schüttelte ein Rotschenkel sein braunweißes Gefieder, während eine Uferschnepfe fast zu ihren Füßen im Sand stocherte. Es dauerte unendlich lange, bis die Dämmerung ihr graues Tuch vom Meer her hoch zum Himmel zog.

Jördis war aufgeregt. Sie hatte so viele Fragen an das

Runenorakel, dass sie gar nicht wusste, bei welcher sie anfangen sollte. Sollte sie fragen, wann sie heiraten würde? Oder sollte sie lieber wissen wollen, ob ihr die Zukunft Reichtum brachte? Sollte sie in Erfahrung bringen wollen, wann sie endlich das neue Kleid bekam? Sie wusste es nicht. Nur eines wusste sie: Sie würde nicht danach fragen, wen sie heiraten würde. Denn dass es da einen gab, der ihr gefiel, war ihr größtes Geheimnis. Ein so großes Geheimnis, dass nicht einmal ihre beste Freundin Inge davon wusste.

Der Mond erschien als fahler Bogen, als es Jördis nicht mehr draußen hielt und sie nach Hause rannte. Nach Hause zu dem weißgekalkten Friesenhaus mit der blau gestrichenen Haustür, die mit Blumen und Ornamenten verziert war.

»Komm, setz dich an den Tisch«, bat die Großmutter, als Jördis endlich atemlos die Küche betrat, das blaue Kleid am Saum verschmutzt und mit den Dornen des Stechginsters behaftet, die grauen Augen vor Neugier glitzernd. »Wasch dir vorher die Hände, richte dich ein wenig her und zünde zwei Lichter an. Nimm heute mal nicht den Tran, sondern die beiden Bienenwachskerzen.« Sie lächelte ihrer Enkelin zu und strich ihr über das silberhelle Haar. Dann prüfte sie, ob die Haustür abgeschlossen und die Fensterläden blickdicht waren. Das, was sie da gleich tun würden, das Runenwerfen, wurde auf Sylt nicht geduldet. Jeder, der auch nur ein wenig an die alten Götter glaubte, wurde vom Pfarrer mit Misstrauen betrachtet und riskierte es, am Sonntag von der Kanzel herab vor der ganzen Dorfgemeinschaft gescholten zu werden. Und jemandem, der wie die Großmutter vom Eisland kam, dem Land der Elfen und Zwerge, dem Land, in dem heißes Wasser einfach so aus der Erde sprudelte und die Berge Feuer spuckten, war erst recht nicht zu trauen. Deshalb hielt die Großmutter ihre heiligen Rituale geheim, verschloss Tür und Tor und sprach niemals darüber.

Etta öffnete die Geheimschublade, die unter der Platte des blank gescheuerten Küchentisches verborgen war, und entnahm ihr ein schwarzes Samtsäckchen, das mit einer goldenen Kordel verschnürt war. Dann öffnete sie die Kordel, schüttete die vierundzwanzig Runensteine, jeden einzelnen aus einem Walknochen geschnitzt und die Bedeutung mit Blut eingeritzt, auf den Tisch, auf den sie zuvor ein weißes Leinentuch gebreitet hatte.

»Was willst du wissen?«, fragte Etta.

Jördis saß ihr gegenüber, die Hände ordentlich auf dem Tisch gefaltet, das lange Haar von einem einzelnen Band gehalten.

»Wirfst du mir das keltische Kreuz?«, fragte das Mädchen zurück, aber Etta schüttelte den Kopf. »Du bist noch zu jung für das Keltenkreuz. Hast noch zu wenig gelebt. Die Runen, die das Keltenkreuz bilden, zeigen die Vergangenheit, die Gegenwart und die Zukunft. Deine Vergangenheit ist im Verhältnis zur Zukunft viel zu kurz. Ich werfe dir das Nornenorakel. Es zeigt zwar auch die Vergangenheit, aber der Schwerpunkt ist auf die Zukunft gerichtet.«

Jördis verzog nachdenklich den Mund, dann nickte sie. Die Nornen, das waren im alten nordischen Glauben die drei Schicksalsgöttinnen, welche die Zukunft kannten. Sie lebten zu Füßen des Weltenbaums

Yggdrasil und verwoben in der uralten Esche die Vergangenheit, die Gegenwart und die Zukunft.

»Hast du dir eine Frage überlegt?«, wollte ihre Großmutter wissen.

Seit Wochen dachte Jördis an nichts anderes. Seit Wochen sann sie darüber nach, was sie fragen sollte. Doch jetzt war alles viel zu schnell gegangen. Sie hatte die Frage noch nicht gefunden. Und schon gar nicht eine, die sich mit dem Nornenorakel am besten beantworten ließ. Deshalb auch hatte sie das keltische Kreuz gewollt. Da wurden zehn Runen geworfen, bei den Nornen nur drei.

Jördis schluckte, dann blickte sie ihre Großmutter an und sagte: »Wie wird mein Leben werden?«

Etta zögerte, dann lächelte sie. »Eine kluge Frage.«

Sie nahm die Runensteine in beide Hände auf, schüttelte sie und warf sie dann mit fest geschlossenen Augen auf das ausgebreitete weiße Tuch. »Nimm nacheinander drei Steine. Nimm sie mit der linken Hand, denn diese kommt vom Herzen. Lass dir Zeit dabei.«

Jördis schloss die Augen. Ihre Hand fuhr einmal über den Steinen durch die Luft, als wollte sie fühlen, ob es Runen gab, die ihre Hand anzogen. Dann tippte sie mit dem Zeigefinger auf den ersten Stein.

Das war der Stein, der der Norne Urd entsprach, der Schicksalsgöttin, welche die Vergangenheit verkörperte. Seine Bedeutung würde verraten, wo ihre Wurzeln lagen, was sie an Erbe mit sich und in sich trug. Jördis tippte mit dem Zeigefinger auf einen zweiten Stein, der ganz in der Nähe lag, der Stein der Norne Werdandi, dessen Bedeutung die Gegenwart symbolisierte. Für die Zukunft ließ sich Jördis Zeit. Sie war ganz still, ganz konzentriert und führte die Hand vorsichtig über die Runen, fühlte in der Luft, welche Rune zu ihr sprach. Endlich hielt sie inne, ihr Zeigefinger stieß nach unten und fand die Skuld-Rune, die Rune der Zukunft.

Sie hörte, wie ihre Großmutter die Steine herumdrehte, so dass die geritzten Inschriften sichtbar wurden, aber sie hielt die Augen noch immer geschlossen. Die Großmutter schwieg, und plötzlich wusste Jördis nicht mehr, ob sie wirklich wissen wollte, wie es um ihre Zukunft stand. Denn solange alles möglich schien, konnte man ungehindert träumen. Groß und weit träumen, ohne Beschränkung von Ort, Zeit, Stand, Geld und Ruhm. Aber wenn die Großmutter ihr die Runen deutete, würden womöglich einige Träume sterben müssen, und Jördis wusste nicht, ob sie bereit war, die Träume wirklich aufzugeben.

»Bist du soweit?«, fragte die Großmutter.

Jördis lief ein Schauer über den Rücken, denn Ettas Stimme hatte sich verändert, sie war nicht mehr liebevoll und freundlich-warm, sondern kühl und sachlich. So, als würde etwas sehr Wichtiges besprochen.

»Warte bitte noch einen Augenblick«, flüsterte Jördis.

Etta lachte leise. »Das wird nichts ändern.« Dann schwieg sie, bis Jördis noch einmal tief Luft holte und sagte: »Jetzt bin ich soweit.«

Sie öffnete die Augen und sah, dass die erste Rune, die für die Vergangenheit stand, die Ehwaz-Rune war.

»Diese Rune symbolisiert das Pferd«, sagte Etta, dann schloss sie die Augen und sprach das dazu gehörige Runengedicht:

»Das Pferd ist im Angesicht des Grafen
Die Freuden der Edlen,
ein Schlachtross, mit Stolz auf den Hufen;
wenn es betroffen ist, dann tauschen die Helden –
reiche Leute – viele Wörter über Schlachtrösser aus,
und es ist jederzeit eine Wohltat
für die Ruhelosen.«

Danach schwieg Etta eine Weile, ehe sie fortfuhr: »Ehwaz ist die Rune des Gottes Odin. Das passende Kraut dazu ist der Schachtelhalm. Die Rune gibt dir die Macht, große Distanzen zurückzulegen. Weißt du, was das bedeutet?«

Jördis schüttelte den Kopf.

»Ehwaz ist deine Vergangenheitsrune. Sie erzählt dir, dass deine Wurzeln woanders liegen. Nicht hier auf Sylt. Sie sagt, dass deine Wurzeln in den Wurzeln deiner Großmutter und Mutter liegen. Du bist Eisländerin. So wie wir.«

Jördis verzog das Gesicht. »Ich bin hier auf Sylt geboren. Mein Vater war Sylter. Warum kann ich meine Wurzeln nicht hier haben wie alle anderen auch?«

Etta seufzte. »So einfach ist das Leben nicht. Du bist auf dem Eisland gezeugt worden. Deine Heimat sind die heißen Wasser, die brennenden Berge und das Eismeer. Das ist weder gut noch schlecht, es zeigt uns nur an, dass dein Schicksal in der Vergangenheit von der Eisinsel bestimmt wurde.«

Aus irgendeinem Grund schauderte Jördis bei dem Gedanken. So, wie sie immer geschaudert hatte, wenn Etta oder früher Nanna vom Eisland erzählt hatten. Jördis hatte es sehr schwierig gefunden, in einem Land zu leben, das von Elfen und Zwergen bestimmt wurde. In einem Land, das man Eisland nannte, weil es dort die längste Zeit des Jahres über eisig kalt war. Es war ihr immer einleuchtend erschienen, dass ihre Mutter Nanna dem Walfänger Jori nach der Insel Sylt gefolgt war. Sie hatten sich kennen gelernt, als Jori mit seinem Schiff auf dem Eisland anlegte, um neuen Proviant zu kaufen. Nanna hatte sich nicht in den Sylter verlieben wollen, aber man konnte sich nicht aussuchen, in wen man sich verliebte. Und also war sie mit ihm gegangen. Hierher, auf die Insel Sylt.

»Was zeigt die zweite Rune?«, wollte Jördis wissen.

»Lass uns noch bei der ersten bleiben«, bat Etta. »Denn die Vergangenheitsrune sagt auch, dass du den Mann, den du heiraten wirst, bereits kennst.«

»Und … und … wer … ich meine … wer ist es?« Jördis' Augen brannten regelrecht vor Wissbegier, obgleich sie sich geschworen hatte, gerade diese Frage nicht zu stellen.

»Das weiß ich leider auch nicht. Du selbst musst wissen, ob du bei einem Jungen oder Mann etwas Besonderes empfindest. Aber nun zur zweiten Rune.«

Sie nahm die Rune in die Hand und musterte sie lange, ehe sie fortfuhr: »Das ist die Rune Dag.« Dann schloss Etta die Augen und trug das Runengedicht vor:

»Der Tag ist der Bote des Herrn,
dem Menschen lieb,
des Herrschers glorreiches Licht;
es ist Frohsinn und Hoffnung
für Arm und Reich
und nützlich für jedermann.«

»Und weiter?«, wollte Jördis wissen.

»Die dazu gehörige Gottheit ist Ostara, die Göttin der Morgendämmerung und des Frühlings, das Kraut ist das Gänseblümchen und der Vogel die Feldlerche.« Etta lächelte. »Auf den ersten Blick die Rune, die wirklich am besten zu dir passt.«

»Nur auf den ersten Blick?«

»Nun, Dag stellt das ewige Weben von Anfang und Ende dar. Das heißt, dass alles, was du jetzt tust, Auswirkungen hat, die bis zu deinem Lebensende reichen. Du musst sehr sorgsam sein bei allem. Dag ist aber auch die Rune der neuen Anfänge. Etwas Altes und Dunkles geht zu Ende, und du brichst auf zu neuen Ufern. Wachstum ist dir versprochen.«

Etta betrachtete ihre Enkelin, die mit brennenden Augen auf die Rune starrte. »Bist du zufrieden damit?«

Jördis nickte und fragte zugleich: »Es beginnt etwas Neues. Aber ist dieses Neue gut oder schlecht?«

»Das weiß ich nicht. Ich weiß nur, dass du daran wachsen wirst. Wollen wir die letzte Rune deuten? Die Rune deiner Zukunft? Vielleicht weißt du dann eher, ob das Neue zu dir passt oder nicht.«

»Ja.« Jördis hatte die Hände im Schoß liegen gehabt, aber jetzt zerknüllten die Finger den Saum ihres Kleides. Sie schloss wieder die Augen, aus Furcht, die letzte Rune, die Zukunftsrune, könnte eine sein, die sie sich nicht ausgesucht hätte.

Sie hörte Etta wieder leise lachen und öffnete erleichtert die Augen. »Was ist es?«

»Berkana, die Birke. Eine positive Rune. Das Gedicht dazu lautet: Die Birke hat keine Frucht, doch dessen ungeachtet treibt sie Äste ohne fruchtbare Samen; sie hat herrliche Äste, und bis hinein in die Krone ist sie schön bedeckt, beladen mit Laub und sie berührt den Himmel.«

»Welches Kraut gehört zu ihr?«, wollte Jördis wissen.

»Herzgespann. Herzgespann? Welches Kraut das wohl ist?« Die Großmutter runzelte die Stirn. Obgleich sie schon so lange auf Sylt lebte, kannte sie noch immer nicht alle friesischen Begriffe. »Wirst du für mich herauskriegen, was Herzgespann bedeutet?«, fragte sie ihre Enkelin.

»Ja. Das werde ich. Aber nun mache weiter.«

Etta räusperte sich. »Die Birke ist eine fleischliche Rune. Sie steht für das, was Mann und Frau nach der Hochzeit bei Dunkelheit tun.«

»Was tun sie?«, wollte Jördis wissen.

»Das wirst du erfahren, wenn es soweit ist. Vergiss nicht, Kind, es ist die Rune der Zukunft. Und in deiner Zukunft sehe ich Kinder. Stolze, gesunde Kinder.«

»Und einen Mann dazu?«, fragte Jördis.

Noch ehe Etta antworten konnte, hörte sie von draußen lautes Rufen.

»Jördis, wo bist du? Komm heraus, los!«

Schon klopfte es an der Tür. »Jördis, hörst du mich denn nicht?«

An der Klinke wurde ungeduldig gerüttelt, und Etta sammelte in Windeseile die Runensteine ein, steckte sie zurück in das schwarze Samtbeutelchen mit der goldenen Kordel und schob es in das Versteck unter dem Küchentisch. Dann blies sie die Bienenwachskerzen aus, holte die beiden Tranlampen hervor, die sie sonst in der Küche benutzten, und zündete sie an.

»Jetzt geh, mach ihr auf«, gebot Etta. »Aber kein Wort über das, was wir hier getan haben.«

Jördis eilte in den Flur, schob den Riegel weg und öffnete die Tür. Draußen stand Inge, ihre beste, ihre einzige Freundin.

»Was habt ihr da drinnen gemacht?«, wollte Inge wissen. »Warum sind die Fensterläden schon dicht?«

Jördis zuckte scheinbar gleichgültig mit den Schultern. »Was sollen wir schon gemacht haben? Wir waren ein wenig früher mit dem Abendbrot fertig.«

Inge hob die etwas zu lange Nase in die Luft und schnupperte. »Oh, ich rieche Bienenwachs. Habt ihr etwas zu feiern?«

Jördis wurde ein wenig verlegen. »Ich habe heute Geburtstag. Deshalb.«

Inge lachte. »Aber das weiß ich doch. Was meinst du, weshalb ich gekommen bin?« Sie zog die Stirn ein wenig kraus. »Hier auf Sylt ist es Brauch, den Namenstag zu feiern, nicht den Geburtstag. Nur ihr macht es anders.« Ihre Stimme klang vorwurfsvoll, ihr Gesicht war ernst, aber dann lächelte sie. »Ach, es ist doch ganz gleich, ob Namenstag oder Geburtstag. Hauptsache, man ist fröhlich.« Sie warf sich in die Brust. »Und ich habe deinen Geburtstag nicht vergessen.«

Sie schlüpfte an Jördis vorbei und begab sich in die Küche, begrüßte Etta und setzte sich auf die Küchenbank. Dann kramte sie in einer Tasche aus grobem Stoff, die sie sich umgehängt hatte, und holte ein Päckchen heraus. »Das ist für dich«, sagte sie. Ihre Wangen begannen ein wenig zu glühen.

Jördis setzte sich neben die Freundin und schlug vorsichtig das Leinentuch auseinander, in welches das Geschenk gewickelt war. Zum Vorschein kam ein handgroßes, fein geschnitztes Kreuz.

»Ein Kreuz?«, fragte Jördis verwundert.

»Ja, ein Kreuz. Mir ist aufgefallen, dass ihr nirgendwo im Haus ein Kreuz über der Tür habt so wie wir anderen alle. Und da wollte ich euch eines bringen, damit der Herr stets über euch wacht.« Inge strahlte.

Jördis warf einen Blick zu Etta, und ihre Großmutter nickte ganz leicht. Dann schloss die ältere Frau die Besucherin herzlich in die Arme. »Du hast das Kreuz zwar Jördis geschenkt, aber ich danke dir ebenfalls sehr dafür. Wir werden es gleich morgen über der Haustür aufhängen.«

Dann stand auch Jördis auf und umarmte die Freundin. Inge strahlte wieder und sagte: »Ich war sogar in der Kirche und habe es segnen lassen.«

»Von deinem Vater?«, wollte Jördis wissen. »Hast du ihm gesagt, dass es für mich ist?«

»Natürlich. Er kennt dich, er hat dich konfirmiert.« Sie sagte das so beiläufig, als handle es sich um eine Selbstverständlichkeit, aber Jördis und Etta wussten, dass ihre Konfirmation keineswegs selbstverständlich gewesen war. »Sie ist das Kind einer Zauberin«, hatte der Pfarrer gesagt, als Etta ihre Enkelin zum Konfirmandenunterricht anmelden wollte. »Sie hätte niemals getauft werden dürfen. Und dann noch die Mutter! Eine Selbstmörderin! Es gibt keine größere Sünde.« Er hatte sie wegschicken wollen, doch Etta hatte gekämpft. Eigentlich war es ihr egal gewesen, ob Jördis konfirmiert wurde oder nicht, aber sie wusste ebenso gut, wie wichtig es war, so zu sein wie die anderen auf Sylt. Jördis hatte als Kind eine schwere Zeit hinter sich nach dem Selbstmord der Mutter. Die anderen Frauen riefen ihre Kinder von der Straße ins Haus, wenn Jördis in die Nähe kam. Niemand wollte mit ihr spielen, niemand ihre Freundin sein, weil ihre Mutter eine Todsünde begangen hatte. Und obgleich Jördis auf Sylt geboren war, galt sie doch als Fremde mit ihrer isländischen Großmutter und ihrer isländischen Mutter Nanna, die beide silberhelles Haar hatten und dazu Augen, die an Gletscher erinnerten. Erst als Inge, die Pfarrerstochter von Rantum, aus einem Grund, den Jördis immer noch nicht kannte, ihre Freundin hatte sein wollen, spielten auch die anderen Kinder mit ihr. Inge war ihre Eintrittskarte in den Kreis der Rantumer gewesen. Ohne sie stünde sie wieder draußen und allein.

»Und er hat gesagt, wir sollen es über die Tür hängen?«, fragte Jördis nach.

»Ja. So, wie es der Brauch verlangt.« Inge kniff die Augen zusammen und wirkte ein wenig ärgerlich. »Oder wollt ihr das etwa nicht?«

»Oh, doch. Natürlich.« Etta nahm Inge das Kreuz aus der Hand und betrachtete es. »Gleich morgen werden wir einen richtigen Platz dafür finden. Auch im Eisland glauben die Menschen an den Herrgott. Sie bauen Kirchen und begeben sich unter seinen Schutz.«

Inge nickte und scharrte unter dem Tisch mit den Füßen. »Weißt du eigentlich, dass wir jetzt heiraten könnten?«, fragte sie, zu Jördis gewandt.

»Ja. Das könnten wir. Jetzt sind wir endlich beide sechzehn Jahre alt.«

»Und? Hast du schon einen im Auge?«, wollte Inge wissen.

Jördis mochte Geheimnisse eigentlich nicht. Doch etwas hielt sie zurück, warnte sie, den Mund zu halten. Außerdem hatte sie den Eindruck, Inge nicht genügend für das Holzkreuz gedankt zu haben, deshalb sagte sie: »Ja. Einen gibt es, der mir gefällt. Und wie ist es bei dir?«

Inge antwortete nicht, aber sie beugte sich über den Tisch, näher an Jördis heran. Ihre Augen waren ein wenig zusammengekniffen, als sie fragte: »Wer ist es denn? Sage es mir, bitte.«

Jördis schüttelte den Kopf.

»Och, bitte. Wir sind doch Freundinnen!«

Plötzlich war ein schabendes Geräusch auf dem Boden zu hören. »Was ist das? Ich bin auf etwas draufgetreten«, erklärte Inge und bückte sich unter den Tisch. Gleich darauf kam sie wieder hoch, hielt einen Runenstein in der Hand. Jördis sah mit riesigem Erschrecken, dass es die Rune Berkana, die Zukunftsrune war, die Etta offenbar heruntergefallen war, als Inge so stürmisch Einlass begehrt hatte. Nun hielt Inge sie triumphierend und gleichzeitig ratlos in die Höhe. »Was ist das?«, fragte sie ein wenig lauernd.

»Es ist nichts. Nur ein Stück Walknochen, aus dem ich einen Löffel schnitzen wollte. Die Ritzung hatte ich als Schmuck am Löffelstiel gedacht, aber bevor er fertig war, ist er mir zerbrochen.« Etta lehnte mit vor der Brust verschränkten Händen am Türrahmen. Ihr Gesicht war ernst, sie strich sich über ihr graues Haar. »Gib mir das Stück, ich werde es gleich ins Herdfeuer werfen.« Sie streckte die Hand nach der Rune aus.

Inge aber betrachtete die Rune, blickte dann mit zusammengekniffenen Augen zu Jördis, die angestrengt lächelte, und steckte dann das Walknochenstück in ihre Tasche. »Nein, verbrennt es nicht. Es ist schön, ich hätte es gern als Erinnerung.«

In Ettas Gesicht machte sich Furcht breit. »Es ist nichts, was zum Erinnern taugt«, sagte sie. Sie griff über sich in das Bord mit den schön bemalten Tellern, nahm einen herunter und reichte ihn Inge. »Nimm bitte diesen Teller, er ist viel schöner. Schau nur, er zeigt die Ansicht einer Amsterdamer Kirche.«

Inge blickte Etta an, und ihr Gesicht wirkte plötzlich verkniffen und böse. »Nein!«, sagte sie. »Ich nehme den Stein.«

Dann stand sie auf. »Ich muss gehen, ich wollte ohnehin nur mein Geschenk abgeben. Aber du musst mir noch sagen, welcher Sylter dein Herz zum Klopfen bringt.«

»Inge, so bleib doch noch ein bisschen. Wir können Kakao kochen«, schlug Etta vor.

Inge zögerte einen Augenblick. Etta wusste, dass sie eine Schwäche für Kakao hatte und dass es im Pfarrhaus nicht nur daran mangelte.

»Wir schlagen frische Sahne auf, und es gibt Räucherwurst und Schinken«, fuhr Etta fort.

Inge schluckte, dann schüttelte sie den Kopf. »Der Vater wartet, ich muss ihm das Mahl richten.«

Jördis, die blass geworden war, biss sich auf die Unterlippe. Welcher Sylter bringt mein Herz zum Schlagen?, dachte sie. Dann endlich antwortete sie der Freundin: »Ach, eigentlich ist es nicht wichtig. Er hat mich noch kein einziges Mal angesehen. Ich glaube, er interessiert mich eigentlich nur deshalb.«

»Trotzdem – wer ist es?«, drängte Inge.

Schließlich seufzte Jördis und sagte: »Ich verrate es dir. Aber du darfst es niemandem weitersagen. Versprichst du mir das?«

»Natürlich verspreche ich es.« Inge hob zwei Finger zum Schwur.

»Es ist ...« Jördis flüsterte und beugte sich dicht zu Inge, und nur Etta sah, wie schwer es ihr fiel, das Geheimnis zu offenbaren. »Es ist Arjen, der Schmied.«

Inge runzelte die Stirn. »Arjen? Darauf wäre ich ja nie gekommen. Ausgerechnet Arjen!«, sagte sie und lachte irgendwie grell.

»Und du?«, wollte Jördis wissen. »Welcher Sylter gefällt dir am besten?«

Inge betrachtete Jördis mit brennendem Blick. »Das ist gleichgültig. Denn jeder, auf den du ein Auge geworfen hast, wird zu dir eilen. Bei mir ist es anders herum. Die Jungen laufen weg vor mir.«

Dann nickte sie zum Gruß und verließ das Haus.

Etta und Jördis schwiegen, bis sie sicher waren, dass Inge sich ein Stück entfernt hatte. »Hast du gesehen, was für eine Rune sie genommen hat?«, fragte Jördis.

»Ja«, erwiderte Etta. »Es war die Berkana-Rune.«

»Es war die Rune meiner Zukunft!« Jördis vernahm selbst, dass ihre Stimme ein wenig zitterte. »Sie hat meine Zukunft gestohlen, hat sie einfach in die Tasche gesteckt.«

Etta nickte. »Das ist schlimm, ich weiß. Aber es ist noch nicht das Schlimmste.«

»Was ist das Schlimmste?«, fragte Jördis. Plötzlich wurde ihr kalt.

»Das Runenalphabet, das Futhark, ist nicht mehr vollständig. Wir müssen die Rune unbedingt zurückbekommen, oder wir müssen uns ein neues Runenalphabet herstellen. Ein unvollständiges Futhark gibt auch nur unvollständige Antworten.«

»Ist das wirklich so schlimm?«

»Nun, jetzt hat Inge deine Zukunft in den Händen. Alles, was sie tut, wird Auswirkungen auf dich haben. Und erst, wenn wir ein neues Futhark hergestellt haben und ein Runenmeister es geweiht hat, können wir das Orakel wieder befragen, können wir Inge deine Zukunft aus der Hand nehmen und dir eine neue geben.«

Jördis winkte ab und sagte mit mehr Überzeugung, als sie selbst spürte: »Inge ist meine Freundin. Sie wird meine Zukunft bewahren.«

»Nun, vielleicht sollten wir dafür zu ihrem Gott beten.«

Zweites Kapitel

Hast du es getan, wie ich es dir gesagt habe?« Pfarrer Mommsen überragte seine Tochter um einen ganzen Kopf und blickte missmutig und schmallippig auf sie herab. Er war hager mit eng zusammenstehenden Augen und einem grauen struppigen Haarkranz auf dem Kopf. Sein Hemd war fleckig und an den Ärmelsäumen schon ein wenig abgeschabt. Doch seine Stimme war dröhnend, füllte ohne Anstrengung die gesamte Kirche und brachte den einen oder anderen Gläubigen zum Zittern und hier, in der kargen Küche des Pfarrhauses, ließ sie die Fensterscheiben klirren.

»Ja. Ich habe das Kreuz abgegeben.«

»Bist du geblieben, bis sie es aufgehängt haben?« Seine Stimme klang ein wenig drohend und sehr dunkel.

»Es war nicht mehr hell genug, aber Etta hat versprochen, es gleich morgen anzubringen.«

Der Pfarrer stampfte mit dem Fuß auf und schnaubte. Inge duckte sich und zog die Schultern hoch.

»Du solltest dabeibleiben!«, donnerte er.

»Ich gehe morgen wieder hin. Gleich in der Frühe gehe ich.« Inge versuchte vergebens, den Vater milde zu stimmen. Sie wusste, dass er Etta und Jördis hasste, obgleich er immer wieder sagte, er tue alles aus Liebe.

Die Eisweiber nannte er Etta und Jördis; auch Nanna hatte er so genannt. Aber Inge wusste nicht, warum er die beiden so mit seinem Unmut verfolgte. Ja, er hatte ihr sogar befohlen, sich mit Jördis anzufreunden. »Tu es, damit ich weiß, was in ihrem Haus vor sich geht. Die Eisweiber sind gefährlich. Ich möchte alles über sie wissen. Hörst du? Alles.«

Also hatte sich Inge mit Jördis befreundet. Zuerst widerwillig, aber dann hatte sie das Mädchen mit den silberhellen Haaren und den grauen Gletscheraugen kennen gelernt und dabei war etwas geschehen, mit dem sie niemals gerechnet hätte: Sie mochte Jördis auf der einen Seite, aber auf der anderen Seite hasste sie das Mädchen auch. Jördis, die Schöne. Jördis mit dem Silberhaar. Sie hatte einmal gehört, wie Arjen Jördis' Haar als silbersamtenen Sonnensaum bezeichnet hatte. Die anderen hatten darüber gelacht, aber Inge hatte der Vergleich gefallen, sehr sogar, so sehr, wie Arjen ihr gefiel. Er war fünf Jahre älter als Jördis und Inge, war einige Jahre zur See gefahren, um so viel Geld zu verdienen, dass er dem kinderlosen alten Tjart die Schmiede abkaufen konnte. Er war groß und hatte breite Schultern. Das Haar trug er etwas zu lang, und manchmal, wenn er in der Schmiede am Amboss stand und eine rotglühende Harpunenspitze schlug, band er es im Nacken zusammen. Sein Gesicht war schmal, die Augen waren dunkler, als es für einen Sylter gewöhnlich war. Aber an Arjen war vieles ungewöhnlich. Angefangen beim Namen. Arjen war ein Name, den sein Vater aus Amsterdam mitgebracht hatte. Er war Walfänger gewesen, und eines Tages hatte ihn bei einem Sturm ein Holländer gerettet. Arjens Vater hatte geschworen, seinen ältesten Sohn nach dem Holländer zu benennen. Und er hatte sein Versprechen gehalten. Inge wusste alles über Arjen. Sie wusste, dass er morgens als Erstes das Fenster aufstieß, nach den Wolken schaute und sich dann im Nacken kratzte. Sie hatte ihn im Sommer gesehen, wenn er sich hinter der Schmiede nach einem langen Arbeitstag wusch. Er zog sein Hemd aus und warf sich mit beiden Händen zuerst Wasser ins Gesicht und sodann auf die Brust. Ja, Inge kannte sogar das Spiel seiner Muskeln, wenn er den Waschzuber ausschüttete. Sie wusste, wann er in der Schmiede war und wann er nach Hause ging. Sie hatte ihn gesehen, wenn er aus der Schänke nach Hause kam, und sie hatte ihn sogar einmal beim Schlaf beobachtet. Sie wusste ja, dass niemand im Dorf Rantum die Haustür verschloss. Also war sie eines Nachts hinausgegangen, hatte sich in Arjens Haus geschlichen, hatte leise und heimlich die Tür seines Alkovens geöffnet und ihn beim Schlafen betrachtet. Er hatte so schön ausgesehen. Schön, wie keiner vor ihm und – Inge war ganz gewiss – keiner nach ihm. Arjen. Ihr Arjen. Sie kannte die blaue Ader, die sich auf seiner Stirn bildete, wenn er wütend war. Sie wusste von dem Grübchen in der linken Wange, wenn er lachte, und sie kannte sogar seine Angewohnheit, nach jeder gut gelungenen Harpunenspitze laut »Holla« zu rufen. Niemand kannte Arjen besser als sie. Niemand verstand ihn besser als Inge. Und jetzt erzählte Jördis ihr, dass Arjen auch ihr gefiel! Sie hatte nicht gelogen: Jeder, dem Jördis auch nur ein einziges Mal nachschaute, verliebte sich in sie. Und wenn Jördis Arjen wirklich wollte, so hatte sie, Inge, nicht die geringste Chance, ihn für sich zu gewinnen.

»Hast du das andere auch gefragt?« Ihr Vater packte sie bei der Hand, zerrte sie am Tisch vorbei und stieß sie auf die Ofenbank. Inge schluchzte auf. Nicht so sehr, weil der Vater ihr wehgetan hatte, sondern wegen Arjen und weil bei ihr zu Hause im Pfarrhaus alles so anders war als bei Jördis.

Statt mit Delfter Kacheln wie im Friesenhaus der Freundin waren hier die Wände einfach nur mit weißem Kalk beworfen, der durch das Herdfeuer und die Pfeifenschmaucherei des Pfarrers einen gelbgrauen Ton angenommen hatte. Es gab keine schön verzierten Schränke mit chinesischem Porzellan wie bei Jördis, keine spiegelblanken kupfernen Töpfe und Pfannen, keine bestickten Kissen und erst recht keine Wanduhr, die zu jeder vollen Stunde die Zeit mit einem Gong verkündete. Die Pfarrhausküche war klein, der Boden nicht mit Teppichläufern ausgelegt, sondern nur mit rohen Holzdielen, welche die Haushälterin eigentlich mit Binsen bestreuen wollte, es aber wohl wieder einmal vergessen hatte. Die beiden Töpfe und die eine Pfanne standen schmutzstarr neben der Feuerstelle, in der die verbrannte Asche bei jedem Windstoß aufflog und sich über den Küchenboden verstreute. Das wenige Geschirr bestand aus ein paar Tonschüsseln und Bechern, dazu gab es nicht etwa ein Silberbesteck, sondern nur einfache Löffel, die jemand lieblos aus Holz geschnitzt hatte. Die Küchenbank war hart, der Küchentisch nachlässig mit Sand gescheuert, die Tranlampen waren von Öl verklebt.

»Hast du auch nach dem anderen gefragt?«, wiederholte der Pfarrer.

Inge schüttelte den Kopf. »Du meinst, ob sie einen

Liebsten hat? Es gab keine Gelegenheit«, log sie. »Ich glaube, Jördis verschwendet noch keinen Gedanken an einen Jungen.« Sie wusste nicht, warum sie dem Vater ihr Wissen vorenthielt. Sie wusste nur, dass sie es nicht um Jördis' willen tat, sondern wegen Arjen.

Wieder schnaubte der Pfarrer. Dann sagte er: »Um Zucht und Ordnung in dieser schrecklichen Gemeinde ist es schlimm bestellt. Es gibt welche, die kann man nicht mal zum Gottesdienst prügeln. Und die jungen Männer stehen auch nicht gerade Schlange, um die Pfarrerstochter zu freien, obgleich sie das passende Alter hat.« Er blickte vorwurfsvoll zu seiner Tochter.

Inge senkte den Kopf, damit der Vater nicht sah, wie ihr die Scham die Röte in die Wangen trieb. Doch der Vater achtete nicht länger auf sie, sondern sprach einfach weiter: »Schon wieder habe ich gehört, dass eins der albernen Weiber zu Etta gegangen ist, um zu erfahren, ob ihr Mann in diesem Jahr glücklich vom Walfang heimkehrt. Wenn ich sie doch nur einmal erwischen würde bei ihrer Runenlegerei!« Er fuhr sich durch das gesträubte Haar. »Und du? Hast du wirklich nichts gesehen, was mit dem alten Glauben zu tun hat? Keinen heimlichen Altar in der Küche, auf dem Tiere geopfert werden?«

Inge schüttelte den Kopf. »Wie sollte ich? Du warst doch selbst schon bei ihnen, und du hattest auch keinen Altar oder andere merkwürdigen Dinge gesehen.«

»Aber der Geruch!« Der Pfarrer schüttelte sich. »Der Geruch. Pech und Schwefel. Mir schien es, er käme direkt vom Teufel.«

»Wahrscheinlich hatte Etta Seife gesiedet. Sie nimmt

keine Asche dazu wie die anderen hier, sie siedet sie aus Vogelknochen.«

Der Pfarrer war es noch nicht zufrieden. Er setzte sich zu Inge an den Tisch und stieß sie grob mit dem Arm an. »Ich habe Hunger. Und ich wette, du hast mir nichts gemacht.«

»Aber die Haushälterin …«

»Sie hat heute den ganzen Tag lang die Kirche geputzt. Dafür ist sie zuständig, nicht für den Haushalt. Das ist deine Aufgabe. Wozu habe ich sonst eine Tochter? Jetzt hebe deinen faulen Hintern und sieh zu, dass du deinem Vater etwas auf den Tisch bringst.«

Inge erhob sich, öffnete die Tür zur Vorratskammer und betrachtete resigniert das wacklige Holzregal. Das Butterfass war leer, genau wie die Schüssel mit den Eiern. Sie fand noch einen Kanten Brot und ein Stück Schafskäse, die beiden Heringe rochen schon so schlecht, dass Inge sie für nicht mehr genießbar hielt. Sie trug das Brot und den Käse zum Tisch, legte noch eine Zwiebel dazu und füllte einen angeschlagenen Becher mit Wasser.

»Ist das alles?«, fragte der Vater.

Inge nickte. »Wir waren lange nicht mehr in Westerland auf dem Markt«, sagte sie. »Wir brauchen Tran und Öl, Graupen und Grütze.«

Er betrachtete sie mit zornigem Blick. »Hast du nur die weltlichen Dinge im Kopf?«

Der Pfarrer nahm sich den Brotkanten und biss hinein. Er kaute mit offenem Mund und schob sich dazu noch ein Stückchen Schafskäse in den Rachen. Inge sah zu. Sie hatte auch Hunger, aber sie wagte nicht, es ihrem Vater zu sagen. Die Antwort kannte sie ohnehin schon: Du hast doch bestimmt bei denen gegessen. Hast die guten Dinge in dich reingestopft wie eine Weihnachtsgans, oder?

Nachdem der Vater sein Mahl verschlungen hatte, holte er die Bibel hervor und drückte sie Inge in die Hand. »Wir lesen heute aus der Offenbarung des Johannes vor«, erklärte er bestimmt.

Inge seufzte, las, was der Vater ihr geboten hatte, las laut sogar, damit er sich nicht durch ihr Magenknurren gestört fühlte. Als sie endlich fertig war, ließ er sie noch nicht zu Bett gehen, sondern unterzog sie einem weiteren Verhör.

»Hast du ihnen gesagt, dass sie am Sonntag in die Kirche kommen sollen?«

»Das wissen sie selbst«, erwiderte Inge.

»Es ist wichtig. Du musst es ihnen sagen. Ich will, dass die Gemeinde endlich sieht, was das für welche sind. Also sorge dafür, dass sie kommen.«

Inge breitete die Arme aus. »Wie soll ich das machen? Ich kann sie doch nicht zwingen.«

Der Pfarrer bleckte die gelbfleckigen Zähne und legte seine Hände mit den schmalen Fingern auf den Tisch. »Sie ist deine Freundin. Meinetwegen drohe ihr. Sage ihr, sie käme in die Hölle, wenn sie die Kirche weiter meide.«

Inge verzog das Gesicht. Sie wusste nicht sicher, ob Jördis an Gottvater und seinen eingeborenen Sohn Jesus Christus glaubte. In die Kirche ging ihre Freundin jedenfalls nur selten. An Weihnachten, am Julfest und dann noch vielleicht zu Ostern und zu Allerheiligen.

»Es ist mir egal, wie du es anstellst, aber sorge dafür,

dass sie am Sonntag kommen. Beide. Die Alte und die Junge auch.«

Inge kniff fragend die Augen zusammen. »Was hast du vor?«

»Das geht dich nichts an. Es sei denn, du willst mir helfen«, beschied er ihr, dann erhob er sich, löschte die Tranlampen, weil er der Meinung war, Inge brauche kein Licht. Dann kroch er in den Alkoven, das Wandbett in der Küche, und ließ seine Tochter allein im Dunklen sitzen.

Inge saß da, starrte aus dem Fenster auf den blassen Mond und tat das, was sie immer tat, wenn sie den Alltag im Pfarrhaus entfliehen wollte: Sie träumte. Sie träumte von Arjen, der sie von hier wegholte, der sie in ein Haus brachte, das aussah wie das von Jördis und Etta. Ein Haus zum Wohlfühlen. Ein Haus mit bestickten Kissen und Schaffellen auf den gut gefüllten Truhen. Ein Haus, in dem man miteinander aß und sprach und vielleicht sogar hin und wieder lachte. Inge war gleichgültig, wann genau Arjen sie da wegholte. Hauptsache, er tat es und ließ damit nicht mehr allzu lange auf sich warten.

Aber Arjen würde niemals eine Pfarrerstochter heiraten, selbst wenn es Jördis nicht gäbe. Erst recht keine wie sie. Eine, die klein und ein wenig drall war, eine, die lockiges Haar hatte, das sich im Regen wie Holzspäne ringelte, und dazu froschgrüne Augen. Eine, die nichts an sich hatte und nichts besaß, was ein anderer hätte haben wollen.

Wenn Inge ehrlich war, dann beneidete sie Jördis. Sie beneidete sie nicht nur um ihr Zuhause und um die liebevolle Etta, sondern auch um ihr Aussehen.

Dabei war Jördis nicht unbedingt das, was man auf der Insel als »hübsche Deern« bezeichnete. Sie war sehr schmal, fast mager und mit nur sehr unzulänglichen weiblichen Kurven. Ihre Augen waren eisgrau, erinnerten an die See im Winter. Aber ihr Haar war schier unglaublich. Es fiel ihr in silberhellen, beinahe weißen Strähnen bis zu den Hüften hinab. Es blieb bei jedem Wetter glatt und seidig, und Inge hatte schon oft das Bedürfnis gehabt, Jördis in dieses glatte, weiche Haar zu greifen, ihr Gesicht in den Duft nach Rose und Lavendel zu bergen.

Es gab nicht nur eines, was Inge an Jördis störte: Sie ahnte, dass die Freundin Geheimnisse vor ihr hatte. Geheimnisse, die ihren Vater freuen würden, wenn Inge sie herausbrächte. Der Vater, der Pfarrer, hielt Jördis und Etta für Zauberinnen des alten Glaubens. Es gab noch einige auf Sylt, die heimlich dem alten Glauben anhingen und für die Ettas Wort mehr zählte als das Wort eines Geistlichen. Und schließlich war ja das Dorf sogar nach einer Göttin des nordischen Glaubens benannt, nach Ran, der Göttin des Meeres. Das hieß doch nur, dass in vergangenen Zeiten alle an die nordischen Götter geglaubt hatten. Und auch Inge hätte gern mehr über den alten Glauben gewusst, doch Jördis verriet nichts. Wenn man sie fragte, dann tat sie so, als hätte sie noch nie von einem alten Glauben, von den Göttern Odin, Donar, Loki oder Ran gehört. Dabei war sich Inge wirklich sicher, dass diese Götter Jördis durch den Tag begleiteten.

Nur um eines beneidete Inge die Freundin nicht: um ihre verstorbene Mutter.

Auch Inge hatte keine Mutter mehr; sie war mit

dem kleinen Bruder im Kindbett gestorben. Aber sie war ordentlich auf dem Friedhof begraben worden, während Nanna, Jördis' Mutter, abseits der Friedhofsmauer lag, dort, wo viele Sylter ihren Müll abluden. Und Inge fand, sie hatte dieses Grab verdient. Aber Inge fand auch, dass Jördis in ihrem Leben viel Glück gehabt hatte. Trotz der Mutter, trotz oder gerade wegen des alten Glaubens. Und manchmal war sie sich gar nicht sicher, ob Jördis dieses Glück auch verdient hatte.

Drittes Kapitel

Glück war eigentlich etwas, das Jördis nicht im Übermaß kannte. Trotzdem war sie mit einem heiteren Gemüt gesegnet. Sie sang viel und lachte oft. Unbeschwert streunte sie durch die Dünen. Ohne Angst ging sie ins Meer, heiter sammelte sie Möweneier und Miesmuscheln im Watt. Ihre Tage glichen sich, es gab keine Ausschläge nach oben oder nach unten. Jedenfalls nicht, seit sie sich von der Trauer über den Tod ihrer Eltern erholt hatte.

Jördis' Unglück begann an ihrem siebten Geburtstag, dem 21. September 1702. Sie stand mit der Mutter auf den Dünen und hielt Ausschau nach den Heimkehrern von den Walfangschiffen.

Sie warteten auf Jördis' Vater, den erfolgreichen Kapitän eines Walfängers, der sich stets am tiefsten ins Eis wagte und die meisten Wale fing. Sein Ruf war schon lange über die ganze Küste gedrungen, und auch hier auf der Insel nahmen ihn sich die Jungen zum Vorbild.

Die Besatzung eines Walfangschiffs war schon nach Sylt zurückgekehrt – die ganze Insel hatte von der ausufernden Freude der Ehefrauen, Mütter, Töchter und Schwestern gebebt. Und diejenigen, die noch warteten, standen oben auf dem Dünenkamm, den Blick nach Süden gerichtet, ob ein weiteres Schmackschiff am Horizont auftauchte.

»Er kommt heute«, hatte ihr die Mutter am Morgen versprochen. »Heute wird dein Vater nach Hause zurückkehren. Ich weiß es genau.« Er war schon über der Zeit, hatte längst zurück sein wollen. Doch etwas musste ihn in Hamburg aufgehalten haben. Vielleicht die Entladung des Schiffes, vielleicht Gespräche in der Reederei.

Die kleine Jördis hatte genickt und hinzugefügt: »Er hat es versprochen. An meinem Geburtstag wird er zurück sein.« Dann hatten sie Hand in Hand auf dem Dünenkamm gestanden, und als endlich ein Schmackschiff am Horizont auftauchte, rannten sie nach Hause. Die Mutter zog ihr schönstes Kleid an, bürstete sich das Haar, bis es glänzte wie Silber, kämmte auch Jördis die Haare, und dann eilten sie zum Hafen, während Etta eine Lammkeule briet und im Alkoven die Betten gründlich lüftete.

Stundenlang standen sie am Hafen, und als endlich das Schmackschiff anlegte, hüpfte Jördis von einem Bein auf das andere, zitternd vor Aufregung, während die Mutter immer wieder durch ihr Haar fuhr und sich das Kleid glattstrich.

Schließlich kamen die ersten Männer von Bord, und ihre Frauen warfen sich ihnen weinend an die Brust und küssten und drückten die ihren. Einer aber, auf den offenbar niemand wartete, trat auf Jördis und ihre Mutter zu. Er reichte ihr ein versiegeltes Stück Papier, dann schaute er betreten zu Boden, stammelte: »Es tut mir leid«, und machte sich so schnell es ging von dannen. Die Mutter starrte auf das Papier, einen kleine Ewigkeit lang. Dann ließ sie Jördis' Hand fahren, drehte sich um und ging, ohne auf ihre Tochter zu warten, über den Dünenpfad zurück nach Rantum. Sie setzte sich an den Küchentisch, legte den versiegelten Umschlag ungelesen neben sich. Etta wusste auf der Stelle, was geschehen war. Sie setzte sich neben ihre Tochter, tätschelte ihr die Hand, reichte ihr einen Becher mit Wasser, doch Jördis' Mutter Nanna hörte und fühlte und sah und schmeckte nichts mehr. Sie saß einfach nur da, als wäre sie tot. Und später, als Jördis auf ihren Schoß klettern wollte, da hielt sie die Kleine nicht, da stützte sie die Kleine nicht, so dass Jördis vom Schoß ihrer Mutter fiel, direkt auf den gestampften Lehmboden, der mit alten, fein gehobelten und geölten Schiffsplanken belegt war. Die Mutter reagierte nicht auf das Weinen ihrer Tochter, nahm sie nicht in den Arm, um sie zu trösten. Die Mutter saß einfach nur da, bleich wie ein Leichentuch, und war schon gestorben, obgleich sie noch atmete. Der Umschlag lag noch immer ungeöffnet neben ihr.

So verhielt sie sich ganze zwei Wochen lang. Sie aß nichts, trank nur manchmal ein wenig Wasser. Sie wusch sich nicht, sie schlief im Sitzen, wechselte nicht ihre Kleidung und sprach kein einziges Wort. Ihre Haut wurde fahl und grau, die hellen Haarsträhnen verfilzten, die Augen waren leer wie Brunnenschächte und die Lippen rissig. Etta mühte sich nach Kräften um ihre Tochter, rüttelte und schüttelte sie, legte ihr kalte Essiglappen auf die Stirn, bestrich die spröden Lippen mit Butter, ja, sie gab ihr sogar eine kräftige Maulschelle, doch es war, als hätten sie eine Tote am Küchentisch sitzen.

Das Mädchen Jördis spielte zu den Füßen ihrer stummen Mutter, riss manchmal an ihrem Rockzipfel, weinte, weil sie nicht beachtet wurde, und spielte dann einfach weiter, weil sie nicht wusste, was sie sonst tun sollte.

Einmal hörte das Kind, wie die Großmutter mit der Nachbarin sprach. »Vielleicht sollten wir den Doktor aus Westerland holen oder sie gar aufs Festland nach Tondern bringen«, sagte Etta, doch die Nachbarin winkte ab. »Sie ist in der Trauerstarre. Es gibt fast nichts, was dagegen hilft. Nur der Pfarrer womöglich. Er soll sie segnen, soll für sie beten. Vielleicht hilft ja das.«

Eine andere sagte, man solle ihr einen gehörigen Schrecken einjagen, auf dass sie aus der Starre erwache. »Gieß ihr ganz plötzlich einen Becher mit eiskaltem Wasser über den Kopf«, meinte sie. »Das wird sie bestimmt wieder zu sich bringen.«

Die Großmutter ging ins Haus, füllte einen Becher mit eiskaltem Wasser und goss ihn der Tochter über den Kopf. Doch diese rührte sich nicht. Das Wasser tropfte von ihren Haaren auf ihre Brust, lief einfach wie Tränen über ihr Gesicht und versickerte in ihrem Brustlatz. Da holte die Großmutter ein Handtuch, rieb Nanna trocken und auch den noch immer ungelesenen, versiegelten Brief und schickte nach dem Pfarrer.

Als der Pfarrer kam, stand ihm die Genugtuung ins Gesicht geschrieben. »Es ist die Strafe dafür, dass sie nicht an den Herrgott glaubt«, erklärte er.

Etta erwiderte: »Ist der Gott nicht für alle da, die in Not sind? Woher wollt Ihr wissen, was sie glaubt? Sie war an den hohen Feiertagen immer in der Kirche, und das, was sie in den Klingelbeutel geworfen hat, hat sich sehen lassen können. Sie ist ein guter Mensch, war immer für die anderen da, hat geholfen, wo sie konnte.«

Der Pfarrer rieb sich die Hände und hörte nicht auf das, was Etta sagte. »Sie ist keine Christin, wahrlich, das zeigt sich jetzt. Wäre sie eine Christin, so könnte sie Trost beim Herrgott finden. Aber seht doch selbst, sie ist ganz ohne Trost. Ich fürchte, da kann ich nicht helfen.«

»Doch!«, befahl Etta. Ihre Stimme klang energisch. »Es ist Eure Aufgabe. Tut Ihr es nicht, so werde ich allen im Dorf erzählen, dass Ihr sie ohne Beistand gelassen habt. Ihr könnt sie nennen, wie Ihr wollt, doch sie ist getauft und konfirmiert wie alle anderen Christenmenschen auch.«

Der Pfarrer knirschte mit den Zähnen. Er war es nicht gewohnt, dass ihm widersprochen wurde. Er war der Pfarrer, Gottes Stellvertreter auf Erden. Alles, was er sagte, war Gesetz. Selbst das Wetter sollte sich nach ihm richten. Er war der Höchste im Dorf. Lange genug hatten die Eisweiber ihm die Verehrung verweigert. Lange genug hatten sie die anderen dummen Weiber zu sich gelockt und hatten ihnen mit dem nordischen Glauben die Köpfe verdreht. Einige unter ihnen hatten im Anschluss an einen Besuch bei Etta die Kirche gemieden, hatten seine Autorität in Frage gestellt. Und eine hatte ihn sogar ausgelacht, als er sagte, dass jeder Mensch das bekomme, was er verdiene. »Du meinst also, der Meine hätte sein Grab im kalten Meer verdient?«, hatte sie ihn so laut mitten auf der

Dorfstraße angeschrien, das überall die Fenster aufgegangen waren. »Das willst du mir sagen? Der Meine war ein guter Mensch, der beste, den ich je kannte. Und du sagst, er hat den Tod verdient?« Dann spie die Frau vor ihm aus, spuckte ihm direkt auf die Schuhe und drehte sich voller Verachtung ab. Und die anderen Weiber, die alles mit angesehen hatten, schlugen ihre Fenster zu, und plötzlich stand der Pfarrer ganz allein und bespuckt mitten auf der Dorfstraße. Alle hatten gehört, wie das Weib zu ihm gesprochen hatte. Wie sie ihn geduzt hatte, als wäre er ein Knecht. Und das konnte er nicht verzeihen. Niemals. Und die Schuldigen an seiner Misere waren natürlich Etta und Nanna.

Verärgert musterte er Etta, doch dann gab er klein bei. Er musste es tun, damit die Rantumer ihn ernst nahmen. Ja, Gott sei es gejammert und geklagt, die Rantumer hatten nicht die nötige Achtung vor ihm, zollten ihm viel zu wenig Respekt. Wenn Etta nun noch erzählte, er hätte Nanna den Beistand verweigert, nun, dann würde seine Kirche noch leerer werden und der Klingelbeutel nicht mehr halb so gefüllt. Also nahm er Nannas eiskalte Hände in seine und sagte, zu Etta gewandt: »Ich werde für sie beten.«

Etta nickte, und dann begann Pfarrer Mommsen: »Allmächtiger Gott, nimm dich dieses Weibes an. Sie hat gefehlt ihr Leben lang, doch nun hast du ihr das Liebste genommen, um sie zur Demut zu zwingen …«

»Halt!« rief Etta dazwischen. »Was redet Ihr da?«

Pfarrer Mommsen hob die Hände. »Ist es nicht so? Gott hat sie gestraft. Und nun sitzt sie da, ganz erstarrt vor Schuld und Scham.«

»Sie ist erstarrt vor Trauer. Eure Aufgabe ist es, ihr Trost zu spenden, nicht, ihren Schmerz zu bewerten.« Etta funkelte ihn so empört an, dass Mommsen es mit der Angst bekam. Er nahm Nannas Hände wieder in die seinen, betete das Vaterunser, und als er ihre Hände losließ, da fielen sie kraftlos herunter, zurück in ihren Schoß. Er zündete eine Kerze an, tupfte ihr Weihwasser auf die Stirn, doch die Frau rührte sich nicht, zuckte mit keiner Wimper. Da hob der Pfarrer ratlos die Hände und sagte leise: »Vielleicht ist sie vom Teufel besessen.« Er sprach die Worte ein wenig furchtsam, so, als hätte er Angst, dass mit seiner Berührung ein Teil des Teufelsdrecks von ihren Händen auf seine Hände übergegangen war. Er wischte sie an seiner schwarzen Kutte ab, rieb und rieb, doch das Brennen ließ nicht nach.

»Unfug«, erwiderte die Großmutter, »besessen ist sie nur von ihrer Trauer.« Etta sah, wie der Pfarrer die Hände abrieb, wie er die Kutte knüllte und nichts mehr wollte, als hinaus aus diesem Haus. Sie verzog den Mund vor Verachtung. »Was seid Ihr nur für ein Hirte?«, fragte sie herablassend. »Verlasst dieses Haus! Ihr seid es nicht wert, dem Herrn die Füße zu küssen.« Der Pfarrer trat auf Etta zu, funkelte sie hasserfüllt an. Er hätte sie zu gern geschlagen, doch Etta senkte den Blick nicht, im Gegenteil, sie reckte kampflustig das Kinn und wiederholte: »Raus hier! Sofort!« Da ballte der Pfarrer die Hände, murmelte ein »Gott strafe Euch!«, und machte, dass er davonkam.

Danach ließen sie Nanna einfach sitzen, zogen und zerrten nicht mehr an ihr, stellten ihr nur Wasser und Grütze hin, die sie nachts, wenn alle schliefen, zu sich nahm. Sie wurde trotzdem immer dünner, das Haar verlor seinen Glanz, wurde stumpf und spröde, die Haut wurde grau, die Lippen wurden fast weiß und rissig. Und manchmal stand die Großmutter einfach nur neben ihr, streichelte ihrer Tochter den harten Rücken, versuchte, die Schultern zu lockern, bürstete ihr das lange, strähnige Silberhaar, doch nichts, nichts half. Und der Brief lag noch immer ungeöffnet neben ihr.

Dann traf das letzte Schmackschiff vor den Herbststürmen im Hafen ein, brachte die restlichen Heimkehrer und die Gewissheit, dass diejenigen, die noch nicht eingetroffen waren, auch nie mehr kommen würden. Die Kirchenglocken läuteten den ganzen Tag, eine Totenmesse nach der anderen wurde gelesen, nur für den Vater Jori Lewerenz hatte bislang noch keiner gebetet. Da ging Etta zum Pfarrer, drückte ihm einige Silberstücke in die Hand und bat um eine Messe. Der Pfarrer zierte sich nicht lange, denn obgleich er die Familie mit Argwohn und Angst betrachtete, so verwandelten die Silberstücke seinen Argwohn auf den ersten Blick in Liebedienerei. Etta wusste genau, warum der Pfarrer sich nicht energischer widersetzte. Jori Lewerenz war ein eingeborener Sylter, ein angesehener Mann mit bestem Leumund. Würde er ihm die Totenmesse verweigern, so würden die Rantumer damit nicht einverstanden sein.

Als die Kirchenglocken zur Messe für den Vater riefen und alle Rantumer sich auf den Weg machten, nahm Etta die Enkelin an die Hand und ging mit ihr zur Kirche, während die Mutter noch immer in ihrer Totenstarre verharrte und nicht einmal gehört zu haben schien, dass die Glocken für ihren Mann läuteten. Einige steckten dem Kind süße Kringel und anderes Naschwerk zu, der Pate, ein Seemann und Freund des Vaters, reichte der Kleinen sogar einen Silbergroschen. Dann war die Messe vorbei, und die Besucher drängten sich vor der Tür. Etta hielt Jördis noch immer bei der Hand. Sie schaute zum Himmel auf, an dem sich schwarze Wolken ballten. Dann sagte sie: »Es gibt ein Wetter heute.« Und die Nachbarin ergänzte: »Ein gewaltiges Wetter wird es geben. Gott sei Dank sind die Männer zurück auf der Insel.«

Am Abend setzte das Toben ein. Der Wind kreischte im Kamin, ließ die Flammen hochlodern und dann verlöschen. Er riss an den Fensterläden, warf mit großen Händen gewaltige Schaufeln Sand dagegen, dann trommelte der Regen auf das Dach, dass es sich anhörte, als tanzten alle Höllenhunde darauf. Das Meer brüllte und warf hohe Brecher an den Strand, unter denen sich das Heulen des Sturmes gering ausnahm. Etta holte vorsichtshalber die Bibel aus dem Kasten, schlug sie auf, faltete die Hände und hieß auch Jördis, die Hände zu falten. Dann beteten sie gemeinsam das Vaterunser, und hernach richtete Etta Gebete an die Meeresgöttin Ran, an Odin, Loki und Baldur. Sie entzündete Kerzen, doch sie wagte nicht, die Runen zu werfen.

Das Heulen und Toben da draußen ließ nicht nach. Der Wind drückte Flugsand durch die Ritzen der Haustür, der im Flur eine kleine Düne bildete, und Etta hängte der Tochter eine Decke über die Schultern und fühlte, ob deren Hände kalt waren. Sie wickelte ihr einen Schal um den Hals, und Nanna ließ es geschehen, wie sie alles geschehen ließ, ohne davon auch nur die geringste Notiz zu nehmen.

Dann schickte die Großmutter Jördis in den Alkoven zum Schlafen und legte sich neben sie. Sie schlang ihre Arme um das Kind, das vor Angst zitterte. »Es wird nichts passieren«, versprach sie. »Wenn du nur schön schläfst, dann wird dir nichts passieren.«

Mitten in der Nacht erwachte Jördis. Noch immer heulte der Sturm, schleuderte der Regen seine Tropfen hart gegen die Fensterläden. In der Küche glomm noch ein Restchen Feuer, und Jördis sah, dass die Mutter nicht mehr da war. Auf dem Tisch lag der Brief, doch nun war er geöffnet und an den Rändern geknickt.

Obwohl Jördis noch ein Kind war, wusste sie auf der Stelle, wo ihre Mutter war. Sie öffnete die Tür, stemmte sich gegen den Wind, der an ihrem Nachthemd riss und ihr eine Gänsehaut über den ganzen Leib schickte, doch sie achtete nicht darauf. Sie kletterte auf die Düne, fiel hin, Sand geriet ihr in den Mund, sie stand wieder auf, lief weiter, blieb an einem Stechginster hängen, zerriss ihr Nachtkleid und hatte den Dünenkamm erreicht. Da blieb sie kurz stehen und sah auf das brüllende Meer hinunter. Der Mond lugte ab und an zwischen den dahin jagenden Wolken hindurch und warf lange, silberne Lichter auf den Strand. Jördis entdeckte ihre Mutter sofort. Sie lag unweit der Wasserlinie wie ein großer gestrandeter Fisch. Und jedes Mal, wenn eine Welle über sie hinweg rauschte, bewegte sich der Körper in einem seltsamen, grausigen Tanz.

Jördis spürte die Kälte nicht und nicht den Wind. Ja, sie bemerkte nicht einmal die Gischt, die sich auf

Haut und Haar legte und ihr dünnes Nachtkleid durchdrang. Sie rannte die Düne hinab, eilte zu ihrer Mutter, die mit dem Gesicht nach unten lag, das Haar um sich gebreitet wie Tang. Sie packte ihre Mutter bei den Armen, zerrte an ihr, wollte sie wegbringen, weg, weg von den brüllenden Wellen, von der eisigen Nässe, doch es gelang ihr nicht. Dann hockte sie sich hin, versuchte die Mutter umzudrehen, und auch das gelang ihr nicht. Schließlich legte sie ihre Hände unter das Gesicht der Mutter, drehte es behutsam auf die Seite. Dann hockte sie sich daneben, zog der Mutter die Augenlider hoch und erschrak vor dem toten, trüben Weiß dahinter.

»Mama!«, rief das Mädchen leise, dann laut und immer lauter, um das Fauchen und Krachen der Wellen zu übertönen. »Mama!« Doch die Frau rührte sich nicht, ließ es einfach zu, dass das Wasser ihre Röcke tränkte, ihr den Brustlatz vom Leibe riss und hinaus in die See spülte.

Jördis legte ihrer Mutter die Hände um das Gesicht, spürte die eisige Kälte, die von ihr ausging. Dann schmiegte sie sich an sie, umschlang mit ihren kleinen Armen, den kalten Leib der Mutter, um sie so zurück zu holen in die Wärme und in das Leben.

Lange lag sie so, begann alsbald zu zittern, spürte, wie ihre Glieder steif wurden und die Knochen so kalt, dass sie Angst hatte, sie könnten bei der geringsten Bewegung zersplittern. Sie sah den blassen Streifen am Horizont, der das Ende der Nacht zeigte, und sie hoffte, dass alles gut werden würde, wenn nur die Sonne schien. Sie wartete dringlich auf den ersten Sonnenstrahl, sehnte ihn herbei wie nichts zuvor.

Niemand konnte sagen, wie lange Jördis dort im eiskalten Wasser gelegen hatte, die Arme fest um ihre Mutter geschlungen, die Tränen mit Salzwasser und Gischt vermischt. Es war ein Junge, der sie fand. Auf den Tag genau fünf Jahre älter als sie und von der großen Schwester zum Strand geschickt, um zu sehen, was der Sturm angespült hatte. Es war Arjen, der Sohn von Kris, dem Walfänger.

Arjen löste behutsam die eisigen Finger, zog das Kind weg von seiner toten Mutter, rieb ihm die Arme und den Rücken, zog sogar seine warme Jacke aus und legte sie der Kleinen um die Schultern. »Komm mit«, sagte er und zog sanft an ihrem Arm. Aber Jördis machte sich steif, schüttelte den Kopf. Er strich ihr die nassen Haarsträhnen aus dem Gesicht und bat leise: »Komm mit nach Hause. Du bist eiskalt. Wenn du hier bleibst, stirbst du auch.« Dann nahm er sie auf die Arme und trug sie nach Hause zu ihrer Großmutter.

Zwei Wochen lag Jördis auf Leben und Tod. Sie hatte hohes Fieber, doch vor allem zitterte sie. Ganz gleich, wie viele Decken man über ihren Leib breitete, sie zitterte. Die Nachbarin sagte: »Das ist die Meereskälte. Wen sie einmal durchdrungen hat, der wird nicht mehr warm.«

»Unfug«, erwiderte Großmutter Etta und schob einen heißen Stein an das Bettende, damit die Füße ihrer Enkelin warm wurden. Doch das Zittern hörte nicht auf, und Jördis schrie im Schlaf. Sie sprach mit dem Meer im Schlaf, flehte es an, die Mutter zu lassen. Dabei zitterte sie und konnte einfach nicht damit aufhören.

»Wasser bekämpft man mit Feuer«, sagte die Nachbarin.

»Soll ich sie ins Herdfeuer stecken?«, fragte die Großmutter und schüttelte den Kopf.

Die Nachbarin runzelte die Stirn, dachte nach und zeigte dann auf den Brief, der auf dem Küchentisch lag, noch zerknickter als zuvor. »Du musst ihr das Schreiben vorlesen. Damit sie weiß, was genau geschehen ist.«

Etta wiegte den Kopf. »Soll ich ihr noch mehr Leid zufügen? Ist es nicht grausam genug, dass sie ihre Mutter so gefunden hat? Soll sie auch noch wissen, wie ihr Vater gestorben ist?«

Die Nachbarin nickte. »Anders geht es wohl nicht«, sagte sie und verließ das Haus, froh, nicht bleiben zu müssen.

Jördis lag in ihrem Bett, die Augen geschlossen, die Arme um den Leib geschlungen. Sie hatte nicht gehört, was die Nachbarin gesagt hatte, hatte auch die Entgegnung der Großmutter nicht vernommen. Sie litt weder Hunger noch Durst. Sie fror und wollte nichts anderes, als endlich wieder bei Mutter und Vater zu sein. Es war ihr gleichgültig, wo die Eltern waren. Man hatte ihr gesagt, sie seien tot, doch das Kind wusste nicht genau, was diese Worte bedeuteten. Und es war ihr auch gleichgültig. Egal, wo Mutter und Vater waren, sie wollte ebenfalls dorthin.

Etta trat an den Alkoven zu Jördis, die sich unruhig im Schlaf wälzte, dabei mit den Zähnen klapperte und trotz der vielen Decken und des heißen Steins so kalt war wie Eis. Leise seufzte die Großmutter, holte den Brief, setzte sich in einen Lehnstuhl direkt vor den Alkoven und las: »… sind wir gezwungen, Euch heute anzuzeigen, dass Euer Ehemann und Vater Jori Lewerenz auf dem weiten Meer vor Grönland gestorben ist. Sein Schiff kam in einen Sturm und wurde hernach vom Packeis eingeschlossen. Ein anderer Walfänger wollte dem Lewerenz-Schiff zu Hilfe eilen, doch es war zu spät. Es ist uns auch gänzlich unmöglich, Euch die Leiche des Euren zu übersenden, da der Tod so weit weg von der Heimat eingetreten ist. Seine tapferen Männer und er wurden Seite an Seite auf dem Spitzbergener Seemanns-Friedhof beerdigt, und die Reederei hat einen schönen Sarg bezahlt und auch am Leichenschmaus nicht gespart. Man hat dem Toten ein Kreuz in den Sarg gelegt und dafür gesorgt, dass am Abend vor Allerheiligen auf zehn Jahre ein Totenlicht entzündet wird.«

Die alte Etta ließ den Brief sinken und wischte sich die Tränen fort, die ihr über die Wangen rannen. Dann sagte sie leise und ganz wie zu sich selbst, aber so, dass Jördis sie hören konnte: »Ich hätte meine Tochter nicht Nanna nennen sollen. Nanna, nach der nordischen Göttin, auch ›die Wagemutige‹ genannt.«

»Warum nicht?«, wollte die kleine Jördis wissen. Es waren die ersten Worte, die sie seit der Nacht, in der ihre Mutter starb, gesprochen hatte.

Etta nahm ihre kleine, kalte Hand in ihre großen warmen Hände und erwiderte: »Nanna war die Gattin des Baldur, der das Gute verkörperte. Baldur starb, weil der Gott Loki dem blinden Hödr einen Pfeil und Bogen in die Hand gedrückt hatte. Der Blinde tötete aus Versehen seinen eigenen Bruder Baldur. Und Nanna zerbrach vor Kummer. Sie konnte nicht leben ohne Baldur und ließ sich beim Begräbnis ihres Mannes mit verbrennen. Und dein Vater, mein Kind, ist im Wasser umgekommen, und deine Mutter ist ihm dorthin gefolgt.« Dann begann Etta zu weinen, sie wurde vom Schluchzen regelrecht geschüttelt. Die Tränen rannen ihr über die Wangen, und sie umschlang Jördis, und da weinte auch die Kleine. Sie lag an Ettas Brust geschmiegt und durchnässte mit ihren Tränen den Stoff von Ettas Kleid.

Lange hielten sie einander so, vereint im Schmerz, der sich nicht auflöste, sondern nur ein wenig leichter wurde. Erst als alle Tränen geweint waren, trocknete Etta der Kleinen das nasse Gesicht, steckte das Taschentuch weg, erhob sich stöhnend und machte sich daran, einen weiteren heißen Stein zu bereiten. Sie stand kaum am Ofen, als das Kind einen Schrei ausstieß.

Etta eilte zu ihr. »Was ist dir, Jördis?«

Das Mädchen antwortete: »Nimm den Stein weg von mir. Er ist so heiß, er verbrennt mich.«

Als Etta dies getan hatte, warf das Mädchen die vielen Decken von sich und sagte, ihr sei noch immer so heiß, als stünde sie im Feuer. Etta brachte kaltes Wasser, und am nächsten Morgen war Jördis von der Kälte befreit.

Viertes Kapitel

Plötzlich war es, als wäre der Sturm in die Rantumer gefahren. Alles ging so schnell, dass Jördis später nicht sagen konnte, wie die Dinge vor sich gegangen waren.

Sie war zum Strand gelaufen, hatte sich auf einen Dünenkamm gesetzt und zum Meer geschaut. Der Himmel war milchigblau, ein paar Wolkenfetzen trieben fröhlich vorüber. Die Sonne hatte schon an Kraft eingebüßt, doch wärmte sie noch immer. Es roch nach Salz und Tang und ein wenig nach den Pflanzen der Dünen. Die langen Stängel des Strandhafers wiegten sich mit ihren hohen weiß-grünen Blättern im Wind, der Seemannstreu, von dem viele auf der Insel glaubten, er stehe für Heimweh und Treue und wachse deshalb so hoch, dass die Seemänner ihn neben dem Strandhafer als Erstes erblickten, wenn sie zurückkehrten, steckte seine dornigen Stängel in die Luft. Ein paar Sanddornbüsche hatten ihre Blätter abgeworfen, und die letzten gelb blühenden Dünenrosen verbreiteten ihren schweren Duft. Jördis schlüpfte aus den Holzpantinen, die sie gewöhnlich trug, und bohrte ihre nackten Zehen in den oben warmen, aber in der Tiefe schon kühlen Sand. Unten am Strand lagen ein paar Fischerboote oberhalb des Spülsaumes. Die

Fischer anderer Boote holten draußen auf dem Meer ihre Netze ein. Zwei alte Weiber sammelten Treibholz und Tang, den sie im Winter getrocknet verheizten.

Jördis spürte, wie der Wind ihr sanft in die Haare fuhr. Sie wusste, dass sie eigentlich nach den Schafen sehen sollte, die drüben am Deich weideten, aber sie liebte es nun einmal so sehr, hier zu sitzen und auf das Meer zu schauen, das heute kleine weiße Hauben auf den Wellen trug. Vom Kirchturm der Rantumer Sankt-Peter-Kirche schlug es die elfte Stunde. Jördis seufzte und erhob sich. Sie klopfte ihr Kleid vom Sand sauber und begab sich auf die Wattseite der Insel zum Deich. Die beiden Schafe weideten und schenkten ihrer Besitzerin keinerlei Aufmerksamkeit. Doch Jördis hatte vor einigen Tagen entdeckt, dass eines von ihnen im Fell eine kahle, rot entzündete Stelle hatte. Die Großmutter hatte ihr ein wenig Ringelblumenfett gegeben, um das Schaf damit zu behandeln, und jetzt wollte Jördis schauen, ob ihr Bemühen erfolgreich gewesen war. Sie schritt ruhig auf das Tier zu, sprach leise auf es ein, fand endlich die Stelle und bemerkte zufrieden, dass die Entzündung abgeklungen war. Plötzlich hörte sie ein aufgeregtes Bellen, die Schafe wurden unruhig, und als Jördis den Kopf wandte, sah sie Arjen über die Weide in Richtung des Deiches kommen, geradewegs auf sie zu. Seine Hündin sprang neben ihm her, und er trug etwas an seine Brust gepresst, das Jördis nicht erkennen konnte.

»Ich habe dich gesucht«, rief er schon von weitem. »Aber jetzt habe ich dich ja gefunden.«

»Warum hast du mich gesucht?«, wollte Jördis wissen.

Arjen lachte, die dunklen Haare glänzten in der Sonne, und seine Augen blitzten. »Du hattest gestern Geburtstag. Und heute nun bringe ich dir ein Geschenk.«

Jördis stutzte. Warum brachte Arjen ihr ein Geschenk? Bisher hatte er immer so getan, als würde er sie nicht bemerken. Selbst beim letzten Biikefeuer, bei dem die jungen Burschen mit den Mädchen tanzten, die ihnen besonders gefielen, hatte Arjen mit allen getanzt, nur nicht mit ihr.

»Warum bringst du mir ein Geschenk?«, wollte sie deshalb wissen und kniff die Augen zusammen. Zugleich aber zupfte sie an ihrem Kleid, strich sich das Haar glatt und schlüpfte zurück in ihre Holzschuhe. Sie wünschte sich, sie hätte sich am Morgen ein Band ins Haar gebunden und den winzigen Fleck am Saum des Kleides herausgewaschen. Sie wünschte sich einen Kamm und ein neues Kleid und neue Schuhe und ein zauberhaftes Lächeln, aber sie hatte das Gefühl, wie eine Ziegenhirtin auszusehen.

Er lief ein Stück an ihr vorbei, hoch auf den Deich und ließ sich dort ins Gras sinken. »Komm, sieh dir an, was ich hier für dich habe!«, forderte er, ohne auf Jördis' Frage einzugehen.

Sie ging ihm nach, setzte sich so neben ihn, dass gut und gerne noch zwei weitere Personen zwischen ihnen Platz gehabt hätten. Dann streichelte sie der Hündin, die aufgeregt mit dem Schwanz schlug und die Ohren gespitzt hielt, das weiche Brustfell.

»Warum?«, wiederholte Jördis erneut und vermied es dabei, Arjen anzusehen.

»Weil du sechzehn Jahre alt geworden bist«, erklärte er. »Komm, sieh, was ich für dich habe.«

Jördis beugte sich zu ihm herüber, und Arjen schlug behutsam die Decke zur Seite, und zum Vorschein kam ein winziges Hündchen.

»Oh!«, rief Jördis entzückt. Sie nahm ihm das Hündchen ab, setzte es sich auf ihren Schoß und streichelte es hinter den Ohren. Der kleine Hund schmiegte seinen Kopf sofort in ihre Hand und stieß leise, zufriedene Geräusche aus. »Woher hast du ihn?«, fragte sie und ließ den Blick nicht von dem Tier.

»Meine Hündin hat vor acht Wochen geworfen. Und du bist so oft allein in den Dünen unterwegs. Ich dachte, du könntest einen Gefährten gebrauchen.«

Jördis drückte ihr Gesicht in das weiche Fell des Hundes und flüsterte ihm Liebeleien ins Ohr.

Arjen lachte. »Ich dachte, solche Schmeicheleien würden eher mir zustehen.«

Jördis hob den Kopf, tat, als würde sie nicht verstehen. »Ich danke dir sehr dafür. Und ich darf den Kleinen wirklich behalten?«

Arjen nickte. »Ich möchte nur eine winzig kleine Gegenleistung dafür haben.«

Jördis runzelte die Stirn. »Und was willst du von mir?«, fragte sie.

Arjen lachte. »Einen Kuss will ich.«

»Einen Kuss?« Jördis riss verblüfft die Augen auf. »Wieso denn einen Kuss?«

Arjen rückte ein wenig näher, legte eine Hand an Jördis' Wange. »Weil du mir gefällst. Deshalb. Und jetzt bist du sechzehn Jahre alt. Jetzt darf ich dir sagen, dass du mir gefällst. Schon lange gefällst. Eigentlich schon, seit ich dich damals, als Siebenjährige, aus dem Wasser gezogen habe.«

Jördis schluckte. Arjen aber schloss die Augen und tippte auf seine Lippen. »Den Kuss!«, erinnerte er sie.

Jördis blickte sich nach allen Seiten um, und als sie sah, dass niemand in der Nähe war, drückte sie Arjen ganz rasch einen leichten Kuss auf seine Lippen. Ein Schauer rann ihr dabei über den Rücken, und sie war erstaunt darüber, wie weich und warm seine Lippen waren.

Plötzlich spürte sie seine Hand an ihrem Hinterkopf, so dass sie ihre Lippen nicht von seinem Mund lösen konnte. Er öffnete ihre Lippen mit seiner Zunge und küsste Jördis so, wie ein Mann seine Liebste küsste.

Als er sie endlich losließ, lachte er leise. Jördis spürte, wie ihr das Blut in die Wangen schoss. Sie hatte keine Ahnung, was sie nun tun sollte. Ihr Herz schlug rasend schnell, und eine seltsame, unbekannte Hitze breitete sich in ihrem Körper aus. Also erhob sie sich rasch, drückte das Hündchen an sich und lief regelrecht vor Arjen davon. Sie drehte sich nicht um, sie hielt nicht inne, und trotzdem wusste sie, dass Arjen ihr leise lachend hinterher schaute.

Das Hündchen war schwarz, hatte weiße Pfoten und eine weiße Schwanzspitze. Jördis taufte es auf den Namen Blitz, weil es tatsächlich wie ein kleiner Blitz durch die Gegend sprang.

»Woher hast du es?«, wollte Etta wissen und stellte dem kleinen Tier eine Schale mit Wasser hin. Dann holte sie eine alte Decke, um sie vor den Ofen zu legen. »Das ist sein Platz«, erklärte sie. »Und nun sage mir, woher du den kleinen Hund hast.«

Jördis schluckte. Aus irgendeinem Grund war es ihr peinlich zu sagen, wer ihr das Hündchen geschenkt hatte. Schließlich überwand sie sich: »Arjen hat es mir geschenkt. Zum Geburtstag. Damit ich einen Gefährten habe.«

Etta lächelte. »Arjen also«, sagte sie und nickte. »Magst du ihn?«

Jördis dachte daran, dass Etta gestern dabei gewesen war, als sie Inge anvertraut hatte, wer von den Syltern ihr Herz höher schlagen ließ. Also antwortete sie mit einem Nicken.

Etta ließ den Holzlöffel sinken, mit dem sie in einem großen Kupfertopf gerührt hatte, und setzte sich an den Küchentisch. »Komm her zu mir«, sagte sie, und Jördis gehorchte, hielt dabei den kleinen Hund auf ihrem Schoß und kraulte ihm die Ohren.

»Du bist nun sechzehn Jahre alt und hast das Hochzeitsalter erreicht. Viele Rantumer Mädchen heiraten, kaum dass der Geburtstagskuchen gegessen ist. Du kannst das auch tun, aber ich werde dich nicht zu einer Heirat drängen.«

Gestern noch hätte Jördis zu diesen Worten einfach nur genickt, aber heute hatte Arjen sie geküsst. Und er hatte damit einen Orkan der Gefühle in ihr erweckt. Der Kuss – sein Kuss … er hatte nach Meer und Salz geschmeckt, aber auch nach Honig und Rauch. Und sie hatte Arjens Duft gerochen, ein Gemisch aus Buchenholzrauch, Eisen, Schweiß und Strandhafer. Der Kuss hatte ihr gefallen, sie wollte mehr davon. Und wenn sie nur daran dachte, dann wurde ihr Schoß ganz warm, und Ameisen krabbelten durch ihren Magen. Jetzt erst hatte sie erkannt, dass es zwischen Mann und Frau etwas gab, das ihr bisher verborgen geblieben war, das die anderen aber Liebe nannten. Liebe oder Begehren. Wie sollte sie den Unterschied kennen?

Also nickte sie abermals. »Ich mag ihn«, gab sie leise zu. »Sehr sogar.«

Etta lächelte. »Es kann sein, dass er kommt und um deine Hand anhält. Was wirst du dann sagen?«

Jördis schüttelte den Kopf. Sie war noch immer ganz durcheinander, wusste kaum, was sie empfinden sollte. »Ich weiß es nicht.« Sie sah so unglücklich drein, dass Etta ihr über die Hand strich.

»Das ist in Ordnung so, Jördis. Du brauchst Zeit. Also nimm sie dir.«

Jördis blickte auf. »Die Rune hat gesagt, dass ich den Mann, den ich einmal heiraten werde, bereits kenne. Es könnte also Arjen sein.«

»Ja«, bestätigte Etta. »Es könnte Arjen sein, aber auch jeder andere Mann der Insel. Lass dir Zeit. Überlege genau, was du wirklich willst. Denn wenn du erst einmal verheiratet bist, dann muss die Liebe bis zum Ende deines Lebens reichen.«

Etta blickte zum Fenster hinaus, und Jördis tat es ihr gleich. Ohne dass sie darüber sprachen, wusste sie, dass Etta an Nanna dachte. An ihre Tochter, die aus Liebe gestorben war. Aber Jördis wusste genauso gut, dass diese tiefe Verbindung zwischen ihrem Vater und ihrer Mutter nicht unbedingt die Regel war. In Rantum gab es Ehemänner, die ihre Frauen regelmäßig verprügelten. Es gab Kräche, Flüche, Geschrei, es gab Häme, Verletzungen und Verleumdungen unter Eheleuten. Jördis hatte manchmal dabeigestanden, wenn die Nachbarin mit der Großmutter geredet hatte. »Ich weiß ja nicht, wie es bei euch im Eisland gewesen ist, aber hier, wo es keine Elfen und keine Zwerge gibt, die einem helfen in der Not, da muss man sich selbst behelfen. Der Meine lässt mich einfach nicht in Ruhe. Sieben Kinder hat er mir schon gemacht, und noch immer will er in mein Bett. Ich habe das vierzigste Jahr überschritten, doch der Meine wäre nicht unzufrieden, wenn ich noch ein Kind bekäme. Sag, Etta, gibt es nicht ein Kraut, das ich ihm in den Grog machen kann, damit er Ruhe gibt?«

Etta hatte den Kopf gewiegt. »Es ist ein gutes Zeichen, wenn er dich noch will«, hatte sie gesagt. »Ein Kraut gegen die Liebe gibt es nicht, soweit ich weiß.«

Die Nachbarin hatte enttäuscht ausgesehen und am nächsten Tag Etta beinahe das Wischwasser über die Füße gekippt, als sie mit Jördis am Nachbarhaus vorübergegangen war.

Es klopfte an der Tür, und noch ehe Jördis hinlaufen konnte, betrat Inge das Haus. Sie strahlte zwar, aber Jördis sah die dunklen Ringe unter ihren Augen und die Blässe ihres Gesichtes.

»Ich bin gekommen, um das Kreuz aufzuhängen«, verkündete sie und sah sich in der Küche um, als erwarte sie, dass sowohl Kreuz als auch Hammer und Nagel bereitliegen würden. Doch der Küchentisch war blank und leer, nur ein Tranleuchter stand darauf.

»Das Kreuz«, sagte Etta und blickte sich suchend in

der Küche um. »Ich weiß gar nicht, wohin wir es getan haben«, murmelte sie.

Auch Jördis gab sich den Anschein, nicht zu wissen, wovon die Freundin sprach. »Schau, was ich hier habe«, sagte sie stattdessen und zeigte Inge den kleinen Hund, der friedlich schmatzend in ihren Armen lag.

»Och, ist der niedlich«, jauchzte Inge, doch dann verdüsterte sich ihr Gesicht. »Woher hast du ihn?«

Jördis sah sie strahlend an. »Arjen hat ihn mir geschenkt.«

Dieser Satz wischte Inge das Lächeln vom Gesicht. »Arjen?«, fragte sie nach und hatte das Kreuz auf der Stelle vergessen.

»Ja. Arjen.«

»Warum hat er ihn dir geschenkt?«

Jördis lachte und konnte nicht verhindern, dass ihr die Röte in die Wangen schoss. Sie verbarg ihr Gesicht im Fell des Hundes und murmelte: »Er hat mir das Hündchen zum Geburtstag geschenkt.«

Inges Augen verdunkelten sich. Ihr ganzes Gesicht sah plötzlich aus, als wäre ein düsterer Schatten darauf gefallen. Sie hatte auch Geburtstag gehabt. Zwei Monate vor Jördis. Und was hatte sie von Arjen geschenkt bekommen? Nichts. Nicht einmal gratuliert hatte er ihr, obwohl der Vater am Sonntag davor in der Kirche von ihrem Geburtstag erzählt hatte. Inge wusste genau, warum der Pfarrer das getan hatte: Er wollte die Freier anlocken. Aber bisher war niemand gekommen, und Inge wusste einerseits, dass Jördis damit nichts zu tun hatte, ganz gleich, was der Vater da von Zauberei behauptete, und andererseits würde sie ihm so furchtbar gern glauben, denn das hieße, dass nicht sie schuld daran war, dass bisher keiner gekommen war, um sie zu freien.

»Warum hat er dir den Köter zum Geburtstag geschenkt?« Inge konnte nicht verhindern, dass sich ihre Stimme bitter anhörte.

Jördis zuckte mit den Schultern. Sie hatte den Blick noch immer auf den Hund gerichtet und die Bitterkeit der Freundin nicht bemerkt. »Großmutter meint, er hätte vielleicht Absichten«, sagte sie leise und freudig.

»Aha. Und was glaubst du?«

Endlich blickte Jördis auf. »Er hat mich geküsst«, brach es aus ihr hervor. »Stell dir nur vor, er hat mich geküsst wie ein Mann sein Weib.«

Sie strahlte, und das Strahlen hielt auch noch an, als Inge sich mit einem Schluchzen umdrehte und aus dem Haus lief, ohne noch einen Gedanken an das Kreuz zu verschwenden.

Jördis blickte ihr ratlos nach. »Was hat sie denn?«, fragte sie ihre Großmutter.

Etta seufzte. »Ich glaube, auch sie ist in Arjen verliebt und wünscht ihn sich zum Manne.« Doch was sie nicht sagte, war: Inge hat Jördis' Zukunftsrune. Sie konnte damit viel Unheil anrichten. Und nichts auf der Welt war gefährlicher als eine eifersüchtige Frau, selbst wenn sie gerade einmal sechzehn Jahre zählte.

Fünftes Kapitel

Als Arjen noch ein kleiner Junge war, der kaum über die Tischkante schauen konnte, da hielt sein Vater im Winter Seemannsunterricht ab. Er war Walfangkapitän, und die jungen Sylter Männer, die schon zur See fuhren oder zur See fahren wollten, sammelten sich um den Küchentisch und hörten zu, was ihnen der alte Kapitän Kris Hansen erzählte.

Arjen erinnerte sich genau. Die jungen Männer in den einfachen Kleidern saßen um den Tisch, scharrten mit den Füßen auf dem Boden herum und kauten an den Gänsekielen, die sie immer mal wieder in das Tintenfass tunkten, das mitten auf dem Tisch stand. Sie hatten Papierbögen vor sich liegen, einfache, grobkörnige, graue Bögen, die eine Frau aus Tinnum den Sommer über geschöpft hatte. Und darauf malten sie alles, was Hansen ihnen erzählte. Er selbst saß im Lehnstuhl nahe dem Feuer, hatte seine Meerschaumpfeife entzündet und hielt hin und wieder einige Dinge in die Höhe.

»Das ist ein Lot. Es besteht aus einer Lotleine, ungefähr zwanzig Meter lang, an deren unterem Ende ein Gewicht von rund fünf Kilogramm hängt. Blei meist. Man benutzt das Lot zur Messung der Wassertiefe. Dieser Wert wird dann in einer Seekarte eingetragen.«

Arjen hockte unter dem Tisch, machte sich klein, um nicht von den Füßen der Schüler getroffen zu werden, und band einen alten großen Nagel, den er am Strand gefunden hatte, an einen Kälberstrick. Dann schlich er sich hinaus und maß der Mutter das Waschwasser im Zuber, die Tiefe des Wassereimers und sogar der Schafstränke. Und sein Vater, dem die Mutter von den Experimenten erzählte, klopfte ihm auf die Schulter. »Du wirst einmal ein erstklassiger Kapitän werden.«

Arjen nickte und bat den Vater, ihm die Sternbilder zu erklären. Und so saßen sie in den eisigen Winternächten in warme Schafsfelle gehüllt auf dem Dünenkamm, und der Vater deutete zum Himmel und zeigte dem Sohn die Sterne. Arjen kannte schon bald die achtundfünfzig Navigationssterne, und er interessierte sich auch für alles andere, das mit der Navigation zu tun hatte.

Kaum war er zwölf Jahre alt, nahm Kapitän Hansen seinen Sohn als Schiffsjungen mit auf große Fahrt. Die Mutter weinte beim Abschied, presste das schmale Bürschchen, das im letzten Jahr so hoch aufgeschossen war, an sich und küsste ihn. Doch Arjen, dem das peinlich war, wand sich aus den Armen der Mutter. »Ich werde wiederkommen, das verspreche ich dir.«

Er fuhr als Schiffsjunge, kletterte hinauf zum Ausguck und war stolz, als er das erste Mal rufen durfte: »Wal, Wal överall!« In den Schaluppen, in denen die Harpuniere saßen, durfte er nicht mitfahren, aber wenn der Wal erst einmal an der Schiffsseite vertaut war und die Speckschneider dort ihrer Arbeit nachgingen, hielt es ihn nicht länger auf Deck. Er reichte den Männern die Messer, schleppte die Speckseiten weg, er schrubbte das Deck, wusch in der Kombüse die riesigen Töpfe und Pfannen, und als er im Herbst nach Sylt zurückkam, hatte er die Taschen voller Geld. Er hatte die Mutter schon vom Schmackschiff aus gesehen. Und er rannte zu ihr, kaum dass das Schiff angelegt hatte, und hielt ihr die beiden Hände voller Münzen entgegen. »Da, für dich!«, sagte er, und seine Mutter nahm ihn in die Arme und weinte, strich ihm dabei immer wieder über das Haar und sagte: »Aber das sollst du doch nicht!« Arjen bestand jedoch darauf, dass die Mutter das Geld behielt, und die Mutter steckte es in einen alten Strumpf und bewahrte es für den Sohn unter der Matratze auf. Im Winter hockte Arjen nicht mehr unter dem Tisch, sondern neben den anderen Schülern auf der Küchenbank. Und der Vater erzählte ihnen alles über die verschiedenen Schiffstypen, wann welches Segel gesetzt werden musste, wie ein Steuerrad beschaffen war und welche Art von Wolken welches Wetter ankündigte. Arjen schrieb alles mit, und am Abend, wenn alle längst zu Hause in ihre Schlafalkoven gekrochen waren, las er noch immer am Küchentisch, bis die letzte Kerze heruntergebrannt war. Im nächsten Jahr fuhr er schon als Steuergehilfe, und als er siebzehn Jahre alt war, machte er sein erstes Patent und fuhr als nautischer Offizier auf dem Schiff seines Vaters. Und als er zwanzig Jahre alt geworden war, hatte er alle Patente zusammen, die man brauchte, um ein Schiff zu führen. Nun hatte er nur noch seinen Vater über sich. Arjen allein war verantwortlich dafür, dass das Schiff den rechten Kurs hielt. Er war es, der nachts die Sterne betrachtete und anhand der Positionen die Lage des Schiffes und die Richtung bestimmte. Am Tag, wenn die Sonne am Himmel schien, stand auch er auf Deck und verfolgte jeden Meter, den das Schiff zurücklegte.

Dann aber kam der Unglückstag. Es war der 15. August 1710. Die Brigg, die sein Vater führte und auf der Arjen als Erster Offizier seinen Dienst tat, wurde zwischen Kap Platen und dem Nordkap von Spitzbergen im Eis eingeschlossen. Der Proviant war knapp, die Trinkwasservorräte gingen zur Neige, doch das war nicht das Schlimmste. Einige der Männer waren krank, fieberten hoch. Da ließ sich Arjen mit zwei Kameraden und einem Schlitten auf einer großen Packeisscholle absetzen und machte sich auf den Weg an die Westküste Spitzbergens, an die Cross Bai. Sie waren erst einen einzigen Tag unterwegs, als sie zu einer englischen Brigg stießen, die sich gerade mühsam aus dem Packeis befreit hatte. Die Engländer nahmen die drei Deutschen an Bord, setzten ihnen eine großzügige warme Mahlzeit vor, füllten ihre Trinkwasservorräte auf und boten ihnen sogar einen Platz für die Nacht an. Während die beiden anderen sich zum Schlafen niederlegten, besuchte Arjen den Steuermann. Von ihm wollte er wissen, wie er es aus dem Packeis hinaus geschafft hatte. Der Steuermann zeigte ihm ein Gerät, welches dem Jakobsstab, den er gemeinhin zur Winkelmessung und zur Abstandsberechnung benutzte, ähnelte. Die Jakobsstäbe, die Arjen kannte und benutzte, bestanden in der Regel aus zwei Teilen: einem einen Meter langen Stab mit Skala und bis zu drei kürzeren

Querstäben mit einem Loch in der Mitte, in denen ein langer Stab steckte. Der Jakobsstab wurde in Richtung Gestirn und Horizont ausgerichtet. Dann wurde der Querstab verschoben, bis das obere Ende mit dem Gestirn und das untere Ende mit dem Horizont übereinstimmte. Nun konnte der Wert an einer Skala abgelesen werden. Doch der Jakobsstab war nur bedingt zu gebrauchen. Schaukelte das Schiff im Wellengang, war keine genaue Messung möglich. Herrschten Nebel oder dicke Wolken, die den ganzen Himmel bedeckten, konnte man den Jakobsstab ebenfalls nicht benutzen. Aber das Gerät hier, das der englische Steuermann ihm zeigte, war ein wenig anders. Es hatte eine Grundform, die einem Sechstel Kreis entsprach. Begeistert ließ sich Arjen das Gerät erklären. Es funktionierte über Gläser, über Linsen. So etwas hatte er noch nie gesehen.

»Was ist das?«, wollte er wissen.

Der Steuermann lächelte. »Eigentlich ist es noch gar nichts. Es gibt einen Wissenschaftler in England – er ist ein bisschen verrückt –, der mich bat, ein paar Messungen für ihn mit diesem Gerät vorzunehmen.« Er hielt das Gerät, das aus Metall und den Linsen bestand, in die Höhe. »Aber ich glaube nicht, dass es etwas taugt. Du musst durch diese Linsen in die Sonne sehen. Aber wer kann schon lange in die Sonne schauen?« Er rieb sich die Augen. »Ich befürchte sogar, dass ich blind davon werde.«

»Darf ich es einmal probieren?«, wollte Arjen wissen.

Der Steuermann nickte und reichte ihm das Gerät. Arjen hielt es sich vor die Augen. Der Mann hatte recht; die Sonne blendete ihn so, dass er keinerlei

Messungen vornehmen konnte. Trotzdem faszinierte ihn das Instrument. »Wenn man es verbessern könnte, wenn die hellen Linsen nicht wären, dann …«

»… wenn, wenn, wenn. Du glaubst nicht, mein Junge, wie oft ich dieses Wort schon gehört habe. Das Ding hier taugt nichts. Das kannst du mir glauben. Wenn es ums Navigieren geht, vertraue ich dem Jakobsstab und dem Astrolabium. Und du solltest das auch tun.«

Arjen nickte, bat aber trotzdem um ein Stück Papier und eine Feder, um das seltsame Gerät zu zeichnen.

Als die drei deutschen Seeleute sich am nächsten Morgen auf den Weg zur Cross Bai machten, war Arjen in Gedanken versunken. In seinem Kopf berechnete er Winkel, dachte über Linsen und ihre Wirkungsweise nach. Er hörte nicht, worüber die Kameraden sprachen, er sah nicht nach den Wolken, wie es seine Aufgabe gewesen wäre. Und als die ersten Schneeflocken fielen, nicht sanft und leise, sondern waagerecht und nass an ihm vorbei pfiffen, da wusste er, dass er versagt hatte. Sie waren mitten im Packeis. Sie konnten weder vorwärts noch rückwärts, weil nicht auszumachen war, in welche Richtung sie sich wenden mussten. Der Sturm begann zu heulen, zerrte an ihrer Kleidung. Alles, was nicht festgebunden war, flog davon, sogar die Trinkbecher aus Blech. Der Sturm war so stark, dass ein Vorwärtskommen, ganz gleich, in welche Richtung, nicht möglich war. Es wurde so furchtbar kalt, dass die Augenbrauen schon bald eine Eisschicht trugen, die Wangen vor Kälte brannten und die Lippen rissig wurden. Der Sturm wurde zum Orkan. Dazu peitschten spitze Schneeflocken wie winzige Nadeln, bohrten sich in jede freie Hautstelle. Bald begannen die Männer so zu frieren, dass sich ihre Knochen wie dünnes Glas anfühlten. Und dann kam die Nacht. Es war so dunkel, dass man die Hand vor Augen nicht sehen konnte. Einer der Seemänner, ein junger Kerl, der erst im zweiten Jahr zur See fuhr, begann zu weinen. »Wir werden sterben«, schluchzte er. »Wir werden erfrieren.«

Arjen erwiderte nichts darauf, denn er hegte dieselbe Befürchtung. Er kippte den Schlitten um und drängte die beiden Kameraden, sich eng aneinander dahinterzuhocken, um sich ein wenig zu wärmen. Er selbst schützte die beiden mit seinem Körper von hinten. In dieser Nacht schlief keiner auch nur einen einzigen Augenblick. Sie lauschten auf das Brüllen des Sturmes, zitterten vor Kälte und Erschöpfung, und der junge Bursche murmelte Gebete vor sich hin. Als der Morgen graute, waren die drei so erschöpft, dass sie sich kaum erheben konnten. Der Sturm hatte nachgelassen, doch er hatte auch Risse in die weite eisige Fläche geschlagen. Risse, breiter als eine offene Hand, die sich ständig verbreiterten und den Weg zur Cross Bai unpassierbar machten.

Arjen sah die Erschöpfung seiner Kameraden, und er wusste, dass er Schuld an ihrer Lage trug. Hätte er auf das Wetter geachtet, vielleicht wären sie dann noch rechtzeitig zurück zu dem englischen Schiff gelangt. Aber es war zu spät. Der junge Mann konnte seine Lider kaum offenhalten. Er hatte hochrote Wangen, zitterte doch zugleich so, dass seine Zähne aufeinanderschlugen. Und dem anderen erging es nicht viel besser.

»Legt euch auf den Schlitten«, befahl Arjen. »Wir müssen hier weg, das Eis kann jeden Augenblick brechen.«

»Und dann?«, jammerte der Jüngere.

»Ich werde euch zu unserem Schiff zurückbringen. Vertraut mir! Eine andere Möglichkeit gibt es nicht.«

Die beiden taten, was Arjen ihnen befohlen hatte. Er spannte sich vor den Schlitten, legte sich die lederne Leine um die Brust und stemmte sich gegen den Wind. Dann lief er. Er lief und lief. Er hatte Hunger, doch er aß nichts, sondern lief. Er hatte Durst, doch er nahm sich nicht die Zeit, ein wenig Schnee zu schmelzen. Er lief den ganzen Tag und die ganze Nacht. Einmal verlor er die Orientierung, doch er hatte den Jakobsstab dabei und kam schnell wieder auf den rechten Weg. Der Morgen graute, als er am Horizont das Schiff entdeckte. Er blieb stehen, wollte nur einen einzigen Moment kurz verschnaufen, doch er brach vor Erschöpfung in die Knie, blieb einfach liegen, die Wange an das Eis gepresst und die Augen geschlossen. Er war so erschöpft, dass er weder Kälte noch Hunger noch Schmerz spürte. Alles um ihn herum wurde schwarz und leer.

Plötzlich wurde er aus der Dunkelheit gerissen. Jemand zerrte an seinem Arm. Er spürte, wie derjenige ihn unter den Achseln packte und über das Eis zog. Er wollte den Mund öffnen, wollte etwas sagen, doch das Eis hatte seine Lippen so rissig und blutig gemacht, dass er nichts hervorbrachte. Immer wieder fielen ihm die Augen zu. Manchmal glaubte er, Schläge im Gesicht zu spüren, und er fragte sich, wer ihn da schlug, doch er konnte sich nicht wehren. Er spürte, wie jemand ihm die Kleider vom Leib riss, seinen Körper mit Schnee abrieb. Zuerst dachte er, er würde durch die Kälte zerspringen, doch dann wurde ihm heiß. Heißer noch als im heißesten Sommer. Er schlug die Augen auf und sah, dass er auf dem Deck seines Schiffes lag und der Vater ihn mit Eis abrieb. »Wo sind die anderen?«, brachte er gequält und mühsam hervor. Der Vater erwiderte: »Mach dir keine Sorgen, jetzt geht es um dich.«

Später lag er in der Kajüte des Vaters, einen kühlen Essiglappen auf der Stirn. Seine Zehen brannten, als hielte jemand glühende Kohlen daran. Er öffnete die Augen und bemerkte, dass der Vater neben ihm saß.

»Was ist passiert?«, fragte er leise.

»Wir haben euch gefunden. Der Schiffsjunge hat euch vom Ausguck aus gesehen. Da haben sich sechs von uns auf den Weg gemacht. Sie haben euch nach Hause geholt.«

»Und die beiden anderen?«

»Kümmere dich nicht um sie. Du musst jetzt schlafen.«

Arjen aber schüttelte den Kopf. »Wie kann ich schlafen, wenn ich nicht weiß, welches Schicksal meine Kameraden haben?«

Der Vater schluckte. »Der Kleine ist tot. Er ist erfroren. Und der andere liegt nebenan. Ihm geht es am besten.«

»Ich bin schuld«, murmelte Arjen. »Ich habe nicht auf den Himmel geachtet, wie du es mir beigebracht hast.«

Der Vater schwieg. Er widersprach seinem Sohn nicht, beschwichtigte nichts, entschuldigte ihn nicht.

Arjen schloss die Augen. Er schämte sich unendlich. Er schämte sich vor seinem Vater, und er war entsetzt darüber, welche Folgen sein Handeln hatte. Ich habe einen Menschen auf dem Gewissen, dachte er. Er wollte weinen und schreien, wollte auf die Knie fallen und um Vergebung bitten, doch er wusste, dass all das nichts nützte. Also riss er sich zusammen und zwang sich, seinem Vater in die Augen zu sehen. »Ich habe schwere Schuld auf mich geladen«, sagte er. »Eine Schuld, die ich niemals wiedergutmachen kann. Aber ich schwöre dir, dass mir das nie wieder passieren wird.«

Der Vater nickte stumm und erhob sich. »Du musst jetzt trotzdem liegen bleiben. Deine Zehen sind erfroren. Wenn du Pech hast, kannst du nie mehr so gut laufen wie zuvor.«

Arjen aber wurde wieder gesund, so gesund und stark wie nie zuvor. Er schuftete auf dem Schiff bis zum Umfallen. Er riss die Arbeiten förmlich an sich, denn nur, wenn er beschäftigt war, dachte er nicht an den Jungen, den er auf dem Gewissen hatte.

Der Sturm hatte das Packeis auseinandergetrieben, so dass das Schiff seine Fahrt nach Hause antreten konnte. Je näher sie der Heimat kamen, umso fröhlicher wurden die Männer. Sie hatten guten Fang gemacht. Und guter Fang hieß gutes Geld. Sie konnten es kaum abwarten, in Amsterdam einzulaufen. Sie wollten sich betrinken, sich mit den Hafendirnen vergnügen, Geschenke für die Familie einkaufen und dann endlich zurück nach Hause fahren. Nur Arjen freute sich nicht. Er musste immer an den Jungen denken. Ein Junge, der wie er von Sylt stammte. Er musste dessen Mutter beibringen, was geschehen war. Er musste ihr sagen, dass ihr Sohn tot war. Tot durch seine Schuld. Und er konnte nicht ruhig schlafen, bis er diese Aufgabe hinter sich gebracht hatte. Als die Brigg im Hafen von Amsterdam einlief, stimmte er nicht in das allgemeine Jubeln ein. Er hockte in der Herberge, während die anderen sich auf den Märkten herumtrieben und den Hafendirnen schöne Augen machten. Und als die Ladung endlich gelöscht war und das Schmackschiff nach Sylt zum Ablegen bereit stand, begab er sich mit seiner schweren Seemannskiste an Bord. Der Vater blieb noch in Amsterdam, hatte noch Geschäfte mit der Reederei zu erledigen. Auch Arjen wäre gern noch in der Stadt geblieben, hätte gern noch seine Ankunft auf Sylt hinausgezögert. Aber er war kein Feigling.

Als das Schmackschiff auf der Insel anlegte, hielt er Ausschau nach der Mutter des Jungen, doch er fand sie nicht. Am nächsten Tag machte er sich auf den Weg nach Munkmarsch zu ihrem Häuschen. Auf sein Klopfen öffnete niemand, die hölzernen Läden waren zugebunden, der Garten war leer.

Eine Nachbarin öffnete das Fenster. »Zu wem wollt ihr?«, fragte sie.

Arjen holte tief Luft. »Ich muss zur Mutter Bansin, muss ihr Nachricht von ihrem Sohn bringen.«

Die Nachbarin schüttelte betrübt den Kopf. »Sie ist tot, die Mutter Bansin. Gestorben erst vor zwei Wochen. Sie hatte den blutigen Husten. Wir hatten gehofft, sie könnte noch einmal ihren Sohn sehen, aber sie hat es nicht geschafft. Der Sohn … er müsste bald kommen. Geht zu ihm mit dem, was ihr von Mutter Bansin wollt.«

»Er wird nicht kommen«, erklärte Arjen. »Er ist auf See geblieben.«

Da nickte die Nachbarin wieder. »Dann ist es gut, dass sie vorher gestorben ist, die Mutter Bansin.« Mit diesen Worten schlug sie das Fenster zu.

Arjen stand da und wusste mit einem Mal nicht, wohin er sich wenden sollte. Er war erleichtert, und zugleich schämte er sich für diese Erleichterung. Er hatte vorgehabt, der Mutter des Jungen seinen gesamten Lohn zu überlassen, damit sie wenigstens keine Not leiden musste. Er hatte gedacht, dieser Verzicht auf das Geld würde ihm einen kleinen Teil der Schuld abnehmen. Aber nun war er um diese Möglichkeit betrogen. Er wandte sich zum Gehen, direkt am Wattenmeer entlang. Er sah die Vögel nicht, die sich sammelten, um nach Süden aufzubrechen. Er sah die Fischer nicht und auch nicht die Muschelsucher. Er war ganz in Gedanken, und die Schuld war nicht leichter geworden, sondern drückte ihm noch immer auf den Schultern.

Am Abend bat er seinen Vater um ein Gespräch. »Ich kann nicht mehr zur See fahren«, sagte er. »Ich habe versagt, bin meiner Verantwortung nicht gerecht geworden.«

Der Vater nickte, stopfte sich eine Pfeife und sah ihn an. »Wir sind immer zur See gefahren. Jeder Mann unserer Familie.«

»Dann werde ich der Erste sein, der es nicht tut.«

»Drückst du dich da nicht vor der Verantwortung?«

Arjen schüttelte den Kopf. »Ich möchte Schmied werden. Ich möchte Harpunen schmieden, die besser sind als alle, die du je gesehen hast. Und ich möchte noch etwas.«

»Ich höre.«

»Ich habe auf einem englischen Schiff ein Gerät gesehen, das mit seinen Messungen den Jakobsstab und das Astrolabium in den Schatten stellt. Aber es ist noch nicht ausgereift. Ich möchte gern daran arbeiten; ich habe Zeichnungen gemacht. Erst wenn ich diese Aufgabe geschafft habe, dann habe ich für den Tod des Jungen gesühnt.«

Da nickte der Vater wieder. »Ich verstehe dich«, sagte er nur, klopfte die Pfeife aus und erhob sich. »Ich verstehe dich, aber das heißt nicht, dass ich deine Meinung gutheiße. Wir sind immer zur See gefahren. Willst du der Erste sein, der es nicht zum Kapitän bringt?«

»Ja, denn ich möchte der Erste sein, der ein neues Winkelmessgerät herstellt, und damit werde ich viele Leben retten.«

Sechstes Kapitel

*I*ch bin nicht bereit, es zu tun«, erklärte Inge am Abend ihrem Vater, doch ihr zaudernder Ton verriet, dass sie sich nicht absolut sicher war.

»So? Was hat dich bewogen, bei deiner Meinung zu bleiben? Die Gottlosen zu unterstützen? Damit bist du dem Fegefeuer wieder ein Stück näher gekommen. Nicht dass es mich interessieren würde, was in deinem hohlen Kopf vorgeht. Aber ich habe letzte Nacht für dich gebetet und möchte nun erfahren, ob der Herr, unser Gott, meine Gebete erhört hat oder ob er dich bereits für ein verlorenes Schaf hält. Also?«

Inge blickte auf die verschmierte Tischplatte hinab, auf der noch die Reste des Abendbrotes standen. Wieder hatte es nur Brot gegeben. Der Vater hatte den letzten Rest Schafskäse gegessen, und sie hatte einen trockenen Brotkanten bekommen. Sie wusste nicht, warum es in ihrem Hause so ärmlich zuging. Schon des Öfteren hatte sie erlebt, wie die Frauen aus dem Dorf gekommen waren und ein Töpfchen Schmalz, ein paar Zwiebeln, eine Stück geräucherten Speck oder in Salzlake schwimmenden Schafskäse gebracht hatten. Außerdem erhielt der Vater einen Lohn von der Kirche, und doch lebten sie in der bittersten Armut. Ihr Kleid war am Saum ausgefranst, die Farbe verwaschen. Während die anderen nur im Sommer Holzpantinen trugen und für den Winter Lederstiefel hatten, trug sie ihre Pantinen zu jeder Jahreszeit. Die anderen schliefen in Daunen und auf weichen Kissen, sie hatte nur eine mit kratzigem Stroh gefüllte Matratze. Wäre es nur das gewesen, so hätte es für Inge ausgereicht, stets schamrot durch Rantum zu laufen, doch dem Vater gefiel es, den Dorfbewohnern bei jeder Gelegenheit seine Armut vorzuführen. Kaum klopfte jemand an die Tür, so bat er den Besuch herein, ließ ihn sich umsehen und sagte dann: »Tja, an weltlichen Gütern haben wir hier keinen Bedarf. Alles nur Putz und Tand. Unser Herr hat in Armut gelebt, also wollen wir uns nicht mästen und putzen.«

Trotzdem wüsste Inge zu gern, was mit den Dingen geschah, welche die Leute brachten. Wahrscheinlich hatten die Rantumer keine Ahnung, dass die Tochter des Pfarrers so oft Hunger litt. Und eigentlich wollte Inge auch gar nicht, dass jemand davon wusste. Nur Etta ahnte etwas, denn fast immer, wenn sie bei den Lewerenzen war, steckte die alte Frau ihr etwas in die Tasche, lud sie zum Essen ein, füllte den Teller mit Nachschlag, goss Sahne in ihren Tee und schnitt die Wurst und den Käse fingerdick. Aber es war nicht so, dass Inge Etta deshalb mochte. Im Gegenteil: Sie fühlte sich von ihr beschämt, doch der Hunger war so arg, dass sie die Gaben annahm.

»Du bist also nicht bereit, es zu tun? Du willst deinen Vater im Stich lassen, deinen Gott. Und wofür? Für eine, die sich zwar deine Freundin nennt, aber gewiss hinter deinem Rücken über dich lacht?«, fragte der Vater noch einmal nach. Inge erwiderte nichts. Sie hatte eine Hand in die Tasche ihres Kleides gesteckt und fühlte dort nach der Rune, die sie gestern im Friesenhaus vom Boden aufgehoben hatte. Keiner wusste davon; sie hatte ihrem Vater den Fund verschwiegen. Sie hatte keine Ahnung, warum sie das getan hatte, denn der Vater hätte sich riesig gefreut. Vielleicht war es gestern doch noch so etwas wie Zuneigung zu Jördis gewesen, die sie hatte zögern lassen, aber heute hatte sie erfahren, dass Arjen Jördis geküsst hatte. Ausgerechnet sie hatte den Kuss bekommen, von dem Inge schon so lange geträumt hatte. Warum Arjen?, hätte sie Jördis gern gefragt. Es gibt für mich nur den einen auf dieser Insel. Du kannst jeden haben. Warum also unbedingt der Schmied? Doch sie hatte nichts gesagt und nichts gefragt. Sie hatte nur nach dem Runenstein in ihrer Rocktasche gefühlt. Und seither kreisten die Gedanken in ihrem Kopf wie in einem Bienenstock. Sie hasste Jördis für diesen Kuss und hätte gern alles dafür getan, um ihn ungeschehen zu machen. Andererseits wollte sie nicht neidisch und missgünstig sein. Ach, sie fand es furchtbar schwer, Inge Mommsen zu sein, und hatte keine Ahnung, was sie tun sollte.

»Aber wenn ich doch machen würde, was du verlangst, wie genau soll das dann vonstatten gehen?«, fragte sie den Vater.

Der blickte sie an, verblüfft über den plötzlichen Sinneswandel. »Du wirst wie alle anderen auch zum Gottesdienst gehen. Wenn ich dann zum Abendmahl schreite, verlässt du heimlich die Kirche und verbirgst dich auf der Treppe, die auf den Glockenturm führt. Was du dort zu tun hast, das weißt du hoffentlich!«

Inge nickte. Dann nahm sie ihren ganzen Mut zusammen und fragte: »Wäre das nicht Sünde, was wir da tun?«

Der Pfarrer sprang von seinem Stuhl auf und funkelte seine Tochter erbost an. »Sünde? Du weißt ja nicht, was du sagst! Bist du etwa auch des Teufels?«

Dann nahm er ein Holzscheit und warf es nach Inge, stürzte sich auf sie und verdrosch sie so heftig, dass sie die nächsten Tage nicht sitzen konnte.

Inge lag seitlich auf ihrem Strohsack, denn der Hintern und der Rücken schmerzten so, dass sie nicht anders liegen konnte. Sie weinte leise, und immer wenn ein abgrundtiefes Schluchzen aus ihrer Kehle drang, hielt sie sich die Hand vor den Mund, damit der Vater, der neben ihr im Alkoven schnarchte, nichts davon mitbekam.

Sie weinte jedoch nicht wegen der Schläge, sie weinte um Arjen, der für sie für immer verloren war. Er hatte Jördis geküsst. Jeder auf der Insel wusste, was das bedeutete. Ließ das Mädchen sich küssen, konnte der junge Mann davon ausgehen, dass sie ihn mochte. Wies sie ihn ab, wusste er, dass er sein Glück bei einer anderen versuchen musste. Aber Jördis hatte Arjen nicht abgewiesen. Im Gegenteil, sie hatte sogar sein Geschenk angenommen. Wenn Inge daran dachte, tat ihr das Herz in der Brust weh. Sie weinte nicht nur wegen Arjen, sondern auch darum, dass nun wohl auch kein anderer mehr käme, um sie aus ihrem Elend zu holen.

In Rantum gab es nur eine Handvoll junge Männer, die überhaupt für eine Ehe in Frage kamen. Neben Arjen war das der krumme Tamme, der ein Krüppel war, dann gab es den jungen Everett, Sohn des Bergers Everett, der seit Kindertagen schon seiner Nachbarin Levke versprochen war. Weiter waren da noch Piet Knutsen, ein kleiner, kränklicher Wicht, und der hochgewachsene, blonde Bendix, der jeder Frau schöne Augen machte. Von ihm hieß es, er verstünde sich vortrefflich darauf, die jungen Witwen, deren Männer auf See geblieben waren, zu trösten. Keiner von ihnen kam für Inge in Frage. Vielleicht würde sie den kleinen Piet heiraten können oder den krummen Tamme, aber sie wollte nicht. Um keinen Preis! Den Tamme würde sie noch mehr bedienen müssen als ihren Vater; sie würde sogar Holz hacken müssen, denn sein kaputter Rücken ließ keine Arbeit zu. Er würde sie nicht ernähren können, lebte selbst von den Gaben, die die anderen ihm zusteckten. Und der Piet war der häufigste Gast in der Rantumer Schänke. Er war Fischer, doch seit die Heringsgründe weitergezogen waren, fing er gerade noch so viel, dass es für ihn selbst und seine alte Mutter reichte. Was übrig blieb, trug er in die Schänke.

Nachdem Inge dies alles bedacht hatte, wurde ihr Schluchzen noch stärker. So laut, bis schließlich der Vater erwachte.

»Was greinst du so?«, wollte er wissen.

»Es ist nichts«, flüsterte Inge.

»Mach mir nichts vor. Dir brennt der Rock, nicht wahr? Kannst es kaum abwarten, vor den Altar geführt zu werden. Glaube mir, auch ich sehne diesen

Tag herbei.« Er schwieg eine Weile, und Inge duckte sich unter der erneuten Demütigung tiefer in ihre Strohmatratze.

Dann richtete sich der Vater halb auf, stützte sich auf den Ellbogen und blickte sie an. Ein halber Mond schickte seine Strahlen bis in die Küche und den Alkoven, so dass Inge die Augen des Vaters erkennen konnte. Sie waren hart – wie immer –, aber seine Hand strich ihr beinahe zärtlich über das lockige Haar. »Niemand gibt dir, was du dir ersehnst. Du kannst beten, bis dir die Hände bluten. Wenn du etwas willst, dann musst du es dir nehmen.«

Inge unterdrückte ein Schluchzen, schnäuzte sich und fragte leise: »Wie soll ich das denn machen?«

Sofort zog der Vater seine Hand zurück, und Inge hörte ihn seufzen. »Sei nicht so dumm, wie deine Mutter es war.« Dann drehte er sich auf die andere Seite und war kaum danach eingeschlafen.

Inge dachte über die Worte ihres Vaters nach. Sei nicht so dumm, wie es deine Mutter war. Sie konnte sich kaum noch an ihre Mutter erinnern. Sie war erst vier Jahr alt gewesen, als die Mutter gestorben war. Nur manchmal, wenn sie die Augen schloss, dann sah sie die hagere Frau mit den großen hungrigen Augen vor sich. Auch sie war keine Schönheit gewesen. Auch an ihre Tür hatte niemand geklopft, um sie zu freien. Ihr Vater, Inges Großvater, war Pfarrer gewesen und hatte seiner Tochter erklärt, er würde nur dem die Pfarre eines Tages übergeben, der sie zum Altar führte. Nun war es so, dass Inges Vater nach dem Studium keine Stelle als Pfarrer gefunden hatte. Er war kein guter Student gewesen, hatte seinen Lehrern widersprochen und alles besser gewusst, so dass ihm niemand eine Empfehlung hatte schreiben wollen. Die einzige Pfarrstelle, die er um einen Preis hätte haben können, war die in Rantum gewesen. Also tat er, wie es der alte Rantumer Pfarrer verfügt hatte: Er heiratete Inges Mutter, um die Pfarrstelle übernehmen zu können, doch die Ehe stand vom ersten Tag an unter keinem guten Stern. Beinahe jeden Abend ließ Inges Vater die Mutter spüren, dass er sie nicht aus Liebe geheiratet hatte. Er schlug sie beim geringsten Vergehen, er trat nach ihr, schüttete ihr einmal sogar das noch heiße Essen ins Gesicht, weil es ihm nicht schmeckte. Würde ihre Ehe auch so sein? Weil sie einen heiraten würde, der sie nehmen musste? Inge wusste es nicht. Sie war aber vom Weinen so erschöpft, dass sie endlich einschlief.

Als sie am nächsten Tag erwachte, wusste sie mit einem Schlag, was sie zu tun hatte. Sie wusch sich das Haar, spülte es mit Essig, damit es glänzte, kniff sich in die blassen Wangen, bürstete ihr Kleid, reinigte die Schuhe, dann machte sie sich auf den Weg zur Schmiede. Sie lief durch ganz Rantum, vorbei an den ärmlichen Katen der Fischer, in deren Gärten die Netze aufgespannt waren. Ein alter Fischer mit einer Pfeife im Mund flickte mit einer riesigen Holznadel, die aussah wie ein Weberschiffchen, eines der Netze. Frauen legten ihre Betten in die Fenster, hängten Wäsche auf die Leine, die im Wind flatterte. Eine Katze sonnte sich auf einer Türschwelle, irgendwo blökte ein Schaf, schrie ein Kind, fluchte ein Mann. Zwei alte Frauen saßen auf einer Bank vor ihrem Haus und hielten die müden Knochen noch ein letztes Mal in die Herbstsonne.

»Guten Morgen«, rief Inge, und die Frauen winkten freundlich. »Guten Morgen, Inge von Rantum«, rief die eine, und Inge winkte zurück.

Sie gelangte sodann ans Ende des Dorfes, in dem sich zwischen den geduckten Katen auch vereinzelte Friesenhäuser an die Dünen schmiegten. Hier wohnten die Walfänger. Wenigstens einige von ihnen. Diejenigen, die wirklich reich waren, waren nach Keitum gezogen, aber es gab doch noch ein paar, die ihr Heimatdorf nicht verlassen wollten. Inge blieb stehen, schöpfte ein wenig Luft. Sie war schnell gegangen, aus Furcht, sie könnte ihren Entschluss noch einmal überdenken und verwerfen. Rechts von ihr ragte der Deich auf, und links begannen hinter den Häusern die mit Heidekraut bewachsenen Dünen, die das Meer vom Dorf trennten. Die Straße, die sie entlang lief, bestand aus festgetretenem Sand, der bei Regen aufweichen würde wie ein Federbett. Tiefe Furchen zogen sich durch den Weg, und auch jetzt pfiff ein Fuhrmann, damit Inge seinem Wagen Platz machen sollte. Ein dreibeiniger Hund schnüffelte an ihren Beinen und trollte sich dann. Nur noch ein paar Schritte trennten sie von der Schmiede. Sie konnte von hier aus schon den Rauch erkennen, der aus dem Schornstein aufstieg und seinen Duft nach Buchenholz über das Dorf legte. Inge zögerte. Sie biss sich auf die Unterlippe, den Blick fest auf die Schmiede gerichtet. Sollte sie es wagen? Ja, es gab keinen anderen Weg für sie, von zu Hause, vom Vater, wegzukommen. Ihr Herz schlug rasend schnell in ihrer Brust, und sie legte eine Hand darauf, um es zu beruhigen. Dann atmete sie noch einmal tief durch, strich sich über das lockige, frisch gewaschene Haar und ging hinüber zur Schmiede.

Obwohl es bereits Anfang Oktober war, stand Arjen mit nacktem Oberkörper, der vor Schweiß glänzte, am Amboss. Er hatte eine lederne Schürze übergezogen, die die Funken abhalten sollte. Inge betrachtete hingerissen seinen glänzenden Oberkörper, auf dem die Muskeln spielten. Der Lärm des Hammers war so laut, dass er ihren Gruß übertönte. Also wartete sie, bis Arjen die Harpunenspitze fertig geschmiedet hatte. In der Werkstatt war es heiß, und Inge spürte, wie ihr die Hitze ins Gesicht stieg. Sie blickte zum Feuer, das hell aufloderte, auf Arjen, der mit kräftigen Schlägen auf das Eisen einschlug. Sie hätte ewig so stehen können. Noch hatte sie nichts gesagt, doch sie fühlte sich ihrer Erlösung nahe. Noch war Hoffnung in ihr. Hoffnung und sogar ein wenig Freude. Aber da wandte sich Arjen um, legte den schweren Schmiedehammer zur Seite und tauchte das noch rotglühende Eisenstück in einen Eimer mit Wasser, so dass es laut aufzischte.

»Inge! Was willst du hier?« Er hatte nicht unfreundlich gesprochen, aber doch so, dass Inge bemerkte, dass sie ihn störte.

»Ich möchte etwas mit dir besprechen«, sagte sie und hoffte, dass ihr lockiges Haar von der Hitze nicht zerdrückt war, dass ihr Kleid keine Flecken zeigte, ihr Gesicht nicht über die Maßen gerötet war. Das Herz schlug ihr bis zum Hals, und sie wusste genau, dass das, was sie vorhatte, ungehörig war. Und doch! Sie musste es einfach tun. Ihre Kehle indes war so trocken, dass sie glaubte, kein einziges Wort herauszubekommen.

»Was willst du denn mit mir besprechen?«, wollte Arjen wissen.

Inge, der die Hitze in die Kleider kroch und ihr das Atmen schwermachte, deutete nach draußen. Dort, an der hinteren, zum Deich zeigenden Wand der Schmiede, stand eine Bank.

»Lass uns dort hinsetzen«, bat sie. »Hier drinnen ist es ja heißer als in der Hölle.«

Arjen lächelte, schaute noch einmal nach dem Feuer, dann wischte er sich die Hände an einem grauen Tuch ab, fuhr sich mit dem Unterarm über die schweißnasse Stirn und nickte. Dann saßen sie nebeneinander, und Inge hätte so gern die Augen geschlossen und sich vorgestellt, dass sie beide für immer hier sitzen bleiben konnten. Doch da fragte Arjen wieder: »Was ist los, Inge? Was willst du mit mir besprechen?«

Sie blickte ihn an und fand in seiner Miene nur freundliche Neugier, keineswegs drängend, sondern eher so, als wäre sie gekommen, um eine wichtige Bekanntmachung des Pfarrers auszurichten, die Arjen ohnehin nicht über Gebühr interessierte.

Der Schmied schöpfte mit einem Holzbecher ein wenig Wasser aus einem Eimer, der neben der Bank stand, und reichte ihn Inge. »Du bist mit einem Schlag so blass«, meinte er. »Sag, geht es dir gut?« Wieder war nur freundliches Interesse in seiner Stimme, kein Mitgefühl, keine Besorgnis. Und doch musste Inge tun, was sie sich vorgenommen hatte. Sie holte ganz tief Luft, blickte hinüber auf die grüne Wand des Deiches, dann platzte es aus ihr heraus: »Arjen, heirate mich!«

»Was?« Arjen fuhr herum. »Was hast du da gesagt? Wie kommst du denn auf diesen Einfall?«

»Heirate mich!«, wiederholte Inge, doch ihre Stimme klang schon leiser und ein wenig zaghaft. Es hatte ihr die allergrößte Mühe bereitet, die beiden Worte auszusprechen.

»Aber … Wie kommst du denn darauf?« Arjens Überraschung war nicht zu übersehen.

Inge zuckte mit den Schultern. Obwohl ihre Kehle ganz ausgedörrt war, sprach sie langsam und schleppend: »Wie ich darauf komme? Nun, ich bin vor drei Monaten sechzehn Jahre alt geworden, kann heiraten so wie alle anderen hier auf Sylt. Wozu also noch länger damit warten?«

Arjen schwieg, und Inge konnte regelrecht sehen, wie er nach Worten suchte. Sie ahnte die Antwort, doch sie wollte sie nicht hören. »Schau«, sprach sie deshalb schnell weiter. »Du und ich, wir sind im allerbesten Alter. Wir könnten Kinder haben, Jungs, die die Schmiede eines Tages übernehmen. Ich kann gut haushalten, kann kochen, backen, stricken. Ich würde dir in allem gehorchen, und das ist ein wenig mehr, als andere Mädchen für dich tun würden. Ich würde für dich sorgen, dein Haus wäre blitzsauber und die Vorratskammern stets gut gefüllt. Ich würde zu dir stehen, ganz gleich, was geschieht. Du müsstest über mich keine Klagen führen, das verspreche ich dir. Außerdem …«

»Psst!« Arjen schnitt ihr einfach das Wort ab. Dann nahm er ihre kleine, verschwitzte Hand in seine große trockene und sagte leise und nicht ohne Bedauern für sie: »Inge, ich mag dich gern. Aber für ein ganzes Leben lang reicht es nicht. Ich habe mir schon eine Braut ausgesucht. Es tut mir leid.«

Inge nickte. Sie hatte es nicht nur geahnt, sie hatte es gewusst. Trotzdem hatte sie den Versuch wagen müssen. Auch jetzt mochte sie sich noch nicht endgültig geschlagen geben.

»Liebst du sie?«, fragte sie deshalb.

»Ja. Das tue ich. Ich werde sie in den nächsten Tagen fragen, ob sie meine Frau werden will.«

Wieder nickte Inge. Sie brauchte nicht zu fragen, sie wusste, dass er Jördis meinte. »Liebe vergeht«, entgegnete sie, »aber Freundschaft hält ein ganzes Leben. Und wichtiger noch als Liebe und Freundschaft ist der rechte Glaube. Denn nur, wenn man tut, was gottgefällig ist, wird man auch glücklich werden und eines fernen Tages zu Gottes Füßen ruhen.«

Arjen zog die Augenbrauen zusammen und musterte sie. Bisher hatte sie ihm leidgetan, doch jetzt war da etwas Unbestimmtes in seinem Blick, den sie nicht deuten konnte. »Gottgefällig, ja?«, fragte er.

»Ja.«

»Und am gottgefälligsten ist dann wohl die Tochter des Pfarrers?«

Inge errötete. O Gott, wie tief war sie nur gesunken! Aber das machte nichts. Jetzt fühlte sie sich erniedrigt, aber wenn Arjen erst einmal ihr Ehemann war, dann war dieser Augenblick rasch vergessen. Sie richtete sich kerzengerade auf, hob trotzig das Kinn und sagte: »Wer der Brautvater ist, ist nicht wichtig. Wichtig ist nur der rechte Glaube.«

Arjen hatte noch immer die Augenbrauen zusammengezogen. »Was meinst du damit?« Zum ersten Mal seit Inge neben ihm saß, betrachtete er sie von oben bis unten. Auf der Stelle wurde sich Inge ihres glanzlosen Haares bewusst. Das Kleid brannte ihr an den schäbigen Stellen schier auf der Haut, und ihr reizloses Gesicht färbte sich glutrot.

»Womit?«

»Mit dem rechten Glauben.« Seine Stimme klang ein wenig drohend.

»Nun, der rechte Glaube ist der Glaube an den Herrn Jesus, Gottvater und den Heiligen Geist. Das weißt du doch genau, oder?«

Arjen nickte, doch seine Augen verrieten, dass er auf der Hut war.

»Es gibt in Rantum aber auch Leute, die sich dem rechten Glauben entziehen«, sprach Inge weiter. Sie war aufgeregt, sie wollte an Arjen festhalten, obgleich sie wusste, dass ihre Mühe vergeblich war. Sie konnte nicht als Verliererin gehen. Sie musste Arjen einfach von sich überzeugen. »Und diese wird bald der ganze Zorn Gottes treffen.«

Arjen rückte ein Stück weg von ihr. »Jetzt sage, wen und was du meinst.«

Inge schwieg. Sie suchte nach Worten. Sie konnte nicht einfach Jördis' Namen nennen. Im Übrigen war sie sich sicher, dass Arjen sehr genau wusste, wen sie meinte.

»Es gibt einige, die dem alten Glauben anhängen und Dinge tun, die unserem Herrn ein Dorn im Auge sind.«

»Aha. Und was tun sie?«

Inge wand sich. Sie wollte nicht deutlicher werden müssen, aber hatte sie denn eine andere Wahl?

»Jördis und Etta hängen dem nordischen Glauben nach. Sie orakeln mit Runen, sie versuchen, dem lieben Gott das Geschäft zu verderben, indem sie sich anmaßen, in die Zukunft blicken zu können.« Inge hob einen Finger. »Doch das steht nur Gott zu, und seine Wege sind für uns Erdenmenschen unergründlich.«

Arjen verzog den Mund. Er betrachtete sie, und Inge fand, dass sein Lächeln verächtlich wirkte. Dann hob er beide Hände und klatschte. Das Klatschen drang gellend in Inges Ohren. Sie war geschlagen. Sie hatte verloren. Allmählich stieg Wut in ihr auf. Kalte, bittere Wut. Sie stand auf, blickte auf Arjen herab. »Ich habe dich gewarnt«, sagte sie. »Und ich tue es jetzt noch ein letztes Mal: Du hast die Wahl. Entscheide dich richtig, denn alles andere wäre nicht nur dein Verderben.«

Dann wandte sie sich ab und verließ den Garten der Schmiede mit hocherhobenem Kinn. Sie fühlte Arjens Blicke in ihrem Rücken, sie spürte seine Verachtung, doch sie streckte die Schultern, bog den Rücken gerade, reckte den Kopf und tat, als wäre sie eine stolze Frau. In ihrem Inneren hingegen fühlte sie sich so gedemütigt wie noch nie zuvor in ihrem Leben. Ihr Herz war gebrochen. »Das wird er mir büßen«, flüsterte sie vor sich hin.

Siebtes Kapitel

Jördis war im Garten und rupfte ein Huhn, das sie eben geschlachtet hatte. Sie hielt das kopflose Tier zwischen den Knien und riss die Federn ab, eine Arbeit, die sie nicht besonders mochte. Blitz, ihr Hund, hatte sich zu ihren Füßen zusammengerollt und schlief. Etta zog in dem mageren, sandigen Beet Schafsmist unter die Erde, damit der Grünkohl – das Stammgericht der Sylter – im Winter gute Ernte brachte.

Der Wind, der den ganzen Tag über lau gewesen war, blies nun stärker, so dass Jördis das silberhelle Haar ins Gesicht fiel und sie immer wieder damit beschäftigt war, eine Strähne aus dem Gesicht zu pusten. Auf der Wäscheleine flatterten ein paar Sachen, Laken und Tischtücher waren zum Bleichen auf dem Sand ausgebreitet, und neben der Tür stand ein riesiger Korb mit Schafwolle, die gewaschen, gekämmt und gesponnen werden musste.

Obgleich sie damit gerechnet hatte, erschrak sie doch, als Arjen um die Ecke bog. Er trug Hosen aus Hirschleder und dazu ein weißes Leinenhemd, das ihm ein wenig zu klein war, aber seine breiten Schultern betonte. Das Haar hatte er im Nacken zu einem Zopf gebunden, und in der Hand trug er eine Dünenrose. Er grüßte Etta und Jördis und fragte, ob er sich zu Jördis setzen dürfe. Dann saßen sie nebeneinander, und Jördis wusste vor Verlegenheit kaum, was sie tun sollte. Sie hielt noch immer das tote, halb gerupfte Huhn zwischen den Beinen, doch Etta kam jetzt heran, nahm Jördis das Huhn aus der Hand und bat Arjen ins Haus. Dort saßen sie am Küchentisch, und Arjen brachte endlich den Mut auf, Jördis die Dünenrose zu schenken. Nun hielt Jördis sie in der Hand und wusste nicht, was sie damit tun sollte. Etta nahm ihr die Blume ab, füllte Wasser in einen Becher und stellte die Rose hinein. Dann setzte sie sich Jördis gegenüber, legte die Hände auf den Tisch und blickte Arjen freundlich an. »Was führt dich zu uns, Schmied?«, fragte sie.

Arjen räusperte sich, er blickte kurz zu Jördis, die mit roten Ohren auf ihre im Schoß gefalteten Hände sah. »Ich … ich bin … gekommen, um Jördis zu fragen, ob sie meine Frau werden möchte.« Er stockte, seine Blicke huschten aufgeregt von Etta zu Jördis und zurück, und endlich wandte er sich an Etta: »Und natürlich möchte ich … Euch um ihre Hand bitten.«

Etta lächelte. Sie griff über den Tisch, nahm Jördis' Hand und fragte: »Nun, mein Kind, was meinst du dazu?«

Jördis schluckte, sie wagte noch immer nicht aufzusehen. Ihre Wangen glühten. Dann flüsterte sie heiser: »Ja, ich möchte Arjen heiraten.«

Etta lachte lauthals, wandte sich zu Arjen und sagte: »Ich bin ebenfalls einverstanden.« Dann erhob sie sich. »Ich gehe zurück zu meinem Grünkohl; ihr werdet sicherlich noch einiges zu besprechen haben.« Lächelnd verließ sie die Küche.

Seit Jahren hatte Jördis von diesem Tag geträumt. Und nun war alles so schnell gegangen. Sie trug nicht ihr schönstes Kleid, ihr Haar war von Wind durcheinander geweht, an ihren Händen klebten noch die Federn des Huhnes. Trotzdem war sie glücklich. Ihr Herz schlug vor lauter Freude einen schnelleren Takt, ihre Augen glänzten, die Lippen leuchteten rot. Und da griff Arjen auch schon nach ihrer Hand und drückte sie. »Es macht mich sehr froh, dass du meine Frau werden wirst«, sagte er leise, und Jördis hörte an seiner Stimme, dass er ebenso bewegt war wie sie selbst.

Inge saß schon seit einer ganzen Weile auf einem Dünenkamm und blickte tränenblind auf das Meer. Es war Stunden her, seit sie vorhin von der Schmiede weggerannt war. Sie hatte nicht gehört, dass Arjen ihr etwas nachrief, sie reagierte nicht auf die Grüße der Nachbarn, ja, sie wich nicht einmal einem Reiter aus. Ein kleines Mädchen trieb ein paar Gänse vor sich her zum Deich hinüber, und Inge stürzte zwischen die kleine Schar, so dass die Tiere nach allen Seiten davon hüpften. Kurz vor der Kirche hielt sie inne. Sie konnte nicht nach Hause, konnte dem Vater nicht unter die Augen treten. Also wandte sie sich nach links, eilte die Dünen hinauf und hinab bis hinunter zum Strand und hörte erst auf zu laufen, als ihre nackten Füße in den hölzernen Pantinen vom Wasser umspült wurden. Inge rang nach Luft, sie keuchte und beugte sich nach vorn, die Hände auf die Knie gestützt. Die Wellen schlugen an ihre Füße, es roch nach Salz und

Tang, und die Gischt setzte sich auf ihr Gesicht und das Haar. Es dauerte eine Weile, bis sie sich wieder beruhigt hatte, doch die Scham brannte noch heißer in ihr als Arjens Schmiedefeuer. Er wollte sie nicht. Das tat weh. Sie fühlte sich noch unansehnlicher als sonst. Und auch seine Worte schmerzten. Und das verächtliche Lächeln. Und vor allen aber das Klatschen. Er hatte sie behandelt, als wäre sie eine Gauklerin von einem fahrenden Zirkus. Inge hatte zwar noch nie einen Zirkus gesehen, doch sie hatte davon gehört und wusste, dass die Gaukler nicht beliebt waren. In diesem Augenblick aber beneidete sie diese Zirkusleute. In diesem Augenblick beneidete Inge alles und jeden, denn sie fühlte sich wie der unglücklichste Mensch auf der ganzen Erde. Am liebsten wäre sie ins Wasser gegangen. Einfach tot sein. Arjen niemals mehr begegnen müssen. Und Jördis auch nicht. Einfach nicht mehr sein, den Vater nicht mehr ertragen müssen.

Aber Selbstmord war eine Todsünde. Inge hatte gesehen, was passierte, wenn man sich eigenhändig das Leben nahm. An Jördis' Mutter hatte sie es gesehen, die dort begraben lag, wo andere Unrat abkippten. Sie wusste auch, dass Nanna in der Hölle schmorte. Auf immer und ewig. Umtanzt von grässlichen schwarzen Teufeln, die sie verspotteten. Nein, sie würde nicht ins Wasser gehen. Doch was sollte sie nun tun? Wie weiterleben nach dieser Schmach?

Sie drehte sich um, sah auf die Dünen und meinte, ein Stück entfernt eine Gestalt zu erkennen. Eine Gestalt mit silberhellem Haar. Da packte sie eine ungeheuerliche Wut auf Jördis. Die Wut loderte in ihrem Bauch, stieg wie eine Feuerlohe die Kehle hinauf und verbrannte ihr die Zunge. »Du bist schuld«, fauchte Inge in Richtung der Gestalt mit dem silberhellen Haar. »Alles nur deinetwegen. Gäbe es dich nicht, so würde ich Arjen heiraten. Und sobald ich Arjens Frau wäre, würde mir der Vater anders begegnen müssen. Du hast mein Glück zerstört. Du!«

Inge merkte nicht, dass sie ihre Lippen blutig biss. Auch als die Gestalt näher kam und Inge erkennen musste, dass es nicht Jördis war, sondern ein Fischersweib mit weißem Kopftuch, wurde die Wut nicht geringer. Sie stampfte mit dem Fuß auf, dass der Sand nach allen Seiten spritzte, und wenn tatsächlich Jördis hier gewesen wäre, hätte Inge in ihrem grenzenlosen Zorn nicht gewusst, was sie gemacht hätte. Sie hatte auch nicht bemerkt, dass sich von Hörnum her ein Fischerboot näherte. Erst als der krumme Tamme das Boot auf den Strand zog, schrak sie auf.

»Na, Inge, wie geht es?«, wollte Tamme wissen und lächelte schief, denn ihm fehlte ein vorderer Zahn, den er bei einer Kneipenschlägerei verloren hatte. Er stand vor ihr, strich sich das Haar glatt, grinste sie an und sagte: »Es ist schön, dich hier zu treffen. Es ist immer schön, wenn irgendwo ein Weib wartet.«

»Was hast du da gesagt?«, fuhr Inge ihn an.

»Ich sagte, es wäre schön, hätte man ein Weib, das auf einen wartet.« Noch immer grinste er.

»Halt den Mund!«, schrie Inge ihn da an. »Wage es nie wieder, so mit mir zu sprechen.«

Tamme schloss den Mund und runzelte verwundert die Stirn. »Aber du gefällst mir. Vielleicht habe ich nicht die richtigen Worte gefunden, um dir das zu sagen.«

»Sei still!«, schrie Inge. »Ich will nichts hören von dir.« Dann drehte sie sich um und rannte den Dünenweg hinauf bis zum Kamm. Von dort konnte sie Rantum überblicken. Zuerst das weiße Friesenhaus der Lewerenz, dann zwei andere Häuser, in denen Witwen wohnten, dann die Kirche und daneben das Pfarrhaus. Sie stand da und hatte nicht die leiseste Ahnung, wohin sie sich wenden sollte. Zurück an den Strand, den lächerlichen Bemühungen des krummen Tamme ausgesetzt, oder heim zum Vater, zum Pfarrer, der niemals erfahren durfte, was sie heute getan hatte. Sie ließ sich in den Sand sinken, sah vom Strand zum Pfarrhaus und zurück, dann zog sie die Knie an, legte die Arme darauf und weinte, wie sie noch nie geweint hatte. Sie weinte vor Scham, vor Wut und aus Neid. Es waren bittere Tränen, die das Kleid über ihren Knien tränkten. Es waren Tränen, die keine Erleichterung schafften. Alles in ihr war schwarz und leer. Sie hatte keine Vergangenheit mehr und keine Zukunft, nur die grausige, abscheuliche Gegenwart. Der Wind wiegte den Strandhafer, das Heidekraut duftete, und am Horizont zog ein großer Segler vorüber. Das Meer wisperte, und kleine Wellen tanzten an den Strand, der Himmel war blau, aber das alles bemerkte Inge nicht.

Lange saß sie dort, und erst als die Dämmerung über den Horizont zog, stand sie mit zitternden Knien und so erschöpft auf wie noch nie in ihrem Leben und begab sich zum Pfarrhaus. Sie betrat die Küche, in der der Vater am Tisch saß und an seiner Sonntagspredigt schrieb. Er hatte die Stirn gerunzelt, tunkte immer wieder die Gänsefeder in das Tintenfass und bedeckte das Papier mit seiner krakeligen schwarzen Schrift.

Er hatte einen kleinen Tintenfleck am Kinn, und am Hinterkopf stand der Haarkranz nach allen Seiten ab. Als Inge die Küche betrat, schaute er nicht einmal auf, sondern schnaubte nur kurz, um anzuzeigen, wie sehr er sich gestört fühlte.

Sie ließ sich ihm gegenüber auf die abgeschabte Küchenbank fallen, sah ihn an und sagte: »Ich habe mich entschieden. Ich werde es tun.«

Der Vater sah langsam auf. Hatte Inge gehofft, von ihm gelobt zu werden? Hatte sie auf etwas Freundlichkeit gehofft, die ihr Leid lindern würde? Vielleicht. Aber von ihrem Vater bekam sie keine Freundlichkeit, ganz gleich, was sie tat oder sagte.

»Du tust es also? Oder entscheidest du dich im letzten Augenblick noch anders? Sagst du jetzt ja, um mich im entscheidenden Augenblick allein zu lassen?«

»Nein. Ich bleibe dabei. Ich tue, was du mir befohlen hast. Es wird höchste Zeit, dass den Rantumern die Augen geöffnet werden.«

»Und wie willst du es anstellen, sie am Sonntag in die Kirche zu kriegen?«, wollte der Vater wissen.

Inge legte die Unterarme auf den Tisch, die Finger ineinander verflochten. »Das ist deine Aufgabe. Du kannst zu ihnen gehen und sie auffordern zu kommen. Es ist Erntedank. Du wirst es schon so einrichten können, ohne dass jemand Verdacht schöpft. Wahrscheinlich aber hast du einfach Glück; die Lewerenzen sind bisher immer an Erntedank in die Kirche gekommen.«

Der Vater wollte etwas erwidern, hatte schon den Mund geöffnet, doch Inge schnitt ihm das Wort ab. »Kümmere dich darum, wenn dein tückischer Plan aufgehen soll. Mit mir brauchst du außerhalb der Kirche nicht zu rechnen.«

Dann sah sie sich in der Küche um, sah mit aller Deutlichkeit die Schäbigkeit. Die Fenster waren verschmiert. Ein angeschlagener Milchkrug stand auf einem Bord, von zwei Fliegen umschwirrt. Über der verrußten Kochstelle hingen verbeulte, schwarz gebrannte Töpfe und Pfannen. Asche wirbelte bei jedem kleinen Windstoß auf und verteilte sich in der Küche. Der Fußboden klebte, die Wassereimer waren nicht gefüllt, und über allem hing ein Geruch nach verdorbenen Lebensmitteln und menschlichen Ausdünstungen. Sie blickte nach dem Alkoven, in dem sie mit dem Vater schlief, und überlegte, wann sie zuletzt den Strohsack frisch gefüllt hatte. Die Kissen waren klumpig, zeigten deutliche Schmutzränder, und für einen Augenblick war Inge versucht, Ordnung zu schaffen. Wenn es in ihrem Leben schon keine Ordnung gab, so sollte sie wenigstens im Haus herrschen. Aber ihr fehlte nun ganz einfach die Kraft dazu. Sie verzog angewiderte den Mund, dann zeigte sie mit dem Finger auf ihren Vater und erklärte: »Ich tue, was du verlangst. Aber danach wird sich hier einiges ändern. Und du wirst mich nicht daran hindern.«

Achtes Kapitel

Müssen wir wirklich in die Kirche gehen?«, fragte Jördis und verzog den Mund. »Der Pfarrer macht mir Angst. Immerzu spricht er nur von Tod und Verderbnis. Dabei habe ich den Eindruck, dass er ausgerechnet mich bei diesen Worten ansieht.«

Etta lächelte. »Hör nicht auf das, was er sagt. Aber gehen müssen wir. Es ist der erste Sonntag nach Michaelis, also Erntedank. Den ganzen Sommer lang waren wir nicht in der Kirche. Jetzt müssen wir gehen, die Leute fangen sonst an zu reden. Erst recht, wenn du bald heiraten willst. Überdies hat mich der Pfarrer beim Einkaufen angesprochen. Er hat uns mit Nachdruck eingeladen. Das halbe Dorf war dabei. Gingen wir jetzt nicht, gäben wir Anlass zu neuem Gerede.«

Jördis seufzte. Sie zog sich ein frisches Kleid aus blauem Leinen an, das unter ihren Brüsten locker bis zum Boden fiel. Dann bürstete sie sich das Haar, flocht ein Band in der Farbe des Kleides hinein und schlüpfte in ihre Schuhe. Wochentags trug sie Holzpantinen wie die anderen Sylter auch, aber für den Kirchgang hatte sie ihre Lederschuhe mit Gänseschmalz eingefettet, damit sie sauber glänzten.

Der Weg zur Rantumer Kirche war voller Menschen. Zum Erntedank trugen die Frauen ihre schönen Sylter Trachten, die Männer bestickte Hemden. Die Kinder glänzten vor Sauberkeit, hatten ordentlich gekämmte Haare, und selbst die Möwen strahlten mit silbernem Gefieder. Die Rantumer Kirche war ganz aus Granitquadern und Backsteinen erbaut, die Apsis mit Blei verglasten Fenstern versehen, und darüber ragte der Glockenturm auf. Gern wäre Jördis einmal dort hinauf gestiegen, um die Aussicht über die ganze Insel zu genießen, und immer wieder versprach ihr Inge, einmal heimlich den Schlüssel zu holen und von der Sakristei aus über eine Holzstiege, die sich oberhalb des Altars nach oben schwang, zum Glockenturm aufzusteigen. Sie hatte sogar ihren Vater gefragt, aber der hatte die Bitte barsch abgelehnt. »Ihr steigt dem Herrn bestimmt nicht auf dem Kopf herum«, hatte er gesagt, weil das frei schwebende Kreuz mit dem silbernen Herrn Jesus daran dort oben befestigt war.

Die Kirche war bereits voll, so dass Jördis und Etta einen Platz recht weit hinten bekamen. Arjen erhob sich sofort, begrüßte die beiden und übergab Jördis ein kleines Töpfchen. »Was ist darin?«, wollte sie wissen.

Arjen lächelte. »Honig. Von den eigenen Bienen. Schließlich ist heute das Erntedankfest.«

Jördis sah zu ihm auf, blickte direkt in seine Augen, die ihr Gesicht zu streicheln schienen. »Ich danke dir«, sagte sie. Ein warmes Gefühl breitete sich in ihrem Körper aus. Sie blickte auf seine Lippen und hätte sie zu gern geküsst, doch das ging in der Kirche natürlich nicht. Dafür griff sie kurz nach seiner Hand und drückte sie.

Arjen räusperte sich. »Ich habe den Pfarrer gebeten,

heute unsere Verlobung zu verkünden. Ich hoffe, es ist dir recht. Wir könnten bald heiraten, wenn die Seemänner alle ihre Frachten verkauft und sich für den Winter zur Ruhe gesetzt haben. Um den ersten Advent herum, so wie es der Brauch ist. Was meinst du?«

»So schnell?« Jördis war seit Arjens Antrag voller Freude gewesen, aber sie hatte es versäumt, sich Gedanken darum zu machen, was nach der Hochzeit sein sollte. Jetzt war Oktober, und die Wochen bis zum ersten Advent konnte sie an beiden Händen abzählen.

»Willst du lieber noch warten?«, fragte er.

Jördis schaute zu Etta, die lächelnd in eine andere Richtung blickte. »Was wird mit ihr?«

»Sie wird natürlich bei uns wohnen. Es wird ihr an nichts mangeln.«

In der Kirche wurde es allmählich still. Gerade noch wurde getuschelt, gewispert, gelacht und geraunt, aber nun, da die beiden Helfer des Pfarrers den Kelch und die Oblatenschale für das Abendmahl brachten, verstummten die Rantumer. Jördis hatte erst jetzt Gelegenheit, sich umzusehen. Der Altar vorn war mit großen gelben Kürbissen und rotwangigen Äpfeln geschmückt, aber auch mit Eiern, Mehl und Branntwein. Die aus Getreideähren geflochtene Erntekrone prangte neben der Kanzel, und über dem Altar hing ein riesiges rothölzernes Kreuz von der Decke, reich mit Silber verziert und mit einzelnen Edelsteinen besetzt, das die begüterten Walfangkapitäne gestiftet hatten.

Die Glocke erklang, und in der Kirche herrschte nun andächtige Stille. Jördis hielt nach Inge Ausschau, die normalerweise vorn in der ersten Reihe saß und später mit dem Kollektenbeutel durch die Stuhlreihen ging. Heute aber war ihr Platz leer.

Jördis sang mit ihrer hellen Stimme die angegebenen Kirchenlieder, dann betrat der Pfarrer die Kanzel. Er breitete die Arme aus, und Jördis schien es, als sähe er jedem einzelnen Rantumer direkt ins Gesicht. Ehrfurchtsvolles Schweigen herrschte. Der krumme Tamme hatte die Hände gefaltet und schaute wie alle anderen gespannt zur Kanzel empor.

»Heute«, verkündete der Pfarrer mit grollender Stimme, »werde ich über das erste Gebot sprechen. ›Ich bin der Herr, dein Gott. Du sollst keine anderen Götter haben neben mir.‹« Er schwieg und lauschte seinen letzten Worten nach. Dann hob er anklagend eine Finger und richtete diesen direkt gegen Jördis und Etta: »›Du sollst dich nicht niederwerfen vor anderen Göttern und dich nicht verpflichten, ihnen zu dienen. Denn ich, der Herr, dein Gott, bin ein eifersüchtiger Gott. Bei denen, die mir feind sind, verfolge ich die Schuld der Väter an den Söhnen, an der dritten und vierten Generation; bei denen, die mich lieben und auf meine Gebote achten, erweise ich meine ganze Gnade.‹«

Er schaute bei diesen Worten ebenfalls zu Etta und Jördis, und unter den Rantumern gab es einige, die es dem Pfarrer nachtaten. Etta seufzte und lächelte unschuldig. Jördis aber senkte verlegen den Kopf. Der Pfarrer sprach weiter: »Es gibt welche unter uns, die das erste Gebot missachten. Sie wird der Herr strafen. Aber auch jene, die sich mit den Sündern vereinen, wird der Herr strafen. Und jene, die darauf hören, was die anderen Götter zu sagen haben. Und jene, die teuflischen Ritualen beiwohnen. Und jene, die Rat suchen bei den Sündern anstatt in ihrer Kirche. Der Herr wird niederfahren auf sie alle. Er wird Sturm bringen und Flutwellen und Zerstörung. Krankheiten werden kommen, und es wird ein großes Jammern und Wehklagen sein.«

Die Gemeinde duckte sich unter den donnernden Worten des Pfarrers, und einige hielten die Hände gefaltet und beteten rasch das Vaterunser. Ein jeder suchte in seinem Gewissen nach dunklen Flecken, einige zitterten, weil sie sich schuldig glaubten, andere schauten selbstgerecht um sich, und eine Frau blickte zu Etta und Jördis und verzog verächtlich das Gesicht.

Etta griff nach der Hand ihrer Enkelin, und Jördis erwiderte den Händedruck. Sie wusste, dass alles, was sie und ihre Großmutter taten, nichts Unrechtes war. Und doch war ihr unwohl. Denn wenn auch die Großmutter und sie es wussten, so sagte eben der Pfarrer von der Kanzel herab das Gegenteil, und Jördis wusste bereits trotz ihrer Jugend, dass der, der am lautesten schrie, recht bekam. Sie verschloss die Ohren vor den Tiraden des Pfarrers, sie senkte den Blick in ihren Schoß, um nicht die Blicke der anderen spüren zu müssen. Dann endlich, nach einer gefühlten Ewigkeit, in der es Jördis heiß und heißer wurde, war die Predigt vorbei, und die Gemeinde pries mit inbrünstigem Gesang Gott, Jesus und den Heiligen Geist. Darauf folgte eine kurze Bibellesung, die sich mit dem Erntedank befasste, und danach lud der Pfarrer seine Schäfchen zum Abendmahl. »Aber es komme nur der, der reinen Herzens ist«, drohte er. »Derjenige aber, der mit seinem Bruder im Streit liegt, der gehe nach Hause und versöhne sich erst mit ihm. Und der, der den falschen Göttern huldigt, der gehe in sich und befreie sich, ehe er vom Leib des Herrn isst und das Blut trinkt, welches unser Herr Jesus vergossen hat.«

Schon erhoben sich alle, die in der ersten Reihe saßen, stellten sich im Halbkreis vor dem Altar auf, und der Pfarrer reichte ihnen eine Oblate und sagte dazu: »Christi Leib, für dich hingegeben.« Danach ging er mit dem Kelch zu jedem Einzelnen und sprach: »Christi Blut, für dich vergossen.« Dann kam die nächste Reihe dran und immer so weiter.

Jördis saß in ihrer Bank und rang die Hände. »Wir gehen nicht zum Abendmahl, oder?«, flüsterte sie Etta zu.

»Und ob!«, erklärte die Großmutter. »Jetzt erst recht. Sonst glauben die Leute alle noch den Unsinn, den der Pfarrer erzählt. Wir sind gottesfürchtig, wir halten uns an die Zehn Gebote, soweit es uns möglich ist. Aber es gibt nun einmal mehr zwischen Himmel und Erde als nur Gottvater, Jesus und den Heiligen Geist.« Dann erhob sie sich, reckte das Kinn und begab sich resolut nach vorn, stellte sich mit den anderen im Halbkreis vor dem Altar auf und blickte geradeaus zu dem schwebenden Kreuz über dem Altar. Jördis tat es ihr nach, zögernder, banger, aber doch mit geradem Rücken und gerecktem Kinn.

Der Pfarrer schien kurz zu zögern, als er mit dem Abendmahlskelch vor Jördis trat. Er schaute sich um, als suche er etwas, doch dann reichte er Jördis den Kelch und murmelte: »Christi Blut – für dich vergossen.« Kaum hatte er diese Worte gesprochen, kaum hatte Jördis den Kelch an ihre Lippen geführt, fiel hinter dem Altar mit lautem Getöse das Kreuz zu Boden, es hallte als Echo nach und fuhr den Gläubigen in die Seelen.

Das Kreuz zerbrach, die Splitter stoben wie Geschosse durch die Apsis. Der silberne Herr Jesus aber blieb auf dem Altar liegen, war direkt neben die Kerzen gefallen, und es schien, als wäre er hier, in der Rantumer Kirche, zum zweiten Mal zu Tode gekommen.

Eine gespenstische Stille breitete sich aus. Der Pfarrer stand erstarrt vor Jördis, hielt den Abendmahlskelch in die Höhe, die Augen weit aufgerissen, den Mund vor Überraschung wie zum Kuss gespitzt. Auch die anderen Kirchenbesucher waren erstarrt, doch dann, nach einer schieren Endlosigkeit, löste sich ein Schrei, und schon brach ein Tumult los. Einige schrien und rannten aus der Kirche, als tanze der Teufel selbst auf dem Altar, andere sprachen laut das Vaterunser, zwei kleine Jungen krochen unter die Kirchenbänke, Familienväter trieben Frau und Kinder vor sich her, ältere Weiber hielten die Bibel an die Brust gedrückt, und auch der Halbkreis vor dem Altar löste sich auf. Die Menschen stoben auseinander, hasteten zu ihren Plätzen, ergriffen ihre Taschen und Tücher und rannten aus der Kirche.

Jördis aber stand da und starrte auf den silbernen Jesus. Sie merkte nicht, dass Etta ihr eine Hand auf die Schulter legte. »Komm, Kind, lass uns gehen«, murmelte sie. Jördis verharrte, und mit einem Mal befiel sie ein unfassbares Grauen. Der Jesus war vom Kreuz gesprungen, als sie sein Blut trinken wollte. Ihr Blick flog zum Pfarrer, der es mittlerweile geschafft hatte, den schweren Kelch abzustellen. Nun raufte er sich die Haare, und sein Gesicht sah aus, als stände er bereits vor dem Jüngsten Gericht. Dann spürte er wohl den Blick von Jördis, denn er fuhr herum. Mit dem Zeigefinger deutete er auf sie, die Augen dunkel, die Haare wild und den Mund vor Hass zu einer dünnen Linie gepresst. »Du bist des Teufels«, zischte er. »Es ist deine Schuld. Du hast es gewagt, den Herrn mit deiner Anwesenheit zu behelligen. Du hast die Kirche entweiht. Du bist des Teufels!«

Jördis wich zurück, doch sie schaffte es nicht, sich umzudrehen.

Der Hass des Pfarrers fiel wie ein Donnergrollen über sie her. »Du wirst gerichtet werden! Bei lebendigem Leibe werden dich die Teufel zerreißen.«

Jördis, bleich wie ein Leinentuch, die Augen aufgerissen, eine Hand vor den offenen Mund gepresst, konnte nur den Kopf schütteln. Da packte Etta ihre Enkelin bei der Hand und zog sie mit sich hinaus. Draußen auf dem Kirchhof, an den sich links und rechts der Friedhof anschloss, hatten sich die Rantumer versammelt. Sie hatten sich eng umeinander geschart, so wie Tiere es bei Gefahr taten. Direkt an der Kirchenmauer standen sie, dahinter der Friedhof, auf dem ihre Lieben lagen. Und sie hatten eine Mauer vor der Mauer errichtet, als wollten sie die Toten schützen oder sich Schutz bei ihnen holen. Ihre Mienen waren vor Entsetzen verzerrt. Die kleinen Kinder heulten und drängten sich an die Beine ihrer Mütter, Frauen rangen die Hände, und die Männer kratzten sich ratlos am Kinn und legten die Arme um die Schultern ihrer Frauen und Kinder. Sie tuschelten und wisperten und seufzten und stöhnten, aber als Etta und Jördis aus der Kirche kamen, verstummten sie alle und starrten die beiden Frauen an.

Etta breitete die Arme aus. »Was ist?«, rief sie. »Glaubt ihr etwa, das Kreuz wäre wegen Jördis von der Decke gestürzt? Ihr kennt uns seit Jahren. Ihr alle wart schon bei mir, um in die Zukunft zu blicken. Gedankt habt ihr mir. Manche sogar auf Knien. Und nun glaubt ihr, wir sind des Teufels?« Sie ließ ihren Blick über die Menge schweifen. Alle schwiegen. Einige sahen auf den Boden, scharrten mit den Schuhspitzen im Sand herum, andere betrachteten intensiv den Himmel. Ein paar Weiber wandten sich verlegen ab, doch die meisten der Rantumer betrachteten die beiden Frauen feindselig. Einer trat vor, der, dem das Wirtshaus »Zum toten Wal« gehörte, und er spuckte vor Etta und Jördis aus. »Packt euch, ihr Teufelsweiber!«, schrie er. Und schon antwortete eine andere Stimme: »Jawohl, packt euch, haut ab von hier!«

Dann warf jemand den ersten Stein. Er traf Jördis am Hinterkopf und ließ sie kurz taumeln. Überrascht griff sie nach der schmerzenden Stelle und betrachtete sogleich das Blut an ihrer Hand. Arjen sprang vor, sprang vor die heulende Meute. »Hört auf damit!«, beschwor er die Rantumer. »Ihr kennt die beiden so gut wie ich. Ihr wisst, dass sie nicht des Teufels sind.« Doch es gab kein Halten. Pferdeäpfel wurden geworfen, Flüche wurden ausgestoßen, Schimpfworte gerufen. Die Weiber kreischten und jaulten, die Kinder waren außer Rand und Band, die Männer brüllten, rot vor Zorn. Arjen zog seine Jacke aus, breitete sie über Jördis, schützte sie mit seinem breiten Rücken vor weiteren Steinen und Pferdeäpfeln, bis einer rief: »Arjen, komm zurück, sonst bist auch du des Teufels.« Da stockte er kurz, hielt im Laufen inne, und Jördis wandte sich zu ihm und sagte: »Geh, wenn du gehen möchtest«, doch Arjen schüttelte den Kopf und gab Jördis einen sanften Stoß, damit sie weiterging. Der krumme Tamme löste sich aus der Menge, stellte sich vor Etta. »Was soll das, ihr Leute?«, rief er. »Sie ist eine von uns!«

Doch die Menge brüllte auf. »Sie ist keine von uns und wird nie eine von uns werden«, schrie ein Weib, und die anderen stimmten in ihre Rufe ein. »Geh dorthin zurück, wo du hergekommen bist!«

Neuntes Kapitel

Dann kam der Sturm. Etta hatte es schon am frühen Morgen gewusst. Es war kein Tau auf den Pflanzen gewesen, und kein Tau bedeutete Regen. Auf dem Kirchgang hatte sie den Himmel betrachtet, hatte die weißen Wölkchen gesehen und geseufzt. Es war kein gutes Zeichen, wenn am Tag des Erntedankfestes ein Sturm aufkam. Die alten Seeleute sagten, dann gäbe es einen kalten, langen Winter. Ob das stimmte, wusste Etta nicht. Sie wusste nur, dass der Sturm im Anmarsch war. Oben auf den Dünen stand sie, Jördis, noch immer blass und erschüttert, neben sich. Sie betrachteten die See, sahen die weißen Schaumkronen auf den noch kleinen Wellen. Auch die Fischer ahnten das Unwetter voraus. Sie zogen ihre Boote weit hinauf, bis fast an die Dünen. Denn wenn ein Sturm aufkam, gab es oft auch eine Sturmflut. Jördis hatte nach Ettas Hand gegriffen. Ihre Blicke huschten unruhig über die Dünen, als suche sie nach etwas.

»Es wird niemand mehr kommen«, sagte Etta. »Sie haben mit dem Sturm zu tun. Sie werden ihre Schafe in die Ställe holen, die Wäsche von der Leine nehmen, die Netze in die Scheuer bringen. Dann werden sie die Holzläden vor die Fenster schlagen und sie mit

Stricken zusammenbinden. Und dann werden sie das Herdfeuer löschen, damit der Sturm, der durch den Kamin kommt, nicht die heiße Asche in der Küche verteilt. Manche werden am Tisch sitzen und die Bibel aufschlagen. Andere werden sich in ihre Alkoven verkriechen und beten.«

»Und wir? Was werden wir tun?«, fragte Jördis mit banger Stimme.

»Wir werden das tun, was alle tun: Fenster und Türen schließen und abwarten.«

Ihre Großmutter verschwieg etwas, und Jördis ahnte, was es war. Seit das Kreuz von der Kirchendecke gefallen war, war nichts mehr wie zuvor.

»Ich hoffe, der Sturm wird nicht allzu stark«, sagte Etta nach einer Weile und seufzte. Dann strich sie Jördis flüchtig übers Haar. »Komm, wir gehen nach Hause.«

Jördis seufzte ebenfalls. Eine seltsame Schwere hatte sich auf ihre Schultern gelegt. Sie wusste noch immer nicht, warum das Kreuz ausgerechnet in dem Augenblick von der Decke gestürzt war, als der Pfarrer ihr den Kelch mit dem Blut Christi gereicht hatte. Zuerst hatte sie keine Angst gehabt, hatte den Sturz für einen unglücklichen Zufall gehalten. Aber dann hatte sie die Gesichter der Rantumer gesehen. Und da war ihr klar geworden, dass der Vorfall für alle im Dorf kein unglücklicher Zufall gewesen war.

»Sie denken, es ist meine Schuld«, hatte sie gemurmelt.

Etta hatte ihre Hand gedrückt. »Ja. Das tun sie. Viele zumindest. Sie suchen nach einer Erklärung. Das beruhigt sie. Vielleicht haben sie es in ein paar Tagen vergessen.«

»Glaubst du das?«, hatte Jördis gefragt, und Etta hatte nur den Kopf geschüttelt.

Dann hatten sie die beiden Schafe von der Deichwiese getrieben, die Hühner und Gänse in den Stall gesperrt, die Wäsche von der Leine geholt, die Fensterläden zugeschlagen, sie hatten das Herdfeuer gelöscht und ein paar Eimer vorsorglich mit Wasser gefüllt.

Zu Hause setzten sie sich an den Küchentisch und hörten auf das Jaulen und Heulen des Windes. Er riss an den Türen, schleuderte eine ganze Handvoll Sand gegen die Fensterläden. Er wehte Sand durch die Türritzen und knarzte im Reet auf dem Dach.

»Ich möchte wissen, ob der Sturm uns große Schäden bringt«, sagte Jördis beunruhigt. »Oder ob vielleicht doch noch alles gut wird.«

Etta zog das Geheimfach unter dem Küchentisch auf, holte das Säckchen mit den Runen hervor. »Wir werden das Orakel befragen«, sagte sie und schüttete den Inhalt des schwarzen Samtsäckchens auf den Tisch.

Jördis legte erschrocken eine Hand über die Runen. »Wir sollten das nicht tun«, sagte sie angstvoll. »Unser Futhark ist nicht mehr vollständig.«

Etta schob ihre Hand zurück, hielt sie fest und blickte Jördis in die Augen. »Ich bin mit den nordischen Göttern und den Runen aufgewachsen. Alle im Eisland sind so groß geworden, und niemand hat dabei einen Schaden davongetragen. Ich denke nicht daran, meine Götter zu verleugnen, nur weil der Pfarrer es so will.«

»Aber das Kreuz«, erinnerte Jördis mit hoher heller Stimme.

»Es ist von der Wand gefallen. Ja. Na und? Vielleicht war der Haken lose, an dem es hing. So etwas passiert.«

Jördis verzog zweifelnd den Mund. »Unser Runenalphabet ist nicht vollständig. Inge hat eine Rune. Mit einem unvollständigen Futhark kann man nicht orakeln.«

Etta blickte auf die Runen. »Wenn es irgendwo eine Antwort auf unsere Fragen gibt, dann steht sie in den Steinen. Der beste, positivste Stein ist verschwunden. Nun, diesen Stein werden wir wohl heute nicht brauchen. Deshalb werfe ich die Runen auch ohne den verlorenen Stein.«

Dann schloss ihre Großmutter die Augen, fuhr mit der Hand über die Runen und nahm schließlich eine von ihnen auf.

Jördis schrak. »Es ist die Uruz-Rune, aber sie liegt falsch herum. Das heißt, dass sich alle Bedeutung ins Gegenteil verkehrt.«

Etta nickte und seufzte. Sie nahm den Runenstein in die Hand, betrachtete ihn lange und erklärte dann: »Das Runengedicht für die Uruz-Rune lautet: Nieselregen, das ist, wenn die Wolken weinen, ist auch der Ruin der Heuernte, ist der Fluch des Schäfers.«

Jördis riss die Augen auf. »Wir werden alles verlieren?«, fragte sie angstvoll. »Die Ernte, die Schafe, die Hühner und Gänse?«

Etta antwortete nicht auf die Fragen ihrer Enkelin, sondern betrachtete noch immer die Rune, die im Schein der Tranlampe beinahe grau aussah. »Uruz, das ist der Auerochse«, sprach sie. »Er steht für Stärke und Wildheit.«

»Aber er wendet sich gegen uns! Die Rune hat falsch herum gelegen!« Jördis wartete darauf, dass Etta ihr widersprach. Sie hatte Angst, eine tiefe Angst, doch sie hätte nicht genau sagen können, woher diese Angst rührte. Es war das Kreuz, es war der Sturm. Und dann war da noch etwas, das sie nicht zu fassen kriegte. Etwas war in der Kirche gewesen, das anders war als sonst. Aber was?

»Die umgedrehte Rune zeigt eine Auflösung von Verbindungen zwischen zwei Menschen«, erklärte Etta.

Jördis erschrak. »Arjen?«, fragte sie bang. »Heißt das, Arjen wird mich verlassen?«

»Ich weiß es nicht«, antwortete Etta. »Aber die Rune sagt auch, dass du nicht in Selbstmitleid versinken darfst, denn damit schwächst du dich und andere. Sei stark und tapfer, dann wirst du am Ende keinen Schaden davontragen.«

Jördis senkte den Blick. »Es wird eine schwere Zeit auf uns zukommen, nicht wahr?«

Etta nickte. Sie griff über den Tisch nach der Hand ihrer Enkelin. »Wir werden stark sein. Du und ich. So stark wie der Sturm, der in dieser Nacht über die Insel fährt.«

Dann saßen sie schweigend da, hörten dem gewaltigen Heulen zu, hörten auch den Donner, sahen die Blitze zucken, und es war, als würde Gottvater selbst diese grellen Blitze schleudern, als würde Gottvater selbst im Donner brüllen. Der Regen rauschte herab, der Wind riss an allen Ecken und Winkeln des Hauses. Draußen war es stockfinster. Etta und Jördis sahen die Dunkelheit, nur von gezackten Blitzen durchbrochen, durch eine Ritze in den Fensterläden. Sie hörten das Meer brüllen, wussten, dass die Wellen hoch auf das Ufer schlagen würden. Im Stall nebenan blökten unruhig die Schafe.

Etta hatte eine Hand auf ihr Herz gelegt, stand stumm am Fenster, Jördis neben ihr. Der kleine Hund wimmerte leise, wenn wieder ein Donner grollte. Sie sahen beide dem Sturm zu, angstvoll und unruhig. Jördis wusste noch immer nicht, was sie denken sollte. Das Kreuz in der Kirche. Wenn sie nun doch Schuld daran trug, dass der Herr vom Kreuz gesprungen war? Wenn auch der Sturm ihre Schuld war? Doch wie konnte ein Mädchen einen Sturm heraufbeschwören? Nein, das ging nicht. Das konnte sie nicht gewesen sein. Trotzdem machte die Angst sie ganz starr, fuhr ihr in die Beine, die sich nicht mehr heben ließen, in die Arme, die neben ihrem Körper hingen wie Stöcke.

Der Sturm heulte die ganze Nacht, heulte den ganzen nächsten Tag und noch eine Nacht. Er knickte den Strandhafer und das Reet, riss die Blüten vom Heidekraut, zerfetzte die Büsche und hatte eine so hohe und gewaltige Sturmflut auf das Ufer geschlagen, dass einige der Fischerboote daran zerbrochen waren. Erst am Morgen hatte er sich beruhigt, war abgeflaut, war zum unschuldigen Lüftchen geworden. Der Sand war durch die Türritzen gedrungen, so dass Jördis Mühe hatte, sie zu öffnen. Vor der Tür reichte der Sand ihr bis zu den Knien. Sie stieg über die Verwehung und holte einen Besen, um den Sand wegzukehren. Dann betrachtete sie den Zaun, dessen Latten abgerissen und vom Sturm weggeweht worden waren. Auf dem Dach hing das Reet an vielen Stellen lose herab, und es war zu befürchten, dass es beim nächsten Sturm ins Haus regnen würde.

Die Wäschestangen waren umgeknickt, die Leine lag zerrissen auf dem Boden. Alles um Jördis herum wirkte, als hätte es einen schweren Kampf verloren. Alles war zerstört, zerbrochen, zerknickt, zerfetzt, zerzaust. Und sie fühlte sich so hilflos und ohnmächtig, so verlassen und allein im Angesicht der Trümmer, dass sie nicht bleiben konnte. Sie lief den Dünenweg zum Dorf hinüber, hatte Furcht dabei, und doch musste sie zu Arjen. Arjen sollte ihr sagen, dass alles wieder gut werden würde. Arjen war nicht mehr nur der Mann, der sie um ihre Hand gebeten hatte, Arjen war der Mann, der ihre Verbindung zum Dorf war, der ihre Hoffnung war. Sie sah schon von weitem, dass aus dem Schornstein der Schmiede kein Rauch aufstieg. Sie kam an den ersten Häusern des Dorfes vorüber. Überall herrschte dasselbe Bild der Zerstörung. Im ersten Haus war der krumme Tamme dabei, ein Loch im Reet zu schließen. Im Haus daneben hämmerte eine junge Witwe einen zerbrochenen Fensterladen zusammen. Gegenüber zerrte ein alter Fischer seine Netze vom Stechginster. Daneben war eine Frau dabei, den Sand vor der Stalltür zu schaufeln.

Jördis sah, dass das Wasser den Deich an einigen Stellen überflutet hatte. Zwei tote Schafe lagen in den Pfützen. Der Sand unter ihren Füßen war nass, klebte an ihren Schuhsohlen. Sie hatte jeden, der ihr begegnet war, gegrüßt, doch niemand hatte ihren Gruß erwidert. Auf dem Weg lagen zerbrochene Latten, ganze Bündel von Reet und sogar ein zerbeulter Wäschezuber. Kleine Kinder spielten in den Pfützen, und auch sie hatten dunkle Ringe unter den Augen, die von zwei schlaflosen Nächten zeugten.

Endlich kam sie zur Schmiede – und erschrak. Der Ofen war zerbrochen, die Werkstatt selbst lag unter einer dicken Ascheschicht. Vor dem Ofen kniete Arjen und mühte sich, zu reparieren, was nicht zu reparieren war. Leise rief sie seinen Namen. Er hörte nicht. Wieder rief sie ihn, und dann ein drittes Mal, ehe er sich endlich umwandte. Sie hatte erwartet, dass ein Lächeln sein Gesicht bei ihrem Anblick überzog, doch Arjen lächelte nicht. Im Gegenteil, er wirkte, als hätte er die Zähne fest aufeinander gebissen. Sein Kinn war kantig, die Lippen zu einem dünnen Strich gepresst. Langsam und zögernd machte Jördis einen Schritt auf ihn zu. »Ist viel kaputt?«, fragte sie schüchtern.

»Alles«, erwiderte Arjen. »Der Ofen ist entzwei, und ohne Ofen kann eine Schmiede nicht existieren.« Seine Worte klangen mutlos.

»Kann man den Ofen nicht flicken?«, fragte Jördis zögerlich.

»Man kann, wenn man Ziegel hat. Aber Ziegel gibt es wahrscheinlich nur noch auf dem Festland. Bestimmt sind sie noch teurer geworden nach dem Sturm.«

»Ich verstehe«, sagte Jördis leise und senkte den Kopf.

»Was verstehst du?« Arjen war näher gekommen, er strich ihr mit dem Zeigefinger sanft über die Wange.

»Nun können wir wohl doch nicht heiraten«, erklärte Jördis. »Du musst erst deine Werkstatt wieder aufbauen.«

Da nahm Arjen sie in die Arme, zog sie an sich,

strich ihr über den Rücken und das Haar. »Nein. Wir werden heiraten. So, wie wir es ausgemacht haben.«

Jördis schlang ihre Arme um seine Hüfte, löste den Kopf von seiner Brust und sah ihn an. »Wirklich?«

Da lächelte er. »Natürlich. Wir haben uns doch einander versprochen. Stürme gibt es immer auf Sylt. Kein Grund, Pläne zu verschieben.«

Jördis schluckte, dann senkte sie den Kopf.

»Was wolltest du sagen?«, fragte Arjen.

»Nichts, es ist nichts.«

Er griff mit der Hand unter ihr Kinn und zwang sie, ihm in die Augen zu blicken. »Was quält dich? Sage es mir.«

Jördis schluckte noch einmal. »Pfarrer Mommsen wollte unsere Verlobung bekanntgeben. Aber dann ist das Kreuz gefallen …« Sie wusste nicht, wie sie ihre Angst in Worte fassen sollte.

Arjen zog sie an sich. »Ich verstehe, was du meinst. Aber dass er unsere Verlobung nicht verkündet hat, bedeutet nicht, dass wir einander nicht versprochen sind. Wir werden heiraten, auch ohne eine öffentliche Verkündigung in der Kirche.«

»Aber wenn das nun Unglück bringt?« In ihren Augen flimmerte noch immer die Angst. Sie senkte den Kopf und starrte auf ihre Schuhspitzen.

»Wir werden glücklich werden«, erwiderte Arjen fest und nickte noch einmal bekräftigend.

Dann griff er erneut sanft mit der Hand unter ihr Kinn, drückte den Kopf nach oben und küsste sie. Sein Kuss schmeckte so süß wie immer, und das beruhigte Jördis mehr als alle Worte.

Später räumten sie gemeinsam die Schmiede auf. Außer dem kaputten Ofen hatte der Sturm keinen weiteren Schaden angerichtet. Der Amboss war unversehrt, ebenso die schon fertig geschmiedeten Harpunen. Jördis befreite die Werkstatt von der herumfliegenden Asche, während Arjen seine Werkzeuge säuberte.

»Ich muss so bald wie möglich nach Tondern, aufs Festland«, erklärte er, als sie beide hinter der Schmiede auf der Bank saßen und Wasser aus Bechern tranken. »Ich muss so rasch wie möglich Ziegel kaufen. Nur wenn die Schmiede arbeitet, kann ich eine Familie ernähren. Verstehst du das?«

Er nahm ihre Hand in seine, sah ihr ins Gesicht, und Jördis erkannte in seinem Blick nicht nur eine große Zärtlichkeit, sondern auch Besorgnis. »Ich muss weitermachen«, seufzte er. »Ich will heute noch nach Westerland und Keitum. Vielleicht finde ich jemanden, der noch ein paar Ziegel übrig hat, so dass ich mir womöglich den Weg auf das Festland sparen kann. Es tut mir leid, ich würde lieber mit dir zusammen sein.«

Jördis erhob sich. »Ja. Du hast recht. Auch auf mich wartet noch Arbeit.«

Sie küssten sich, dann verschwand Arjen in der Schmiede, und Jördis machte sich auf den Weg zu dem kleinen Geschäft ein paar Häuser weiter, in dem man Öl und Graupen, Mehl und Seife kaufen konnte.

Sie betrat den Laden, und sofort verstummten die Gespräche. Die alte Mutter vom Schankwirt raffte ihre Siebensachen zusammen und verließ ohne Gruß den Laden. Die Haushälterin des Pfarrers, gerade noch mit geröteten Wangen im Gespräch, verstummte, holte wortlos ihre Geldbörse hervor und legte ein paar Münzen auf den Tisch.

Jördis stand noch immer an der Tür. Links neben ihr befanden sich ein paar Fässer, in denen Sauerkraut oder eingelegte Heringe lagerten. Auf einem Regal dahinter reihten sich in Säckchen Bohnen, Linsen, Erbsen und Graupen. Daneben prangte eine braun gestrichene hölzerne Verkaufstafel, hinter der die Frau Sörensen saß, die Kaufmannsfrau. Neben ihr stand eine Schranktür offen und gab den Blick auf Ölkannen, ein wenig Geschirr und einen Ballen aus grobem Leinenstoff frei. Auf der anderen Seite des Ladens lehnten mehrere Reisigbesen an der Wand, dazu ein paar Schaufeln, eine Harke, mehrere Pflöcke, um damit Weiden abzuzäunen, und etliche Seilrollen in verschiedenen Stärken.

»Was willst du hier?«, fragte Frau Sörensen mit grimmiger Miene.

Die Pfarrhaushälterin wandte sich ebenfalls zu Jördis um und erklärte demonstrativ: »Wenn der Teufel naht, dann soll man fliehen.« Sie packte ihre Einkäufe in einen Weidenkorb und verschwand.

Nun war Jördis mit Frau Sörensen allein im Laden. Die Kaufmannsfrau kam hinter ihrem Tisch hervor. »Was willst du hier, Mädchen?« Jetzt, da sie beide allein waren, klang ihre Stimme freundlicher.

»Einkaufen. Wie immer«, erwiderte Jördis.

»Was brauchst du? Sage es schnell, ehe neue Kundschaft kommt.«

»Öl, einen Sack Graupen, einen neuen Reisigbesen, Seifenasche und einen Tiegel Schmalz.«

Frau Sörensen legte alles in rasender Geschwindigkeit vor Jördis auf den Tisch.

»Warum so eilig?«, fragte Jördis.

Frau Sörensen warf einen raschen Blick auf die Straße. »Es muss dich ja nicht jeder hier sehen.«

Jördis runzelte die Augenbrauen. »Warum nicht?« Sie kannte die Antwort, aber sie hoffte, sich getäuscht zu haben. Es durfte nicht sein, dass alle sie wie eine Ausgestoßene behandelten.

Frau Sörensen berührte Jördis am Arm. »Ich glaube ja nicht daran, aber die Leute, die Rantumer … du weißt ja, wie sie sind.«

Jördis verstand. »Sie haben Ihnen gesagt, wenn Sie uns Waren verkaufen, dann kommen sie nicht mehr hierher. Ist es so?«

»Nicht alle, Kind, nicht alle.«

»Aber die meisten?«

Die Frau zuckte mit den Schultern. »Vielleicht kann Arjen euch ja die Sachen bringen, die ihr braucht.« Dann legte sie wie zur Entschuldigung noch ein Viertelchen Brotmehl zu Jördis' Einkäufen und lächelte sie entschuldigend an. »Der Pfarrer, weißt du«, sprach sie weiter, »er hat ja gepredigt, dass jeder, der mit Ungläubigen zu tun hat, ebenfalls der Hölle geweiht ist. Viele haben einfach nur Angst.«

Jördis bezahlte und packte ihre Einkäufe zusammen, als plötzlich die Tür aufgerissen wurde. Inge stürzte herein, blieb jedoch, als sie Jördis sah, wie angewurzelt stehen. Dann aber tat sie, als wäre Jördis gar nicht vorhanden.

»Mutter Sörensen«, sprach die Tochter des Pfarrers, »ist der Eure zu Hause?«

»Nein, Kind. Er ist heute Morgen nach Westerland gefahren, um neue Netze zu kaufen und Nadeln, um die, die noch da sind, zu flicken.«

»Gut. Dann richtet ihm doch bitte aus, dass er sich heute Abend im Wirtshaus einfinden soll.«

»Worum geht es?«, wollte Frau Sörensen wissen.

Inge warf nun einen Seitenblick auf Jördis, die noch immer darauf wartete, dass ihre alte Freundin das Wort an sie richtete. Dann sprach die Pfarrerstochter weiter: »Es geht um die Vorkommnisse im Dorf, und wie man sie behandeln soll. Weiter darf ich nichts sagen. Alles andere werdet ihr heute Abend erfahren.«

Zehntes Kapitel

Das Wirtshaus »Zum toten Wal« war gut gefüllt. Fast alle der roh gezimmerten Bänke waren besetzt. Das Schankmädchen eilte hin und her, kaum fähig, die vielen Bestellungen auszuführen. Die Luft roch nach Bier und dem Qualm, den die Pfeifenraucher von sich gaben und der wie eine dichte Nebelschwade unter der Wirtshausdecke hing.

Es herrschte ein gehöriger Lärm, den die Männer an den Tischen verursachten. Einer fluchte, einer lachte, einer brüllte einen derben Scherz, ein anderer tuschelte mit dem Nachbarn, einer schlug mit der flachen Hand auf den Tisch, dass die Bierbecher in die Höhe sprangen, und einer, der keinen Platz gefunden hatte, kündigte an, die Veranstaltung zu verlassen, wenn es nicht endlich losginge. Die Spannung im Raum war für jeden spürbar. Es ging hier nicht um ein gemeinsames Beisammensein bei Bier und Tabak. Jeder wusste, was verhandelt werden sollte, doch keiner sprach darüber. Stattdessen wurde über die Sturmschäden geklagt, über das Wetter und den Fischfang, und einige machten sich schon Gedanken darüber, woher sie das Holz für den nächsten Winter bekommen sollten.

»Wird Zeit, dass wieder ein Kahn vor unserer Küste

absäuft«, meinte einer. »Da können wir die Planken zum Heizen nehmen. Letztes Jahr habe ich Schafsscheiße verfeuert, und meine Alte hat geflucht, weil sie dachte, ich hätte gefurzt.«

Die anderen lachten derb.

»Und mein Weib«, berichtete ein anderer, »hat ein paar Seifenflocken zur Scheiße gegeben, damit es nicht so stinkt.«

Die anderen lachten wieder, aber die Blicke jedes Einzelnen huschten zur Tür.

»Ist Arjen schon gekommen?«, wollte schließlich der krumme Tamme wissen und wandte sich suchend in der Schänke um.

»Nein«, erwiderte ein anderer. »Es ist auch gar nicht sicher, ob er überhaupt kommt. Ich jedenfalls vertraue ihm nicht mehr.«

Die anderen nickten und murmelten. Dann ging die Tür auf, und der Pfarrer trat ein, blickte selbstsicher von einem zum anderen, setzte sich und rief dem Schankmädchen barsch zu: »Einen Grog will ich. Aber rasch!«

Das Schankmädchen eilte davon und stellte kurz darauf das dampfende Getränk auf den Tisch. Pfarrer Mommsen pustete kurz in den Becher, dann nahm er einen kräftigen Schluck und erhob sich. In diesem Augenblick öffnete sich die Tür noch einmal, und herein kam Arjen. Er blieb in der offenen Tür stehen. »Was soll das Ganze?«, wandte er sich direkt an den Pfarrer. »Seit wann lädt die Kirche ihre Schäfchen ins Wirtshaus ein?«

Mommsen verzog den Mund. »Die Kirche lädt zum Gespräch ein, dein Bier musst du selber bezahlen.«

Unwilliges Murmeln von den anderen Gästen war zu hören. Da hatten sie schon einiges getrunken, und nun stellte sich heraus, dass sie selbst zahlen mussten. Der krumme Tamme stand sogar auf. »Wir sind also einbestellt worden, ist das so richtig?«, fragte er.

»Setz dich wieder hin, Tamme.« Sein Nachbar zog ihn am Ärmel. »Es geht schließlich um unsere Zukunft. Schietegal, wer das Bier bezahlt. Und du, Arjen, setz dich auch. Kannst immer noch aufstehen und gehen, wenn es dir hier nicht passt.«

Arjen gehorchte, fand einen Platz neben dem Pfarrer, und dieser trank noch einen Schluck von seinem Grog, bevor er die Hand hob. »Ruhe bitte. Ich möchte, dass ihr mir alle zuhört. Ihr wisst, was am Sonntag in der Kirche geschehen ist?«

Die Männer murmelten und nickten, einer lachte, bekam aber von seinem Nachbarn einen harten Stoß mit dem Ellenbogen in die Rippen.

»Das Kreuz ist gefallen, als ich Jördis das Blut Christi reichen wollte. Es war der Herr selbst, der das Kreuz geworfen hat. Geworfen auf unsere Gemeinde, die im Begriff war, einer Ketzerin das Blut zum Trinken zu geben, das unser Herr Jesus für uns vergossen hat.«

Der Pfarrer machte eine Pause, sah in jedes einzelne Gesicht. Der krumme Tamme hob einen Finger und räusperte sich. »Der Herr selbst hat das Kreuz geworfen, sagst du, Pfarrer. Warum aber hat er es dann nicht gleich auf Jördis und ihre Großmutter geschleudert?«

Ein paar andere nickten. Der Pfarrer aber funkelte den krummen Tamme wütend an. »Die Wege des Herrn sind unerforschlich«, zischte er. »Gerade du solltest das Handeln des Herrn nicht in Frage stellen. Hast genug Sünden auf dem Kerbholz.«

Der krumme Tamme senkte schuldbewusst den Blick. Hatte er bislang geglaubt, dass seine nächtlichen Strandräubereien unentdeckt geblieben waren, fühlte er sich nun ertappt.

»Ihr wisst also alle, was am Sonntag geschehen ist. Und ich sage euch nun, dass dies als eindringliche Warnung unseres Herrn zu verstehen ist. Wer eine Ungläubige in der Kirche duldet, ist selbst des Teufels. Wer eine Ungläubige in seiner Nachbarschaft duldet, ist selbst des Teufels. Wer mit einer Ungläubigen spricht und ihr in die Augen sieht, ist selbst des Teufels.«

Plötzlich sprang Arjen auf. »Jördis und Etta sind die Ungläubigen? Und du, Pfarrer, rufst die Rantumer dazu auf, nicht mehr mit den beiden zu sprechen, sie gar auszuschließen aus der Gemeinschaft des Dorfes?«

»Ist der Sturm, der am selben Abend tobte, nicht Beweis dafür, dass die beiden Hexen sind?«, geiferte der Pfarrer zurück.

Plötzlich herrschte Stille. Ein paar Männer rutschten unruhig auf der Bank herum, ein anderer kratzte sich im Nacken, und Arjen war mit einem Schlag bleich geworden. Es war das Wort, das die anderen traf – das Wort »Hexe«. Bislang hatte es niemand gewagt, dieses Wort auszusprechen. Man hatte von den Hexen gehört, die es manchmal auf dem Festland gab. Alte, bucklige Frauen, die Hagelstürme herbeizaubern konnten, die bewirkten, dass die Kühe keine Milch mehr gaben, und die es sogar schafften, andere zu verhexen.

Ein alter Fischer hob die Hand und meldete sich zu Wort. »Ich habe von einer Hexe gehört, früher einmal, ist schon lange her, die hat gemacht, dass ein Weib nicht mehr ihren Pflichten dem Ehemann gegenüber nachkommen konnte. Die war wie zugenäht.«

Die anderen rissen vor Entsetzen die Augen auf, und die meisten von ihnen überlegten blitzschnell, was dies für sie bedeuten könnte. Ein anderer stand auf, einer, der zur See gefahren war und die Welt kannte. »Ich habe mal von einer gehört, die konnte Schiffe versinken lassen, die konnte Krankheiten schicken und machen, dass man jede einzelne Nacht vom Teufel träumte.«

Noch einer erhob sich. »Es gab da mal eine in Amsterdam, die hat man verbrannt. Ist auch schon lange her, aber das heißt ja nicht, dass es heutzutage keine Hexen mehr gibt. Jedenfalls konnte sie die Männer so verzaubern, dass sie wie Weiber wurden und anfingen, das Haus zu putzen und die Wäsche zu waschen.«

Waren die Erzählungen bisher schon grauselig genug gewesen, so hatte der letzte Bericht die Anwesenden regelrecht erschüttert. Stumm vor Angst starrten sie auf den Tisch vor sich.

Zornig blickte Arjen in die Runde. »So ein Unfug!«, rief er. »Mag es früher Hexen gegeben haben, heute gibt es sie nicht mehr. So lange ich lebe, hat man keine Hexe mehr verbrannt und auch zu den Lebzeiten meines Vaters nicht mehr. Wie können Etta und Jördis einen Sturm gezaubert haben, der ihr eigenes Haus in Mitleidenschaft zieht? Sie schaden sich damit doch nur selbst!«

Der krumme Tamme nickte. »Da hat er wohl recht, der Schmied.«

»Halt's Maul, Tamme!«, brüllte der Wirt von der Theke her. »Sie müssen sich selbst schaden, damit niemand merkt, dass sie es waren, die den Sturm brachten.«

Der krumme Tamme schüttelte den Kopf. Dann erhob er sich. »Ich gehe«, verkündete er. »Nie habe ich größeren Unfug gehört. Arjen hat recht. Es gibt keine Hexen, es gibt keinen Klabautermann, und womöglich gibt es selbst den Teufel nicht.«

»Geh ruhig, Tamme«, sprach der Pfarrer. »Aber ich muss dich schon daran erinnern, dass es auch hier auf Sylt schon Vorfälle gegeben hat, die nur von Hexen gemacht sein konnten.«

Tamme runzelte die Stirn. »Wovon redest du, Pfarrer?«

Der Pfarrer blickte bedeutsam in die Runde, dann zeigte er auf den alten Hauke, der früher einmal der Schulmeister gewesen war. »Erzähle uns von der Inge aus Rantum«, befahl er ihm.

Der alte Mann kratzte sich den grauhaarigen Kopf. »Nun, die Sage handelt nicht von einer Hexe, sondern von einem Meermann, von einem Nix. Aber hört selbst: ›Einst war der Meermann Ekke Nekkepen seines alten, mürrischen Meerweibes Ran überdrüssig geworden und wollte sich ein schönes junges Menschenfräulein suchen. Auf Sylt, hatte er gehört, sollten die schönsten Mädchen wohnen. Er ging also in Hörnum an Land und wanderte in Schiffertracht am Sylter Strand entlang. Gegen Abend begegnete ihm beim Küssetal ein Mädchen, Inge von Rantum geheißen.

Der Alte war gleich verliebt in sie und gebärdete sich wie ein Nachtschwärmer. Auf der Stelle begann er um sie zu freien und sagte ihr schmeichelnde Worte. Das Mädchen wurde verlegen, und je mehr er um sie warb, umso mehr fürchtete sich Inge vor ihm. Der Nix steckte ihr einen goldenen Ring an den Finger, band ihr eine goldene Kette um den Hals und erklärte: Nun hab ich dich gebunden, nun bist du meine Braut. Die Jungfrau weinte und bat ihn, er solle sie wieder freilassen, doch gab sie ihm seinen goldenen Ring und seine Kette nicht zurück. Da sprach der Meermann zu dem Mädchen:

Ich mag dich, muss dich haben.
Magst du mich, sollst mich kriegen.
Willst du nicht, kriegst mich doch.
Mittwoch haben wir Gelag.
Doch kannst du sagen, wie ich heiß,
Dann bist du frei und meiner los.

Die Jungfrau gelobte, sie wolle am folgenden Abend Bescheid sagen, daraufhin ließ er sie gehen. Im Stillen dachte die Inge von Rantum bei sich: Ich werde es schon erfahren, wie der Freier heißt! Doch nirgends, wo immer sie auch fragte, kannte man seinen Namen. Sie lief durch ganz Rantum bis hinüber nach Westerland und Keitum, aber niemand hatte den Nix je gesehen. Am folgenden Abend ging sie ganz verzweifelt wieder an den Strand und weinte. Bei der Thorsecke auf Hörnum hörte sie im Berg jemanden singen, es war wohl ihres Freiers Stimme:

Heute werd ich brauen.
Morgen werd ich backen
Übermorgen will ich Hochzeit machen.

Ich heiße Ekke Nekkepen;
Inge von Rantum gehört zur Auserwählten –
Und das weiß niemand als ich!

Als Inge das hörte, wurde ihr leichter ums Herz; sie eilte sogleich zum Küssetal, um dort ihren Freier zu erwarten. Nach einer Weile kam er auch; gleich rief sie ihm zu: Du heißt Ekke Nekkepen, und ich bleibe die Inge von Rantum! Dann lief die Maid schnell nach Hause samt ihren goldenen Schmucksachen; der Meernix aber hatte das Nachsehen. Seit diesem Geschehen war der Meermann auf alle Rantumer böse und brachte ihnen Unglück und Schaden, wo er nur konnte. Er ließ seine Frau Salz mahlen; das erzeugte einen solchen Wirbel, dass manches Schiff darin versank. Auch der Lärm des Mahlens übertönte so manchen verzweifelten Hilferuf. Von dem vielen Salzmahlen der Meerfrau, so erzählt die Sage, ist zuletzt auch die ganze, weite See salzig geworden.‹«

Der krumme Tamme lachte. »Pfarrer, hast du deshalb deine Tochter nach der Inge genannt? Damit sie gefeit ist vor den Meermännern wie die Inge aus der Sage?«

Der Pfarrer warf ihm einen bösen Blick zu und setzte sich hin. »Nun, auf Sylt gab es immer Geister und Spuk. Ich weiß, dass noch viele von euch daran glauben. Besonders an die alten Götter: an Ran, die Meeresgöttin, an Odin, den nordischen Gott der Magie und der Weisheit, an Thor, den jähzornigen Donnergott, an den Gaunergott Loki und an all die anderen. Aber es ist doch nun so, dass wir auch schon seit langem wissen, dass diese Götter nur Sagengötter sind. Es gibt nur einen wirklichen Gott, und das ist unser Vater im Himmel.«

Wieder ließ sich der krumme Tamme vernehmen. »Dann sage mir doch, Pfarrer, warum dein Gott besser ist als die nordischen Götter.«

Mommsen, der Pfarrer, kniff die Augen zusammen. Er war im Begriff, den krummen Tamme niederzumachen, doch dann merkte er, dass auch die anderen keine Antwort auf diese Frage kannten und nun alle auf ihn, den Pfarrer, blickten. »Das ist ganz einfach«, erwiderte er und nahm unsicher noch einen Schluck von seinem Grog. »Die nordischen Götter, ja … die sind, wie soll ich sagen? Die sind einfach …«

»Du weißt es also auch nicht«, stellte Arjen mit Genugtuung fest.

Doch so schnell ließ sich Mommsen nicht ins Bockshorn jagen. Zumal er die Zweifel in den Augen seiner Schäfchen erblickte. Plötzlich wusste er, was er zu sagen hatte: »Nun, hat man je von einem nordischen Himmel gehört? Einen Ort, an den die Gläubigen nach ihrem Tode sich versammeln? Ein nordisches Paradies? Ein Leben nach dem Tod? Nein, das hat man nicht. Wer eine unsterbliche Seele hat, der soll weiterleben im Paradies. So sagt es die Heilige Schrift. Die Schrift derer, die an die nordischen Götter glauben, heißt Edda. Und darin steht nichts und aber auch gar nichts von einem Leben nach dem Tod.« Selbstbewusst blickte er um sich. Ein Erdendasein ohne Aussicht auf das Paradies, das wollten die Sylter nicht. Niemand wollte sterben und für immer tot sein. Also erhob sich leises Gemurmel, die Blicke wurden freundlicher.

Der Pfarrer sprach weiter. »Ihr habt alle schon von Rungholt gehört. Und wenn ihr diese Geschichte richtig verstanden habt, dann wisst ihr, was geschieht, wenn ihr dem gottlosen Treiben von Etta und Jördis nicht Einhalt gebietet.« Nun erhob er sich wieder, reckte einen Zeigefinger in die Luft. »Ich werde euch noch einmal erzählen, was damals geschah. Die große Mandränke. Hört mir gut zu: Erstmals erwähnt wird der Untergang Rungholts vor ungefähr einhundert Jahren. Der Chronist Anton Heimreich berichtete 1622 in seiner Nordfriesischen Chronik über eine schlimme Sturmflut, die im Jahr 1362 den südwestlich des heutigen Pellworm gelegenen Kirchort in den Fluten versinken ließ. Seiner Ansicht nach und auch der vieler seiner Zeitgenossen war diese Sintflut eine gerechte Strafe für den Hochmut und die sündhafte Lebensweise der Rungholter. Denn der Sage nach sollen die der Völlerei und Trunksucht ergebenen Bewohner Rungholts einem Priester einen bösen, gotteslästerlichen Streich gespielt haben. Betrunkene Rungholter riefen nachts den Pfarrer zu einem vermeintlich Kranken. Dort angekommen, gab es aber keinen Patienten, stattdessen wollten die Leute ihn zwingen, einer Sau das Sakrament zu erteilen. Der Priester weigerte sich jedoch. Daraufhin schütteten die Unholde Bier auf die heiligen Oblaten und beschimpften und schlugen ihn.

Wieder zuhause angelangt, bat der Priester Gott um Hilfe und Rache. Und die Antwort kam prompt. Ein

Traum warnte ihn noch in der gleichen Nacht, nicht in seinem Haus zu bleiben: Weichet sofort mit den Eurigen auf die Hügel, denn bald wird Rungholt untergehen. Und so geschah es dann auch: Die Stadt versank in den tobenden Wasserfluten eines gewaltigen Sturms. Die versunkene Stadt wurde jedoch nicht zerstört, sondern blieb bis heute auf dem Meeresgrund. Bei besonders niedrigem Wasser könne man sogar in der Ferne den Kirchturm aus dem Wasser ragen sehen und leise Glockenklänge hören …«

Diesmal schwiegen die Männer länger. Jeder von ihnen hatte von Rungholt gehört. Die meisten waren sich auch darin einig, dass der Untergang Rungholts dem gottlosen Treiben seiner Bewohner geschuldet war. Keiner von ihnen wollte es wieder so weit kommen lassen.

Ein Fischer, von dem es hieß, er fische nicht nur nach Heringen, erhob sich. »Was sollen wir tun, Pfarrer? Was schlägst du vor?«

Der Pfarrer wiegte den Kopf. »Wir müssen den Landvogt von Sylt über die Ereignisse in unserem Dorf unterrichten. Er ist der oberste Herr hier auf der Insel. Er soll sagen, was zu tun ist.«

»Damit du fein raus bist, was?«, rief Arjen. »Dann warst du es nicht, der Etta und Jördis zurechtgewiesen hat. Du bist ein Feigling, Mommsen.«

Der Pfarrer wedelte mit der Hand, als könnte er diesen Einwurf beiseitewischen. »Du kannst gerne gehen, wenn du es für richtig hältst«, sagte er. »Hier wird dich niemand aufhalten.«

Arjen aber verschränkte die Arme vor der Brust. »Ich bleibe. Mit eigenen Ohren will ich hören, was ihr hier sprecht. Hören will ich ganz genau, was ihr mit Etta und Jördis vorhabt.«

»Blase dich nicht auf«, rief einer, der früher zur See gefahren war. »Wir haben gar nichts vor. Der Pfarrer hat recht, entscheiden wird der Landvogt.«

Der krumme Tamme ergriff wieder das Wort. »Habt Ihr Beweise?«, rief er.

»Das Kreuz und der Sturm«, erwiderte der Pfarrer. »Reicht das nicht?«

Nun wiegten einige die Köpfe. Es war das eine, den beiden Frauen für das Unwetter die Schuld zu geben. Das andere war es, sie beim Landvogt zu melden.

»Ich bin dafür, erst Beweise zu finden, ehe jemand mit dem Landvogt spricht«, beharrte nun auch Hauke, der Schafscherer.

»Was denn für Beweise?«, wollte der Pfarrer erneut wissen. »Reicht euch nicht, was geschehen ist?«

Ein Tumult entstand. Die Gäste im Wirtshaus spalteten sich in zwei Lager. Zu dem einen gehörte neben Arjen der krumme Tamme und einige Seefahrer, die schon viel von der Welt gesehen hatten. Zur anderen Gruppe, die sich um den Pfarrer scharte, gehörten vor allem die älteren Rantumer. Und die eine Gruppe schrie, so laut sie konnte, brachte immer neue Beweise dafür, dass Etta und Jördis nicht den Sturm hervorgerufen haben konnten, während die Männer der anderen Gruppe brüllten, dass sie schwören könnten, Etta sei an ihrem Haus vorbeigegangen, als die Kuh plötzlich keine Milch mehr gab. Und einer wollte sogar gehört haben, wie Ketten im Kamin schauerlich gerasselt hatten, als er in einer Nacht am Friesenhaus vorübergekommen war.

Die Rufe gingen hin und her, die Kehlen wurden trocken, das Schankmädchen hatte alle Hände voll zu tun. Der Pfarrer saß vor einem neuen Grog, die Finger um den Becher verschränkt, und blickte zufrieden auf seine Schäfchen.

Arjen stieß ihm in die Seite. »Nun glaubst du, dass du es geschafft hast, nicht wahr? Denke bloß nicht, dass du schon gewonnen hast.«

Pfarrer Mommsen betrachtete Arjen mit leisem Spott und erwiderte: »Und du denke bloß nicht, dass du und deine Braut Jördis Lewerenz in meiner christlichen Kirche getraut werden.« Dann stand er auf und rief: »Wie wollen wir entscheiden, Männer? Ich schlage Folgendes vor: Wir suchen nach Beweisen. Jeder auf seine Art. Und wenn wir die Beweise haben, dann übergeben wir den Fall an den Landvogt. Bis dahin aber rate ich euch, die beiden Hexen zu meiden, wenn ihr nicht in euer Unglück rennen wollt.«

Die meisten Männer im Raum nickten. Es erschien den einen gerecht, nicht vorschnell zu urteilen, und den anderen erschien es richtig, die Hexen von Rantum im Blick zu behalten.

Nur der krumme Tamme war nicht einverstanden. »Ich mache bei diesem Unsinn nicht mit«, verkündete er und deutete auf seinen Buckel. »Seit ich ein Kind war, wurde ich verspottet. Nur Etta und Jördis waren immer freundlich zu mir. Sie halfen mir aus mancher Not, und nun will ich nicht dabei sein, wenn es gegen sie geht.«

Auch Arjen meldete sich noch einmal zu Wort. »Jördis ist meine Braut. All euer Reden kann meine Liebe zu ihr nicht mindern. Tut also, was ihr wollt, aber denkt daran, dass ich meine Braut immer schützen werde.« Mit diesen Worten drängte er zur Tür, und er hörte nicht, wie der Pfarrer leise murmelte: »Das werden wir noch sehen.« Auch zwei andere erhoben sich, nickten dem Pfarrer kurz zu und verschwanden wie Arjen und der krumme Tamme in der nächtlichen Dunkelheit.

Elftes Kapitel

Inge hatte alles mit angehört. Sie hatte sich im Stall versteckt, der direkt an die Wirtsstube schloss. Es gab da ein Loch in der Wand.

Wenig später lag sie in ihrem Bett, die Arme unter dem Kopf verschränkt. Gott zu lieben ist das Wichtigste, sprach sie in Gedanken vor sich hin. Dieser Satz hatte sie seit frühester Kindheit begleitet. Es war noch nicht lange her, dass sie begriffen hatte, dass man mit diesem einen Satz alles entschuldigen konnte. Man hatte gelogen. Gut. Nicht so schlimm, denn man liebte ja Gott mehr als alles andere. Man hatte falsches Zeugnis abgelegt wider seinen Nächsten. Nicht schön, aber keine Katastrophe, solange man nur Gott aufrichtig liebte. Aber wenn man anderen Göttern anhing, dann war man verloren. Alles, was man tat, um den eigenen Gott zu preisen, konnte nicht schlecht sein.

Sie wandte sich auf die Seite, griff unter ihr Kopfkissen und holte den Runenstein hervor. Sie drehte ihn in der Hand, roch sogar daran und dachte dabei nach: Sie hatte den Beweis. Den Beweis, den der Vater und der Landvogt brauchten, um Jördis und Etta ins Gefängnis zu stecken. Aber was würde ihr das nützen? Gut, die Rivalin war fort, aber wandte sich deshalb das Herz des heimlichen Liebsten dann ihr zu? Das war wenig wahrscheinlich. Arjen war treu, und er würde warten, bis Jördis frei kam. Niemand wusste, wie lange das dauern würde, denn hier oben im Norden ging man mit den Hexen milder um als im Süden des Deutschen Reiches. Deshalb war es auch keineswegs gewiss, dass Jördis sterben musste. Und eigentlich wollte Inge ja auch gar nicht, dass Jördis starb. Es würde ihr schon ausreichen, wenn sie von der Insel verschwand. Aber dann würde Arjen ihr folgen …

Inge seufzte. Ihre Gedanken drehten sich im Kreis, kamen immer wieder zum selben Resultat. Sie stopfte den Runenstein zurück unter ihr Kissen und machte die Augen zu. Kurz bevor sie einschlief, fasste sie einen Entschluss, der sie tief und fest schlafen ließ.

Auch Arjen konnte lange nicht schlafen in dieser Nacht. Er stand am Fenster und blickte in die Dunkelheit hinaus. Der Mond versteckte sich hin und wieder hinter vorbeijagenden Wolken, der Wind blies kräftig und ließ die Fensterläden klappern. Das Dorf lag in aller Unschuld und Stille zwischen Dünen und Deich. Aus einigen Schornsteinen stieg Rauch in den Himmel, in zwei Katen flackerten noch Tranlampen, ansonsten war alles ruhig. Nur in Arjens Herz herrschte Sturm. Er ahnte, was auf Jördis zukommen würde. Und er wusste, dass er sie davor beschützen musste. Er liebte sie lange schon. Eigentlich konnte er sich gar nicht mehr daran erinnern, Jördis einmal nicht geliebt zu haben. Doch er war fünf Jahre älter als sie, hatte warten müssen. Manchmal hatte er sich mit einer der jungen Witwen vergnügt, doch nie hatte er Versprechungen gemacht. Er war zur See gefahren, hatte die Wissenschaft vom Steuern und Navigieren studiert, war in Stürme und Packeis geraten, und immer hatte er Jördis geliebt. Er hatte bei Sturm das Lot ins Wasser des Nordatlantiks gehalten und die Meerestiefe bestimmt. Er hatte die Sternbilder studiert und war dem Polarstern gefolgt. Er hatte geholfen, Wale zu fangen, er hatte Geld verdient, aber immer hatte er dabei an Jördis gedacht. Und er hatte auch an sie gedacht, als er die Seefahrt an den Nagel gehängt und die Rantumer Schmiede übernommen hatte. Er hatte Harpunen und Lote hergestellt, und nun stand er hier und ahnte, dass man ihm die Liebste nehmen wollte. Er sah sich in seinem Pesel um. Der Blick glitt über die weißblauen Kacheln an den Wänden, über die mit Kissen und Fellen bedeckten Truhen unter dem Fenster. Noch fehlte einiges, um den Pesel wirklich gemütlich zu gestalten, doch das, hatte Arjen immer gedacht, würde Jördis schon bewerkstelligen. Sein Blick fiel auf den silbernen Kerzenleuchter, den er in Amsterdam gekauft hatte, und von dort auf die billigen Tranlampen, die er aus Westerland mitgebracht hatte. Doch eigentlich sah er nichts davon, denn das, was Jördis nicht sehen konnte, war auch für ihn ohne Bedeutung. Sollte er weggehen mit ihr? Sollte er sein Hab und Gut zusammenpacken und die Insel verlassen? Warum nicht? Das, was ihn hier hielt, war weniger wichtig als Jördis. Sollte er mit ihr und Etta nach Amrum gehen? Nach Föhr oder Pellworm? Oder besser auf das Festland? Vielleicht nach Tondern? Als Schmied würde er überall sein Auskommen finden. Aber würde es sich nicht trotzdem anfühlen, als wären ihm die Wurzeln gekappt? Arjen seufzte. Er wusste einfach nicht, was er tun sollte. Also beschloss er, morgen mit Jördis und Etta zu reden. Er würde ihnen nicht sagen, was in der Gaststube vor sich gegangen war. Er würde schweigen über die Gefahr, die ihnen drohte. Aber er würde nachdrücklich darauf bestehen, von Rantum wegzugehen. Vielleicht mussten sie die Insel auch gar nicht verlassen? Vielleicht reichte es schon aus, an das andere Ende zu ziehen. Nach List.

Die Nacht war soeben vorüber, und Arjen war mit schweren Gliedern und Kopfschmerz erwacht. Draußen herrschte noch immer Dunkelheit. Nur am Horizont zeigten sich die ersten grau-rosa Streifen der Morgendämmerung. Er tappte schlaftrunken in die Küche, warf sich eine Handvoll Wasser aus dem Eimer ins Gesicht, dann heizte er dem Feuer ein, stellte einen Topf mit Grütze auf die Herdstelle, rührte ein wenig Dünnbier hinein und trug den Topf zum Küchentisch, als es energisch an der Tür klopfte. Arjen fasste sich an die Stirn. Das Stechen und Pochen hinter den Schläfen war nicht besser geworden. Er seufzte, dann öffnete er die Tür. Davor stand Inge.

»Was willst du?«, fragte er mürrisch und ohne Gruß.

Inge schürzte die Lippen. »Du solltest freundlicher zu mir sein«, forderte sie. »Reden will ich mit dir.«

»Hat das nicht Zeit?«

Inge schüttelte den Kopf. »Jetzt muss es sein.«

»Ich habe Kopfweh«, erwiderte Arjen unfreundlich.

»Das kann ich nicht ändern«, erklärte Inge mitleidlos und drängte sich an ihm vorbei in die Küche.

Sie setzte sich unaufgefordert auf die Küchenbank, rümpfte die Nase über die Grütze mit Dünnbier, strich mit der Hand über die Tischplatte. »Es klebt. Wird Zeit, dass du dir eine Frau suchst, damit Ordnung in deinen Haushalt kommt.«

Arjen entgegnete nichts. Er räumte die Schüssel zur Seite, setzte sich hin, die Unterarme auf die Tischplatte gelegt. »Also: Was willst du von mir?«, fragte er, und sein Blick legte nahe, dass er nicht unbedingt erfreut war, Inge hier zu sehen.

Inge schürzte die Lippen, sah sich ausgiebig in der Küche um. Über der Herdstelle hing ein Topf. Sie deutete darauf. »Der Topf muss mal gründlich gescheuert werden. Wenn du willst, mache ich das.« Sie dachte kurz an die verschmierten Töpfe im Pfarrhaushalt, an den Dreck in der Küche, für den sie sich schon so oft geschämt hatte. Hätte der Vater sie gebeten, den Haushalt zu führen, hätte sie mit Freuden zugestimmt. Aber der Vater hatte die Haushälterin. Und wenn Inge auch nicht genau wusste, wozu die Haushälterin eigentlich diente, da sie niemals putzte, so wusste sie doch, dass der Vater sich in diesen Dingen nicht reinreden ließ und schon gar nicht von ihr.

Arjen zog die Augenbrauen hoch. »Untersteh dich!«, brummte er.

Inge lachte ein wenig geziert, dann wurden ihre Augen schmal. »Du solltest wirklich freundlicher zu mir sein«, wiederholte sie und konnte den Ärger nicht unterdrücken.

»Warum sollte ich freundlich zu dir sein?«, fragte Arjen und rieb sich erneut die Schläfen.

»Ich bin Jördis' Freundin«, erklärte sie.

Arjen schwieg und sah sie mit zusammengekniffenen Augen an. »Sag endlich, was du willst.«

Inge griff in ihre Rocktasche, holte etwas daraus hervor, das sie jedoch in ihrer Handfläche verbarg. »Ich bin ihre Freundin«, wiederholte sie. »Und deshalb ist mir an ihrem Glück und Wohlergehen gelegen.«

»Dass ich nicht lache!«, rief Arjen aus.

»Ich beweise es dir.« Inge öffnete die Hand, und die Rune rollte auf den Tisch.

Arjen griff danach. »Was ist das?«, fragte er.

»Der Beweis dafür, dass Etta und Jördis nicht nur dem alten Glauben anhängen, sondern ihn sogar praktizieren.«

Arjen runzelte die Stirn und betrachtete den Runenstein. Dann sah er auf, studierte regelrecht Inges Gesicht, bevor er erneut fragte: »Was willst du?«

Inge griff nach dem Stein und steckte ihn zurück in ihre Tasche.

»Gib mir den Stein«, verlangte Arjen.

»Und was bekomme ich dafür?«, wollte Inge wissen.

»Was willst du? Geld?«

Inge lachte. »Geld! O nein, so billig kommst du mir nicht davon.«

»Was willst du dann?« Arjen suchte in Inges Gesicht nach einer Antwort, doch er fand darin nur Frohlocken. Und das ängstigte ihn mehr als jedes Wort von Inge.

»Also?«, drängte er.

»Heirate mich, dann kriegst du den Stein.«

»Was?« Arjen war aufgesprungen, zu Inge gestürzt und packte sie am Kragen. »Was hast du da gesagt?«

Inge riss für einen Augenblick die Augen auf, aber

dann lachte sie hämisch. »Lass mich los«, fauchte sie. »Lass mich auf der Stelle los, oder du kriegst den Stein niemals.«

Abrupt ließ er sie los, stand vor ihr, die Stirn gefurcht, die Augen dunkel vor Zorn und die Fäuste geballt.

Inge lehnte sich in der Küchenbank zurück und verschränkte die Arme vor der Brust. »Es ist ganz einfach«, erklärte sie. »Heirate mich und du kriegst den Stein. Tust du es nicht, so übergebe ich die Rune an meinen Vater. Er wird sie schon weiterleiten. Und was dann mit Jördis geschieht, ist allein deine Schuld.« Sie lachte matt auf. »Du hältst ihr Schicksal in deiner Hand. Du entscheidest über ihre Zukunft. Wenn auch anders, als du es dir in deinen Träumen ausgemalt hast.«

In Arjen kochte die Wut. Am liebsten hätte er Inge das Grinsen aus dem Gesicht geschlagen. Doch er begriff, dass sie am längeren Hebel saß. Zumindest im Augenblick. Also zwang er sich zur Ruhe. »Und wie stellst du dir das vor? Ich heirate dich, obgleich du weißt, dass ich dich niemals lieben werde?«

Inge winkte ab. »Mach dir darum keine Sorgen. Die Liebe kommt mit der Zeit; sie muss wachsen. Und selbst wenn du mich nicht liebst, so bist du trotzdem mein Mann.«

Resignierend ließ sich Arjen zurück auf die Küchenbank fallen. »Also gut«, sagte er. »Ich werde dich heiraten. Dafür gibst du mir die Rune.« Er streckte die Hand über den Tisch in Inges Richtung aus.

Inge schüttelte den Kopf. »Du bekommst den Stein in der Hochzeitsnacht.« Sie lachte. »Das ist meine Morgengabe.«

Arjen runzelte die Stirn. »Woher weiß ich, dass du dein Versprechen hältst?«

»Das weißt du natürlich nicht. Aber sieh es einmal als Geschäft. Ich möchte dich heiraten, um meinem Vater zu entfliehen. Du möchtest Jördis schützen. Wenn ich deine Frau bin, bin ich meinen Vater los. Warum sollte ich den Stein behalten, wo ich doch gekriegt habe, was ich wollte?«

Arjen holte tief Luft. »Ich muss darüber nachdenken«, sagte er, doch Inge schüttelte den Kopf. »Du willst Zeit gewinnen«, widersprach sie ihm. »Doch Zeit ist etwas, das ich nicht habe. Vielleicht erwägst du sogar, mit Jördis von der Insel zu fliehen. Aber das wird dir nicht gelingen. Entweder du löst noch heute deine Verlobung mit ihr und verlobst dich mit mir, oder ich übergebe die Rune heute Abend meinem Vater.«

»Wie stellst du dir das vor?« In Arjens Kopf rasten die Gedanken, doch ihm fiel einfach nichts ein, womit er Inge hinhalten konnte.

»Ganz einfach. Wir beide gehen jetzt zu Jördis. Du sagst ihr, dass du sie nicht heiraten kannst, weil du eigentlich mich liebst. Und dann gehen wir zu meinem Vater, und du hältst um meine Hand an.«

Arjen schloss die Augen. Er schlug die Hände vor das Gesicht und seufzte. Dann blickte er auf. »Ich gebe dir alles, was du willst.« Er stand auf, ging in den Pesel und kramte in einer Truhe herum. Dann kehrte er zurück in die Küche und legte ein Säckchen auf den Tisch. »Es ist gefüllt mit Silbermünzen. Nimm es, gib mir den Stein und verschwinde.«

Inge lachte höhnisch. »Was soll ich mit Geld? Ein

paar schöne Kleider kaufen? Oh, nein! Ich will einen Ehemann. Ich will dich als Ehemann.« Sie holte die Rune erneut aus ihrer Tasche, wog sie in der Hand. Arjen war versucht, sich auf sie zu stürzen, ihr die Rune zu entreißen, doch Inge ließ sie rasch unter ihrem Brustlatz verschwinden. »Versuche es gar nicht erst«, drohte sie. »Versuche ja nicht, mir den Stein zu entreißen. Tust du es, so erzähle ich alles meinem Vater. Dann haben wir hier in Rantum nicht nur eine Hexe, sondern obendrein einen Hexenmeister.«

»Ohne Runenstein kannst du das nicht beweisen«, erklärte Arjen und meinte, einen schwachen Lichtschein am Horizont zu erkennen.

»Ich bin nicht dumm«, erwiderte Inge ruhig. »Ich habe die Rune einem Vertrauten gezeigt. Somit kann ich beweisen, dass es sie gab, auch wenn du sie mir jetzt wegnimmst.«

»Ach ja? Und wenn ich dir kein guter Ehemann bin, dann holst du den Zeugen hervor, und Jördis steht Unheil bevor. Ist es das, was du geplant hast?«

Inge zuckte mit den Achseln. »Ich musste mich versichern, das verstehst du doch.«

Arjen suchte krampfhaft nach einer Lösung, aber ihm fiel einfach nichts ein, was er tun konnte.

Schließlich erhob sich Inge. »So, da nun jetzt alles gesagt ist, gehen wir Jördis besuchen.«

Arjen hob den Kopf, seine Augen glänzten nass von Tränen. »Das kann ich Jördis nicht antun«, sagte er.

Inge starrte ihn an. »Deine Entscheidung«, erklärte sie kalt. »Dann weißt du, dass sie noch heute verhaftet wird.«

Arjen stand auf. Er lief in der Küche hin und her

wie ein gefangenes Tier. Er raufte sich die Haare, er bat und bettelte. Ja, er fiel sogar vor Inge auf die Knie. Doch sie stand einfach da, die Arme vor der Brust verschränkt, und schüttelte ein um das andere Mal den Kopf.

Es dauerte eine Weile, dann endlich hatte Arjen begriffen, dass mit Inge nicht zu reden war. Sein Herz tat weh, seine Kopfschmerzen waren noch schlimmer geworden. Er konnte nicht zu Jördis, konnte ihr das nicht antun. Am liebsten wäre er ins Bett gekrochen, hätte sich die Decke über den Kopf gezogen und das alles für einen bösen Traum gehalten. Am liebsten hätte er Inge die Hände um den Hals gelegt und zugedrückt. Einen Augenblick spielte er tatsächlich mit dem Gedanken, doch er war kein Mörder. Also seufzte er auf und nickte Inge zu. »Gut«, sagte er. »Gehen wir. Aber glaube ja nicht, dass ich dich jemals lieben könnte.«

Zwölftes Kapitel

Den ganzen Weg über suchte Arjen verzweifelt nach einer Lösung, aber tief in seinem Inneren wusste er, dass es keine gab. Er musste Inge heiraten, um Jördis zu schützen. Und er liebte Jördis so sehr, dass er für sie alles tun würde. Doch nun würde er das größte Opfer für sie bringen müssen: auf ihre Liebe zu verzichten, um ihr Leben zu retten.

Inge ging an seiner Seite, stieß ihn ab und zu vorwärts, wenn seine Schritte langsamer und schwerer wurden. Sie sprachen kein einziges Wort auf dem Weg. Arjen konnte sich auch nicht vorstellen, jemals wieder mit Inge zu sprechen. Sie lief neben ihm her, das Gesicht ganz starr, der Mund schmal und blass, die Augen zu Schlitzen zusammengepresst. Hätte Arjen auch nur einen Blick auf sie geworfen, so hätte er erkannt, dass auch Inge Opfer brachte. Wie musste es sein, mit einem Mann zu leben, der einem nur Verachtung schenkte? Wie sehr musste sie unter ihrem Vater leiden, wenn sie sich lieber einem Mann an den Hals warf, der sie ganz und gar nicht mochte, als im Pfarrhaus zu bleiben?

Auf dem Weg kam ihnen der krumme Tamme entgegen. Er grüßte und blieb stehen. »Na? Wohin treibt es euch beide denn?«, fragte er. Sein Mund war dabei zu einem Lächeln verzogen, doch seine Augen waren dunkel und lächelten nicht.

»Wir haben etwas zu erledigen«, erwiderte Arjen kurz und seufzte. Tamme blickte zu Inge und nickte, als wüsste er genau, was die beiden vorhatten. Er legte Arjen sogar eine Hand auf die Schulter und sagte leise: »Wir leben zwar nicht gerade in schlechten Zeiten, in guten Zeiten aber leben wir auch nicht.« Dann ging er, und Arjen sah ihm nach. »Was hat er gemeint?«, fragte er sich selbst. Inge antwortete ihm: »Ist doch egal, was der krumme Tamme meint.«

In diesem Augenblick wusste Arjen, wie seine Ehe mit Inge aussehen würde. Es würde immer nur um sie beide gehen. Sie würden sich aufreiben in dieser Ehe, sie würden sich gegenseitig die Hölle bereiten. Niemals würden sie zusammen lachen, niemals einander Stärke und Mut bieten können. Er sah das alles sehr deutlich vor sich. Abrupt blieb er stehen.

»Komm weiter«, drängte Inge und zupfte ihm am Ärmel.

»Nein«, widersprach Arjen. »Nicht, bevor gesagt ist, was gesagt werden muss.«

Inge seufzte. »Es ist alles gesagt.«

Arjen schüttelte den Kopf. »Ich habe dir noch etwas zu sagen.«

Inge verschränkte die Arme vor der Brust, als müsste sie die Worte abwehren, die gleich kommen würden. »Also?«

»Wir werden gemeinsam in einem Haus leben, gemeinsam am Tisch sitzen und auch das Bett teilen. Doch dabei werde ich mir immer vorstellen, du wärest Jördis. Ich werde dir das Salz reichen und dabei denken, du wärest Jördis. Ich werde Dünenrosen mitbringen und sie Jördis schenken, obgleich du sie bekommen wirst. Im Bett werde ich ihr Gesicht sehen, ihre Küsse schmecken, ihre Haut fühlen. Alles, was ich sagen, denken und tun werde, sage und denke und tue ich für Jördis. Du aber wirst leiden. Du wirst meine Frau sein und doch weiter entfernt von mir als der Mond. Alle Freundlichkeiten, die ich gegen dich sagen werde, sind für Jördis bestimmt. Nichts wird mit dir zu tun haben. Ich werde dich nicht sehen, nicht hören und nicht fühlen. Die Ehe mit mir wird für dich schlimmer sein als die Hölle. Aber du hast dir deine Hölle selbst gewählt.«

Inge stand da, die Arme verschränkt, die Augen geschlossen, den Mund vor Schmerz verzogen. Sie wusste, dass Arjen meinte, was er sagte. Einen winzigen Augenblick lang war sie versucht, sich umzudrehen und ihn einfach stehen zu lassen. Doch sie war schon zu weit gegangen, um noch umkehren zu können. Also biss sie sich auf die Lippen und presste hervor: »Du bist jetzt wütend auf mich. Aber du wirst nicht immer wütend auf mich sein. Eines Tages wirst du merken, dass ich dich gerettet habe. Dich und auch mich.« Dann ließ sie die Arme sinken. »Komm endlich!«, sprach sie und ging davon.

Sie war zuerst an Jördis' Haus angekommen. Sie war es, die klopfte, und sie war es auch, die sprach, als Jördis die Tür öffnete, Arjen sah und strahlte, als wäre in ihrem Herzen die Sonne aufgegangen. »Wie schön, euch zu sehen«, sagte sie und gab die Tür frei. »Kommt herein!«

Inge schüttelte den Kopf. »Was wir hier wollen, ist schnell getan. Wir brauchen nicht hereinzukommen.«

Jördis verzog das Gesicht. Angst schlich sich in ihre Züge. Sie legte den Kopf ein wenig schief. »Ja?«

Inge stieß Arjen an, doch er hielt die Lippen fest zusammengepresst. »Sag was!«, fuhr sie ihn an, er hingegen schüttelte den Kopf.

»Na, gut. Dann sage ich es dir. Arjen und ich sind gekommen, um dir zu sagen, dass er die Verlobung mit dir löst. Arjen wird mich heiraten, und noch heute wird das Aufgebot an die Kirchentür gehängt.«

Das Lächeln auf Jördis' Gesicht erstarb und wich einem tiefen Entsetzen, aber dann lachte sie, lachte schrill und sagte: »Ihr macht Späße!«

»Nein«, erwiderte Inge kalt. »Wir machen keine Späße.«

Jördis blickte zu Arjen. »Sag du mir, dass es stimmt. Sag du mir ins Gesicht, dass du Inge heiraten wirst.«

Arjen hob den Blick, der von Schmerz getrübt war. Dann nickte er langsam.

»Warum?« Jördis schrie dieses Wort beinahe.

Inge breitete die Arme aus. »Nun, er wird wohl erkannt haben, dass er dich nicht liebt.«

Jördis schüttelte den Kopf. »Nein, nein, nein! Das glaube ich einfach nicht. Arjen, sag du mir ins Gesicht, dass Inge die Wahrheit spricht.«

Diesmal hielt Arjen den Blick gesenkt. Er scharrte mit seinen Schuhspitzen im Sand und sagte leise: »Inge hat recht. Ich bin gekommen, um die Verlobung zu lösen. Ich werde Inge heiraten.«

Jördis wurde weiß wie ein Leichentuch. Sie öffnete den Mund, wollte sprechen, doch sie hatte keine Worte mehr. Dann drehte sie sich einfach um und ging ins Haus zurück.

»So!«, sagte Inge. »Das hätten wir erledigt. Nun müssen wir nur noch dem Pfarrer Bescheid geben.«

Jördis wankte in die Küche, ließ sich auf die Bank fallen. Etta kam aus der Speisekammer, schüttete aus einem Säckchen Linsen in eine Schüssel mit Wasser, um sie darin einzuweichen. »Was ist mit dir, Kind? Du bist bleich wie ein Leichentuch.«

Jördis öffnete den Mund, wollte erklären, aber sie konnte nicht sprechen, konnte das Unfassbare nicht in Worte kleiden. Sie deutete zur Tür. Etta ging hin, blickte hinaus, sah Arjen mit schleppendem Schritt und Inge beschwingt den Dünenweg entlang laufen.

»Arjen und Inge waren hier?«, fragte Etta und ließ sich ihrer Enkelin gegenüber auf die Küchenbank sinken.

Jördis nickte.

»Was wollten sie?«

Jördis schrak hoch, als erwache sie aus einem schlimmen Traum. »Er hat die Verlobung mit mir gelöst. Er wird Inge heiraten.«

Entsetzt riss Etta die Augen auf. Sie fragte nicht nach dem Warum, sie sagte nicht, dass es ihr leid tat, sie griff nur einfach über den Tisch hinweg nach Jördis' Hand und hielt sie ganz fest.

Ein paar Häuser weiter hockte der krumme Tamme auf der Ofenbank und trank durstig den Grog, den Antje ihm gebraut hatte. Antje war seine ältere Schwester, und wenn es einen Menschen auf der Insel gab, dem Tamme unbedingt vertraute, so war sie es. Antje strich sich das blonde Haar aus der Stirn, das glänzend über ihre Schultern fiel. Sie hatte dieselben blauen Augen wie ihr Bruder, dasselbe fein geschnittene Gesicht. Sie lehnte mit verschränkten Armen im Türrahmen und sah ihrem Bruder beim Trinken zu. »Selten, dass du schon am Vormittag Grog trinkst«, sagte sie. »Was ist passiert?«

Tamme stellte den Becher ab. »Gestern Abend gab es eine Versammlung im Wirtshaus. Alle waren da. Der Pfarrer hat gesprochen.«

»Ging es schon wieder um das Kreuz?«

»Ja, auch. Der Pfarrer hat Etta und Jördis als Hexen tituliert. Er will, dass alle die beiden Frauen meiden. Er will am liebsten, dass sie ganz und gar von der Insel verschwinden.« Er brach ab, malte mit dem Finger einen feuchten Ring auf die gescheuerte Tischplatte. »Ich habe lange nachgedacht, warum er das tut, denn schließlich haben weder Etta noch Jördis irgendjemandem geschadet. Es hat schon immer welche gegeben, die dem alten Glauben anhingen. Und es wird immer welche geben, denn der Gott aus der Kirche ist wahrlich nicht immer zuverlässig.«

»Und?«

»Ich glaube, er fürchtet um seinen Einfluss. Die Weiber gehen lieber zu Etta als zum Pfarrer, wenn sie Rat brauchen. Und es kommen auch nur noch die Weiber in die Kirche. Die Männer halten den Pfarrer für einen

Schwächling. Doch wenn niemand mehr in die Kirche geht, wenn die Spenden geringer werden, dann wird sich Mommsen vor dem Bischof verantworten müssen. Aufs Festland wird er so schon mal gar nicht kommen.«

»Warum, glaubst du, will er weg von hier?«, fragte Antje.

»Sein Weib ist ihm schon lange gestorben. Er sucht eine neue Frau. Aber die Rantumerinnen wollen ihn nicht, oder er will sie nicht. Er will in die Stadt, will mehr Einfluss und Macht haben. Er ist keiner von der Insel, und er wird auch nie einer von uns werden. Das weiß er sehr genau. Außerdem muss er seine Tochter verheiraten.«

»Du würdest sie doch nehmen, nicht wahr, die Inge?«

Tamme nickte. »Ja. Das würde ich. Aber sie wird niemals einen Krüppel heiraten wollen. ›Eher sterbe ich als Jungfer‹, hat sie einmal zu mir gesagt.«

»Sie hat es nicht einfach mit dem Vater«, erwiderte Antje. »Sie lebt beinahe ärmlicher als die ärmsten Witwen hier in Rantum. Aber was habt ihr gestern auf der Versammlung beschlossen?«

»Zunächst nicht viel. Es ging darum, Etta und Jördis als Ungläubige, als Hexen hinzustellen. Erst das Kreuz, das in der Kirche von der Decke gefallen ist, und am selben Abend der Sturm. Viele Rantumer glauben jetzt, dass die beiden Frauen mit den Ereignissen zu tun haben. Es geht darum, Etta und Jördis zu meiden. Aber ich denke, das ist erst der Anfang. Mommsen ist der Meinung, wenn er erst einmal allein die Obhut über die Menschen hier hat, dann wächst sein Einfluss wieder.«

Antje begab sich in die Vorratskammer und holte einen Beutel mit getrockneten Kräutern heraus. Dann nahm sie ihr Umschlagtuch. »Ich werde jetzt zu Etta und Jördis gehen.«

Tamme runzelte die Stirn. »Was willst du dort? Hören, wie sie darüber denken? Den Weg kannst du dir sparen; sie wissen nichts von der Zusammenkunft gestern Abend.«

»Ich will sie nicht aushorchen. Ich möchte zu ihnen gehen, damit sie sehen, dass sie nicht von allen gemieden werden. Etta und Jördis waren immer freundlich. Auch zu dir, Tamme, während die anderen dich wegen deines krummen Buckels verlacht haben. Sie sollen wissen, dass es jemanden gibt, der sie nicht meidet.« Damit steckte sie das Kräuterbeutelchen in ihre Rocktasche und verließ die Küche. Tamme sah ihr nach und lächelte stolz.

Dreizehntes Kapitel

Die Hochzeit von Arjen und Inge wurde in Rantum groß gefeiert. Alle waren eingeladen, und der Pfarrer, der für die Hochzeit bezahlte, ließ sich dieses eine Mal nicht lumpen. Da wurde ein ganzer Hammel am Spieß gebraten, da bog sich die Tafel unter Schüsseln mit Grütze und Grünkohl, da standen die Kuchen aufgereiht nebeneinander, und das Bier und der Branntwein flossen in Strömen. Die Weiber standen zusammen und tuschelten. »Bald wird ein Kind im Pfarrhaus schreien. Gebe Gott, dass es den alten Mommsen milder stimmt«, sagte die eine. Und eine andere schüttelte den Kopf. »Sieh sie dir an, die beiden. Nie hätte ich gedacht, dass aus denen mal ein Paar werden wird.« Die Frau machte eine bedeutungsvolle Pause, bevor sie fortfuhr: »Verlobt war er mit der Jördis. Ob er die Inge wohl geheiratet hat, weil die Eisweiber ihn mit ihrem Glauben vergiften wollten?« Die erste schüttelte den Kopf. »Nein, so einer ist der Schmied nicht. Er hat seinen eigenen Dickkopf. Hat sich sogar dem Vater, dem Walfangkapitän widersetzt und die Schmiede gekauft. Nein, wenn er die Inge heiratet, dann hat das alles seine Richtigkeit.«

Die Männer tuschelten ebenfalls. »Nun, der Arjen

wird es gut haben bei ihr«, erklärte Everett. »Sie ist hässlich und arm. Bei ihr braucht sich der Schmied nicht anzustrengen. Nehmen wird die Inge jede Freundlichkeit wie ein Geschenk. Schlau ist er, der Schmied. Hat gleich begriffen, wozu ich Jahre gebraucht habe.« Ein anderer schüttelte den Kopf. »Ich weiß nicht, ob du da recht hast. Es heißt, die Hässlichen wären im Bett angenehmer als die Hübschen.«

»Na, das sage ich doch«, entgegnete Everett. »Sie muss sich auch im Bett mehr Mühe geben als andere Weiber. Der Schmied hat es richtig gemacht.«

Dann spielte einer mit der Fidel, ein anderer schlug den Schellenkranz, und der Tanz begann. Noch einmal waren alle ausgelassen, grölten lauthals Lieder, schwenkten die Frauen umher, tranken und aßen, bis ihnen schlecht war.

Nach der Hochzeit war das Dorf verändert. Wenn selbst der aufrechte Schmied Arjen sich von Jördis getrennt hatte, dachten die Rantumer, als der Kater von der Hochzeit verflogen war, dann musste etwas dran sein an den Hexenvorwürfen. Die Dörfler grüßten nicht mehr, wenn ihnen Etta oder Jördis begegneten, und die Krämersfrau schüttelte den Kopf, wenn Jördis nach Öl fragte, obgleich mehrere gut gefüllte Kannen hinter ihr im Regal standen. Also hielten sich die beiden Frauen zurück, nahmen den viel längeren Weg nach Westerland auf sich, um dort zu erwerben, was sie brauchten. Bislang waren sie nur zum Verkaufen nach Westerland gegangen. Alle Dinge, die von den gestrandeten Schiffen zu ihnen gelangt waren, hatten sie nach Westerland getragen. Sie hatten Keramik verkauft und Holz, Stoffe und manchmal sogar ein paar

Teller, Tabak oder Kakao. Für den Erlös hatten sie sich dann mit den Dingen eingedeckt, die sie brauchten: Öl, Graupen, Schmalz, Speck und Tran für die Leuchter.

Es war mittlerweile November geworden. Jeden Morgen hing Nebel über der Insel, verdunkelte die Farben, wusch auch den Himmel aus. Noch standen die Schafe auf den Deichwiesen, noch hatte es nicht geschneit. Aber der Winter stand vor der Tür, und niemand wusste, wie streng er werden würde. Die armen Witwen suchten jeden Morgen den Strand nach Treibholz ab, liefen auch über die Wiesen, um Schafsdung zu finden, mit dem sie heizen konnten. Es wurde sehr zeitig dunkel und regnete oft, so dass die Rantumerinnen sich in ihre Stuben zurückzogen und Wolle spannen.

Die Seefahrer waren nach Hause gekommen, und die Frauen hatten am Ufer gestanden, sobald ein Schmackschiff am Horizont zu sehen war. Sie hatten ihre Männer, Brüder, Söhne und Verlobten begrüßt, und wenig später hatten die Kirchenglocken zur Messe für diejenigen geläutet, die auf dem Meer geblieben waren. Und dann hatten die Kirchenglocken zu den Taufen der zahlreichen Kinder gerufen, die während der Sommermonate geboren waren. Und dann hatten die Glocken zur Eheschließung von Arjen und Inge geklungen. Jördis hatte sie nicht hören wollen. Sie war hinuntergegangen zum Strand, hatte sich mit dem Brüllen der Wellen die Ohren verstopft, um ja nicht die Glocken hören zu müssen. Den ganzen Nachmittag hatte sie dort gesessen. Sie hatte geweint, laut und heftig, so wie sie es sich vor Etta niemals gestattet hatte, um der Großmutter nicht noch zusätzlichen Schmerz zu bereiten. Schließlich war sie aufgestanden, war auf die Dünen geklettert und hatte den Lärm aus dem Wirtshaus gehört, die Musik, das Lachen und Jubeln. Alles hatte ihr wehgetan. Der Kopf hatte geschmerzt, das Atemholen war ihr schwergefallen, die Füße hatten sich wie Blei angefühlt, und das Herz in ihrer Brust hatte geblutet. Sie war schon immer viel allein gewesen, doch das hatte sie nie groß gestört. Nun aber fühlte sie sich verlassen. Einsam und verlassen. Und sie wusste nicht, was sie getan hatte, um so hart bestraft zu werden.

Auch Jördis tat das, was die anderen Frauen im Dorf taten. Sie spann Wolle, während Etta neben ihr am Küchentisch saß. »Wie soll es weitergehen?«, fragte Jördis eines Abends.

Etta schüttelte den Kopf. »Ich weiß es nicht, Kind. Aber ich hoffe, die Rantumer vergessen bald, was der Pfarrer ihnen eingetrichtert hat. Du wirst sehen, im Frühjahr wird alles besser.«

Jördis schützte die Lippen. »Im Februar tagt das Thinggericht. Meinst du, wir müssen mit einer Anklage rechnen?«

Etta zuckte mit den Schultern. »Ich weiß es nicht, Kind.« Dann zog sie die geheime Schublade unter dem Küchentisch auf und entnahm ihr das Samtsäckchen mit den Runensteinen. Sie schüttelte das Säckchen, warf die Runen auf den Tisch. »Willst du?«, fragte sie. »Immerhin hast du die Frage gestellt.«

Jördis nickte. Sie schloss die Augen und ließ ihre Hand über den Steinen kreisen. Etta stutzte. »Du hast die Sonnenrune gewählt«, sagte sie leise. »Eine durch und durch gute Rune. Das Gedicht dazu heißt: Die Sonne ist das Schild der Wolken und eine strahlende Pracht und die immerwährende Sorge des Eises.«

Jördis runzelte ungläubig die Stirn.

»Woran hast du gedacht, als du die Rune ausgesucht hast?«, wollte Etta wissen.

»Ich habe an Arjen gedacht«, bekannte Jördis. »So, wie ich immer an ihn denke. Bei Tag und in der Nacht.«

»Er hat dich verraten«, entgegnete Etta. »Als du ihn am Nötigsten gebraucht hast, hat er dich verraten.«

Jördis schwieg, senkte den Kopf und betätigte die Spindel. Sie antwortete nicht, denn tief in ihrem Inneren hatte sie die Gewissheit, dass Arjen nicht freiwillig gehandelt hatte. Nein, sie konnte sich einfach nicht so sehr in ihm getäuscht haben. Doch warum er sie verschmäht hatte, das wusste sie nicht. Sie wusste auch nichts über die Ehe zwischen Arjen und Inge, da niemand im Dorf mehr mit ihr sprach.

Etta legte ihr eine Hand auf die Schulter: »Die Sonnenrune, Jördis. Das heißt, dass alles wieder gut wird. Du musst nur Geduld haben.«

Jördis nickte, aber zum ersten Mal in ihrem Leben glaubte sie der Großmutter nicht. Was sollte gut werden, wenn Arjen nicht an ihrer Seite war? Ohne Arjen war das Leben nicht gut.

»Ich habe Hunger!« Arjen kam zur Tür herein, trat seine Stiefel von den Füßen, schleuderte sie in die Ecke und setzte sich an den Tisch. Inge stand an der Kochstelle und rührte in einem Topf. »Ich habe Hammeleintopf gekocht«, sagte sie. »Frisches Brot gibt es auch dazu.«

Arjen erwiderte nichts. Er starrte vor sich auf den Tisch, bis Inge ihm die Schüssel hinstellte. Dann nahm er den Löffel, schöpfte ihn voll und aß, ohne seine Frau auch nur ein einziges Mal anzublicken.

»Schmeckt es dir?«, fragte sie freundlich, aber auch ein wenig angstvoll.

Arjen erwiderte nichts.

»Ich habe heute Brot gebacken. Drei Laibe. Zwei für uns und einen für den Vater. Ich war im Pfarrhaus. Es geht ihm gut. Und du? Wie war dein Tag?«

Arjen schwieg.

»Hast du viel arbeiten müssen in der Schmiede? Hast du jemanden getroffen, mit jemandem gesprochen?«

Arjen antwortete nicht.

Da stand Inge auf, seufzte. »Willst du einen Grog?«

Arjen nickte, aber er sah dabei nicht einmal auf.

Inge machte ihm den Grog, stellte ihn vor Arjen auf den Tisch. Er hatte die Schüssel von sich geschoben, griff nun nach dem Becher und trank ihn in langen Schlucken aus. Dann erhob er sich, wusch sich die Hände und das Gesicht, zog sich aus und legte sich in den Alkoven. Inge wartete, bis er die Türen des Schlafkabinetts geschlossen hatte, dann wusch sie sich ebenfalls, bürstete sich das Haar und zog sich ein mit Spitzen besetztes Nachthemd an, das sie zur Hochzeit bekommen hatte. Sie öffnete die Tür zum Alkoven, legte sich neben ihren Mann. Sie hatte seinen Geruch in der Nase, sein langes Haar kitzelte ihre Schulter. Sie hörte seinen unruhigen Atem und wusste, dass er noch nicht schlief. Da hob sie die Hand, legte sie auf seinen Arm und streichelte seine nackte Haut. Sie hatte solche Sehnsucht nach ihm, doch er rührte sich nicht. Zweimal erst hatte er mit ihr geschlafen. Einmal in der Hochzeitsnacht, eine kurze, raue und demütigende Erfahrung. Er hatte ihr das Kleid zerrissen, hatte sie nicht angeblickt, sondern war in sie hineingefahren und wieder heraus, bevor sich sein Samen in sie ergießen konnte. Dann hatte er seine Hand vorgestreckt. »Ich will die Rune.«

Inge hatte versucht, Zeit zu gewinnen. »Du hast mich nicht einmal geküsst. Und den Brauttanz hast du auch nicht mit mir getanzt.«

»Die Rune!«

»Warum soll ich sie dir geben, warum soll ich mein Versprechen halten, wenn du deines nicht hältst? Wir sind Mann und Frau. Vor Gott hast du geschworen, mich zu lieben und zu achten.«

Arjen lachte kurz auf. »Ich habe nichts geschworen. Das weißt du ganz genau! Jetzt gib die Rune her!«

Inge hatte sich erhoben, hatte den Stein geholt und ihm in die Hand gedrückt. »Lass uns neu anfangen«, hatte sie danach gesagt. »Jetzt, wo wir alles erledigt haben, wäre ein guter Zeitpunkt.«

Arjen hatte sie von oben bis unten betrachtet und hatte verächtlich gelacht. Dann war er in seine Werkstatt gegangen, hatte ein paar Säcke auf dem Boden ausgebreitet und hatte sich dort schlafen gelegt.

Einmal noch hatte er mit ihr geschlafen, als ihm eine bestellte Harpune kurz vor der Vollendung abgebrochen war. Da war er nach Hause gekommen, viel früher als sonst, hatte sie einfach gepackt und auf den Boden geworfen. Er hatte ihr das Kleid hochgeschoben, die Beine gespreizt und war hart und roh in sie eingedrungen, so dass es wehtat. Kaum war das erledigt, war er aufgesprungen, hatte sich gesäubert, als hätte sie ihn beschmutzt, und war gegangen. Inge hatte ein paar Tränen vergossen und an das gedacht, was Arjen ihr vor der Hochzeit angedroht hatte: »Ich werde dich niemals lieben.«

Nun lag sie neben ihm, streichelte seinen Arm, seinen Rücken, ohne dass er sich rührte. Dann beugte sie sich über ihn, küsste ihn sanft auf die Wange. Er machte eine wirsche Handbewegung in ihre Richtung, und beinahe hätte seine Hand sie im Gesicht getroffen wie ein Schlag.

»Schlaf mit mir«, bat sie. »Komm, ich will ein Kind haben.«

Hastig drehte sich Arjen zu ihr herum und sah sie mit hasserfülltem Blick an. »Ein Kind willst du?« Er schüttelte den Kopf. »Du wirst nie ein Kind von mir bekommen. Dafür werde ich sorgen.«

Vierzehntes Kapitel

Es dauerte nur wenige Wochen, da reichte es Inge schon nicht mehr, Arjen geheiratet zu haben. Denn sie hatte ihn nicht zum Manne. Sie hatte von ihm weniger als je zuvor. Und dafür musste es einen Schuldigen geben. Tat sie nicht alles, was eine Frau tun sollte? Hielt sie nicht das Haus in Ordnung, sorgte für saubere Wäsche, blinkende Böden und gutes Essen? Saß sie nicht bei ihm, darauf wartend, dass er ihr von seinem Tag erzählte? War sie nicht jeden Abend im Alkoven bereit für die Dinge, die ein Mann mit seiner Ehefrau tun sollte? Nein, Inge war sicher, dass sie sich nichts vorzuwerfen hatte. Gut, Arjen hatte eine andere geliebt. Aber hatte sie ihm in den letzten drei Monaten nicht bewiesen, dass sie eine gute Frau für ihn war? Also gab es nur eines: Es musste ein Fluch auf ihrer Ehe lasten. Jördis musste sie verflucht haben. Jördis oder Etta. Auch wenn Inge an den Herrgott glaubte, wusste sie doch über die alten Götter, dass man sie nur schlagen konnte, indem man ihre Vertreter auf Erden unschädlich machte. Und die Vertreter auf Erden waren nun einmal Etta und Jördis.

Inge wusch Wäsche. Sie hatte den hölzernen Zuber mit heißem Wasser gefüllt, hatte Seifenflocken hinein gestreut, und nun nahm sie ein Stück nach dem anderen aus der Lauge, schrubbte es mit der Bürste und rieb es über das harte Waschbrett. Schon bald tat ihr der Rücken von der gebückten Haltung weh, doch zugleich konnte sie bei dieser Arbeit herrlich nachdenken. Wie sollte sie mit Jördis verfahren? Mit Jördis, deren Freundin sie einst gewesen war und die jetzt zu ihrer Feindin geworden war. Jördis war schuld, dass Arjen sie verschmähte. Und deshalb musste Jördis weg. Aber wie? Inge nahm sich eines von Arjens Nachthemden vom Boden, warf es energisch ins Waschwasser, dann drückte und wrang sie das Stück, dass die Nähte leise krachten. Sie verfuhr mit dem Wäschestück so roh, als hätte sie Jördis vor sich. Sie bürstete und schlug auf das Nachthemd ein, so dass die Seifenlauge aufspritzte.

Es war Februar. Der Himmel hing tief und grau über der Insel. Gestern war ein wenig Schnee gefallen, der die Landschaft mit einer weißen, unschuldigen Schicht überzogen hatte. Es roch nach Buchenholz und verheiztem Schafsdung, und in den anderen Häusern wurde trotz der Kälte draußen im Hof ebenfalls die Wäsche gewaschen. Morgen Abend würde das Biikefeuer brennen, und am Tag danach tagte das Thinggericht. Das Gericht, vor das Jördis gehörte. Das Gericht, von dem Inge erwartete, dass es Jördis unschädlich machen würde. Die Zeit der Hexenverbrennungen war eigentlich vorbei, und doch träumte Inge davon, dass Jördis verbrannt und ihre Asche in alle vier Winde verstreut werden würde. Vor kurzem noch hätte es ihr gereicht, wenn Jördis von der Insel verschwände, aber nun hatte sie erkennen müssen, dass ihr Einfluss auf Arjen nicht gebrochen war. Er würde gewiss erst nicht mehr an sie denken, wenn er sie nicht mehr täglich vor Augen hatte. Doch dazu müsste sie erst einmal vor Gericht gestellt werden. Inge warf das Nachthemd ihres Mannes achtlos in die trübe Waschlauge. Sie strich sich mit dem Unterarm eine Haarsträhne aus dem Gesicht, dann trocknete sie sich die Hände an ihrem Kleid ab und begab sich ins Haus.

Arjen war in der Schmiede, und Inge war ungestört. Sie wollte den Runenstein finden. Den Stein, den sie Arjen nach der Hochzeitsnacht hatte geben müssen. Der Stein, den Arjen irgendwo versteckt hatte. Der Stein, den sie finden musste, wenn sie wollte, dass Jördis vor das Thinggericht gestellt wurde.

Sie durchstöberte Schränke und Schubladen, kramte in Truhen und Kisten, ja, sie hob sogar das Deckbett und das Kissen an, ohne aber die Rune zu finden. Sie schaute in das Innere der Standuhr, durchsuchte Arjens Ölzeug, sie griff in jeden Schuh und jede Tasche, doch die Rune blieb verschwunden. Inge ließ sich auf die Küchenbank fallen und den Blick durch die Küche streifen. Ja, diese Küche in Arjens Haus war genauso, wie sie sich die eigene Küche immer vorgestellt hatte. Die Wände waren mit Fliesen bedeckt, der Boden war mit Dielen ausgelegt, darauf befanden sich bunte Flickenteppiche. Auf der Küchenbank lagen Kissen, die in dickes Leinen genäht waren. Blitzsaubere Leinentücher lagen ordentlich gefaltet in einem Schrank. Über der Feuerstelle hingen mehrere gusseiserne Töpfe und Pfannen, und auf dem Tisch standen zwei große Zinnleuchter. In einem Holzblock steckten einige Messer mit scharf geschliffenen Klingen, in einem Kasten daneben lagen ausreichend Gabeln und Löffel, Kellen und Spieße. Neben der Feuerstelle befanden sich zwei Körbe mit Buchenholzscheiten, die Speisekammer war so gut gefüllt, wie sie es bisher in ihrem Leben nicht gekannt hatte. Sie schlief in einem Bett, das mit Gänsedaunen gefüllt war und selbst in der kältesten Winternacht wärmte. Die Vorratskammer war nicht überreichlich, aber doch gut bestückt. Auf einem Regal standen ein halbes Dutzend Stoffsäckchen, gefüllt mit Linsen, Bohnen und Graupen. Ein kleines Fass mit Sauerkraut befand sich darunter, und daneben hingen ein paar geräucherte Heringe von der Decke.

Die Walfänger, die im Herbst zurückgekehrt und den Winter auf der Insel verbracht hatten, hatten bei Arjen viele Harpunen gekauft, dazu Senkblei, Schlösser und Riegel für ihre Seemannskisten. Geld war ins Haus gekommen, nicht üppig, aber ausreichend. Die Familien, die Seefahrer zu den ihren zählten, waren trotz des verheerenden Herbststurmes gut über den Winter gekommen. Die anderen waren arm dran gewesen, und hätte sich nicht manche gute Seele erbarmt und ein wenig Feuerholz, ein Töpfchen Schmalz oder einen Laib Brot zu den Armen gebracht, so lägen einige von ihnen nun bestimmt auf dem Friedhof. Auch Inge war mit mildtätigen Gaben unterwegs gewesen, ja, sie hatte sogar ihrem Vater ein paar Dinge gebracht, doch auch Jördis war bei den Armen gewesen, hatte heilende Aufgüsse und Kräutersud zu denen gebracht, die krank lagen. Zwar war sie im Dorf noch immer nicht gern gesehen, aber – Inge seufzte bei diesem Gedanken laut auf – die Leute vergaßen so schnell. Kaum jemand sprach noch von dem Kreuz, das von der Kirchendecke gefallen war, kaum jemand erinnerte sich noch daran, wer den Herbststurm auf die Insel geschickt hatte. Wenn Inge das Gespräch hin und wieder auf dieses Thema lenkte – zum Beispiel, wenn sie bei der Krämersfrau war und dort die anderen Weiber aus Rantum traf –, dann winkten schon einige ab, und vorgestern hatte sogar eine gefordert, man solle doch Jördis und Etta in Ruhe lassen. Inge war zu ihrem Vater gelaufen. Sie hatte ihm von ihrer Ehe erzählt, hatte ihn daran erinnert, dass es die Pflicht der Eheleute war, für Nachwuchs zu sorgen, und dass Arjen sich dieser Pflicht verweigerte. Der Vater hatte ungerührt zugehört. Selbst als Inge in Tränen ausgebrochen war, hatte er kein tröstendes Wort gefunden. Erst nach einer langen Weile sagte er: »Jördis und Etta sind gebannt. Auch Hexen brauchen jemanden, den sie verhexen können. Das ist bisher nicht passiert. Sie lassen Rantum und die Rantumer in Ruhe. Das heißt jedoch nicht, dass sie mir kein Dorn mehr im Auge wären. Auch ich wäre froh, würden die beiden verschwinden.«

»Sie haben Arjen verhext. Reicht das nicht aus?«, wollte Inge wissen.

Der Pfarrer lächelte. »Willst du wirklich, dass alle Welt erfährt, dass dein Mann dich nicht anrührt? Sollen sich die Männer in der Schänke grölend darüber auslassen, warum Arjen sich fern von dir hält? Willst du das Grinsen der Weiber sehen, wenn du vorübergehst?«

Inge schluchzte auf und schüttelte den Kopf.

»Du weißt selbst, dass du keine Schönheit bist. Und du weißt auch, wie deine Ehe zustande gekommen ist.

Denke nicht, dass die Rantumer dumm sind. Sie wissen nichts, aber sie vermuten etwas. Das hat dich nicht beliebter gemacht.«

Inge verzog gequält das Gesicht, schluchzte noch einmal auf und verbarg ihr Gesicht in den Händen. Doch der Vater ließ nicht locker. »Vergleiche dich doch einmal mit Jördis. Sie ist groß, schlank und gut gebaut. Ihr Wesen ist fröhlich und heiter. Und du? Du bist klein und pummelig. Dein Haar sieht aus wie Holzwolle. Du hast weder Anmut noch Liebreiz, nicht einmal ein heiteres Gemüt hast du deinem Mann zu bieten.«

Inge wusste das alles, aber es tat so schrecklich weh, das von anderen zu hören. Und noch dazu ausgerechnet von ihrem Vater. »Was soll ich denn machen?«, wimmerte sie verzweifelt.

»Mit Gerede allein ist nichts mehr auszurichten. Du brauchst Beweise dafür, dass die beiden immer noch hexen, immer noch dem nordischen alten Glauben dienen, noch immer die Runen werfen. Doch das sage ich dir ja nicht zum ersten Mal.«

Inge blickte auf, das Gesicht von den Tränen verquollen, die Augen rot gerändert. Sie gab ein so klägliches Bild ab, dass der Vater sich wegdrehte, um sie nicht ansehen zu müssen. »Ich hatte den Beweis«, sagte sie, und in ihrer Stimme klang ein klein wenig Hoffnung mit. »Ich hatte eine Rune gefunden. Aber Arjen bestand darauf, dass ich sie ihm nach der Hochzeitsnacht aushändige.«

»Und du dumme Gans hast sie ihm gegeben?« Der Pfarrer schnaubte verächtlich.

»Ja. Nach der Hochzeitsnacht. Gleich in der Frühe.

Er hat sie verlangt.« Inge rang die Hände. »Was hätte ich denn sonst tun sollen?«

»Wo hat er sie hingetan, die Rune?«

Inge zuckte mit den Schultern. »Ich weiß es nicht.«

»Nun, dann kann ich dir kaum helfen. Der Landvogt ist nicht dumm. Wenn ich ihm mit Hexerei komme, dann will er dafür Beweise haben.«

Er stand auf, trat zu seinem Schreibtisch. »Geh!«, sagte er grob. »Geh, und komme erst wieder, wenn du den Runenstein gefunden hast.«

Da war Inge gegangen, zurück in ihr Zuhause. Und Arjen war schon da gewesen, hatte schweigend am Tisch gehockt und auf das Essen gewartet. Doch sie hatte nicht gehorcht wie sonst. Sie hatte gefragt: »Arjen, wollen wir endlos so weiter miteinander leben?« Ihre Stimme hatte gezittert, als sie die Worte ausgesprochen hatte.

Doch Arjen hatte geschwiegen.

»Ich liebe dich«, sprach sie weiter. »Jeder Augenblick, in dem du mich mit deiner Verachtung strafst, trifft mich mitten ins Herz. Ich verdorre vor deinen Augen. Du kannst mich nicht ewig so strafen.«

Aber Arjen hatte geschwiegen.

»Wollen wir nicht wenigstens versuchen, eine normale Ehe zu führen? Ich möchte ein Kind. Ich wünsche es mir so sehr. Mach mir ein Kind, dann lasse ich dich in Ruhe, dann wird auch Jördis nichts geschehen. Wenn du willst, so schlafe ich dann sogar nicht mehr in deiner Nähe. Lass mich ein Kind bekommen. Einen Sohn. Deinen Sohn.«

Auf einmal hatte Arjen nicht länger geschwiegen. Er hatte sein Weib gleichgültig angeblickt und langsam und deutlich gesagt: »Lass Jördis aus dem Spiel. Wird ihr auch nur ein einziges Haar gekrümmt, so hast du hier auf Erden keine gute Stunde mehr.« Er hatte kurz zu ihr hochgesehen, und da hatte Inge erkannt, dass Arjen sie vielleicht nicht mehr hasste, dass sie ihm aber so gleichgültig war wie eine Fliege an der Wand. Sie würde kein Kind von ihm bekommen, er würde sich ihr weiter verweigern. Schon jetzt blickten die anderen Frauen auf ihren Bauch, beugten die Köpfe vor und fragten: »Na?« Inge wusste genau, was diese Silbe zu bedeuten hatte. Immer hatte sie bislang den Kopf schütteln müssen und dabei zu Boden geblickt. Eine hatte gesagt: »Mach dir nichts draus, das kommt schon noch.« Und eine andere hatte gefragt: »Bist du ihm nicht täglich zu Willen? Das musst du sein, gerade am Anfang einer Ehe.« Inge hatte genickt und die Tränen hinunter geschluckt. Einmal hatte sie zu einer anderen Frau gesagt: »Vielleicht hat mich Jördis verhext. Weil ich ihr den Liebsten genommen habe.« Aber die andere Frau hatte nur die Augenbrauen in die Höhe gezogen und gesagt: »Hätte sie wirklich solche Kräfte, warum hat sie dann die Heirat nicht verhindert?«

Inge hatte zugeben müssen, dass an dieser Frage etwas dran war. Aber sie hatte sich nicht eingestehen können, dass es für sie die viel schlimmere Strafe war, mit dem Mann zu leben, den sie liebte, aber niemals haben konnte.

Nun durchsuchte sie das ganze Haus. Sie trat auf jede einzelne Diele, in der Hoffnung, dass eine von ihnen lose und darunter der Runenstein zu finden war. Sie klopfte die Wände ab, durchsuchte jeden Winkel, jede Schachtel, jedes Säckchen. Aber sie fand nichts. Also begab sie sich in die Werkstatt. Sie blieb in der Tür stehen, betrachtete ihren Mann, der mit dem Rücken zu ihr an einem Tisch saß und mit einer Gänsefeder eine Zeichnung anfertigte. Vor ihm lag ein seltsames, sechseckiges Gerät. Er arbeitete konzentriert, den Kopf gebeugt, und Inge bekam solche Sehnsucht nach ihm, dass sie es kaum aushalten konnte.

Endlich bemerkte er sie. Er ließ den Gänsekiel sinken und bedeckte das Papier mit seinen Armen. Er sprach kein Wort, er sah sie nur an. Da fragte Inge: »Was hast du mit der Rune gemacht?«

Arjen schwieg, er maß sie nur mit einem gleichgültigen Blick, tunkte den Gänsekiel in das Tintenfass und wandte sich wieder dem Papier zu.

Hastig trat sie zu ihm und riss ihm den Gänsekiel aus der Hand. Ihre Augen loderten auf, aber es war nicht die Leidenschaft, die die sie so glühen ließen, sondern die tiefe Verzweiflung. »Wo ist die Rune?«

Arjen stieß sie von sich, nicht grob, aber so, dass sie zurückweichen musste. »Es gibt keine Rune«, sagte er seelenruhig. »Ich habe keine Ahnung, wovon du sprichst.«

Plötzlich wusste Inge, dass es die Rune wirklich nicht mehr gab und somit keinen Beweis dafür, dass Jördis eine Hexe war. Sie verließ die Schmiede, lief mit gesenktem Kopf nach Hause und hatte einen Einfall. Einen Einfall, der sie retten konnte.

Am Abend stand sie wieder bei ihrem Vater vor der Tür. »Ich habe, was du gewollt hast. Ich habe den Beweis.« Sie öffnete ein kleines weißes Tuch und holte eine ungeschickt geschnitzte Rune daraus hervor, deren Zeichen in der Mitte mit getrockneten Blut eingeritzt war. An ihrem linken Daumen zeigte sich ein kleiner Schnitt.

Der Vater verzog den Mund und deutete auf ihren Finger, den ein Verband zierte. »Du hast sie selbst geschnitzt. Du bist noch dümmer, als ich schon immer gedacht habe.«

Inge schüttelte den Kopf. »Nein. Ich bin nicht dumm. Ich weiß selbst, dass diese Rune nicht perfekt ist. Aber um zu beweisen, dass sie nicht Jördis und Etta gehört, müssten die beiden ihre eigenen Runen vorzeigen. Doch das werden sie nicht tun. Also ist es ganz gleichgültig, wie diese Rune ausschaut.«

Der Pfarrer hob den Kopf, blickte seiner Tochter ins Gesicht und sagte dann: »Vielleicht bist du doch nicht ganz so dumm, wie ich dachte. Gib mir die Rune.«

Inge hielt sie dem Vater hin, und der steckte sie in seine Tasche. »Jetzt geh, ich werde die Dinge zum Laufen bringen.«

Fünfzehntes Kapitel

Die Jungen des Dorfes klopften an jedes Haus, um Brennholz für das Biikefeuer zu sammeln. Ihr Lachen und Johlen durchdrangen die dicksten Wände. Etta sortierte in der Kammer die Vorräte. »Viel haben wir nicht mehr«, sagte sie zu Jördis, die Schafwolle kämmte. »Es wird Zeit, dass du wieder einmal nachts hinunter zum Strand gehst.« Sie lächelte dabei Jördis an, doch ihre Enkelin reagierte nicht. Sie war lange nicht mehr auf Strandraub gewesen. Genau gesagt: nicht mehr, seit Arjen um ihre Hand gebeten hatte. Sie hatte gedacht, sie müsste sich ihm würdig erweisen, und eine Strandräuberin sollte er nicht zur Frau haben. Wenn sie seine Frau geworden wäre, dann hätte sie sich auch nicht mehr als Strandräuberin betätigen müssen, da Arjen ja Etta und sie ernährt hätte. Aber wie sollten zwei Frauen allein auf der Insel zurechtkommen? Sie konnten nicht fischen wie die Männer, besaßen gerade einmal zwei Schafe und ein paar Hühner. Im Frühling und im Sommer sammelte Jördis im Watt Möweneier, im Herbst pflückte sie Sanddornbeeren, aber wovon sollten sie im Winter leben, wenn nicht vom Strandraub? Es gab eine ganze Reihe von armen Witwen in Rantum, die meisten von ihnen wurden jedoch von ihren Familien versorgt. Familie aber hatten Jördis und Etta nicht auf der Insel. Was also sollten sie tun? Wovon leben, wenn sie nicht stehlen konnten?

Dann hatte Arjen die Verlobung gelöst, und der Kummer darüber hatte Jördis nicht nur die Seele zerfressen, sondern ihr auch den Mut und den Ansporn genommen, so dass sie seither nur die Dinge erledigt hatte, die unbedingt getan werden mussten. Die Großmutter hatte recht; sie musste wieder hinaus an den Strand. Vielleicht schon heute Nacht. Es war der Tag des Biikefeuers. Das ganze Dorf würde auf den Beinen sein, würde um das Feuer herumtanzen, und niemand würde Jördis vermissen. Heute war eine gute Gelegenheit. Vorgestern war ein großer Segler am Riff zu Schaden gekommen. Gestern war der Sturm noch zu stark gewesen, um hinaus an das Wrack zu gelangen. Also würde sie es heute Nacht versuchen, denn der Wind hatte sich etwas gelegt.

Plötzlich klopfte es an der Haustür. Etta öffnete und gab den Jungen das wenige Holz, das sie erübrigen konnten.

»Gehst du heute Abend zum Biikebrennen?«, fragte Jördis die Großmutter, als die Jungen weitergezogen waren.

Etta wiegte den Kopf hin und her. »Das Biikebrennen ist ein heidnischer Brauch – er kommt aus dem Norden und huldigt den nordischen Göttern. Der Winter wird mit dem großen Feuer vertrieben, der Zank und Streit der dunklen Monate verbrannt. Gehe ich, so wird es heißen, ich huldige meinen Göttern. Gehe ich nicht, so wird es auch heißen, ich huldige meinen Göttern, weil ich nicht da bin, wenn der Pfarrer seine Psalmen verliest und alle Rantumer das Vaterunser beten, denn die meisten wissen nicht mehr, dass dieser Brauch einst aus dem nordischen Glauben entstanden ist. Es ist ganz gleich, was ich tun werde, es wird falsch sein. Die anderen werden mich meiden. Niemand wird vor den Augen von Mommsen mit mir sprechen.« Sie schüttelte den Kopf. »Nein, mein Mädchen, ich werde hier bleiben.«

Dann war der Abend herangekommen. Das Biikefeuer loderte hell auf dem obersten Dünenkamm, und die Stimmen der Feiernden drangen bis in das Friesenhaus. Jördis zog sich warm an, band sich einen Schal um den Hals. Dann nahm sie ihren Hund und eine alte Stalllaterne und begab sich hinunter an den Strand. Das Biikefeuer oben auf dem Kamm der höchsten Rantumer Düne leuchtete so hell und weit, dass Jördis den großen gestrandeten Segler gut erkennen konnte. Das Holz ächzte unter jeder neuen Welle, die Planken knarrten, und das Segel raschelte laut. Ansonsten lag der Strand totenstill da. Etwas weiter entfernt erblickte Jördis zwei dunkle Flecken am Spülsaum, vermutlich angetriebene Leichen. Sie rief nach ihrem Hund, der mittlerweile kein Welpe mehr war, sondern ein ausgewachsener Mischling. Jördis gebot ihm, auf sie zu warten, und der Hund setzte sich brav und wedelte mit dem Schwanz. Der Himmel war zum Teil bedeckt, und es roch nach Schnee. Eine blasse Mondsichel zeigte sich hin und wieder zwischen den Wolken, so dass Jördis erkennen konnte, dass das Wrack mit dem Bug auf das Riff aufgelaufen war und sie, wenn sie sich über das glatte Riff wagte, gut an das

Schiff herankommen konnte. Der Strandvogt hatte es noch nicht freigegeben, denn er wollte auf den nächsten Sturm warten und hoffte darauf, dass das Wrack freigespült wurde, so dass man die Ladung ohne große Umstände bergen konnte. Selbst die Strandräuber, die es normalerweise bei Wind und Wetter hinaus trieb, hatten sich dem Wrack noch nicht genähert, sondern sich viel lieber auf das Biikebrennen, den wichtigsten und höchsten Feiertag auf Sylt, vorbereitet. Warum auch nicht? Die Ladung würde ihnen nicht davonschwimmen, und andere würden ihnen auch nicht zuvorkommen, da ja ganz Sylt um das Feuer versammelt war.

Jördis faltete die Hände, blickte nach dem Hund Blitz, der noch immer neben ihr saß und nur hin und wieder ein leises Winseln ausstieß. Dann betete sie die Worte, die jeder Strandräuber auswendig kannte und die selbst der Strandvogt vor sich hin murmelte, sobald ein Schiff in die Nähe der Insel kam:

»Wir bitten dich, o Herr, zwar nicht,
dass Schiffe stranden und umkommen im Heulen
des Sturmes und im Rasen der See –
aber wenn schon es Deinem Ratschluss gefällt,
sie stranden zu lassen, dann, o Herr,
führe sie hier an den Strand –
zum Wohle der armen Bewohner dieser Küste.«

Jördis kletterte vom Strand aus seitlich hinauf auf das Riff. Dann schlug sie einen Holzpflock in den Sand, rüttelte prüfend daran, band ein Seil fest um ihren Leib und mit dem anderen Ende an den Pflock und kletterte vorsichtig das Riff hinab. Sie musste sich anstrengen, denn ein falscher Tritt genügte, um sie abstürzen zu lassen, und sie war sich nicht sicher, ob das Sicherungsseil sie auch halten würde. Dann war sie endlich auf dem Deck des Schiffes angelangt. Direkt vor ihr lag ausgestreckt ein Junge, der eine Küchenschürze trug. Seine toten Augen starrten hinauf zum Himmel. Jördis hockte sich hin und schloss ihm die Lider, dann sprach sie ein kurzes Gebet und begab sich zur Kombüse, die sich auf Deck befand. Dort standen ein paar Fässer nebeneinander, und Jördis war sich sicher, dass in ihnen Butter, Kohl und Zwieback eingelagert waren. Sie rollte die Fässer an die Reling, stürzte sie darüber und hoffte, dass die Wellen ihre Beute an den Strand brachten. Die Decksluke stand offen, und Jördis, die nun ohne Laterne war, nahm sich einen Kerzenstummel aus der Decksküche, setzte ihn mit Hilfe des Zunderschwammes in Brand und kletterte dann in den dunklen Schiffsbauch hinab. Eigentlich hatte sie keine Angst vor der Dunkelheit, doch nun schlug ihr Herz rascher als sonst. Lag es daran, dass sie dort unten noch mehr Leichen vermutete? Oder daran, dass ihr Herz vor Kummer so schwer war? Sie wusste es nicht. Als sie den Decksboden erreicht hatte, atmete sie auf. Sie lief durch das halbe Schiff und betrachtete die Ladung. Da gab es unzählige Kisten, in denen Werkzeuge lagerten, die vermutlich aus Skandinavien stammten. Zwei lange Reihen mit Körben befanden sich an der gegenüberliegenden Schiffsseite, und in den Körben lagerten wahrscheinlich, verpackt in Sägemehl, Gegenstände aus den Glasbrennereien der Nordländer. In einer Ecke stapelten sich gebrannte Ziegel und in einer anderen Zinkwannen, Eimer und andere Haushaltsgeräte. Jördis nahm nichts von diesen Dingen, sondern kletterte wieder aus der Luke und hinauf auf das Schiffsdeck. Sie blickte über die Reling nach den Fässern, die tatsächlich an Land gespült worden waren, und hielt Ausschau nach ihrem Hund. Blitz hockte neben den Fässern und wedelte, als er Jördis auf dem Deck erkannte. Einmal bellte er sogar laut auf. »Sei still!«, rief Jördis ihm zu, obgleich sie wusste, dass ihr Ruf vom Rauschen der Wellen und dem Lärm der Feiernden verschluckt werden würde. »Ich komme gleich.«

Sie stieg auf den höchsten Punkt des Buges und kletterte geschickt das Riff wieder hinauf, löste oben das Seil und wickelte es auf. Sie war ein wenig stolz auf sich, denn sie hatte es geschafft, dem Schiff ein paar Fässer abspenstig zu machen, ohne dabei nass zu werden. Als sie wieder am Strand war, angelte sie mit einem Schippenstiel die Fässer aus dem Wasser und begann damit, das erste Fass über den Strand zu rollen, als sie plötzlich eine Stimme nicht weit entfernt hörte.

»Guten Abend, Jördis.«

Sie schrak zusammen, aber dann erkannte sie den krummen Tamme. »Was machst du hier?«, fragte sie ihn. »Warum bist du nicht bei denen, die da auf dem Dünenkamm feiern und tanzen?«

Tamme setzte sich an den Strand, zog die Beine an und klopfte auf das Fleckchen neben sich. »Komm, setz dich ein wenig zu mir, ich helfe dir dann auch mit den Fässern.«

Jördis, noch immer außer Atem von der Anstrengung des Kletterns, gehorchte.

»Du willst wissen, warum ich nicht beim Biikebrennen bin?«, wiederholte Tamme ihre Frage. »Wahrscheinlich aus demselben Grund wie du.«

Jördis warf den Kopf in den Nacken. Sie hatte genau verstanden, was Tamme damit sagen wollte, doch sie konnte es nicht zugeben. »Nein, Arjen ist mir egal. Soll er doch Inge um das Feuer wirbeln. Ich bin nicht dort, weil ich mir nichts aus Feiern mache.«

Auf Tammes Gesicht zeigte sich ein schiefes Lächeln. »Siehst du, mir geht es genauso. Auch ich mache mir nichts aus einer Feier, aber ich kann es nicht ertragen, dass die, die ich liebe, in den Armen eines anderen liegt.« Er brach ab und seufzte, ehe er fortfuhr: »Das heißt, wenn sie doch in seinen Armen liegen würde. Aber das tut sie ja nicht. Er behandelt sie, als ob sie Luft wäre.«

Jördis zog erstaunt die Augenbrauen zusammen. »Inge?«, fragte sie leise.

Tamme lächelte wieder dieses schmale, bittere Lächeln und nickte.

»Ich habe nicht gewusst, dass du sie liebst«, sprach Jördis leise und legte Tamme eine Hand auf den Unterarm.

»Ich liebe Inge, seit ich denken kann«, gab Tamme zu. »Aber sie hat mich nie beachtet. Wieso auch? Ich bin nun mal ein Krüppel.« Er fuhr mit den Fingern durch den Sand, malte ein Herz hinein. »Ich bin so zur Welt gekommen. Mit dem Buckel. Es hieß, meine Mutter hätte während der Schwangerschaft zu viel gearbeitet. Andere erzählen auch, dass ich den Buckel habe, weil sich mein Vater immer vor der Obrigkeit gekrümmt hätte. Wie auch immer. Vater und Mutter sind tot, und ich bin zu nichts nütze, außer für ein paar Strandräubereien. Ich kann es Inge nicht verdenken, dass sie mich nicht will, denn wäre ich sie, so würde ich mich auch nicht wollen.«

»Rede nicht so!«, fuhr Jördis ihn an. »Dein Rücken ist krumm, aber dein Herz ist gerade und so golden, wie ein Herz nur sein kann. Hätte Inge Augen im Kopf, so hätte sie das gesehen.« Sie brach ab, sah hinauf zum Mond und blinzelte ein paar Tränen weg. »Dann wäre sie nun vielleicht deine Frau, und ich wäre Arjens Eheweib, und wir würden alle dort oben um das Feuer tanzen.« Eine dunkle Last legte sich auf ihr Gemüt, und sie hatte Mühe, die Beherrschung zu bewahren. Also erhob sie sich und deutete auf die Fässer. »Wollen wir sehen, was darinnen ist?«, fragte sie. »Denn wir teilen natürlich, wenn du mir hilfst, sie über die Dünen zu rollen.«

Am nächsten Morgen erwachte Jördis von einem heftigen Klopfen an der Tür. Etta öffnete. Draußen standen zwei Büttel.

»Ihr seid vor das Thinggericht geladen«, erklärte der eine. »Wir sind gekommen, um euch zu holen.«

Etta lächelte gezwungen. »Sie hätten euch nicht schicken müssen. Wir wären auch so gekommen, hätten wir ein Einladung erhalten.«

Der ältere der beiden Büttel errötete, denn es war allgemein bekannt auf der Insel, dass nur die ohne Einladung vor das Thinggericht gezerrt wurden, bei denen Fluchtgefahr oder ein erhebliches Risiko für die anderen Inselbewohner bestand. »Es ist nun mal, wie es ist. Zieht euch an und dann kommt.«

Jördis und Etta hatten kaum Zeit, sich die Haare zu bürsten. Sie legten sich ihre Umschlagtücher über die Schultern und folgten den Bütteln. Etta stieg auf das Pferd des Älteren, während Jördis vor dem Jüngeren zu sitzen kam. Immer wieder suchte sie den Blick ihrer Großmutter, denn sie hatte Angst. Sie waren der Hexerei beschuldigt. Wenn es jemandem gelungen war, Beweise für ihr angebliches Tun vorzuweisen, mussten sie mit dem Tod rechnen. Ganz starr saß Jördis auf dem Pferd, nicht im Stande zu sprechen oder etwas zu unternehmen.

Schließlich kamen sie am Thing-Platz an. Jördis war so steif, dass sie kaum vom Pferd heruntersteigen konnte. Sie rief leise nach Etta. Ihre Großmutter nickte ihr zu. »Wir werden das durchstehen«, hieß die Botschaft.

Noch ehe Jördis recht zur Besinnung gekommen war, standen sie schon vor dem Richtertisch. Wenig später kam Inge heran und bezichtigte sie der Hexerei. Als Beweis dafür holte sie einen Runenstein aus der Tasche. Aber Etta leugnete, diesen Stein je gesehen zu haben, und bezichtigte ihrerseits Inge, die Rune irgendwo gefunden oder gar selbst geschnitzt zu haben. Daraufhin verstrickte sich Inge in Widersprüche, und der Richter schickte sie genervt zurück. Anschließend beriet sich das hohe Gericht, und der Richter verkündete das Urteil: »Die beiden Rantumer Frauen Etta und Jördis werden der Hexerei bezichtigt. Zur Strafe wird ihr Haus niedergebrannt mit all dem Hexenzeug darin.« Dann schlug er mit einem kleinen Hammer auf den Holztisch und wandte sich der nächsten Verhandlungssache zu.

Jördis stand wie erstarrt da. Es fiel ihr schwer, die Worte des Richters zu verstehen. Ihr Haus sollte niedergebrannt werden? Sie würden alles verlieren, was sie hatten?

Sie wandte sich zu ihrer Großmutter um und sah, dass Etta ganz fahl im Gesicht geworden war. Die alte Frau ächzte leise und presste die Hand auf ihr Herz, ganz so, als hätte sie starke Schmerzen.

»Was ist dir?«, wollte Jördis wissen.

Doch Etta schüttelte den Kopf und rang sich ein schmales Lächeln ab. »Nichts, Kind, es ist alles in Ordnung.«

»Nichts ist in Ordnung«, rief Jördis anklagend aus, so dass die Versammelten alle zu ihr schauten. »Wir sind keine Hexen, sind nie welche gewesen. Jetzt wollt ihr uns alles nehmen, was wir besitzen. Wäre ich eine Hexe, so würde ich euch jetzt allesamt verfluchen.«

»Pscht, sei still, Kind!«, flehte Etta. »Du machst alles nur noch schlimmer.«

Aber Jördis reckte das Kinn und erwiderte: »Schlimmer kann es gar nicht mehr werden.«

Sechzehntes Kapitel

Die Büttel kamen nach der Dämmerung. Die Kirchenglocken hatten schon zu Abend geläutet, die Rantumer waren in ihren Häusern. Einige der Frauen, deren Männer am Morgen mit einem Schmackschiff zu den großen Häfen von Hamburg oder Amsterdam aufgebrochen waren, hatten noch von den Abschiedstränen verschwollene Augen, anderen blühte seit Monaten wieder ein Lächeln im Gesicht. Nun begann die Zeit der Frauen. Die Zeit, in der sie auf der Insel das Sagen hatten, in der sie für die Familien sorgten, in der sie sich nicht dem Diktat der Männer beugen mussten. So manche Sylterin liebte diese männerlosen Frühlings- und Sommermonate mehr als den Herbst und den Winter.

Die Büttel kamen auf Pferden. Sie stellten sich vor die Kirche und läuteten so laut mit ihrer Messingglocke, dass die Leute aus den Häusern liefen. Der krumme Tamme, der der Kirche gegenüber wohnte, war als Erster bei den Bütteln. Danach kamen die anderen. Zuerst die jungen Frauen, manche von ihnen mit einem Säugling auf dem Arm, dann die älteren und zum Schluss die Greisinnen, auf einen Stock gestützt. Jeder, der neu eingetroffen war, fragte die anderen, was es gebe. Sie ahnten, dass die Büttel erschienen waren, um die Urteile des Thinggerichtes durchzusetzen. Aber niemand wusste, was genau dort verhandelt worden war. Natürlich gab es Gerüchte, aber die, die dabei gewesen waren, waren angehalten, Stillschweigen zu bewahren. Denen, die vor dem Richtertisch gestanden hatten, war nicht unbedingt daran gelegen, ihre Sünden der ganzen Insel bekannt zu machen.

Als alle Rantumer beieinander standen, hob der eine Büttel noch einmal die Messingglocke und schüttelte sie, dann entrollte der andere ein Papier und las laut daraus vor: »Das Thinggericht zu Sylt hat heute, am 21. Februar 1713, folgendes Urteil gefällt: Die beiden Frauen Jördis Lewerenz und Etta Annadottir sind beschuldigt, dem alten Glauben anzuhängen. Als Beweis wurde eine Rune vorgelegt, mit der die Frauen die Zukunft hervorsehen und auch andere Zaubereien und Orakel ausführen. Deshalb hat das Thinggericht sie heute dazu verurteilt, ihr Haus verlassen zu müssen und sich anderswo eine Bleibe zu suchen. Ihr Haus mit allen anderen Zauberdingen darin wird dem Feuer übergeben.«

Der krumme Tamme riss die Augen auf. »Wirklich?«, fragte er. Seine Schwester Antje presste eine Hand auf ihren Mund, als wollte sie einen Schrei unterdrücken. Die Krämersfrau nickte beifällig, und einige andere murmelten leise das Vaterunser vor sich hin. Nur einer sprang aus der Menge und riss den Bütteln das Urteil aus der Hand.

»Das geht nicht! Das dürft ihr nicht!«, schrie Arjen so laut, als ginge es um sein Haus. »Ihr wisst doch, dass der alte Glauben nicht für Hexerei steht. Eine Hexe muss mit dem Teufel im Bunde sein, nicht aber mit Odin und Ran.«

Der eine Büttel entriss Arjen das Papier. Arjen stürzte sich auf ihn. Er versetzte dem Büttel einen Faustschlag auf die Nase, so dass dieser zusammenbrach und Blut aus seinem Gesicht schoss. Der andere warf die Messingglocke zur Seite, stürzte sich nun seinerseits auf Arjen, aber der Schmied war stark, stärker als die meisten anderen Männer in Rantum.

»Hör auf!«, schrie der krumme Tamme und zerrte an Arjens Hemd. Doch dieser entwand sich geschickt. Dann holte er aus und versetzte auch dem zweiten Büttel einen kräftigen Faustschlag auf die Nase.

Der Pfarrer kam hinzu, hatte einen Stock in der Hand und drosch auf Arjens Rücken ein. »Lass die Männer!«, schrie er dabei.

Hinterher wusste niemand mehr, wie es eigentlich geschehen war, aber plötzlich zerrte Antje an Inges Haaren und schrie sie an: »Das ist alles nur deine Schuld! Die wahre Hexe bist du!«

Inge kreischte, packte Antje am Handgelenk und drehte es so, dass ihre Widersacherin aufschrie. Dann kam die Krämerin, die in der Hand eine Stalllampe trug, und hieb damit auf Antjes Rücken ein, während die alte Leevke, von der man sagte, sie sei eine Kräuterfrau, die Zaubertränke brauen konnte, auf Inge einschlug. Ein höllisches Getümmel entstand. Man hörte das Klatschen von Schlägen, Flüche und Schreie, und selbst die Katzen, die immer auf der Dorfstraße herumlungerten, machten sich mit Geschrei aus dem Staub.

Der Aufruhr dauerte so lange, bis der Pfarrer sich

aus dem Getümmel gelöst hatte, den Glockenturm seiner Kirche hinauf gestiegen war und so heftig an den Glockenstricken zog, dass unten die Menschen vor dem plötzlichen Lärm zusammenzuckten, sich ihrer besannen, einander losließen, die Kleider richteten und beschämt zu Boden blickten.

Die Büttel nutzten die Gelegenheit und stürzten sich zu zweit auf Arjen, bogen ihm die Arme auf den Rücken und banden seine Handgelenke mit einem Kälberstrick zusammen. Dann entrollte der eine wieder das Papier und las weiter daraus vor: »Das Urteil ist sofort zu vollstrecken«, rief er, und da erst begriffen die Rantumer, dass das weiße Friesenhaus am Rande des Dorfes abgefackelt werden sollte. Sie erblickten die beiden schweren Ölkannen, welche die Büttel mitgebracht hatten. Der eine holte einen Zunderschwamm aus seiner Tasche und zeigte ihn vor. Die Rantumer wichen zurück, als wäre es ihr Haus, das abgebrannt werden sollte. Die Gespräche verstummten, die Blicke wurden gesenkt. Die ersten verließen den Kirchplatz, gingen nach Hause und verrammelten Türen und Fenster, um bloß nicht sehen zu müssen, was sie nicht sehen wollten. Sie holten die Bibel aus ihren Nachtkästen und murmelten das Vaterunser.

Selbst der krumme Tamme begab sich weg von der Kirche, doch er war nicht still dabei. Immer wieder blieb er stehen, rief »Halt! Kommt zurück!«, doch niemand hörte auf seine Worte.

Wenig später lag das Dorf Rantum in aller Stille und Unschuld da. Ein einsamer Hund bellte, und selbst der Mond hatte sich hinter einer Wolke versteckt. Die Büttel nahmen Arjen in ihre Mitte, zogen ihn die Treppe zum

Glockenturm hinauf und sperrten ihn darin ein. Dann bestiegen sie ihre Pferde und machten sich auf den Weg zum weißen Friesenhaus am Rande der Dünen.

Sie klopften nicht, nachdem sie ihre Pferde angebunden hatten. Sie rissen einfach die Küchentür auf. Jördis saß am Spinnrad, ihre Großmutter strickte. Die beiden Frauen hatten so getan, als hätte es das Urteil nicht gegeben. Vielleicht, hatte Jördis gedacht, wird auch nichts passieren, wenn wir so tun, als hätten wir nichts gehört. Sie wusste selbst, dass es albern war, was sie da taten, aber ihr Stolz war nicht gebrochen. Etta und Jördis wollten der Insel zeigen, dass sie unschuldig waren. Ihre Unschuld war am besten zu beweisen, wenn sie so taten, als ginge sie das Urteil nichts an. Also taten sie das, was sie immer taten, wenn die Dämmerung die Insel in ein graues Tuch hüllte.

Der eine Büttel zerrte an Jördis Arm, der andere am Arm von Etta.

»Hände weg! Fasst mich nicht an!«, schrie Jördis, doch da stand sie schon vor dem Haus. Sie sah sich nach allen Seiten um, aber da war keiner, der ihr helfen konnte. Nur ihr Hund Blitz sprang kläffend am Bein des Büttels hoch.

Der Mann ließ sie los; er wusste, sie würde nicht weglaufen. Und wenn doch, was machte das schon? Er entrollte das Pergament, verlas noch einmal das Urteil, das das Thinggericht gefällt hatte.

»Das ist alles nicht wahr!«, rief Jördis, kaum dass der Büttel das Papier wieder zusammengerollt hatte. »Wir können weder hexen noch zaubern.«

Etta hatte die ganze Zeit geschwiegen. Ihr Gesicht war bleich und eingefallen, das graue Haar hatte in der Abenddämmerung jegliche Farbe verloren. Sie hatte auch ihre stolze Haltung eingebüßt. Die Schultern waren nach vorn gesunken, der Kopf beinahe bis auf die Brust herabgefallen. Immer wieder presste sie eine Hand auf ihr stolperndes Herz und verzog das Gesicht vor Schmerz und Trauer.

Oben, auf dem Dünenkamm, hatten sich unterdessen schon die ersten Rantumer eingefunden. Sie standen da wie Salzsäulen, blickten hinab auf das Friesenhaus.

»So helft uns doch!« Jördis' Ruf hallte durch den Abend und störte ein paar Gänse auf, die sich schnatternd und mit den Flügeln rauschend emporhoben, doch die Menschen auf der Düne rührten sich nicht.

Dann holte der eine Büttel den Zunderschwamm heraus, öffnete die Ölkanne. Jördis fiel ihm in den Arm. »Nicht! Ich bitte euch. Tut das nicht! Wir sind ehrbare Frauen, wir haben nichts verbrochen.«

Der Büttel seufzte ein wenig mitleidig. »Ich habe das Urteil nicht gefällt«, erklärte er. »Es tut mir leid.« Er hielt Jördis am Arm, aber er hielt sie nicht fest. Auch sie war blass wie Schnee.

»Bitte«, flüsterte sie. »Bitte!« Dann sank sie auf die Knie, und der Büttel ließ sie los, trat zu seinem Kameraden. »Wollen wir ihnen nicht erlauben, ein paar Dinge zu holen. Nur, damit sie fürs Erste versorgt sind?«

Oben auf dem Dünenkamm hatten sich drei Weiber bei den Händen gefasst und sangen laut: »Die Hexen sollen brennen, die Hexen sollen brennen.«

Der andere Büttel schüttelte grimmig den Kopf und sah nach den kreischenden Frauen. »Ich habe bei dem Herbststurm, den die beiden Weiber gemacht haben, ein Schaf verloren. Nun haben wir im Winter weder Dung noch Wolle noch Fleisch.«

Er hob die Ölkanne ein kleines Stück, dann betrat er das Haus, und von draußen war zu hören, wie er das Öl verschüttete, es dann anzündete. Die ersten Flammen loderten im Alkoven in der Küche hoch. Es roch sogleich nach verbranntem Rosshaar. Jördis schrie auf, als der Feuerschein an den Fenstern leckte, als die Fenster klirrend zersprangen, als das Knistern und Zischen des Feuers alle anderen Geräusche überdeckte. Sie lag auf den Knien, hatte den Kopf in beide Hände genommen und schluchzte lautlos. Kurz kam ihr der Gedanke, dass sich das Feuer anhörte wie das Meer im Sturm und dass es ebenso alles verschlang. Sie spürte die Hitze der Flammen im Gesicht, der Rauch ließ sie husten, doch das war ihr alles ganz gleichgültig. Sie hörte nur, wie alles das, was für sie Zuhause war, in der Feuersbrunst zerbarst.

Dann wurde es schwarz um sie herum. Sie schmeckte noch Rauch auf der Zunge, bevor sie einfach auf die Seite fiel.

Etta kam zu ihr, umschlang sie, hielt sie, wiegte sie, und dabei tropften schwere Tränen auf das Kleid der Enkelin. Als auch Etta nach Luft ringen musste, lösten sich zwei Gestalten vom Dünenkamm, sie kamen herab gerannt und ließen sich nicht von den Dornen des Stechginsters aufhalten. Sie rannten immer schneller, und dann packte eine Hand Jördis und zog sie so weit vom Feuer weg, wie es nur ging, und eine andere ergriff Etta und tat mit ihr dasselbe. Als das Feuer durch die zerbrochenen Scheiben loderte, an der Hauswand leckte und im Innern die Tranlampe explodierte, waren Jördis und Etta schon ein Stück von ihrem Haus entfernt. Sie sahen nicht, wie die Wanduhr umstürzte, wie das Geschirr zersprang, die Truhen und Schränke, die Teppiche und Felle, wie alles in Rauch aufging.

Als Jördis wieder zu sich kam, war der Rauch das erste, was sie roch. Er hing in ihren Kleidern, in den Haaren, sogar ihre Hände rochen danach. Sie spürte, dass ein feuchter Lappen ihre Stirn bedeckte. Sie lag in einem Alkoven, den sie nicht kannte, und durch den Türspalt drang ein schmaler Lichtstreifen. Es roch nach Tranöl und Hammelfett. Vorsichtig erhob sie sich, saß einen Augenblick lang mit geschlossenen Augen, bis der Schwindel nachließ, und stieß dann die Tür des Schlafkabinetts auf. Sie blickte in eine Küche, die sauber gefegt, aber ein wenig ärmlich war. Die Stühle, die einen Holztisch umstanden, waren roh gezimmert und hatten keine Kissen auf den Sitzen. Über der Feuerstelle hing nur ein einziger verbeulter gusseiserner Topf, und die Wände waren vor langer Zeit einmal mit weißem Kalk beworfen worden, nun aber waren sie gelb und grau vom Ruß und hatten keine einzige Schmuckkachel. Das irdene Geschirr stand auf einem einzigen Wandbrett, ein Becher war angeschlagen, durch einen Teller zog sich ein Riss. Die Küche war leer. Nur das kleine Tranlicht warf zuckende Schatten an die Wände.

»Wo bin ich?«, rief Jördis leise, dann ein wenig lauter.

Die Küchentür wurde aufgetan, und herein kamen Antje und ihr Bruder, der krumme Tamme. Sofort eilte Antje zu ihr, nahm sie beim Arm, half ihr beim Aufstehen und führte sie zur Küchenbank. »Du bist bei uns, Jördis. Du bist in Sicherheit.«

»Und Etta?«, rief sie und spürte mit einem Schlag, wie der kalte Angstschweiß ihr den Rücken herab rann. »Wo ist meine Großmutter?«

»Komm her«, sagte Antje leise und strich ihr mit der Hand über das Haar. »Trink erst einmal ein wenig Wasser. Du musst sehr durstig sein.«

Jördis schüttelte den Kopf, obgleich ihre Kehle vor Durst brannte. »Wo ist meine Großmutter?«

Der krumme Tamme trat an ihre andere Seite, nahm ihre Hand und sagte leise: »Etta ist tot, Jördis. Sie hatte zu viel von dem Rauch eingeatmet. Wir konnten ihr nicht mehr helfen.«

Jördis öffnete den Mund, riss auch die Augen auf, sie wollte etwas sagen, etwas tun, schreien oder sich auf dem Boden wälzen, aber sie hockte auf der Bettkante, als wäre sie erstarrt. Sie hörte, dass Antje etwas zu ihr sagte, aber sie verstand die Worte nicht. Sie spürte, dass der krumme Tamme an ihrem Arm zog, doch sie konnte den Arm nicht bewegen. Sie starrte auf das Talglicht, das ein wenig flackerte, und plötzlich war alles wieder da: das Prasseln des Feuers, der Geruch nach verbranntem Rosshaar, die Hitze, die wie mit Fingern nach ihr gegriffen hatte.

»Tot?«, fragte sie und richtete ihren Blick auf Antje.

»Ja. Etta ist tot.«

Antje zog sie an sich, presste Jördis' Kopf an ihren weichen, warmen Busen und strich ihr sanft über den Rücken. Der krumme Tamme saß am Küchentisch und seufzte.

»Sie ist tot«, flüsterte Jördis. Tränen liefen aus ihren Augen, versickerten in Antjes Kleid. »Jetzt habe ich nichts und niemanden mehr, jetzt bin ich ganz allein.«

II. TEIL

Erstes Kapitel

Den ganzen Frühling über wohnte Jördis bei Antje und dem krummen Tamme. Sie half Antje bei ihren täglichen Arbeiten, sie stopfte Gänsefedern in Kissenbezüge und half, sie auf dem Markt in Westerland zu verkaufen. Sie packten die prallen Kissen auf einen Wagen und zogen ihn in aller Herrgottsfrühe nach Westerland. Das Frühjahr war nass und kalt gewesen, und wenn sie sich auf den Weg machten, krochen die trüben Seenebel die Dünen hinauf, hüllten Landschaft, Wagen und Menschen in ein graues Tuch.

»Schaltjahr gleich Kaltjahr. Das hat mein Mann immer gesagt«, erzählte Antje und lachte ein wenig, aber das Lachen klang nicht besonders fröhlich. Jördis betrachtete Antje von der Seite und erkannte das Gesicht hinter der Fröhlichkeit. Antje war vor zwei Jahren Witwe geworden. Noch kein Jahr war sie verheiratet gewesen, als ihr Mann beim Walfang ums Leben gekommen war. Sie hatte sich nicht wieder verheiratet, denn auf Sylt gab es nicht genug Männer. Es starben so viele auf dem Meer, dass die Frauen in der Überzahl waren. Und die Männer, die da waren, nun, die nahmen sich keine Witwen, sondern Jungfrauen ins Haus. Daher wohnte Antje mit dem krummen Tamme zusammen und musste jede Hoffnung auf eine richtige Familie mit Kindern begraben. Trotzdem hielt sie den Kopf gerade, lächelte jedem zu, der ihr begegnete, war freundlich und hilfsbereit, gerecht und mitfühlend. Bisher war sie in Rantum sehr beliebt gewesen, doch nun fiel Jördis' Schatten auch auf sie.

»Was ist, wenn wir heute wieder keine Kissen verkaufen?«, fragte Jördis.

»Nun, warten wir es ab«, erwiderte Antje. »Wir müssen nur dafür sorgen, dass wir die Waren trocken nach Westerland bekommen. Es wird schon klappen.«

Wenig später waren sie in Westerland. Sie meldeten sich beim Marktbetreiber, wollten die Gebühr bezahlen und sich einen Platz zuweisen lassen. Doch der Marktbetreiber schüttelte den Kopf. »Einen Platz für zwei Weiber haben wir nicht. Es ist alles voll.«

Antje sah sich um und entdeckte in mehreren Marktgängen noch freie Plätze. »Was ist mit dem Stand ganz hinten? Oder dem in der dritten Reihe, gleich neben der Garküche.«

Der Marktbetreiber machte ein düsteres Gesicht. »Ich sagte doch, zu wenig Platz für zwei von euch.« Er deutete auf Jördis. »Komm das nächste Mal ohne die da, dann kriegst du auch einen Platz.«

Sofort ergriff Jördis das Wort: »Auf der Stelle gehe ich zurück nach Rantum. Bitte, gebt ihr den Platz. Ich bin schon weg.«

Der Mann kratzte sich in seinem roten Nacken. »Zu viele haben gesehen, dass du deine Hände an den Kissen hattest. Sie werden nichts bei euch kaufen. Also spart euch die Gebühr und verschwindet von hier.«

Jördis wusste, dass er recht hatte, und doch wollte sie

es nicht glauben. »Bitte, nur ein kleines Plätzchen für Antje. Ich verspreche auch, dass ich niemals wieder herkomme.«

Der dicke Mann seufzte. »Es haben dich schon zu viele gesehen. Heute ist für euch kein Geschäft mehr zu machen.«

Antje stand starr, ihr Blick war so hoffnungslos, und Jördis fühlte sich so schuldig, dass sie nach der Hand des Marktbetreibers griff. Der Mann schüttelte sie ab, als wäre sie eine lästige Fliege. »Na gut. Ich habe euch gewarnt.« Er deutete mit dem Zeigefinger auf Antje. »Du kannst den Platz neben der Garküche haben.« Dann drehte er sich um und verschwand.

»Es tut mir so leid«, erklärte Jördis. »Der Platz neben der Garküche ist der schlechteste auf dem ganzen Markt. Die Kissen werden nach ranzigem Öl riechen.«

Antje hob die Schultern. »Es ist vielleicht wirklich besser, wenn du jetzt gehst.«

Jördis legte Antje kurz die Hand auf den Unterarm und machte sich auf den Weg. Sie lief den Dünenweg entlang, auf dem sich der Seenebel allmählich verzog und das satte Violett der Heidesträucher zu sehen war. Die See lag glatt da wie poliertes Blei, und die Sonne setzte einzelne goldene Tupfen darauf. Ein paar Möwen kreisten, und unten am Strand suchten zwei Witwen nach Treibholz. Alles war so, wie es immer schon gewesen ist. Und alles war zugleich ganz anders.

Jördis ließ sich auf einem Fleckchen nieder, das ihr trocken erschien. Sie schlang die Arme um die Knie und dachte nach. Sie konnte nicht länger bei Antje und dem krummen Tamme bleiben. Die beiden hatten so viel für sie getan, aber nun bedrohte ihre bloße Anwesenheit ihre Existenz. Doch wo sollte sie hin? Das Friesenhaus war bis auf die Grundmauern abgebrannt.

Sie stand auf, seufzte tief und begab sich dann nach Rantum, wo Etta außerhalb der Kirchenmauern begraben lag. Außerhalb, weil alle glaubten, sie sei keine Christin, kein guter Mensch gewesen. Inmitten derer, die Todsünden begangen hatten. Aber das hieß auch, neben ihrer Tochter, direkt neben Nanna. Ohne Kreuz, ohne Blumenschmuck.

Jördis setzte sich so, dass sie die beiden ungeschmückten Gräber vor sich hatte. Sie schlang die Arme um die Knie und dachte nach, aber sie wusste einfach nicht, wie es weitergehen sollte. Hätte sie noch die Runen gehabt, dann hätte sie die befragen können. Aber die Runen waren verbrannt, genau wie ihr Zuhause. Sie war siebzehn Jahre alt, hatte niemanden mehr auf der ganzen Welt, und auf alle, die mit ihr zu tun hatten, fiel ein dunkler Schatten.

Die fahle Sonne hatte sich einen Schleier aus kleinen Wolken vors Gesicht gezogen, als Jördis endlich aufstand. Sie war zu einem Entschluss gelangt: Sie würde zurück in das Friesenhaus gehen. Sie würde sich nicht vertreiben lassen. Am Ende des Grundstückes gab es einen kleinen Holzschuppen, der nicht von den Bütteln niedergebrannt worden war. Ihr Großvater und ihr Vater hatten darin einst ihre Seemannskisten aufbewahrt. Noch früher hatte der Schuppen zum Aufspannen der Fischernetze gedient. Nun stand er fast leer, nur an die Wand waren ein Reisigbesen und ein hölzerner Rechen gelehnt. Der Winter war vorüber, der Sommer stand vor der Tür. Sie würde keine Herdstelle brauchen, keinen Ofen, und bis zum nächsten Winter würde sich gewiss etwas gefunden haben. Ein wenig fürchtete sich Jördis davor, allein in diesem Schuppen zu leben, doch sie hatte keine andere Wahl. Sie hatte auch nie daran gedacht, aus Rantum fortzugehen. Sie wusste, dass der Pfarrer nichts lieber sähe, aber sie würde bleiben.

Sie lief über den Dünenweg, rutschte in den Holzpantinen, die Antje ihr geschenkt hatte, ein wenig hin und her. Der Saum ihres Kleides war ausgefranst, doch es war das einzige Kleid, das sie noch besaß. Ja, es war wirklich so. Sie hatte nur das, was sie auf dem Leib trug.

Als sie das Friesenhaus erreicht hatte, blieb sie stehen. Das Entsetzen ließ sie leise aufschreien. Von dem schönen weißen Haus war nichts als ein paar verrußte Steine vorhanden. Überall lag verstreute Asche, und noch immer roch es nach kaltem Rauch. Mitten darin lag ein gusseiserner Topf, und ein Stück entfernt fand Jördis einen verrußten Messingleuchter. Sie stieg durch die Trümmer, fand einen Zeiger der großen Wanduhr, eine gebrannte Tonschale mit einem Riss und die beiden geschwärzten Backsteine, die ihnen in den kalten Nächten am Fußende des Bettes Wärme geschenkt hatten. Jördis bückte sich, sammelte auf, was sich säubern und vielleicht noch brauchen ließ. Sie schob geschwärzte Teile zur Seite, kniete mitten in der Asche, um einen Löffel zu bergen, freute sich, als sie auch noch eine verbeulte Kanne fand, dann stand sie auf, wandte sich um und sah nach dem alten Schuppen. Das Holz der Wände war vom Alter grau und ausgewaschen gewesen. Jetzt war der Schuppen weiß gestrichen. Er hatte niemals eine Feuerstelle gehabt; nun schaute aus dem Dach ein gemauerter Schornstein hervor.

Langsam ging sie näher. Vor dem einzigen Fenster hing ein hölzerner Laden, das Fenster selbst war mit einem in Öl getränktem Tuch verhängt, das die Kälte abhalten sollte.

Sie blieb verwundert stehen. Dann aber schossen ihr Tränen in die Augen. Hatte sich jemand auch noch ihren Schuppen genommen? Hatte sich jemand darin eingerichtet, während sie beim krummen Tamme und bei Antje gewohnt hatte? Wollte man ihr wirklich alles nehmen? Sie ließ sich auf die Knie sinken, und ihr bisschen Mut, das sie vor den Gräbern der Mutter und Großmutter so mühsam zusammengesucht hatte, verflog. Sie weinte, doch sie weinte ohne Tränen. Schluchzer schüttelten sie und raubten ihr die letzte Kraft. Sie lag auf dem Boden, der kühl und feucht war, spürte die Kälte und Nässe durch den Stoff ihres Kleides dringen, doch das war ihr egal. Am liebsten wäre sie gleich hier gestorben, wäre dann bei Mutter, Vater und Etta gewesen.

Plötzlich spürte sie eine Hand auf ihrer Schulter. Jemand sagte etwas, rief ihren Namen, aber sie hatte keine Kraft, den Kopf zu wenden, um zu sehen, wer es war. Sie spürte, wie sie halb aufgerichtet wurde, eine Decke umfing ihre Schultern, und dann presste sie jemand an seine Brust, wiegte sie sanft hin und her und strich ihr dabei über den Rücken. Sie öffnete die Augen, hob den Kopf – und blickte in Arjens Gesicht. Sie wollte fragen, was er hier machte, aber plötzlich kam ihr diese Szene so vertraut vor, es fühlte sich so richtig an, hier in seinen Armen zu liegen. Sie schloss die Augen und überließ sich seiner Wärme, seinen Berührungen.

»Du musst hier weg«, flüsterte Arjen leise und strich ihr das Haar aus dem Gesicht. »Dein Kleid ist ganz nass. Du holst dir den Tod, wenn du noch lange draußen bleibst.«

Er zog sie hoch, aber sie war zu schwach, um zu laufen. Er nahm sie auf seine Arme und trug sie weg. Sie hatte schon wieder die Augen geschlossen und überließ sich ihm. Sie hörte eine Tür leise knarren, dann wurde sie auf etwas niedergelegt, das weich und warm war. Langsam und mit flatternden Lidern öffnete sie die Augen und sah sich um. Sie befand sich in einem Raum, dessen Wände mit Säcken gegen die Kälte gedämmt waren. In der Mitte des Raumes stand ein wackeliger Tisch mit einem Tranleuchter. Arjen bückte sich und warf ein paar Buchenholzscheite in einen frisch gemauerten Ofen. Sie selbst lag auf einem hölzernen Gestell dicht an der Wand, das mit einem gut gefüllten Strohsack belegt war, auf einem weichen Kissen und unter einem warmen Schaffell.

Arjen musste gehört haben, dass sie sich aufgesetzt hatte, denn er wandte sich zu ihr um und lächelte zaghaft. »Na, geht es besser?«, fragte er und legte noch einen Holzscheit auf. »Der Kamin zieht ganz gut, aber am Anfang solltest du nicht fortgehen, solange das Holz lodernd brennt.«

»Nicht fortgehen?«, fragte Jördis, als wüsste sich nicht, was damit gemeint war.

Arjen lachte leise. »Das hier ist dein neues Zuhause.

Es ist nicht besonders elegant und gemütlich, aber der krumme Tamme und ich dachten, dass es dir vielleicht trotzdem gefällt.«

Jördis setzte sich auf und blickte sich um. Der Boden war festgestampft und an einigen Stellen von dunklen Fellen bedeckt. Neben der Feuerstelle befand sich ein hölzernes Bord an der Wand, auf dem zwei Teller und zwei Becher standen. Ansonsten gab es nur den Tisch, den sie schon gesehen hatte, und daneben standen ein Stuhl, dessen Polster schon arg verschlissen war, und ein wackliger Hocker.

»Das ist mein Zuhause?«, fragte sie ungläubig.

Arjen kam zu ihr, setzte sich neben sie, legte einen Finger auf seine Lippen. »Pscht«, machte er. »Frag nicht so viel.«

Nun erst verstand Jördis. »Tamme und du, ihr habt es gebaut?«

Arjen lächelte. »Ja. Du bist nicht so allein, wie du vielleicht denkst.« Er deutete auf eine Truhe, die neben der Bettstatt stand. »Darin ist ein weiteres Kleid, ein warmes Umschlagtuch, ein Paar Socken und eine Decke. Die Sachen sind von Antje. Nicht neu, aber gut erhalten.«

Als Jördis das hörte, traten ihr Tränen in die Augen. Sie nahm Arjens Hand und drückte sie fest. »Danke«, murmelte sie. »Danke.«

Dann saß sie auf der Bettkante, hielt den Kopf gesenkt und wusste nicht, was sie nun tun sollte.

»Was sagt Inge dazu?«, fragte sie schließlich und umfasste mit einer Handbewegung den gesamten Schuppen. »Hat sie auch ein Kleid gespendet?« Der letzte Satz kam bitter aus ihrem Mund.

Arjen seufzte. »Nein. Inge weiß nichts davon. Niemand weiß etwas. Nur Antje, Tamme und ich. Du sollst in deinem neuen Zuhause nicht gestört werden.« Er legte ihr einen Arm um die Schulter, doch Jördis wand sich unter der Berührung.

»Was ist?«, wollte Arjen wissen.

»Geh zu deiner Frau!«, forderte sie Arjen auf. »Geh dorthin, wohin dein Herz dich trägt.«

»Dann müsste ich hierbleiben«, erwiderte Arjen leise. »Ich liebe dich. Inge bedeutet mir nichts. Sie hat mir nie etwas bedeutet, aber wir sind verheiratet. Wir haben einen Bund geschlossen, den ich nicht so einfach lösen kann.«

Jördis sprang auf, hatte wieder ein wenig Kraft gesammelt und stemmte die Fäuste in die Seiten. »Willst du mich verspotten? Reicht es nicht, dass ich alle und alles verloren habe? Hast du mir den Schuppen eingerichtet, damit du sehen kannst, wie schwer ich es mit dem Leben habe? Willst du darüber gemeinsam mit deiner Frau lachen?«

Arjens Gesicht wurde vor Bestürzung ganz weiß. Er hob die Hände. »Nein, nein. Du verstehst das alles falsch. Ich wollte dir doch nur helfen.«

»Helfen? Du hast mich verlassen, hast mich verraten. Und jetzt willst du dich an meinem Unglück laben.« Sie streckte eine Hand in Richtung Tür: »Geh! Geh und komm niemals wieder!«

Arjen erhob sich, er zuckte hilflos mit den Schultern. »Es ist nicht so, wie du denkst«, sagte er leise. »Es ist alles ganz anders. Verraten habe ich dich nie!«

Jördis bebte vor Zorn. »Was hast du dir gedacht? Dass ich aus lauter Dankbarkeit deine heimliche Geliebte werde? Die Zweitfrau, die sich verstecken und verbergen muss? Du hast dich entschieden. Du hast dich für Inge entschieden. Und nun geh zu deiner Frau!«

Arjen setzte noch einmal zum Sprechen an, doch Jördis schrie weiter: »Spar dir deine Worte! Und komm niemals wieder hierher.«

Arjen ging mit gesenktem Kopf, und Jördis ließ sich wieder auf ihre Bettstatt fallen und begann zu weinen. Aber dieses Mal vergoss sie keine Tränen der Verzweiflung und Hoffnungslosigkeit, sondern der Wut und Enttäuschung.

Zweites Kapitel

Der Sommer war gekommen, und auch er war so feucht wie der Frühling. Immer wieder verdunkelten Regenwolken den Horizont, immer wieder frischte der Sommerwind auf und fegte in heftigen Böen über die Insel. Die Schafe auf den Deichwiesen standen ewig in der feuchten Erde, die Lämmer blieben klein und dünn, das wenige Gemüse, das man in dem sandigen Boden ziehen konnte – Grünkohl und Möhren –, ertrank schier in immer neuen Regengüssen. Es war ein Sommer, wie ihn jeder Bauer, jeder Fischer und jeder Seemann fürchtete. Ein Sommer, der jeden Morgen mit einem leuchtend roten Sonnenball begann, der die Wolken und das Meer blutrot färbte. »Morgenrot – Schlechtwetterbot«, sagten die Leute und blickten besorgt zum Himmel. Manches Seefahrerweib weinte und ließ die Bibel den ganzen Tag aufgeschlagen auf dem Küchentisch liegen, denn es hieß auch: »Morgenrot bringt Seemannstod.« Die Kirche war voller als bislang gewohnt. Und während der Pfarrer die vielen Kirchgänger auf das Entlarven und Unschädlich-Machen der beiden Inselhexen bezog, wussten die Weiber, dass sie nur in die Kirche gingen, um für ihre Männer zu beten. Die Fischer kamen, um für einen guten Fang zu bitten, und die jungen Mädchen kamen, um Gott anzuflehen, ihnen trotz des drohenden Seemannstods einen Mann zu schenken. Der Klingelbeutel war gut gefüllt, der Pfarrer hatte sogar ab und an einmal einen geräucherten Hering oder ein Stückchen Speck auf seinem Tisch, und alles, was er von der Kanzel aus verkündete, schien auf fruchtbaren Boden zu fallen. Doch dass die Frauen an den Straßenecken beieinander standen und an ihre Männer dachten und dabei seufzten, das wusste er nicht. Er wusste auch nicht, dass es sogar einige gab, die zu Jördis gingen und sie fragten, ob sie für die Männer die Runensteine werfen könnte. Jördis hatte jedoch keine Runen mehr, und sie wollte auch nicht in die Zukunft sehen. Einst hatten die Runen ihr die Zukunft als golden beschrieben. Und was war daraus geworden? Sie konnte nicht mehr so richtig an die Macht der Runen glauben, sie glaubte nicht an einen Gott im Himmel. Sie glaubte nichts und niemandem mehr. Aber sie brauchte etwas zu essen und zu trinken. Sie konnte nicht fischen, um sich zu ernähren, sondern ging nur jeden zweiten Tag hinaus ins Watt, sammelte Möweneier und Muscheln, pflückte ein paar Beeren von den sandigen Sträuchern und tauschte Treibholz, das sie am Strand gefunden hatten, gegen ein wenig Brot oder Schmalz. Manchmal fand sie vor ihrer Tür einen Korb, in dem sich ein paar Eier, ein Säckchen Graupen, ein Viertelchen Butter und ein Kännchen Tranöl befanden. Sie wusste, dass es Arjen war, der ihr die Dinge vor die Tür stellte. Doch obwohl sie manchmal Hunger litt, konnte sie diese Gaben nicht annehmen. Sie stellte den Korb in die hinterste Ecke ihrer kleinen Behausung und ging ansonsten jeden Morgen hinunter zum Strand, um die Dinge aufzusammeln, die das Meer angespült hatte: ein wenig Holz, hin und wieder eine Kiste, die von einem Schiffswrack übrig geblieben war und in der sich alte Seekarten und oder manchmal ein wenig Stoff fand. Wenn sie großes Glück hatte, dann verlor eine Brigg im Sturm einen Teil der Ladung, und wenn Jördis sich schon in der Nacht hinunter zum Strand begab, konnte sie mitunter sogar ein kleines Fass mit Sauerkraut und eines mit gepökeltem Fleisch für sich retten. Sie kam zurecht. Ihre Mahlzeiten waren karg, und sie wurde noch ein wenig schmaler, aber sie litt nie richtigen Hunger.

Auch an diesem Morgen bestieg sie wieder den Dünenkamm und blickte auf das Meer hinaus. Der Wind war frisch, die Sonne färbte die See rötlich und ließ nur die weißen Wellenhäubchen blitzen. Jördis stieg hinab zum Strand und blickte sich um. Es war noch so früh am Morgen, dass die Rantumer erst bei ihrer Morgengrütze mit Dünnbier saßen. In der Nacht hatte das Meer eine Menge Treibholz angeschwemmt, und Jördis sammelte, was sie tragen konnte. Sie hatte immer gewusst, dass das, was sie da machte, verboten war. Es war Strandräuberei, und darauf standen schlimme Strafen. Wenn jemand sie dabei erwischte, war sie des Todes. Als Hexe war sie noch einmal mit dem Leben davongekommen, doch mit ihrer Vergangenheit würde ihr jedes weitere gesetzwidrige Treiben endgültig den Hals brechen. Jeder auf der Insel kannte das entsprechende Gesetz. Auf Sylt galt die Dänische Strandordnung aus dem Jahre 1705, die allen Insulanern bekannt war:

»Was auf offener See aufgefunden und aufgefischt wird und bei den geborgenen Gütern keine lebendigen Menschen sind, davon erhält der Berger die Hälfte des Wertes, die andere Hälfte wird für den Eigentümer aufbewahrt.
Was am Strand geborgen wird, ohne dass es Überlebende gibt, fällt zu einem Drittel an den Berger und zu zwei Dritteln an den Eigentümer.
Wenn Besatzungsmitglieder den Schiffbruch überlebt haben, soll der Bergelohn nach gütlicher Vereinbarung gezahlt werden. Kommt keine Einigung zwischen den Überlebenden und den Bergern zustande, dann soll der Bergelohn durch die Obrigkeit unter Berücksichtigung der angewandten Mühe und der ausgestandenen Gefahr sowie nach dem Wert des Schiffes und der Ladung festgelegt werden, er darf jedoch höchstens ein Drittel des Wertes betragen.«

Am Abend zuvor hatte Jördis ein paar Korbflaschen gefunden. Sie enthielten Branntwein und waren wahrscheinlich von einer britischen Brigg, die von London nach Dänemark wollte. In der Woche zuvor hatte sie nicht einmal Treibholz gefunden, sondern nur Tang, den sie getrocknet hatte, um im Winter damit zu heizen. Manchmal ging sie auch über die Deichwiesen und sammelte den Schafsdung, der sich ebenfalls gut getrocknet verheizen ließ, obwohl die Stube dann stank.

Sie hatte soeben die zweite Kiepe mit Holzstücken gefüllt, als jemand über die Dünen hinunter zum Strand kam. Jördis hielt inne. Wenn es der Strandvogt war, so musste sie sich und ihre Beute in Sicherheit bringen. War es ein Rantumer, drohte ihr keine Gefahr, denn wer um diese Zeit hier unten war, der wollte dasselbe wie sie. Als sie sah, dass es eine Frau war, die langsam und irgendwie beschwerlich die Dünen hinunterkam, einmal sogar hinfiel und sich schwerfällig wieder aufrappelte, widmete Jördis ihre Aufmerksamkeit wieder ganz dem Meer. Sie kniff die Augen zusammen, legte eine Hand an die Stirn und schaute bis zum Horizont. Sie erblickte ein paar Fischerboote, ein einzelnes Schmackschiff, das von Amrum aus Kurs auf Sylt nahm, aber nichts, das sie darauf hoffen ließ, dass so bald noch gute Dinge angeschwemmt werden würden.

»Jördis!«

Jördis wandte sich um. Es war sehr lange her gewesen, dass jemand sie beim Namen gerufen hatte. Ein paar Schritte von ihr entfernt stand Inge. Sie hatte einen hochroten Kopf und atmete mühsam. Seit Monaten hatten Jördis die frühere Freundin nicht mehr gesehen, aber jetzt erschrak sie. Inge war fett geworden. Ihre Wangen waren rot und rund, der gewaltige Busen bebte, und der kleine Mund sah über dem Doppelkinn beinahe grotesk aus.

»Was willst du?«, fragte Jördis unfreundlich und trat einen Schritt zurück.

»Deine Hilfe brauche ich«, erklärte Inge und kam ungelenk näher.

»Was immer es ist, ich kann dir nicht helfen«, erklärte Jördis, die langsam zurückwich.

»Du musst mir helfen. Ich zahle auch gut.« Inge holte ein kleines Beutelchen aus ihrem Korb, hielt es in die Höhe und ließ es klingeln.

»Was willst du von mir?«, fragte Jördis erneut. Obgleich ihre Stimme barsch klang, hatte sie doch ein wenig Mitgefühl. Die Ehe mit Arjen schien Inge hässlicher und krank gemacht zu haben.

Inge kam näher. Jördis nahm einen ekelhaften Geruch von Schweiß wahr, den Inge verströmte.

»Ich brauche deine Hilfe«, keuchte Arjens Frau und presste eine Hand auf ihre Brust, unter der das Kleid schweißgetränkt war.

Jördis antwortete nicht. Sie wartete, bis Inge sich stöhnend in den Sand gesetzt hatte. Sie blickte von unten zu Jördis hinauf, ihr Gesicht war ein Abbild des Kummers. »Ich glaube wahrhaftig, ich bin verflucht«, sagte sie leise.

»Es gibt keinen Menschen hier, der das vermag«, erwiderte Jördis.

»Es gibt sie wohl, und ich glaube fest daran, dass ein Fluch mich getroffen hat. Du musst es abstreiten, weil bestimmt du es warst, die mich verflucht hat.«

Nun setzte sich auch Jördis in den Sand, hielt aber einen gewissen Abstand. »Ich habe dich nicht verflucht, obwohl ich allen Grund dazu hätte. Du hast mir den Liebsten weggenommen. Wegen dir wurde unser Haus niedergebrannt, wegen dir ist Etta gestorben. Du hast sie auf dem Gewissen.« Für einen Augenblick dachte Jördis an Etta. Ihre Großmutter hatte ihr immer und immer wieder gesagt, dass Vergebung ein Weg sei, um ein glückliches Leben zu führen. Vergebung, Jördis wusste es genau, war auch hier der Weg, um das Leben nicht mit Hass zu vergiften. Also hatte sie Inge vergeben. Sie hatte ihr verziehen, um sich das eigene Leben nicht mit Hass zu vergiften.

»Das Kreuz«, stöhnte Inge auf. »Das Kreuz in der Kirche … Ich habe dafür gesorgt, dass es herabgefallen ist.«

»Was?« Jördis blickte Inge entsetzt an, aber die alte Freundin senkte den Blick, stocherte mit ihren dicken, teigigen Fingern im Sand herum und nickte. »Ja. Der Vater hatte es befohlen. Ich sollte auf der Stiege, die zum Glockenturm führt, warten, bis er dir das Blut Christi reicht. Dann sollte ich das Seil lösen, welches das Kreuz hielt. Es ist herabgestürzt, und alle in Rantum dachten, es wäre ein Zeichen Gottes gewesen, aber ich war es. Es tut mir leid, Jördis.« Ihre Worte klangen so kläglich, ihr Blick glich dem eines getretenen Hundes.

»Warum?«, fragte Jördis. Ihr Herz hatte zu rasen begonnen. Sie wollte nicht glauben, dass Inge sie so verraten hatte. »Warum hast du das getan? Damals waren wir doch noch Freundinnen.«

Inge zuckte mit den Achseln. »Der Vater hat's mir aufgetragen. Der Vater ist schuld daran. Was hätte ich tun sollen?«

»Du hättest dich weigern können.«

Inge schüttelte den Kopf. »Nein. Das konnte ich damals nicht, das kann ich selbst heute nicht. Wer bin ich denn schon? Eine dicke, unförmige, dumme Frau, die zu nichts zu gebrauchen ist.«

»Wer sagt das? Dein Vater? Oder dein Mann?«, wollte Jördis wissen.

»Der Vater. Wenigstens spricht er mit mir. Mein Mann tut das nicht.«

»Und was soll ich jetzt tun?«, wollte Jördis wissen.

»Nimm den Fluch von mir.«

»Ich habe dich nicht verflucht. Ich kann keine Flüche rückgängig machen, denn es gibt keine Flüche. Alles, was dir passiert ist, hast du dir selbst angetan.«

Inge wandte ihren massigen Leib Jördis zu. »Ich werde nicht mehr satt. Ich muss essen und essen und essen. Aber ganz gleich, was ich esse, ich werde einfach nicht satt. Es ist, als säße ein gieriges Tier in mir, das nach immer neuer Nahrung schreit. Nachts stehe ich heimlich auf, schleiche mich in die Vorratskammer und esse, was mir in die Finger kommt. Sogar rohe Eier zerbreche ich und trinke sie direkt aus der Schale. Ich esse Sauerkraut, Grünkohl, Schafskäse, ja, ich trinke sogar das bisschen Bratöl direkt aus der Kanne. Ich öffne die Säckchen mit dem Kakao und schütte ihn mir in den Mund. Ich warte nicht, bis das Brot kalt geworden ist, ich reiße es in Stücke, gerade wie es aus dem Ofen kommt, und schlinge es gierig in mich hinein. Ich reiße mit den Zähnen ganze Stücke aus dem Speck, schlinge den Hammelbraten, den ich für meinen Mann gemacht habe, in mich hinein, noch bevor Arjen zum Abendbrot erscheint.« Sie brach ab und senkte den Kopf.

Jördis schwieg.

Nach einer Weile sprach Inge weiter. »Du weißt, dass ich die Kollekte einsammle am Sonntag in der Kirche, nicht wahr?«

Jördis nickte.

»Nun, so sollst du auch wissen, dass ich jeden Sonntag ein paar Münzen für mich davon abzweige und das Geld heimlich zur Krämerin trage. Ich kaufe Zuckerzeug dafür, in Schmalz gebackene Kringel und alles, was sonst noch zu haben ist. Ich kann kaum abwarten, dass die Krämerin mir die Sachen über den Tisch reicht. Ich schaffe es nicht, den Hunger zurückzuhalten, bis ich zu Hause bin. Ich esse die Sachen, kaum dass ich die Krämerei verlassen habe.«

»Es ist ganz so, als trügest du jetzt das Kreuz, welches du in der Kirche von der Decke gestürzt hast«, sagte Jördis leise.

»So siehst du das?« Inge riss die Augen auf, aber dann schüttelte sie den Kopf. »Nein! So ist es nicht. Du hast mich verflucht, hast gemacht, dass ich nicht mehr satt werde, dass ich ewig hungrig bin.«

Jördis schlang die Arme um ihre Knie. »Ich kann so etwas nicht.«

Inge rutschte näher heran und fasste nach Jördis' Arm. »Wenn du mir verzeihst, dass ich das Kreuz gelöst habe, dann werde ich nicht mehr so hungrig sein.«

»Dir zu verzeihen ist nicht leicht«, erwiderte Jördis kalt. »Du warst der Beginn meines Unglücks. Hättest du nicht das Kreuz von der Decke gestürzt, so hätte niemand geglaubt, dass der Sturm, der danach kam, von uns, von Etta und mir, gemacht worden ist. Und hätte das niemand geglaubt, so hätte das Thinggericht nicht entschieden, mein Heim niederzubrennen. Und wäre das nicht geschehen, so würde Etta vielleicht noch leben.« Jördis sagte das alles ganz ruhig. So, als wären die Dinge lange schon Vergangenheit. Aber in ihrem Inneren weinte sie. Sie weinte um Etta, um das Haus, sie weinte um Arjen und um alles andere, das sie verloren hatte.

Inge kam noch näher, und Jördis wich ein wenig zurück. »Es ist Christenpflicht zu verzeihen«, sagte sie.

»Du hast mich mit beschuldigt, keine Christin zu

sein. Also erinnere mich nun auch nicht an die Pflichten.« Jördis erhob sich, klopfte sich den Sand vom Kleid. »Du musst mit deinen Sorgen allein fertig werden.«

Doch Inge warf sich in den Sand, direkt vor Jördis' Füße. »Sei nicht so grausam!«, flehte sie. »Ich bitte dich von ganzem Herzen.«

Jördis war versucht, ihre alte Freundin wegzustoßen, doch sie ließ es. »Steh auf!«, befahl sie schließlich. In ihrem Inneren wurde alles kalt und starr. Sie sah Inge zu ihren Füßen, die Ellbogen in den Sand gebohrt, den gewaltigen Hintern in die Luft gestreckt. Sie roch Inges Schweiß, sah ihre Hässlichkeit ganz deutlich. Sie horchte in sich hinein, horchte nach ein wenig Mitleid und Vergebung, aber sie fand kein Mitleid und keine Vergebung mehr.

»Steh auf!«, wiederholte sie. »Wir gehen zu meiner Kate. Dort gebe ich dir, nach dem du verlangst.«

Inge küsste ihre Knöchel, und da stieß Jördis sie wirklich zur Seite. »Lass das! Du hast keinen Grund, mir zu danken.« Dann ging sie einfach los, kletterte behände die Dünen hinauf, hörte Inge hinter sich schnaufen und keuchen.

Schließlich langte sie an ihrem Schuppen an und hielt nach Inge Ausschau, die sich gerade über den Dünenkamm quälte, das Gesicht hochrot, das Kleid nass geschwitzt, die Haare von Schweiß verklebt. Sie hörte in ihrem Kopf die Stimmen ihrer Mutter und Großmutter. Lass sie, riefen die Ahnen ihr zu, gib ihr, was sie begehrt. Du kannst die Vergangenheit sowieso nicht ändern. Lass nicht zu, dass sie dein Herz vergiftet. Verzeih ihr!

Endlich war Inge herangeschnauft und ließ sich auf eine Kiste fallen, die seitlich am Schuppen stand. »Vergibst du mir jetzt?«, brachte sie atemlos hervor.

Jördis erwiderte: »Ich werde dir geben, wonach du verlangst, ich werde dir sogar vergeben, aber vergessen werde ich nicht.« Dann begab sie sich in ihre Kate und holte alle Lebensmittel heraus, die Arjen ihr vor die Tür gestellt hatte. Es war eine ganze Kiepe voll. Eine Kiepe, in der ein Stück Speck grünlich schimmerte, eine fingerdicke Scheibe Schafskäse schmierig war, ein ranziges Viertelchen Butter, ein steinharter Laib Brot, aber auch ein paar noch frische Kekse, ein Beutelchen Graupen und eine kleine Kanne Wein.

Jördis nahm die Kiepe, trug sie hinaus und stellte sie Inge vor die Füße. »Das kannst du alles essen. Stopf es in dich herein. Und dann geh! Geh einfach fort und komm niemals wieder.«

Drittes Kapitel

Die Tage wurden kürzer, die Nächte länger, der Wind wurde rauer und die See stürmischer. Der Herbst war vergangen, die Seeleute waren zurück auf die Insel gekommen. Mit dem Winter kamen die schweren Stürme. Jeden Morgen, genau mit der Dämmerung, begab sich Jördis hinunter zum Strand und sammelte, was das Meer angetrieben hatte. Arjen versuchte nicht mehr, ihr Dinge vor die Tür zu stellen. Ein Bröckchen Speck und ein paar Krümel Salz erhielt sie manchmal vom krummen Tamme. Aber auch er und Antje hatten nicht viel.

Jördis stieg über die Düne, hielt auf dem Kamm an und beschirmte mit den Händen die Augen. Das Meer lag ruhig und bleigrau im fahlen Licht der Morgendämmerung da. Die Fischerboote lagen noch über dem Spülsaum; es herrschte Ebbe.

Jördis stieg herab, schlüpfte aus ihren Holzschuhen und trat auf den feuchten, kalten Sand. Sie raffte die Röcke und suchte mit den Augen den Spülsaum ab, in der Hoffnung, die letzte Flut habe etwas an den Strand getragen. Sie fand ein paar kleine Bröckchen Bernstein, die zu winzig waren, um für irgendjemand von Interesse sein zu können. Sie fand zwei zersplitterte Bretter, bis zum Rande getränkt von Feuchtigkeit, und sie entdeckte einige winzige Krabben, die zu klein waren, um sie essen zu können. Als sie ein gutes Stück gelaufen war und nichts weiter gefunden hatte, setzte sie sich an den Strand und betrachtete den Himmel. Es war noch nicht richtig hell, nur an den Rändern schien die Sonne schwefelgelb hervor. Und hinten, ganz am Rande der Welt, segelte ein Schiff dahin. Jördis leckte einen Finger an, hielt ihn in die Höhe. Der Wind kam aus Nordost. Wenn das Schiff seinen Kurs beibehielt, konnte es gut sein, dass es an der Insel vorbeisegeln musste.

Sie drehte sich um, sah von weitem den krummen Tamme, der sich nach ein paar Holzsplittern bückte. Er war ihr Freund, zusammen mit Antje der letzte, der ihr noch geblieben war. Jördis wusste, dass der krumme Tamme vom Strandraub lebte. Alle wussten das. Und weil er ihr Freund war, wollte Jördis nicht, dass Tamme sie dabei erwischte, wie sie ihm das Treibgut vor der Nase wegsammelte. Sie hatte den Freund beobachtet, wusste genau, wann er seine Kate verließ und sich mit einer Kiepe auf dem Rücken hinunter zum Strand machte. Er kam direkt mit der Dämmerung. Dann, wenn das Licht noch spärlich und fahl war, aber doch schon die Umrisse der Dinge zeigte. Dann sammelte er, wachsam und sich immer wieder dabei umschauend. Hatte er die Kiepe voll, brachte er seine Beute hastig nach Hause, kam dann zurück an den Strand und schlenderte, mittlerweile in der morgendlichen Helligkeit, mal in Richtung Westerland, mal in Richtung Hörnum. Er sammelte ein paar Beeren, schwatzte mit den Witwen, die ebenfalls nach Treibgut Ausschau hielten, und beobachtete das Wetter. Und wenn der Himmel Wolken zeigte, die sich zusammengeballt hatten, dann saß der krumme Tamme einfach auf dem Dünenkamm und wartete, bis es dunkel wurde.

Wenn es dunkel war, wenn der Strand menschenleer war und die Rantumer alle beim Abendbrot in ihren Häusern hockten, dann stand Tamme auf, wühlte an einer bestimmten Stelle in den Dünen und holte eine Tranlampe hervor.

Wenn der Wind stärker wurde, wenn sich die Halme des Strandhafers bis zum Boden bogen und die Gischt eine dünne Schicht Salz auf seine Haut legte, wenn die Möwen sich in Sicherheit brachten und der Wind den Sand aufwirbelte, dann entzündete der krumme Tamme seine Tranöllaterne. Er lief über die Dünen, wachsam das Dorf im Blick behaltend, und schwenkte die Laterne. Er lief ein großes Stück in Richtung Hörnum, dann drehte er um und eilte zurück nach Rantum. War er dort, begann er das Spiel von neuem. Er tat das, um die schweren Segelschiffe an den Strand zu locken.

Jördis hatte ihn beobachtet, sie hatte bemerkt, wie er die Blicke schweifen ließ, wie er die Lampe zu Boden warf, wenn doch noch jemand zu dieser Stunde an den Strand zurückkehrte. Ein Fischer vielleicht, der sein Boot noch ein Stück höher über den Spülsaum zog, ein altes Weib, das nicht schlafen konnte, oder ein junges Paar, das sich in den Dünen die ersten Küsse gab. Dann wartete der krumme Tamme in einer Senke, und wenn der Fischer, das alte Weib oder das junge Paar von der Kälte nach Hause getrieben worden waren, entzündete er erneut die Tranlampe, stieg zurück auf den Dünenkamm und schwenkte das Licht, und auch dabei behielt er immer das Dorf Rantum im Auge.

Der krumme Tamme wusste, dass auf das, was er da tat, die Todesstrafe stand. Es war absolut verboten, die Schiffe mit Lichtern an den Strand zu locken. Er wusste, dass er mit seinem Leben spielte. Aber wenn er das nicht tat, nun, dann würde er vielleicht verhungern. Also nahm er das Risiko in Kauf. Aber der krumme Tamme wusste auch, dass der Strandvogt, ein vom König eingesetzter Beamter, der dafür sorgen sollte, dass bei Strandgut- und Schiffsbergungen die Obrigkeit ihren Anteil von einem Drittel bekam, bei den Rantumern nicht besonders angesehen war. Die armen Fischer betrachteten den Strandvogt als Feind, der ihnen das bisschen, was ihnen das Meer vor die Füße spülte, wegnehmen wollte. Vor ein paar Jahren hatte der Strandvogt Niß Bohm drei Männer und eine Frau wegen Strandräuberei vor Gericht gebracht. Wenig später war er auf seiner eigenen Hochzeitsfeier im Tumult von unbekannter Hand erstochen worden.

Aber heute war der 24. Dezember 1713, der Abend des Julfestes, den alle gemeinsam in der Familie am warmen Ofen verbrachten. Also glaubte sich der krumme Tamme recht sicher. Er sah Jördis nicht, die sich bei Tag hinter dem Dünenkamm eine bequeme, windgeschützte Kuhle in den Sand gebuddelt hatte, ausgepolstert mit getrocknetem Tang, von der aus sie Tamme beobachtete.

Der Wind wurde stärker, die Wellen des Meeres schlugen höher, der Regen peitschte die Dünen, doch weder der krumme Tamme noch Jördis ließen sich davon beeindrucken. Jördis hatte ihren Hund dabei. Blitz kuschelte sich an ihre Seite und wärmte sie. Der aufgewirbelte Wind peitschte den Sand über die Insel, riss an den Dünenkuppen und bedeckte die Landschaft mit einer dünnen grauen Schicht. Dann zog der Nebel auf, wurde immer dichter, bis Jördis kaum die Hand vor Augen, geschweige denn den krummen Tamme ausmachen konnte. Sie lag in den Dünen und hörte ein gewaltiges Krachen, als ein Schiff zerbarst. Alles in ihr drängte danach, sich zu erheben und nach dem Schiff zu schauen, doch eine Ahnung hielt sie in ihrer Senke fest.

Unten am Strand schlichen drei Männer durch den Nebel. Sie waren aus Richtung Westerland gekommen, so dass Jördis sie nicht hatte sehen können. Die Männer sprachen nicht miteinander, denn obgleich das Meer brüllte wie ein tollwütiger Bär, hatten sie Furcht davor, entdeckt sie werden. Sie hielten die Augen offen, blieben hin und wieder stehen, und plötzlich entdeckten sie vor sich im Nebel das Wrack, keine zwei Steinwürfe von ihnen entfernt.

Jördis hatte mittlerweile ihre schützende Düne verlassen. Blitz folgte ihr auf den Fuß, als sie sich vorsichtig hinunter zum Strand begab. Einmal riss der Nebel kurz auf, und auch Jördis sah das Wrack auf den Wellen schaukeln. Sie hörte Holz splittern, hörte die schweren Segel knarren, hörte die Masten brechen und mit wildem Getöse ins Meer stürzen. Sie wollte aufspringen, hinunterlaufen, um zu sehen, ob es etwas zu retten gab. Sie war zwar eine Strandräuberin, doch noch immer zählte für sie an erster Stelle ein Menschenleben. Sie erhob sich, gebot dem Hund, Platz zu halten, und begab sich drei Schritte nach vorn. Da entdeckte sie im Nebel drei schemenhafte Gestalten. Männer, die einfach nur dastanden, stumm und starr, und auf das Wrack schauten. Obgleich Jördis die Männer nicht kannte, wusste sie doch, was die drei dort taten: Sie warteten darauf, dass auch die letzten Überlebenden in den aufgepeitschten Fluten ihr Leben lassen mussten. Sie riefen nichts, sie eilten nicht zu Hilfe, sie standen einfach nur da und warteten auf den Tod derer, die sich vielleicht noch an Bord befanden und Anspruch auf die Ladung erheben würden. Der Nebel löste sich langsam auf, der Sturm trieb die dichten, geballten Wolken weiter. Jördis sah die drei Männer noch immer dort stehen und auf das Wrack starren. Dort rührte sich nichts mehr. Kein Laut war zu hören, kein Hilfeschrei. Die drei sprachen kurz miteinander. Jördis lauschte, doch noch immer war das Meer so aufgewühlt, noch immer schlugen die Wellen so hart an den Strand, dass sie nichts verstehen konnte. Dann setzten sich die Männer in Bewegung. Doch da – Jördis hielt den Atem an – erhob sich aus den Wellen in Strandnähe eine Gestalt, die stolpernd zum Ufer taumelte. Die drei Männer blieben stehen. Der Gestrandete streckte seine Arme hilfesuchend zu ihnen hin. Die Männer verharrten, blickten einander an. Da stürzte der Mann. Er sank zuerst auf die Knie, streckte noch immer seine Arme nach den Männern aus, dann fiel er vornüber mit dem Gesicht voran ins eiskalte Wasser, und die nächste Welle überspülte ihn.

Jördis wurde vom Grauen gepackt, als sie einen der drei Männer hämisch lachen hörte. Alles drängte sie danach, hinzulaufen und dem Gestrandeten zu helfen, doch sie wagte es nicht, glaubte, dass die drei Männer sie dann töten würden.

Einen Moment später sah sie, wie einer von ihnen einen dicken Knüppel hob und ihn mehrfach auf den geschundenen Leib des Gestrandeten niedersausen ließ. Dann schleppten sie ihn zum Strand, warfen ihn in die Dünen und durchwühlten seine Taschen. Einer hielt triumphierend eine Geldkatze in die Höhe, ein anderer zog dem Geschlagenen ein Messer aus dem Stiefelschaft. Jördis begann vor Aufregung zu zittern.

Plötzlich drang Hundegebell durch die Nacht. Blitz rannte vom Dünenkamm herunter zum Strand. Die drei Männer hielten inne. Jördis sah, dass einer auf die beiden anderen einsprach, dann schleppten sie den Gestrandeten, der sich nicht mehr rührte, in die Dünen. Wieder schlug Blitz an und raste am Strand entlang. Die drei Männer verbargen sich vor dem Hund. Jördis konnte sehen, wie sie den Geschlagenen, der in diesem Augenblick wieder zu sich gekommen war, mit festem Griff hielten. Der Seemann versuchte sich zu befreien, doch ein weiterer Schlag mit dem Knüppel ließ ihn erneut zusammensinken.

Blitz rannte noch immer am Strand entlang, bellte laut und den Sturm durchdringend, während die Männer den bewusstlosen Mann bei lebendigem Leib in den Dünen verscharrten. Mühsam gelang es dem Seemann, den Arm aus seinem sandigen Grab zu heben, doch einer der drei Männer schlug mit dem Knüppel so lange darauf, bis die Knochen splitterten. In diesem Augenblick nahm Blitz die Witterung der drei Männer auf und stürmte mit lautem Gebell in die Dünen.

Da hielt auch Jördis nichts mehr auf ihrem Platz. Angst um Blitz schnürte ihr die Kehle zu. Sie musste unbedingt verhindern, dass die Männer auch ihren Hund erschlugen. Schreiend brach sie aus den Dünen hervor, rannte über den Strand, stürzte, fiel hin, rappelte sich wieder auf und rannte weiter. Immer wieder rief sie nach ihrem Hund, bis ihr die Kehle rau wurde.

Die Männer verharrten, während sich die Hand des armen Seemanns mit letzter Kraft aus seinem sandigen Grab reckte.

Jördis kam näher, sie sah, wie einer der drei Männer eine kleine Axt aus seiner Tasche holte und dem Gestrandeten einfach die Hand abtrennte. In diesem Augenblick verlor sie ihre Angst. Sie rannte zu den Männern, schreiend wie ein Racheengel, der vom Himmel gefallen war. Ihr silberhelles Haar glänzte, ihr aufgerissener Mund war wie ein Schlund, ihr zu weites Kleid schlackerte um ihren Körper. Jördis wusste nicht, dass sie in diesem Augenblick so ausschaute, wie man sich auf der Insel die rachsüchtige Meeresgöttin Ran vorstellte. Vor Schrecken ließen die Männer alles fallen, was sie in den Händen hielten, und rannten in Richtung Westerland davon.

Keuchend langte Jördis bei dem Grab an. Das Kleid klebte ihr am Körper, das Haar hing in feuchten Strähnen um ihren Kopf. Sie zitterte, nicht nur vor Kälte, sondern vor Wut über das, was sie gesehen hatte. Sie ließ sich auf die Knie sinken. Mit beiden Händen wühlte sie den Sand zur Seite, grub zuerst das Gesicht des Mannes aus, strich ihm den Sand von Mund und Augen. Dann holte sie eine Trinkflasche aus ihrer Rocktasche und setzte sie dem Mann an den Mund. Die ersten Schlucke liefen ihm über die geschlossenen Lippen, doch dann öffnete er den Mund, schluckte einmal, zweimal und ließ den Kopf dann erschöpft sinken. Das Blut schoss aus seinem Armstumpf, färbte den Strand rot. Jördis riss ein Stück von ihrem Kleidersaum ab und band den Stoff um die blutende Wunde. Dann grub sie auch den restlichen Körper des Mannes aus, lud ihn sich auf den Rücken und trug ihn keuchend und schnaufend zu sich nach Hause.

Viertes Kapitel

Als die Sonne aufging, der Nebel sich verzog und eine frische Brise auch noch die letzten Wolkenfetzen vertrieb, schien das ganze Dorf auf den Beinen zu sein.

Der Sturm hatte in der Nacht so heftig getobt, dass Inge sich einerseits ängstlich, andererseits trotzig zu ihrem Mann in den Alkoven geschlichen hatte. Sie war unter das Federbett geschlüpft und hatte sich an seinen Rücken geschmiegt. Ja, sie hatte bemerkt, dass sich dieser Rücken versteifte, und also hatte sie ihn gestreichelt, war wieder und wieder über die verspannten harten Schultern gefahren. Dann hatte sich Arjen zu ihr herumgedreht. »Was soll das werden?«, hatte er gefragt. Inge hatte leise erwidert: »Ich habe Angst vor dem Sturm.«

Arjen hatte ihre Handgelenke umklammert und ihr in die Augen gesehen. Obgleich es dunkel im Alkoven war – nur das verlöschende Herdfeuer malte ein paar schwächliche Schatten an die Wand –, sah sie, dass in seinen Augen Zorn loderte.

»Es lohnt sich nicht, Schutz bei mir zu suchen«, knurrte er und hielt ihre Hände fest um die Gelenke gepackt.

»Du tust mir weh«, jammerte Inge, doch Arjen ließ sie nicht los. »Du bist nicht mein Weib!«

»Wir sind einander angetraut. Vor Gott, unserem Herrn.«

»Das ist wohl wahr. Aber Gott, der Herr, weiß auch, warum ich mit dir vor den Altar getreten bin. Und jetzt pack dich. Geh in deine Schlafkoje und lass mich in Frieden.«

Inge schluckte. Wie lange wollte er sie eigentlich noch dafür bestrafen, dass sie ihn gezwungen hatte, sie zu heiraten? Sie hatte nicht bemerkt, dass sie diese Worte laut ausgesprochen hatte.

»Ich bestrafe dich nicht«, erklärte er mit rauer Stimme. »Ich werde nur nicht dein Mann sein.«

Inge begann zu weinen. Das Schluchzen erschütterte ihren schweren Leib, dicke Tränen rollten über ihre Wangen. »Ein Kind«, jammerte sie. »Ich möchte doch nur ein Kind von dir. Ist das zu viel verlangt von einem Ehemann?«

»Nicht von einem Ehemann, aber von mir«, erwiderte Arjen.

Inge klammerte sich an Arjen, schmiegte ihr Gesicht an seine Brust. »Bitte … ich kann so nicht mehr weiterleben.«

Arjen stieß sie weg. Er setzte sich auf, schwang seine Beine über Inges Leib und erhob sich. »Wenn du nicht gehst, so tue ich es«, sagte er.

Inge sah weinend zu, wie er sich anzog, den Schlüssel zur Schmiede vom Haken nahm und das Haus verließ.

Am Morgen war er nicht zurückgekehrt. Sie hatte Grütze gekocht, hatte sogar zwei Eier hineingeschlagen und ein Stück Butter dazu gegeben, aber Arjen war nicht gekommen. Sie hatte in der Küche gesessen und nicht gewusst, was sie tun sollte. In die Schmiede gehen? Mit einem Korb, in dem sein Morgenmahl war? Und wenn sie jemand sah? Wenn jemand daraus schloss, ihr Mann hätte die Nacht nicht neben ihr verbracht? O nein, diese Schande wollte sie sich nicht antun. Also saß sie in der Küche und wartete. Die Butter schmolz auf der Grütze und erstarrte nach einer Weile. Die Grütze war kalt geworden, und die heiße Milch hatte eine dicke Haut auf der Oberfläche gebildet. Inge wusste, dass Arjen nicht kommen würde, aber sie konnte einfach nicht aufhören, auf ihn zu warten. Also stand sie auf, stellte sich ans Fenster und blickte auf die Straße. Eigentlich erwartete sie, dass die Leute sich auf den Weg in die Kirche machten. Zumindest diejenigen, die gestern bei der Mitternachtsmesse gefehlt hatten. Sie sah einige der Rantumer, aber niemand hatte ein Gesangbuch unter dem Arm. Sie standen an den Häuserecken zusammen und redeten aufgeregt miteinander. Es musste etwas passiert sein, denn eine Menschenansammlung an einem ersten Weihnachtsfeiertag war ungewöhnlich. Inge öffnete das Fenster und beugte sich hinaus. Gerade verließ Everett, der Nachbar, sein Haus. »Was ist los?«, rief Inge ihm zu. »Ist etwas passiert?«

Everett deutete hinüber zum Strand. »Ein großer Schoner ist in der Nacht gesunken«, erklärte er. »Es soll einen Zwischenfall gegeben haben.«

»Einen Zwischenfall?«

»Ich weiß auch noch nichts Genaues«, antwortete Everett.

Inge warf das Fenster zu, nahm ihren Henkelkorb, schlang sich ein wollenes Tuch um den Oberkörper, stülpte sich eine Seehundmütze über und verließ das Haus. Gleich an der nächsten Ecke stand Antje mit ein paar anderen Frauen zusammen. Aufgeregt ging Inge zu ihnen. Sie hatte noch mehr zugenommen, so sehr, dass ihr gar das Laufen schwerfiel. Ihre Schenkel rieben aneinander, die Knie schmerzten, und schon nach wenigen Schritten war sie außer Atem.

»Was ist geschehen?«, schnaufte sie, als sie bei den Nachbarinnen angekommen war. Sie stellte ihren Henkelkorb zwischen ihre Füße und wischte sich mit einem Schnupftuch das schwitzende Gesicht ab. Dabei fiel ihr Blick auf Antje, die sie argwöhnisch musterte. »Was glotzt du so?«, fuhr sie die Nachbarin an.

»Es ist nichts«, erwiderte Antje.

»Lüg mich nicht an!«, zischte Inge. Sie war früher nie unfreundlich gewesen. Zumindest nicht in aller Öffentlichkeit. Es hätte sich auch nicht für die Tochter des Pfarrers geziemt. Doch nach allem, was sie in der letzten Zeit durchgemacht hatte, konnte sie einfach nicht mehr nur lächelnd durch den Ort gehen.

Antje verschränkte die Arme vor der Brust. »Wenn du es genau wissen willst: Ich habe mich gefragt, ob du schwanger bist.« Sie lächelte freundlich und legte eine Hand auf Inges Unterarm. »Dein Leib hat sich gerundet, und deine Stimmung schwankt. Du bist blass am Morgen und keuchst bei der geringsten Anstrengung. Ich wollte dir nur gratulieren.«

Inge blickte Antje verblüfft an, sah aber lediglich Freundlichkeit in ihrem Gesicht. Auch die anderen beiden Nachbarinnen betrachteten sie mit Wohlwollen. »Es wird ja auch Zeit, nicht wahr?«, sagte eine andere. »Lang genug verheiratet bist du nun. Also, wann soll das Kind denn kommen?«

Inge stand ratlos da. Was sollte sie sagen? Dass ihr Mann sie nur zwei Mal insgesamt angerührt hatte? Dass er sie hasste und sich nichts mehr wünschte, als dass sie verschwände? Nein, das konnte sie nicht zugeben. Also nickte sie. »Ja«, sagte sie. »Ich erwarte wohl ein Kind.«

Plötzlich sprachen alle durcheinander. »Wann ist es soweit? Hast du schon die ersten Windeln genäht? Ist dir morgens immer übel? Was sagt Arjen dazu?«

Inge hörte die Fragen. Sie wollte lächeln, aber es gelang ihr nicht. »Im Sommer«, sagte sie matt und plötzlich zu Tode erschöpft. »Im Juli soll das Kind kommen.« Dann wandte sie sich ab und verließ die Nachbarinnen. Sie lief mit dem Henkelkorb über die Dorfstraße und zitterte dabei am ganzen Körper. Sie hatte soeben behauptet, schwanger zu sein. Noch ein paar Monate konnte sie die Leute wohl hinhalten, aber dann würde ihre Lüge auffliegen. Sie könnte sagen, sie hätte das Kind verloren. Sie wäre nicht die Erste, der das passiert war. Aber einige von den Rantumern hielten es für eine Strafe Gottes, wenn eine Frau ihr Kind verlor. Eine Strafe Gottes für die Pfarrerstochter? Nein! Ihr Vater würde wissen, dass sie gelogen hatte. Und Arjen erst! Sie blieb vor Schreck mitten auf der Straße stehen. Ein Fuhrmann hinter ihr ließ die Peitsche knallen, um anzuzeigen, dass er vorbei wollte, doch sie hörte ihn nicht. Sie erstarrte. Die Angst kroch ihr über den verschwitzten Rücken. Es war ihr unmöglich, von der Stelle zu kommen. Ihre

Füße ließen sich nicht vom Fleck bewegen, ihr Atem kam in Stößen. Hinter ihr fluchte der Fuhrknecht, doch Inge nahm ihn gar nicht wahr. Sie dachte an Arjen, dachte daran, was wohl geschehen würde, wenn er von der Schwangerschaft erfuhr. Würde er lachen und sagen, das sei unmöglich? Würde er den Rantumern erzählen, dass Inge gelogen hatte? Würde er sich überhaupt darum kümmern? Inge war kurz davor, in die Knie zu sinken, da spürte sie eine Hand, die ihren Ellbogen umfasste.

»Komm weg hier«, sagte jemand leise. »Komm, ich helfe dir.«

Diese wenigen freundlichen Worte bewirkten, dass Inge zu weinen begann. Die Tränen liefen ihr über das Gesicht, versickerten im Stoff ihres Kleides. Sie ließ sich willenlos führen wie ein Kind, das sich verlaufen hatte. Als sie am Rande der Straße angelangt waren, ließ Inge sich auf eine Bank vor irgendeinem Haus fallen, senkte den Kopf und weinte. Jemand saß neben ihr und strich ihr sanft über den Rücken.

Doch das half alles nichts. Inge fühlte sich von Gott und aller Welt so verlassen wie noch nie in ihrem Leben.

»Es ist ja gut. Es wird alles wieder gut.« Endlich hob Inge den Kopf und entdeckte den krummen Tamme neben sich. Er beugte sich zu ihr herüber. »Und? Geht es wieder?«, fragte er leise.

Inge nickte zaghaft. »Ja, es geht wieder. Es sind die anderen Umstände, die mich manchmal zu Tränen rühren.« Dann erhob sie sich und begab sich zum Krämerladen, der tatsächlich offen war. Hier standen ein halbes Dutzend Rantumer, Männer und Frauen, und redeten wild durcheinander. »Der Strandvogt hat alles abgesperrt«, rief einer, und eine Frau erklärte: »Das war keine normale Strandung, das habe ich gleich gewusst.« Eine weitere Frau rief: »Der Meine ist gleich am Morgen runter, er wollte sich als Berger verdingen, aber der Strandvogt hat gesagt, dass es hier nichts zum Bergen gäbe. Dabei war das Schiff vollgeladen. Ich habe gehört, Samt und Seide in rauen Mengen.«

Eine andere fuhr wedelnd mit der Hand durch die Luft. »Samt und Seide, so ein Unsinn! Mir wurde erzählt, dass das Schiff Gold geladen hat. Sechs Tonnen.«

»Wie denn das?«, rief ein alter Mann. »Wenn es von England gekommen ist und nach Dänemark wollte, wie sollte da Gold auf dem Schoner sein? Ich wette, er hat nichts geladen als Holz.«

»Dann hätte der Strandvogt nichts abgesperrt, dann hätte das Bergen längst begonnen.«

Ein alter Mann, der früher zur See gefahren war, hob den Finger. »Der Strandvogt sperrt ab, wenn jemand lebend an den Strand gespült wurde. So will es die Strandordnung.«

Ein anderer widersprach: »Wenn jemand am Strand zu Tode gekommen ist, dann wird abgesperrt. Wir werden wohl warten müssen, bis der Strandinspektor aus Tondern kommt und das Schiff freigibt.«

Eigentlich hätte Inge sich an dem Gespräch beteiligt, aber nun war alles anders. Nun hatte sie erzählt, dass sie schwanger war. Sie hatte nicht die geringste Ahnung, wie sie aus dieser Lüge hinausfinden sollte. Sie drehte sich um, halb froh und halb ängstlich in der Erwartung, auch Arjen hier zu sehen. Doch der

Schmied fehlte. Dafür kam der krumme Tamme in den Laden.

»Na, du alter Strandräuber«, sprach Everett ihn an. »Du hast doch sicher die letzte Nacht am Strand verbracht. Erzähle du uns, was da unten passiert ist.«

Der krumme Tamme winkte ab. Er sah schlecht aus. Die Augen hatten rote Ränder und waren dunkel umschattet. Bartstoppeln bedeckten Wangen und Kinn. Er machte den Eindruck, als hätte er die ganze Nacht nicht geschlafen.

»Ich weiß nicht, was da unten passiert ist«, erklärte er.

»Aber du warst doch sicher am Strand«, vermutete eine ältere Frau, die ein kleines Mädchen an der Hand hielt.

»Ja. Das war ich. Aber es herrschte so ein dichter Nebel, dass ich rein gar nichts erkennen konnte.«

Die anderen nickten und wandten sich wieder einander zu. Inge aber sah dem krummen Tamme in die Augen und erkannte, dass auch in ihm die Hoffnungslosigkeit eingezogen war.

Fünftes Kapitel

Jördis hatte die ganze Nacht nicht geschlafen, sondern bei dem Verletzten Wache gehalten. Als sie dabei den Stumpf an seinem Arm sah, wäre sie beinahe ohnmächtig geworden. Die Wunde war verkrustet, Salz und Sand hatten sich darauf gesetzt. Jördis erhitzte ein wenig Wasser, dann riss sie einen Streifen Stoff von einem Bettlaken und begann vorsichtig, die Wunde zu säubern. Der Mann hielt die Augen geschlossen, doch hin und wieder stöhnte er gotterbärmlich auf, so dass Jördis nicht ganz sicher war, ob er wirklich ohne Bewusstsein war. Als sie die Wunde endlich gesäubert hatte, war die Blutung noch immer nicht gestillt. Es sickerte unaufhörlich aus der gewaltigen Wunde. Jördis begriff, dass der Mann sterben würde, wenn sie den Blutfluss nicht stoppen konnte. Aufmerksam sah sie sich in ihrer Hütte um. Großmutter Etta hatte ihr erzählt, dass man im Eisland die blutenden Wunden mit Spinnenweben bedeckt hatte, um ein Verbluten zu vermeiden.

Jördis erhob sich, suchte jede Ecke und jeden Winkel ab, doch ihre Hütte war so ordentlich und aufgeräumt, dass sie nicht die kleinste Spinnenwebe fand. Auch draußen, in den Dünen würde sie kein Glück haben. Es war Winter, und damit nicht die rechte Jahreszeit für Spinnen. Plötzlich kam ihr eine Idee. Sie zog dem Verletzten die nassen Kleider aus und gab dabei Acht, die Wunde nicht zu berühren. Als sie ihm den Rock und das Hemd ausgezogen hatte, entdeckte sie einen ledernen Brustbeutel, der unter der Kleidung verborgen gewesen war. Sie zog den Beutel über den Kopf des Verletzten und legte ihn auf den Tisch. Dann bedeckte sie die Wunde des Mannes mit sauberen Leinenstreifen, die sie von einem Bettlaken riss, legte eine Bettdecke über ihn und sagte leise: »Haltet durch, ich komme gleich wieder.« Sie warf sich ein Schaffell über die Schultern und machte sich auf den Weg ins Dorf.

Jördis wunderte sich nicht, dass die Straßen voller Menschen waren, die erregt aufeinander einsprachen. Sie ging am ersten Grüppchen vorbei und bemerkte, dass jedes Gespräch verstummte. Sie grüßte freundlich, doch die meisten drehten sich von ihr weg. Noch immer war sie die Zauberin, die, die anders war als alle anderen. Sie lief weiter, passierte das nächste Grüppchen und erreichte schließlich die Schmiede. Sie hatte Arjen seit einiger Zeit nicht mehr gesehen und auch nicht mehr mit ihm gesprochen. Er hatte sie verraten, hatte sie so enttäuscht, dass sie ihm am liebsten für den Rest ihres Lebens aus dem Weg gegangen wäre. Doch jetzt musste sie ihn aufsuchen. Sie hatte keine Wahl.

»Ich grüße dich, Arjen«, sagte sie laut, als sie die Schmiede betrat. Sie wunderte sich für einen Moment, dass er an diesem hohen Feiertag an seiner Arbeitsstätte war.

Arjen, der am Amboss stand, wandte sich um, den

Hammer in der Hand. Über sein Gesicht zog ein Strahlen, als er Jördis erblickte. »Du bist das? Ich freue mich, dich zu sehen.«

Jördis erwiderte nichts darauf. Sie sah sich einfach in der Schmiede um, schaute in die Ecken und wischte mit der Hand über eine vorspringende Stelle im Mauerwerk.

»Was kann ich für dich tun? Ist dir der Kochtopf verbeult?« Arjen trat näher an sie heran, und Jördis wich einen Schritt vor ihm zurück. »Nicht der Kochtopf. Ich brauche Spinnweben.«

»Spinnweben?«

»Ja. Spinnweben.«

Arjen hob die Hand, beschrieb damit einen Kreis. »Bitte, bediene dich. Ich habe mehr davon, als mir lieb ist. Aber sage mir doch, wozu du die Spinnweben brauchst.«

Jördis runzelte die Stirn und dachte einen Augenblick lang angestrengt nach. Sie wusste, dass sie den Fremden nicht alleine gesund pflegen konnte. Sie hatte nicht genügend Lebensmittel, es fehlte ihr auch an Heizmaterial.

»Also? Wozu brauchst du die Spinnweben«, ließ Arjen nicht locker.

»Ich brauche sie …« Er hatte sie schon einmal verraten. Sollte sie tatsächlich wieder ein Geheimnis mit ihm teilen? »Ich brauche sie, um nach ihrem Muster etwas zu stricken.« In Gedanken atmete sie auf. Ihre Erklärung erschien ihr einleuchtend.

Arjen hob die Augenbrauen. »Du willst ein Spinnwebenmuster stricken?«, fragte er ungläubig.

»Gibst du mir die Spinnweben, oder soll ich es woanders versuchen?« Jördis merkte selbst, dass ihr Ton nicht eben bittend war.

Arjen trat zurück. »Bitte, bediene dich.«

Jördis hörte an seinem Ton, dass er ihr nicht glaubte. Behutsam zog sie die erste Spinnwebe von der Wand ab und legte sie über ihren Arm, dann verfuhr sie mit den anderen ebenso, bis ihre beiden Unterarme mit Spinnweben bedeckt waren. Arjen sah ihr dabei zu. »Danke«, sagte sie, als sie fertig war, und wandte sich zum Gehen.

Arjen packte sie an der Schulter. »Warte bitte«, sagte er.

»Was ist noch?« Ihr Tonfall war alles andere als freundlich.

»Ich möchte wissen, wie es dir geht.«

»Du meinst, wie ich mich fühle, nachdem mein Verlobter mich verraten hat, die Büttel mir das Haus abgebrannt haben, meine Großmutter gestorben ist und ich Mühe habe, mich selbst durchzubringen? Nun, dann lautet die Antwort: Es geht mir ausgezeichnet. Was ich von dir nicht hoffe.«

»Du hast recht.« Arjens Stimme klang leise. »Es geht mir nicht gut. Es geht mir sogar ausgesprochen schlecht, weil …«

»Halt!« Jördis hob die Hand. »Ich will es nicht hören. Du hast dein Schicksal selbst gewählt, ich hatte diesen Luxus nicht.«

»Ich weiß.« Arjen breitete die Arme aus. »Gibt es sonst etwas, das ich für dich tun kann?«

Jördis runzelte die Stirn. Sie hatte sich eigentlich geschworen, niemals wieder etwas von Arjen anzunehmen. Die Spinnweben hatte er ja nicht selbst gewebt, die zählten also nicht. »Ich könnte ein wenig Honig gebrauchen«, antwortete sie, aber ihre Worte klangen eher fordernd als bittend.

»Ich bringe dir Honig.«

Jördis wandte sich ab. »Gut. Stell ihn einfach vor die Tür.«

Brüsk wandte sie sich ab und verließ die Schmiede. Sie blickte nicht nach links und nicht nach rechts, wich einem Fuhrwerk aus und einer mageren Katze, die mit einer Maus spielte, sah auch nicht, dass Inge und der krumme Tamme gemeinsam auf einer Bank saßen, sondern ging schnurstracks nach Hause und belegte die Wunde des stöhnenden Mannes, der zu fiebern begonnen hatte, mit den Spinnweben.

»Ich hasse sie«, murmelte Inge, als sie Jördis aus der Schmiede kommen sah. Sie hatte die Augen zu schmalen Schlitzen zusammengekniffen. »Warum kann sie ihn denn nicht einfach in Ruhe lassen?«

Der krumme Tamme hörte, was sie da murmelte, doch er sagte nichts. Inge erhob sich, maß Tamme mit einem gleichgültigen Blick und sagte: »Ich muss nach Hause, dem Meinen das Mittagsmahl richten.«

Tamme öffnete den Mund, um noch etwas zu sagen, doch Inge hatte sich schon abgewandt und ging mit schwerem Leib die Dorfstraße hinab.

Zu Hause angelangt, ließ sie sich auf die Küchenbank fallen. Ich habe erzählt, ich wäre schwanger, dachte sie wieder. Ein eisiger Schauer rann ihr über den Rücken. Von draußen hörte man Geräusche. Ein

Mann rief einen Fluch, dann knallte eine Peitsche, und ein Pferd wieherte. Inge schrak zusammen. Sie hatte für einen Augenblick gedacht, Arjen würde nach Hause kommen. Zugleich fürchtete sie, dass Arjen genau das nicht täte. So saß sie einfach da, starrte mit offenen Augen vor sich hin und fragte sich, wie das alles weitergehen sollte und wer Schuld an ihrem immerwährenden Unglück trug.

Schließlich kam Arjen. Er riss die Tür so heftig auf, dass sie gegen die Wand knallte, zurückschwang und mit lautem Krachen ins Schloss fiel. Dann stürmte er durch die Küchentür. Er stellte sich vor Inge, die noch immer am Tisch saß, kraftlos und erschöpft, so dass sie nicht aufstehen konnte. Sie sah ihren Mann mit trübem Blick an. »Du hast es also schon gehört«, stellte sie fest.

»Dass du schwanger bist? Meinst du das?«

Inge nickte. »Lass mich erklären …«

»Halt!«, unterbrach Arjen sie. »Ich will nichts hören. Es ist mir gleichgültig, mit wem du dich vergnügst. Du kannst auch sicher sein, dass ich für dieses Kind sorgen werde. Aber anerkennen werde ich es nie.«

Er sprach diese Worte mit mühsam beherrschter Ruhe, seine Augen loderten, und auf der Stirn trat eine blaue Ader hervor.

»Ich will erklären, wie es dazu kam«, erwiderte Inge leise.

»Ich will nichts hören, habe ich gesagt!«, erklärte Arjen und schnitt mit der Hand durch die Luft.

»Doch. Du musst mich anhören! Du bist mein Mann. Du solltest wissen, was in deinem Hause vorgeht.«

Arjen setzte sich, er blickte auf die Tischplatte, als könnte er den Anblick seiner Frau nicht ertragen. »Ich höre!«

Inges Hand rutschte über die Tischplatte, doch sie wagte es nicht, Arjen zu berühren. »Ich bin nicht schwanger«, erklärte sie leise und kläglich. »Aber die Leute reden. Sie stehen an den Ecken und fragen sich, warum die Pfarrerstochter noch immer nicht schwanger ist. Nun, und heute hat Antje auf meinen Bauch geblickt und gefragt, ob es denn nun endlich so weit sei. Da wusste ich mir nicht anders zu helfen …« Sie brach in Tränen aus.

Arjen schluckte. »Du hast also gesagt, du wärest schwanger, damit die Leute aufhören zu reden.«

Inge nickte und weinte immer heftiger.

Arjen seufzte, er blickte kurz auf und hob die Hand, um Inge über das Haar zu streichen. Doch dann ließ er den Arm wieder sinken. »Wann wirst du endlich aufhören, nach den anderen Leuten zu schauen? Es ist ganz gleich, was sie sagen und denken. Sie reden heute so und morgen so, und übermorgen haben sie schon ein ganz neues Thema.« Mitleid schwang in seiner Stimme mit, aber auch Ärger. Er stand auf, blickte wieder auf sein schluchzendes Weib herab. »Arme Inge«, sagte er. »Das Leben meint es nicht gut mit dir. Und du meinst es auch nicht gut mit dir.«

Dann ließ er sie allein. Allein in ihrem Elend, an dem er einen gehörigen Anteil hatte. Wenn Inge eins wusste, dann dass niemand ihr helfen würde, dass sie sich selbst helfen musste. Ihr Vater hatte ihr beigebracht, dass sie ganz allein auf der Welt war. Und wenn sie geglaubt hatte, nach der Hochzeit würde sich das ändern, dann hätte sie einen Gefährten, einen Kameraden, so sah sie sich aufs Schändlichste getäuscht. Arjen war nicht anders als der Vater. Er war sogar schlimmer. Die Verachtung und den Zorn des Vaters hatte sie ausgehalten, doch Arjens Gleichgültigkeit war um vieles ärger.

Sie schniefte noch einmal, dann wischte sie sich die Augen trocken, fuhr sich durch ihr Haar und strich ihr Kleid glatt. Sie musste selbst für sich sorgen. Also erhob sie sich, streckte den Rücken und überlegte, was sie als Nächstes tun könnte. Sie könnte den Leuten erzählen, dass sie ihr Kind verloren hatte. Die Rantumer wären nicht verwundert, denn es geschah häufig, dass eine Frau einen Abort hatte. Aber damit wäre das Problem nicht behoben, sondern nur verschoben. Schon bald würden die Weiber wieder auf ihren Bauch schauen und sie fragen, ob sich endlich der Nachkomme angekündigt hatte. Und vielleicht käme sie durch, wenn sie noch einmal sagte, sie hätte das Kind verloren, aber dann – das wusste sie genau – müsste sie endlich schwanger werden und ein Kind zur Welt bringen. Sie brauchte also ein Kind – über kurz oder lang. Sie könnte ans andere Ende der Insel fahren oder mit einem Schmackschiff hinüber nach Amrum oder Föhr. Sicher würde sie eine arme Witwe finden, die sie überreden konnte, ihr den eigenen Säugling zu überlassen. Für das Kind wäre es ein Segen und für die arme Frau auch. Aber es konnte genauso gut sein, dass die Witwe Sehnsucht nach dem Kind haben und nach Rantum kommen würde. Und das wäre noch schlimmer. Es stand fest: Sie musste schwanger werden. Koste es, was es wolle. Doch wie sollte sie das anstellen?

Sie konnte schlecht den Fischern hinter den Dünen auflauern. Und sie konnte auch keinen sehr jungen Mann verführen. Sie war dick wie ein Wal. Sie dachte an die Männer in Rantum – und plötzlich fiel ihr etwas ein. Die Rettung!

Sechstes Kapitel

Jördis saß den ganzen Nachmittag und die ganze Nacht am Bett des Fremden, legte ihm wieder und wieder kalte, in verdünnten Essig getunkte Leinentücher auf die Stirn.

Doch das Fieber wollte nicht weichen. Der Fremde klapperte mit den Zähnen, und manchmal sagte er ein paar Worte, die Jördis fremd und zugleich vertraut vorkamen. Sein schmales Gesicht zeigte eine fahle Farbe, über den grauen Augen flatterten die Lider, die Lippen waren ein wenig bläulich. Der Mann war groß und hatte breite Schultern, aber am Mittelfinger seiner verbliebenen Hand hatte er eine Hornhaut, die vermutlich vom vielen Schreiben herrührte. Sein Haar war blond mit einem leichten Rotstich, und auch die Bartstoppeln zeigten eine ähnliche Färbung. Sein ganzer Oberkörper war mit blauen Flecken übersät, die Zeugnis ablegten von seinem Kampf gegen die stürmische See.

Hin und wieder stand Jördis auf, vertrat sich ein wenig die Beine oder braute auf dem Herd einen Sud, den sie dem Mann schluckweise einflößte. Einmal wachte er auf und betrachtete Jördis mit seinen grauen Augen. »Wo bin ich?«, fragte er in einem englischen

Dialekt, der dem, der auf Sylt gesprochen wurde, so ähnlich war, dass sie ihn verstand.

»Auf Sylt«, erklärte Jördis. »Einer Insel vor Dänemark und den deutschen Landen.«

Der Fremde nickte, dann fielen ihm die Augen wieder zu, und er schlief weiter. Die Wunde hatte nach einiger Zeit unter den Spinnweben, die Jördis darum gelegt hatte, aufgehört zu bluten. Die Ränder aber zeigten eine blauschwarze Färbung, die nichts Gutes verhieß. Doch vorerst war Jördis damit beschäftigt, das Fieber zu senken.

Stunden später erwachte der Mann wieder und stöhnte vor Schmerz auf. Er blickte verzweifelt auf seinen Armstumpf und schloss erneut die Augen. Doch nach einer Weile fragte er leise: »Wo ist mein Lederbeutel?«

Jördis wusste sogleich, dass er den Beutel meinte, den er um den Hals getragen hatte. »Er ist hier«, beruhigte sie ihn. »Ich habe ihn auf den Tisch gelegt.«

»Lass … lass niemanden daran«, flüsterte der Mann, bevor er wieder in einen unruhigen Schlaf fiel.

Nun wurde Jördis gleichfalls müde, so unfassbar müde, dass ihr die Augen tränten. Sie legte ein Schaffell vor das Bett, rollte sich darauf zusammen. Nur ein wenig ausruhen, dachte sie, aber da war sie auch schon eingeschlafen.

Ein lautes Klopfen weckte sie. Jördis schrak auf. Seit Ewigkeiten hatte niemand mehr bei ihr geklopft. Wer auch? Die Rantumer mieden sie. War es der krumme Tamme? Oder Antje?

Jördis rappelte sich auf. »Ich komme!«, rief sie.

Sie öffnete die Tür nur einen winzigen Spalt und erkannte Arjen. Er hielt ein Tontöpfchen in der Hand. »Der Honig … Ich hatte ihn dir versprochen«, sagte er und trat einen Schritt näher.

Jördis zog die Tür noch ein wenig weiter zu, so dass es Arjen unmöglich war, in das Innere der Hütte hineinzublicken.

Sie streckte eine Hand nach dem Töpfchen aus. »Danke«, sagte sie und wollte die Tür schließen. Doch dann fiel ihr etwas ein. »Warte einen Augenblick.« Sie nahm ihr Umschlagtuch von einem Stuhl, legte es um Kopf und Schultern und trat aus der Hütte. Es war kalt geworden. So kalt, dass sich Rauch vor ihren Mündern bildete. Jördis trat in ihren Holzpantinen von einem Fuß auf den anderen und schlang die Arme um ihren Leib. Dabei wich sie Arjens Blick aus. Noch immer tat ihr das Herz weh, wenn sie ihn sah. Am liebsten hätte sie über sein langes, dunkles Haar gestrichen, ihren Kopf an seine Brust gelegt. Und noch immer hatte sie nicht verstanden, warum er die Verlobung gelöst und Inge geheiratet hatte.

»Was ist in der letzten Nacht unten am Strand passiert?«, fragte sie, als wäre sie nicht dabei gewesen.

»Ein Schoner ist gestrandet. Der Strandvogt hat alles abgesperrt. Die Ladung kann nicht geborgen werden.«

»Warum nicht?«, fragte Jördis, denn es war auf Sylt üblich, die Ladung so schnell wie möglich zu bergen, bevor sich das Meer seinen Teil holte. Geborgen wurde, sobald das Wetter es zuließ.

»Es heißt, ein Mann hätte überlebt.«

Jördis zog die Stirn in Falten und senkte den Kopf, damit Arjen ihr Erschrecken nicht bemerkte. »Und wo soll er sein, dieser Mann?«

»Das weiß niemand. Der krumme Tamme schwört jedoch, dass er ihn gesehen hat. Nun, ein paar Männer haben die Dünen abgesucht. Es wurden auch mehrere Leichen an den Strand gespült, aber dieser eine war wohl nicht darunter.«

»Welcher eine?«

Arjen kam einen Schritt näher. »Es heißt, es wäre einer dabei, der etwas so Wichtiges bei sich trug, mit dem das Schicksal ganzer Nationen bestimmt werden könnte. Und es heißt, dass schon in den nächsten Tagen jemand von Tondern kommen wird, um nach ihm zu suchen. Der Strandvogt hat es erzählt. Er sagte auch, dass er genau nach diesem Schiff schon lange Ausschau gehalten habe. Von Dänemark habe er ein Schreiben bekommen, in dem stand, dass es mit diesem Schiff etwas ganz Besonderes auf sich habe. Es sollte so behandelt werden, als wäre es ein Kriegsschiff. Kriegsschiffe haben normalerweise keine Ladung, die geborgen werden könnte. Aber vor allem käme es wohl auf den Mann an, der dieses Wichtige bei sich trug.«

Jördis legte den Kopf schief. »Was das wohl war, das er bei sich trug. Weißt du es?«

»Das weiß niemand. Aber der Strandvogt hat verfügt, dass jeder, der sich dem Wrack nähert, mit dem Leben dafür büßen muss.«

»Nun, dann werden wir uns eben fernhalten«, erklärte Jördis leichthin und wandte sich ab.

Arjen hielt sie am Arm fest. »Jördis«, sagte er beschwörend, »ich habe nie aufgehört, dich zu lieben.«

Jördis riss sich los. »Ach ja? Und warum hast du dann Inge geheiratet?« Sie wandte sich ab und schlug die Tür hinter sich zu.

In ihrer Hütte legte sie ihren Schal ab, erwärmte das Töpfchen mit dem Honig in heißem Wasser, dann nahm sie das Töpfchen, riss einen frischen Streifen Leinen von einem Laken und trat an das Krankenbett. Der Fremde schlief, doch sein Atem klang viel ruhiger als in der Nacht. Noch immer ließ das Fieber seinen Körper glühen, aber die Hitze, die er ausstrahlte, war eine andere geworden. Jördis lüftete ein wenig die Decke, nahm behutsam den Arm mit der schrecklichen Wunde heraus und legte ihn auf das Deckbett. Danach schob sie den Leinenstreifen unter die Wunde und bestrich diese mit dem warmen Honig. Etta hatte ihr erzählt, dass man auf diese Art den Schmutz aus den Wunden holte und so für eine raschere Heilung sorgte.

Der Fremde schlief weiter. Jördis war froh darum, denn Etta hatte ihr immer wieder gesagt: Schlaf ist die beste Medizin.

Dann dachte sie über das nach, was Arjen ihr gesagt hatte. Der Fremde wurde gesucht. Aber warum? Hatte das etwas mit dem Lederbeutel zu tun, den er auf der Brust getragen hatte? Wo war der Beutel überhaupt? Jördis sah sich in ihrer Hütte um. Der Tisch war leer, doch auf einer Kiste, die sie unter das Fenster gestellt hatte, lag der Beutel. Behutsam und dabei den Fremden stets im Auge behaltend, löste sie die Kordel und öffnete den Beutel. Darin enthalten waren Zeichnungen. Jördis entfaltete eines der Blätter und bemerkte, dass die Tinte durch die Nässe an so vielen Stellen verwischt war, dass man die Zeichnung kaum noch lesen konnte. Behutsam entfaltete sie auch die anderen Blätter und legte sie zum Trocknen auf dem Tisch aus. Sie beugte sich darüber, versuchte zu verstehen, was dort stand, aber außer einer Zeichnung, die ein sechseckiges Gerät darstellte, konnte sie nichts erkennen.

Inge hatte vor lauter Hast ihr Umschlagtuch vergessen. Der Himmel hatte sich mit dicken grauen Wolken bedeckt, und die Luft roch nicht nur nach Salz und Meer, sondern auch nach Schnee. Es war so kalt geworden, dass die Dünen mit Raureif bedeckt waren. Von weitem hörte sie das Meer, das gleichmäßig seine Wellen an den Strand warf. Sie hatte es eilig, weil sie fürchtete, ihren so rasch gefassten Entschluss aufzugeben. Sie lief über die Dorfstraße, grüßte freundlich nach allen Seiten, doch sie hielt sich nicht zu einem Schwätzchen auf. Sie kam an der Bank vorüber, auf der sie vor einer Weile noch mit dem krummen Tamme gesessen hatte. Nun war die Bank leer. Sie überquerte die Straße und begab sich auf einen schmalen Pfad, der ein kurzes Stück durch die Dünen führte und am Haus des krummen Tamme endete. Das Haus war klein, das Reet auf dem Dach hatte schon bessere Tage gesehen. Doch die Bleiglasfenster blinkten vor Sauberkeit, und auch die grau gestrichene Tür mit den roten Ornamenten machte einen gepflegten Eindruck. Das Gärtchen vor dem Haus wurde von weiß gestrichenen Latten umsäumt und schützte ein paar Ginsterbüsche und Sanddornsträucher.

Inge hielt inne, holte noch einmal ganz tief Luft und schloss für einen Moment die Augen. Dann klopfte sie.

Antje öffnete ihr. »Inge, du besuchst uns?« Die Überraschung stand ihr ins Gesicht geschrieben. »Komm herein.«

Inge betrat den Flur und folge Antje in das winzige Wohnzimmer. Obwohl sie einander seit Kindheit kannten, war Inge noch nie im Haus vom krummen Tamme und seiner Schwester Antje gewesen. Die beiden waren zwar keine richtigen Außenseiter, doch ihre Armut bewirkte, dass Tamme selten in die Schänke gehen konnte, um mit den anderen Männern zu trinken, und Antje die Zusammenkünfte der Frauen am Abend beim Spinnrad schwänzte, weil sie sich für den dort angebotenen Kakao und die Kekse nicht revanchieren konnte.

»So lebt ihr also«, stellte Inge fest und blickte sich um. Die Wände waren auch hier weiß gekalkt, der Boden war mit geschliffenen Schiffsplanken belegt. An einigen Stellen schimmerten noch die Brandzeichen der jeweiligen Schiffe hindurch. Tamme musste sie als Strandraub geborgen haben. Über dem einfachen Holztisch in der Mitte des Raumes hing eine alte Schiffslaterne aus blankem, frisch geputztem Messing. Auf dem Tisch selbst lag ein Deckchen, das mit feinen Stickereien versehen war. Um den Tisch herum standen nur zwei Stühle. An der Wand hingen alte Seekarten, und die Tür zum Alkoven war verschlossen. Es gab einen alten, verbeulten, jedoch blitzsauberen Tranleuchter und eine aus Schiffsbrettern gebaute Bank unter dem Fenster, die mit grobem Leinen bedeckt war, aber keinen Schrank mit Porzellan, keine Standuhr und erst recht keine Delfter Kacheln an den Wänden, dafür aber einen großen Wandteppich, der aus Schafwolle geknüpft war und die Rantumer Kirche darstellte. Der Raum war trotz seiner spärlichen Möblierung gemütlicher als Inges großer Pesel in ihrem Haus.

»Schön habt ihr es hier«, stellte sie verwundert fest und strich über eine Dünenrose, die auf dem Tisch in einem blauen Tonbecher stand. Es roch nach Kräutern, und Inge entdeckte etliche Sträußchen, die neben dem Ofen zum Trocknen aufgehängt waren.

»Nimm Platz«, bat Antje und strich ihre Schürze glatt. »Was kann ich dir anbieten?«

»Nichts, danke.« Inge war stehen geblieben. »Ich wollte eigentlich zu Tamme.«

Antje nickte, als hätte sie geahnt, dass Inge ihr keinen Besuch abstatten wollte. »Er ist in den Dünen. Das halbe Dorf ist dort. Sie alle wollen wissen, was es mit dem gestrandeten Schoner auf sich hat. Du kannst aber auch hier auf ihn warten.«

Inge überlegte. Eigentlich hatte der kurze Lauf durch das Dorf sie schon wieder so erschöpft, dass sie liebend gern auf den nächsten Stuhl gesunken wäre. Es machte ihr sicher nichts aus, hier, wenn es sein musste, Stunden zu warten. Aber hier war auch Antje, und es war nicht damit zu rechnen, dass sie und der krumme Tamme einen Augenblick hatten, an dem sie ungestört reden konnten.

Also winkte sie ab. »Ich gehe in die Dünen. Ich werde ihn schon finden«, erklärte sie und verließ das Haus.

Sie schleppte sich durch die Dünen. Schon bald war ihr Kleid unten am Saum nass und schwer vom Reif. Ihre Schuhe rutschten ein wenig, das Umschlagtuch hing ihr nur noch halb über der rechten Schulter. Keuchend erklomm sie die Düne und musste erst einmal verschnaufen. Ihr Blick fiel auf das Wrack, das im seichten Wasser auf der Seite lag, nur hin und wieder ein wenig von den Wellen bewegt. Die Masten hingen zerbrochen im Meer, der leichte Wind zupfte an den zerrissenen Segeln, die sich in dem geborstenen Holz verfangen hatten. Eben zogen zwei Männer, in denen Inge den Strandvogt und Everett erkannte, eine Leiche aus dem Wasser und legten sie zu dem schon angeschwemmten Dutzend toter Männer. Der Totengräber und sein Gehilfe schulterten die Spaten und machten sich daran, in den Dünen Gräber für die Toten auszuheben. Links und rechts auf den angrenzenden Dünenkämmen hatten sich die Rantumer eingefunden und betrachteten das grausige Schauspiel. Zwei Frauen beteten laut das Vaterunser für die Toten, und die Männer hatten ihre Mützen und Kappen abgenommen. Inge wandte sich nach links, beschirmte die Augen mit den Händen und hielt Ausschau nach dem krummen Tamme. Sie entdeckte ihn ein wenig unterhalb des Dünenkamms. Er saß in einer Senke und wickelte eine Leine um einen Holzpflock. Gern wäre Inge hinunter zu ihm gegangen, aber noch immer rang sie nach Atem. Ihre schlimmste Befürchtung galt jedoch dem Abstieg. Sie war so dick und schwerfällig geworden, dass es sehr wahrscheinlich war, dass sie stürzen würde. Also begab sie sich Schrittchen für Schrittchen nach unten, hielt sich am Strandhafer fest, griff nach dem Stechginster und stöhnte auf, als ein Dorn ihren Finger ritzte.

Endlich war sie unten angekommen. Sie richtete die Röcke, atmete tief durch und fuhr sich durch das lockige Haar.

Unterdessen hatte der krumme Tamme das Seil aufgewickelt. Er erhob sich, und als Inge ihm winkte, setzte er sich in Bewegung.

»Wie geht es dir?«, fragte er und betrachtete besorgt ihr hochrotes Gesicht.

»Ich komme zurecht«, antwortete Inge und keuchte, und dabei fiel ihr auf, dass eigentlich nie jemand fragte, wie es ihr ginge. Der Vater fragte nicht, und Arjen sprach meist überhaupt nicht mit ihr. »Ich komme zurecht«, wiederholte sie. »Der Vater macht mir das Leben zur Hölle.«

»Und Arjen? Behandelt er dich gut?«

Was sollte Inge darauf erwidern? Ihr Mann tat so, als wäre sie ein ungeliebtes Möbelstück in seinem Haus.

»Er behandelt mich gar nicht«, erklärte sie traurig. Eigentlich hatte sie niemandem auf der ganzen Welt etwas über ihre schreckliche Ehe erzählen wollen, aber sie konnte nicht länger schweigen, und der krumme Tamme war immer nett und freundlich zu ihr gewesen. Plötzlich sprudelte aus ihr heraus, was sie so sorgsam vor aller Welt zu verbergen trachtete. »Er spricht kaum mit mir. Er berührt mich nicht. Ich glaube, wenn ich tot in der Küche liegen würde, würde er einfach über mich hinwegsteigen.«

Der krumme Tamme nickte, als hätte er sich Ähnliches schon gedacht. »Es war keine Liebesheirat«, stellte er fest.

»Doch, ich habe ihn geliebt. Ich liebe ihn noch immer. Aber er …« Sie brach ab.

»Warum hat er dich dann geheiratet?«, wollte Tamme wissen. »Er war doch mit Jördis verlobt.« Die meisten Rantumer hatten damals gerätselt, warum sich Arjen von Jördis getrennt und Inge zugewandt hatte. Aber dann hatten sie beschlossen, dass Jördis ja beinahe eine Hexe war, und wer wollte schon mit einer Hexe verheiratet sein? Nur der krumme Tamme hatte von Anfang an gewusst, dass Jördis nicht zaubern konnte.

Inge ließ sich in den feuchten kalten Sand fallen. Der Tag war so anstrengend gewesen, dass sie sich nicht mehr auf den Beinen halten konnte. Tamme setzte sich neben sie. Inge wartete darauf, dass er etwas sagen würde, doch er nahm lediglich ein Stöckchen und kratzte damit im Sand herum.

»Du willst also wissen, warum Arjen mich geheiratet hat, obwohl er mich nicht liebt? Nun, dann will ich es dir sagen: Ich habe ihn dazu gezwungen.« Jetzt, wo die Worte ausgesprochen waren, fühlte sie sich ein wenig leichter. So, als müsste sie die Last dieses Geheimnisses nicht mehr allein tragen.

Tamme kratzte weiter mit dem Stöckchen im Boden herum. »Warum hast du ihn gezwungen?«, fragte er dann. »Ich meine, es gibt doch noch andere Männer auf der Insel. Männer, die keiner anderen versprochen sind, Männer, die dich lieben könnten. Warum hat es ausgerechnet Arjen sein müssen?«

»Weil ich ihn geliebt habe. Ist das denn so schwer zu verstehen?«

Tamme warf das Stückchen zur Seite. »Auch ich habe geliebt, auch ich liebe noch immer, aber die Frau, die ich meine, die wollte mich nicht, will mich bis heute nicht. Ich würde sie aber auch niemals zwingen.«

»Ja«, gab Inge zu. »Du bist klüger als ich. Ich habe immer gemeint, die Liebe käme mit der Ehe, so wie auf Regen Sonne folgt.«

»Und nun? Was willst du tun, um dein Unglück zu beenden?«, wollte Tamme wissen.

Inge schrak auf. »Daran kann ich nichts ändern. Ich habe vor Gott geschworen, zu meinem Mann zu stehen. Er ist mein Schicksal.«

»Du meinst wirklich, Gott will, dass du unglücklich bist?« Der krumme Tamme schüttelte den Kopf.

Inge erwiderte nichts darauf. Was sollte sie auch sagen? Sie hatte im Augenblick ein viel größeres Problem. »Die Rantumer denken, ich wäre schwanger«, erzählte sie.

»Ich weiß. Antje hat es mir gesagt.«

»Nun, die Wahrheit ist: Ich bin nicht schwanger. Und ich werde wohl auch nie von Arjen schwanger werden.«

Tamme blickte sie fragend an.

Inge fand in seinen Augen Güte und Mitleid, so dass sie stockend weitersprach. »Ich bin so dick geworden. Und alle starren mich immer an. Ich kann ihnen von der Stirn ablesen, was sie denken: Noch immer hat sie kein Kind von Arjen. Was geht da vor? Ich hasse diese Blicke, und ich hasse das Getuschel. Ich fühle mich wie eine Versagerin. Die Inge, die Pfarrerstochter, und nun schenkt sie ihrem Mann nicht einmal ein Kind. Das denken die Leute. Deshalb habe ich heute gesagt, ich wäre schwanger. Das Kind käme im Sommer. Aber es gibt kein Kind.« Dann brach sie in Tränen aus. Sie saß auf dem Boden, die Schenkel ein wenig gespreizt, das Kleid voller Sand, die dicken Hände vor das Gesicht geschlagen, und weinte.

Eine Weile saß Tamme stumm neben ihr. Was sollte er auch sagen? Doch dann strich er Inge sanft über den Rücken und gab Laute von sich, wie junge Mütter sie machen, um ihre Säuglinge zu beruhigen. Inge schluchzte noch lauter, aber irgendwann hatte sie keine Tränen mehr. Sie hatte so viel geweint, dass sie sich jetzt schwach fühlte. So schwach, dass sie meinte, die Beine müssten beim Aufstehen unter ihr wie Schilfhalme knicken. Aber sie stand nicht auf, sie wollte gar nicht aufstehen. Sie wollte für immer hier sitzen bleiben, neben Tamme, der sie verstand und nicht verurteilte.

»Was willst du jetzt tun?«, fragte er leise und strich dabei weiter über ihren Rücken.

Inge antwortete nicht gleich. Sie hob erst den Kopf, forschte in Tammes Gesicht, sah aber wieder nichts als Güte und ein wenig Mitleid. Dann fasste sie ihren ganzen Mut zusammen. »Schlaf mit mir«, flüsterte sie. »Mach du mir ein Kind.«

Siebtes Kapitel

Jördis saß noch immer am Bett des Kranken, bestrich seine Wunde mit Honig und legte ihm feuchte Lappen auf die Stirn. Manchmal wurde der Fremde wach, dann sah er sich in der Kate um, fragte, wo er sei, um gleich wieder einzuschlafen. Wenn er wieder erwachte, dann flößte ihm Jördis stärkende Brühe ein, rohe Eier mit Zucker oder was sie sonst noch so im Hause hatte. Viel war es nicht. Seit Tagen schon hatte sie nichts mehr gegessen und war nicht mehr auf die Suche nach Miesmuscheln gegangen. Sie musste hinunter an den Strand, musste sehen, ob auf dem Wrack noch etwas zu holen war. Noch immer hatte der Strandvogt die Absperrung gezogen, aber Jördis wusste, dass nach Einbruch der Dämmerung niemand mehr unten am Strand sein würde. Und wenn, dann hatte dieser Jemand dasselbe im Sinn wie sie.

Es hatte zu regnen begonnen, ein kräftiger Regen, der mit feinen Eiskristallen durchsetzt war. Drüben, auf dem Festland, würde es wahrscheinlich schneien. Jördis legte dem Fremden noch einen frischen feuchten Lappen auf die Stirn, dann zog sie eine Öljacke über, die sie am Strand gefunden hatte, und setzte einen festen, mit Pech verklebten Hut auf. Die Öljacke reichte ihr bis über die Knie, die Schultern hingen in Höhe der Ellbogen, und ihr Gewicht zog Jördis nach vorn. Aber sie kümmerte sich nicht darum, sondern stieg über die Düne hinunter zum Strand. Sie sah die Gestalt, die auf einem der Fischerboote saß, erst, als sie schon ziemlich nahe herangekommen war.

»Was machst du hier bei Nacht und Regen?«, fragte sie, während sie sich setzte.

»Ich denke nach«, erwiderte Tamme. »Das kann ich am besten am Strand.«

Jördis nickte; ihr ging es ähnlich. Sie erhob sich. »Ich muss zum Wrack«, sagte sie. »Ich habe nichts mehr zu essen im Haus.«

»Und du brauchst jetzt Lebensmittel für zwei, nicht wahr?«

Jördis erschrak. »Woher weißt du das?«

Tamme lachte leise. »Ich war unten am Strand, als das Schiff zerbrochen ist. Ich habe gesehen, was passiert ist. Und ich weiß genau, dass der Mann, der vom Schiff aus ans Ufer gelangt ist, nicht tot ist.« Er blickte auf und sah Jördis an, doch die Dunkelheit ließ sie nicht in seinem Gesicht lesen. »Und weiter?«, fragte sie nur.

»Nun, wenn der Mann nicht tot ist, so ist er irgendwo hier auf der Insel.«

»Kann sein, kann nicht sein«, wiegelte Jördis ein wenig ungeschickt ab. »Ich jedenfalls muss jetzt hinüber zum Wrack.«

»Warte!« Der krumme Tamme erhob sich gleichfalls. »Ich helfe dir. Ich habe mein Bergeseil hier unter dem Fischerboot. Du solltest dir ein Ende davon um den Leib binden, während ich das andere Ende halte.

So kann ich dich aus dem Wasser ziehen, wenn etwas geschieht.«

Jördis hob die Arme, und der krumme Tamme wickelte das Seil um ihren Leib. Dann stieg sie ins Wasser. Sie hatte erwartet, dass die eisige Kälte ihr den Atem rauben würde, doch sie hatte sich getäuscht. Das Wasser war kalt, aber die Luft draußen war kälter. Sie schwamm mit kräftigen Zügen zum Wrack, kletterte über die Schiffswand und blickte sich um. Das Schiff lag auf der Seite. Jördis hatte in der Dunkelheit Mühe, die Einstiegsluke zu finden. Endlich hatte sie die Luke entdeckt und festgestellt, dass sie oberhalb der Wasserlinie lag. Sie hievte die schwere Holzklappe nach oben und begab sich behutsam die Treppe hinab, die ins Innere führte, nun aber durch die Schräglage des Schiffes eher geradeaus führte. Sie musste nicht weit gehen. Schon nach wenigen Schritten traf sie auf das obere Deck, in dem die Mannschaft geschlafen hatte. Sie fand ein Fass, in dem Brot lag. Das Brot war an einigen Stellen schimmelig, doch das machte ihr nichts aus. Sie nahm so viel, wie sie tragen konnte, dann begab sie sich wieder nach oben und hielt Ausschau nach der Deckskūche. Dort fand sie einen dicken Streifen Räucherspeck, einen Sack mit Grütze und einen halben Kohlkopf. Sie öffnete den Grützesack, packte den Kohlkopf und die Brote dort hinein, steckte den Räucherspeck unter das Seil an ihrem Leib, warf sich den Sack über die Schulter und kletterte hinab ins Wasser. Sie schwamm mühsam mit einer Hand, der dicke Sack drückte sie ins Wasser, und Jördis musste ihre ganze Kraft einsetzen, um nicht unterzugehen. Vom Ufer aus zog der krumme Tamme sie an Land, und als sie endlich den Strand erreicht hatte, ließ sie sich erschöpft in den Sand fallen.

Der krumme Tamme legte ihr eine Decke über die Schulter, dann half er ihr, die geraubten Sachen über den Dünenkamm zu ihrer Hütte zu bringen.

»Ich gebe dir von den Sachen, was du möchtest«, erklärte Jördis, aber Tamme winkte ab. »Wir haben im Augenblick alles, was wir brauchen«, sagte er. »Es sei denn, du hättest ein Schlückchen Branntwein für mich.«

Jördis überlegte. Dann bat sie ihn in ihre Hütte, zündete die Tranleuchte an und holte eine bauchige Korbflasche mit dem Branntwein.

Tamme war an der Tür stehen geblieben und starrte auf das Bett, in dem der Fremde leise röchelnd schlief. »Hier ist er also«, sagte er.

Jördis nickte. »Ich vertraue dir, aber ich möchte nicht, dass jemand von ihm erfährt.«

Tamme runzelte die Stirn. »Warum nicht? Wenn bekannt wird, dass jemand den Schiffbruch überlebt hat, dann werden die Ladung und alles andere dem Überlebenden gegeben. Willst du den Mann um sein Eigentum bringen?«

Jördis schüttelte den Kopf. »Er ist verwundet, man hat ihm die Hand abgeschlagen. Und ich bin sicher, dass er Schlimmes zu erdulden hat, wenn bekannt wird, dass er noch lebt. Er war auf einem Kriegsschiff. Dänemark sucht nach ihm. Ich will ihn schützen.«

Tamme nickte. »Du bist nicht dumm. Du bewahrst den Seemann vor Schaden in der Hoffnung, dass er später alles mit dir teilt?«

Jördis schüttelte den Kopf. »Ich glaube nicht, dass er

ein Seemann ist. Dazu trug er nicht die richtigen Sachen. Sieh dir nur mal seine Hand an. Fein ordentlich mit gepflegten Nägeln und Hornhaut an der Spitze des Mittelfingers. Er ist ein Schreiber, kein Mann der See. Ich glaube, er ist ein wichtiger Mann. Aber haben will ich nichts von ihm.«

Tamme runzelte die Stirn. »Warum hast du ihn dann hier? Es wäre wohl auch für dich von Vorteil, wenn er nicht überleben würde.«

Jördis blickte auf. »Er ist aus dem Eisland. Er kommt von dort, wo meine Wurzeln liegen. Er spricht, wie meine Großmutter Etta immer zu mir gesprochen hat.«

Jördis hätte sich gern genauer erklärt, aber sie wusste nicht, mit welchen Worten sie die Gefühle, die in ihr wohnten, beschreiben sollte. Es war, als wäre der fremde Eisländer ein Bote von ihrer Mutter Nanna und ihrer Großmutter Etta. Da war einer, von dem sie hoffte, er würde sie verstehen und wie sie an die Runen glauben. Sie hatte ein Säckchen voll davon in seiner Hosentasche gefunden. War er der Runenmeister, der ihr helfen würde, ihre Zukunft zurückzubekommen?

»Bitte rede nicht darüber. Sage niemandem, was du hier gesehen hast«, bat sie und goss dem krummen Tamme den Becher voll Branntwein, und sich selbst gönnte sie auch einen kräftigen Schluck. Dann, als der starke Branntwein wärmend durch ihr Inneres rann, fragte sie: »Worüber hast du nachgedacht, da draußen in der Nacht und bei Regen?«

Tamme kratzte sich im Nacken. »Über die Liebe habe ich nachgedacht.«

»Und?«

Er lächelte schmal. »Na ja, ich bin zu dem Ergebnis gekommen, dass man die Liebe nicht planen kann, sondern dass sie kommt und geht, wie sie will.«

Jördis nickte. Sie wusste nicht, ob Tamme mit seiner Einschätzung recht hatte. Sie hatte nur ein einziges Mal geliebt und hatte an dieser Liebe sehr gelitten. Sie glaubte auch nicht, dass sie sich jemals wieder verlieben würde. Doch wenn Tamme recht hatte, dann war alles möglich. Kurz fragte sie sich, ob sie noch Gefühle für Arjen hegte, doch dieser Gedanke schmerzte so sehr, dass sie sich schnell wieder auf etwas anderes konzentrierte.

»Hast du schon einmal geliebt?«, fragte sie. Sie hatte nie über den krummen Tamme nachgedacht. Er war immer ihr Freund gewesen, aber sie waren sich nie nahe gekommen. Sie hatte ihm vertraut, ohne mit ihm vertraut zu sein.

»Ja. Ich habe geliebt. Ich liebe noch. Aber ich bin nur der, der ich bin. Und anscheinend bin ich nur für Notfälle zu gebrauchen.«

»Was meinst du damit?«, wollte Jördis wissen.

Tamme winkte ab. »Es ist spät oder besser gesagt früh. Ich muss nach Hause. Alles Gute für dich, Jördis. Und pass auf dich auf.«

Mit diesen Worten ging er. Jördis schaute ihm durch das Fenster nach und fragte sich, wen der krumme Tamme geliebt hatte oder noch immer liebte. Doch dann regte sich der Fremde hinter ihr, und sie trat zu seinem Bett, legte ihm ihre kühle Hand auf die Stirn. »Du fieberst nicht mehr so sehr«, sagte sie leise in der Sprache ihrer Mutter und Großmutter.

Der Fremde nickte, lächelte matt und sagte: »Ich heiße Lian.«

Achtes Kapitel

Einige Tage lang streifte der krumme Tamme durch die Dünen und über den Deich, suchte nach Miesmuscheln und Austern und sammelte die letzten Reste Schafsdung von der Weide. Dabei war er nachdenklich. Eigentlich war das nicht seine Art. Bisher war er davon überzeugt gewesen, dass der Herrgott schon alles richten würde. Doch jetzt war alles anders. Inge hatte ihn gefragt, ob er mit ihr schlafen würde. Mit ihr schlafen, nur damit sie ein Kind bekam und die Leute im Dorf nicht über sie reden würden. Mit ihr schlafen, damit die Rantumer glaubten, in ihrer Ehe mit Arjen stünde alles zum Besten. Sie hatte ihn gefragt und dabei nicht einen Lidschlag lang darüber nachgedacht, was das für ihn heißen musste. Sie hatte ihn gewählt, weil er krumm war und sie deshalb glaubte, er würde ihr Angebot aus Mangel an sonstigen Gelegenheiten sofort annehmen. Aber so war es nicht. Tamme liebte Inge. Schon lange. Eigentlich seit er denken konnte. Und er liebte sie auch jetzt, da sie einem anderen gehörte und schwerfällig und beleibt geworden war. Inge hatte ihn jedoch nie beachtet, jedenfalls nicht so, wie eine Frau einen Mann beachten sollte. Einmal hatte er es sogar gewagt, sich ihr zu erklären. Nicht richtig allerdings. Nur so in Andeutungen, doch er war sicher, dass sie ihn genau verstanden hatte, auch wenn sie so getan hatte, als hätte sie seine Worte überhört. Und er hatte gehofft und gewartet. Hatte gehofft, dass sie ihn nur ein einziges Mal ansehen würde. Richtig ansehen. Nicht, wie ein Vorüberkommender einen Krüppel anschaute. Mit ein wenig Abscheu und einer größeren Portion Mitleid, sondern so, wie eine Frau jemanden anschaute, der sie bemerkte, der sich um sie sorgte. Doch der krumme Tamme hatte vergeblich gehofft. Die Nachricht von der bevorstehenden Hochzeit zwischen Arjen und Inge hatte ihm damals den Boden unter den Füßen weggezogen. Arjen war sein Freund, doch nie hatte Tamme ihm offenbart, wie es um sein Herz stand. Niemand wusste davon, nicht einmal seine Schwester Antje. Er hatte es sogar geschafft, Arjen zu gratulieren und ihm Glück zu wünschen. Er hatte nicht begriffen, warum Arjen plötzlich Inge gewählt hatte. Nun hatte sie ihm gestanden, ihn zu dieser Ehe gezwungen zu haben. Er hätte so gern gewusst, wie sie ihn gezwungen hatte. Hatte Arjen ein Geheimnis, das er nicht kannte? Hatte sie ihn erpresst? Er hätte sie so gern gefragt, aber er hatte ihr nicht wehtun wollen. Sie nicht verletzen, so wie sie ihn so oft schon verletzt hatte. Und er hatte auch Arjen nicht gefragt, hatte gedacht, der Freund würde sich ihm schon anvertrauen, wenn er es wollte. Aber Arjen hatte nicht gewollt. Doch nun war Inge zu ihm gekommen und hatte ihn gebeten, ihr ein Kind zu machen. Er hatte gespürt, wie Ärger und Wut in ihm aufflammten. Nie hatte sie ihn beachtet, aber jetzt, da sollte er den Lückenbüßer spielen. Das würde ihn bestimmt keine große Überwindung kosten, Krüppel, der er doch war. Inge schien nicht im Geringsten damit zu rechnen, dass sie dem krummen Tamme damit die größte Schmach seines Lebens bereitete. Trotzdem liebte er sie. Er wollte mit ihr schlafen. Nie hatte er etwas so sehr gewollt. Aber nicht unter diesen Umständen! Wenn er es tat, wenn sie sogar ein Kind vom ihm auf die Welt bringen würde, wäre es dann nicht ein bisschen so, als wäre sie seine Frau? Oder würde seine Liebe endlich verlöschen, wenn er bekam, was er so sehr ersehnte? Tamme wusste es nicht. Er überlegte hin und her. Am liebsten hätte er Jördis gefragt, ob sie nicht für ihn die Runen werfen könnte, so wie Etta es manchmal früher bei ihm gemacht hatte. Einmal hatte er sie wahrhaftig nach der Liebe gefragt. Und Etta hatte aus den Runen gelesen, dass er die Frau bekommen würde, die er liebte. Nun, es sah im Augenblick nicht danach aus.

Tamme lief, die Hände in den Taschen, den Kopf gesenkt, über den Deich. Er wusste nicht, was er tun sollte. Und was Arjen, sein Freund, dazu sagen würde, wenn er einfach mit dessen Frau schlief, daran hatte er überhaupt noch nicht gedacht. Er würde den Freund damit verraten. Oder war es nur Verrat, wenn der Freund seine Frau auch lieben würde? Denn dass Arjen Inge nicht liebte, das sah jeder, der nicht auf beiden Augen blind war. Nie berührte er sie, nie schenkte er ihr einen liebevollen Blick. Würde Arjen es vielleicht sogar gutheißen, dass er, der krumme Tamme, die ehelichen Pflichten erfüllte, zu denen Arjen keine Lust hatte?

Was sollte er nur tun? Was, um Gottes willen? Er war doch auch ein stolzer Mann. Ja, er wusste, dass er mit den meisten Rantumer Männern nicht mithalten konnte. Er konnte nicht zur See fahren, konnte nicht einmal als Fischer arbeiten. Aber er war trotzdem ein Mann mit Gefühlen und Sehnsüchten. Sollte er zulassen, dass Inge ihn benutzte? Konnte es die allergeringste Hoffnung geben, dass sie sich in ihn verliebte, wenn er mit ihr schlief?

Jördis erschrak, als es plötzlich sehr früh am Morgen an ihrer Hüttentür klopfte. Sie warf einen Blick zu Lian, der sich ganz eng an die Wand presste, eine Decke über sich, so dass es aussah, als hätte Jördis ihre Bettdecke zusammengerollt.

»Wer ist da?«, rief sie, nicht bereit, die Tür einfach so zu öffnen.

»Der Landvogt schickt uns, wir sind seine Büttel. Öffnet die Tür!«

Jördis gehorchte. Sie öffnete die Tür jedoch lediglich einen winzigen Spalt breit. »Was wollt Ihr?«, fragte sie.

Der eine Büttel machte Anstalten, sie zur Seite zu drücken, um in die Hütte zu gelangen, doch Jördis ließ sich nicht so einfach wegschieben.

»Was wollt Ihr?«, fragte sie noch einmal, und ihr Ton klang sehr energisch.

Der andere Büttel trat vor. Für einen Augenblick überlegte Jördis, ob die beiden Männer dieselben waren, die ihr das Friesenhaus angezündet hatten, aber die Erinnerung an diesen schlimmen Tag hatte sie weitgehend ausgeblendet.

»Wir kommen auf Befehl des Landvogtes. Wir suchen nach jemandem.«

»Aha. Und wen sucht Ihr?«

»Das geht dich nichts an.«

»Wenn ihr in meine Hütte wollt, dann geht es mich sehr wohl etwas an.« Der eine Büttel stellte seinen Fuß zwischen Tür und Schwelle, um Jördis daran zu hindern, die Tür zuzuschlagen. »Wir wissen, dass ein Mann des gestrandeten Schiffes überlebt hat. Diesen Mann suchen wir.«

»Warum? Das tut ihr doch sonst nie.«

Der zweite Büttel drängte sich vor. Er betrachtete Jördis von oben bis unten, ihre schlanke Gestalt, das silberhelle, hüftlange Haar, den Busen, der sich unter ihrem dünnen Kleid hob und senkte. »Jetzt tun wir es aber«, sagte der erste, der zweite aber lächelte sie an. »Es ist ein Mann, der in geheimer Mission unterwegs war. Direkt von der Royal Academy in London auf dem Weg zum dänischen König.«

»Ach?« Jördis verzog den Mund. »Und so eine wichtige Person vermutet ihr bei mir?«

Der erste Büttel trat von einem Fuß auf den anderen. »Wir glauben nicht, dass er bei dir ist, denn wer bist du schon? Eine Bettlerin, eine von den ganz Armen. Und eine Hexe obendrein. Aber Befehl ist nun einmal Befehl. Wir sollen in jedes Haus und jede Hütte schauen.«

Jördis lachte hell auf und öffnete die Tür ein Stück weiter. »Dann schaut rein. Schaut euch an, wie ich lebe. Und dann fragt euch, ob ihr es auch nur eine einzige Nacht in einer so ärmlichen Hütte aushalten würdet. Woher wollt ihr überhaupt wissen, dass es einen Überlebenden gab? Wer hat euch das gesagt?«

Der erste Büttel zog ein strenges Gesicht. »Darüber

dürfen wir eigentlich nicht sprechen.« Er blickte zu seinem Kameraden, seufzte und erklärte dann: »Es gab mehrere Schreiben von den Engländern an den dänischen König, in denen es heißt, es gebe ein wichtiges Instrument, welches den Krieg entscheiden könnte. Der Mann, den wir suchen, war ausgewählt, dieses Gerät in Dänemark zu bauen.«

»Und so einen wichtigen Mann sucht ihr ausgerechnet bei mir?« Jördis schüttelte erneut verwundert den Kopf.

»Nun, er ist Eisländer. Und du gehörst auch zu den Eisländischen.«

Jördis stemmte die Arme in die Seiten. »Ich bin auf Sylt geboren. Mein Vater war Sylter. Was redet ihr da?«

Die beiden Büttel sahen sich an. »Mehr können wir dir nicht sagen«, erklärte der eine, während der andere verlegen auf seine Schuhspitzen schaute. Aber Jördis wusste auch so, was die beiden ihr verschwiegen. Sie war eine Hexe, ihr Haus war abgebrannt worden. Es war nur einleuchtend, wenn Jördis die Sylter Obrigkeit hasste.

»Gut«, sagte Jördis und machte Anstalten, die Tür zu schließen. »Ihr müsst mir nichts sagen. Und Ihr habt in meine Hütte geschaut.«

Der zweite Büttel legte seinem Kollegen eine Hand auf den Unterarm. »Es schadet nichts, wenn wir sie wissen lassen, was passiert ist. Sie streunt den ganzen Tag über die Insel. Wenn sie etwas findet, wird sie es uns melden. Aber eben nur, wenn sie auch weiß, was es zu finden gibt.«

Der erste Büttel verzog abfällig den Mund. »Erkläre du es ihr.« Mit diesen Worten drehte er sich um und holte einen Apfel aus seiner Tasche, in den er krachend biss.

»Der Mann, den wir suchen, hat es bis ans Ufer geschafft. Dafür haben wir einen Zeugen. Danach verschwand er. Wir haben in den Dünen nach einem frischen Grab Ausschau gehalten, haben sogar eines gefunden und aufgegraben, aber es war der falsche Tote darin. Also muss der Mann noch auf der Insel sein. Aus Tondern haben wir Befehl bekommen, ganz von oben. Es heißt, selbst der dänische König wartet auf diesen Mann.«

Jördis blickte den Büttel ein wenig spöttisch an. »Wenn ich ihn finde, was gibt es da als Belohnung?«

»Belohnung?« Der erste Büttel blickte stirnrunzelnd zum zweiten Büttel. »Eine Belohnung?«

Der zweite Büttel nickte. »Nun, es gibt einen Silbertaler. Viel Geld für eine wie dich.«

»Wie erkenne ich denn diesen geheimnisvollen Fremden?«

»Er ist groß und blond. Er sieht aus wie einer aus dem Eisland. Die Dänen befürchten, er wäre schuld an der Strandung des Wracks, weil er verhindern wollte, dass die Dänen die wichtigen Dokumente in die Hand bekommen. Es kann sogar sein, dass er die Strandung genutzt hat, um zu entwischen. Es kann aber auch sein, dass er zurück in seine Heimat will. Zuerst hinüber nach Schweden und von dort auf das Eisland. Verstehst du jetzt?«

Jördis nickte. »Ich habe verstanden, dass der Mann etwas sehr Wichtiges bei sich hat. Euch geht es darum, dieses Wichtige zu finden, weil es dafür einen schönen

Finderlohn gibt. Wahrscheinlich Goldtaler. Und mir würdet ihr ein Silberstück davon abgeben, wenn ich euch nicht unbedingt den Mann, aber die Unterlagen beschaffen würde. Ist das richtig?«

Der erste Büttel nickte. »Ja, du hast recht, es geht um die Unterlagen. Aber es geht auch um den Mann. Es ist fast ein Monat seit der Strandung vergangen. Der Mann hätte sich längst mit der Landvogtei auf Sylt in Verbindung setzen müssen.«

Der zweite Büttel packte den ersten beim Arm. »Komm, hier ist für uns nichts mehr zu holen«, sagte er.

Jördis verschwand wieder in der Hütte, kaum, dass die Männer sich von ihr verabschiedet hatten.

Sie wartete, bis draußen die letzten Geräusche verklungen waren, dann trat sie zum Bett und zog die Decke weg. »Hast du gehört, was die Büttel gesagt haben?«, fragte sie.

Lian setzte sich auf und hielt den verletzten Arm, als litte er große Schmerzen. »Sie haben recht«, erklärte er in der Sprache der Eisländer. »Die Zeichnungen in meinem Brustbeutel sind sehr wertvoll. Ein englischer Wissenschaftler hat sie erstellt – Isaac Newton. Anhand der Zeichnungen kann man ein Gerät bauen, mit dem sich auf See Entfernungen und Richtungen sehr viel besser berechnen lassen als bisher mit dem Jakobsstab und dem Astrolabium.« Er hielt erschöpft inne, und Jördis reichte ihm einen Becher mit Wasser. Als Lian getrunken hatte, fuhr er fort: »Die englische Royal Academy hat diese Zeichnungen nicht verstanden und hat sie als Hirngespinste abgetan. Also habe ich Isaac Newton diese Zeichnungen abgekauft.«

»Und wie bist du mit ihnen auf ein dänisches Schiff geraten?«

»Ich wollte zurück nach Eisland. Ein dänischer Kapitän bot mir an, mich mitzunehmen. Er führe von England nach Dänemark und von dort direkt nach Eisland. Er fragte mich, ob ich auf seinem Schiff als Navigator arbeiten könnte. Ich sagte zu, denn das hätte ich schon sehr oft getan. Besser gesagt: Das Navigieren ist mein Beruf und meine Leidenschaft.«

»Aber woher wusste der Kapitän von den Zeichnungen?«, wollte Jördis wissen.

»Vielleicht hat er noch in England davon erfahren. Vielleicht aber auch erst auf dem Schiff. Jedenfalls teilte er einem schnelleren Schiff als unserem, welches wir auf dem Meer trafen, mit, dass es diese Zeichnungen gibt und dass ich sie habe. Man hat wohl erkannt, welchen Wert sie besitzen. Zwei Mal versuchte in der Nacht jemand, mir die Zeichnungen zu stehlen. Aber beide Male habe ich den Versuch rechtzeitig vereiteln können. Dann kam der Sturm, und wir sind gestrandet. Zu dieser Zeit wussten die Dänen aber bereits, dass ich die Zeichnungen hatte.«

»Was genau will der dänische König eigentlich damit?«, fragte Jördis weiter. »Warum sind die Zeichnungen für ihn so wertvoll?«

»Die Dänen führen zusammen mit Sachsen-Polen und Russland den Großen Nordischen Krieg gegen Schweden. Haben sie ein besseres Werkzeug zum Navigieren als die anderen, so verschafft ihnen das ungeheure Vorteile.« Wieder trank Lian einen Schluck.

Jördis sah, dass der Eisländer erschöpft und müde

war. »Wir hier auf Sylt wissen nichts von einem Großen Nordischen Krieg. Was genau geht da vor sich?«

»Der Große Nordische Krieg tobt seit 1700. Es geht um die Vorherrschaft im Ostseeraum. Eine Dreiergruppe, bestehend aus dem Russischen Zarenreich sowie Sachsen-Polen und Dänemark-Norwegen, griff im März 1700 das Schwedische Reich an, das von dem achtzehnjährigen König Karl XII. regiert wurde. Die Schweden siegten, und Dänemark-Norwegen und Sachsen-Polen schieden als Verlierer zunächst aus dem Krieg aus. Als König Karl XII. mit seiner Armee vor fünf Jahren Russland in einem letzten Feldzug zu besiegen gedachte, erlitten die Schweden in der Schlacht bei Poltawa im Juli 1709 eine verheerende Niederlage. Diese Niederlage änderte alles: Die Sachsen und die Dänen betraten wieder den Kriegsschauplatz und kämpfen bis heute erbittert gegen die Schweden.«

Es kam Jördis mit einem Schlag sehr unwirklich vor, dass die Nachbarn im Krieg lagen und sie hier auf der Insel nichts davon mitbekommen hatten. Wir sind aus der Welt, dachte sie. Und nur, weil wir so aus der Welt sind, müssen wir uns gegenseitig bekämpfen. »Die Zeichnungen sind so verwischt, dass niemand sie mehr lesen kann«, erklärte Jördis. Sie nahm ein Blatt davon vom Tisch und zeigte es Lian. »Hier, sieh selbst.«

Der Eisländer nahm das Blatt und studierte es. Dann schaute er auf seine verbundene rechte Hand. »Ich kann die Zeichnungen nicht mehr anfertigen«, sagte er leise, und Jördis sah, dass er die Augen schloss und ein wenig hin und her schwankte.

»Du musst dich wieder hinlegen«, erklärte sie. »Hast du große Schmerzen?«

Lian nickte und seufzte.

»Du musst jetzt erst einmal gesund werden. Dann kümmern wir uns um die Zeichnungen«, sagte Jördis und schüttelte ihm das Kissen auf.

»Ich muss sie noch einmal zeichnen«, erklärte Lian.

»Du hast deine rechte Hand verloren«, warf Jördis behutsam ein.

Lian fluchte leise auf Eisländisch. »Ich habe noch keine Ahnung, wie ich es anstellen werde, aber die Zeichnungen müssen ganz neu angefertigt werden. Sag, gibt es auf der Insel niemanden, der sich in der Kunst der Navigation auskennt?«

Noch ehe Lian den Satz zu Ende gesprochen hatte, musste Jördis an Arjen denken. Wenn jemand gut navigieren konnte, dann er. Doch sie schwieg und verscheuchte den Gedanken an Arjen wieder.

»Du musst jetzt schlafen«, sagte sie leise, aber Lian tat, als hätte er ihre Worte nicht gehört: »Jemand muss die Zeichnungen nach Dänemark bringen. Schon lange hat Schweden vor, unsere Insel seinem Reich einzugliedern und …« Er schloss die Augen und war eingeschlafen, noch ehe er seinen Satz beenden konnte.

Jördis setzte sich auf die Bettkante und wickelte vorsichtig die Leinenlappen von der Wunde. Lian stöhnte leise im Schlaf. Als der letzte Streifen abgewickelt war, hätte sie beinahe laut aufgeschrien. Die Wundränder hatten sich schwarz verfärbt. Ein übler Geruch stieg von ihnen auf, und Jördis erkannte, dass nicht nur die Büttel, sondern auch der Tod an die Tür ihrer Hütte geklopft hatte.

Neuntes Kapitel

*I*nge hatte jedes Lächeln verloren. Sie wachte am Morgen auf, und der Tag war grau. Sie wusch Wäsche, und der Tag blieb grau. Sie kochte das Abendessen, und der Tag wurde noch grauer, ehe die Dunkelheit über Sylt hereinbrach. Alles, was sie tat, war von grenzenloser Scham überschattet. Sie konnte einfach nicht aufhören, an Tamme zu denken, und zum ersten Mal in ihrem Leben nannte sie ihn in Gedanken nicht den krummen Tamme. Er glaubte vielleicht, sie hätte seinen Schmerz nicht bemerkt, aber so war es nicht. Als sie in seine Augen gesehen hatte, die plötzlich wie leere Brunnenschächte waren, da hatte sie gewusst, wie sehr sie ihn verletzt hatte. Jeden anderen auf der Insel hätte sie fragen können. Vielleicht wäre sie ausgelacht worden, vielleicht hätte man sie sogar mit einem Knüppel vom Hof gejagt, aber das alles wäre nicht so schlimm gewesen wie der traurige Ausdruck in Tammes Augen. Und noch eins war ihr klar geworden: Sie hatte Tamme nie bemerkt. Er war einfach immer da gewesen. So wie das Salzfässchen auf dem Tisch, aber gesehen hatte sie ihn nie. Jetzt jedoch sah sie ihn ständig vor sich. Bei Tag und sogar in der Nacht, wenn sie träumte. Sie sah, wie er den Kopf senkte und dann leise »Nein,

Inge« sagte. Als sie ihn gefragt hatte, warum er nicht mit ihr schlafen wolle, da hatte er nur mit dem Kopf geschüttelt. Aber sie war so versessen darauf gewesen, sich endlich von wem auch immer ein Kind machen zu lassen, dass sie sich damit nicht hatte zufrieden geben können. »Warum nicht?«, hatte sie abermals gefragt. Erst leise, dann immer lauter. Sie hatte ihn bei den Schultern gepackt und ihn geschüttelt, als wäre er ein Apfelbaum, und er hatte sich schütteln lassen, hatte ihren Blick vermieden. Da hatte sie ihn gelassen und war in Tränen ausgebrochen. Eine Weile hatte sie beinahe stumm geweint, die Tränen waren ihr einfach so über die Wangen gelaufen. Dann hatte Tamme sie in seine Arme gezogen und hatte ihren Rücken gestreichelt. Oh, wie lange war das her, seit sie das letzte Mal gestreichelt worden war! Ihre Mutter hatte sie so liebkost, als Inge noch ein kleines Kind gewesen war. Seither jedoch niemand mehr. Obgleich sie verzweifelt war, hoffnungslos, taten ihr die Berührungen gut. Sie ließen etwas, das seit Jahren hart wie ein Klumpen Blei in ihrem Bauch gesessen hatte, schmelzen wie Eis in der Sonne. Sie hatte sich an Tamme geschmiegt und sich gewünscht, er würde niemals wieder aufhören, ihr über den Rücken zu streichen. Währenddessen hatte sie sich gefragt, wie sie weiterleben sollte, jetzt, da Tamme die Erinnerung an Zärtlichkeit in ihr geweckt hatte. Deshalb hatte sie einfach weiter geschluchzt, auch als längst alle Tränen geweint waren. Tamme hatte ihr beruhigende Laute ins Ohr geflüstert und sie einfach nur gehalten. Irgendwann hatte er sie losgelassen. Er hatte seine Hände auf ihre Schultern gelegt und war einen Schritt zurückgetreten, so dass sie in seine Augen schauen musste. Er hatte geseufzt, dann hatte er mit zwei Fingern ihre Wange gestreichelt und gesagt: »Verlange das nicht von mir, Inge. Alles, alles tue ich für dich. Nur das nicht. Denn wenn ich dich einmal berührt habe, so werde ich dich nicht mehr gehen lassen können. Es würde mir das Herz brechen.« Sie hatte den Blick senken wollen, doch Tamme hatte ihr Kinn genommen und es angehoben, so dass sie seinem Blick nicht ausweichen konnte. »Ich liebe dich, Inge«, hatte er leise gesagt, aber doch so deutlich, dass sie jedes einzelne Wort verstehen konnte. »Ich habe dich immer geliebt. Verstehst du? Deshalb kann ich nicht mit dir schlafen. Es sei denn, du kämest nicht nur, um ein Kind mit mir zu haben, sondern auch, um meine Frau zu sein.« Nach diesen Worten hatte er sich umgedreht und war gegangen. Sie hatte einsam am Strand gestanden und ihm mit Wehmut im Herzen nachgeschaut. Er liebte sie. Inge hatte das gewusst, aber sie hatte sich nie Gedanken darüber gemacht, was das zu bedeuten hatte. Jemand liebte sie. Nicht jemand, sondern der krumme Tamme liebte sie. Sie sah ihm nach und hatte plötzlich den Eindruck, alles in ihrem Leben falsch gemacht zu haben.

In der Nacht stieg das Fieber. Lian strahlte eine Hitze ab, die so von kaltem Schweiß begleitet war, dass Jördis das Schlimmste fürchtete. Am Abend hatte sie seinen Armstumpf noch einmal neu gewickelt und war entsetzt darüber gewesen, wie sich der Wundbrand ausgebreitet hatte. Sie musste den Wundbrand bekämpfen, sonst würde er sterben. Sie dachte nach und lief dabei durch ihre Hütte. Einer der Seeleute hatte erzählt, wie man auf dem Schiff Wundbrand behandelte. Man trennte einfach das betroffene Glied ab. Zwei Mann hielten den Kranken, dann kam der Schiffsarzt mit einer Säge, flößte zuvor dem Todgeweihten so viel Branntwein ein, dass er ohnmächtig wurde, und danach sägte der Arzt einfach das Glied ab. Manchmal half diese radikale Methode, aber oft auch nicht. Auf Eisland machte man es anders. War jemand vom Wundbrand befallen, dann ging man auf den Friedhof, buddelte die frischeste Leiche wieder aus, sammelte die Maden, die sich auf ihr befanden, einfach ab und legte sie an den Wundbrand, in der Hoffnung, dass die Maden das tote Fleisch abfraßen. Viele waren so geheilt worden, hatte Etta erzählt, aber Jördis grauste davor. Wie sollte sie es außerdem anstellen? Sie war viel zu schwach, um allein ein Grab auszuheben, den Sargdeckel zu öffnen und von dem Leichnam die Maden wegzunehmen. Ganz zu schweigen davon, wie gruselig und eklig diese Methode war. Und wenn jemand sie dabei ertappte, dann konnte sie sicher sein, dass ihre Tage auf Sylt gezählt waren. Es war etwas anderes, nicht mehr nur eine Hexe zu sein, sondern obendrein noch Leichen zu fleddern. Aber woher sollte sie die Maden nehmen?

Als das Tranlicht beinahe herunter gebrannt war, hatte sie endlich die rettende Idee. Ein Misthaufen! Sie brauchte einen Misthaufen. Sie würde darin graben, bis hinein in die Mitte, in der es stets schön warm war, dann würde sie Maden finden. Aber wer hatte in Rantum einen Misthaufen? Die Seeleute nicht, die Fischer nicht. Jördis schritt in Gedanken das ganze Dorf ab, dann sah sie einen Misthaufen vor sich. Schön groß, mit Dung von einer Kuh und zwei Schafen, die den Winter über in einem Stall verbrachten. Der Misthaufen gehörte zum Haus von Arjen und Inge. Sollte sie es wagen? Sie warf noch einen Blick zu Lian, der sich stöhnend auf seinem Lager herumwälzte. Dann rief sie ihren Hund, nahm ein frisches Tranlicht und machte sich auf den Weg.

Der Neumond stand hell und silbern am Himmel, warf scharfkantige Schatten auf die Erde. Ein paar einzelne Wolkenfetzen trieben an ihm vorüber, ansonsten war die Nacht klar und kalt. Die Dünen waren mit Reif bedeckt, und vor Jördis' Mund bildeten sich kleine, weiße Atemwolken. Es war kalt, doch der Wind blies nur sehr schwach, so dass die Kälte nicht unter die Kleider kriechen konnte. Jördis hastete durch das Dorf, das vollkommen still dalag. Aus den Schornsteinen stieg kein Rauch auf, die Straße lag wie ausgestorben, und selbst an der Schänke »Zum toten Wal« hatte man die hölzernen Klappläden vor die Fenster geschlagen. Irgendwo bellte ein Hund, eine dreibeinige Katze lief vor Jördis über die Straße, und ein paar einzelne Raben saßen krächzend auf den Hausgiebeln.

Jördis verließ die Dorfstraße, lief hinter den Häusern entlang und hatte bald den Misthaufen erreicht. Obenauf lagen ein paar welke Kohlblätter, doch darunter befand sich der Mist aus dem Stall. Jördis stellte das Tranlicht ab, hieß den Hund, auf sie zu warten und still zu sein, dann kletterte sie auf den Misthaufen. Schon beim ersten Schritt sank sie bis über die Knöchel ein. Der Gestank trieb ihr die Tränen in die

Augen, doch sie achtete nicht darauf. Sie wühlte zuerst mit den Schuhen im Mist, dann bückte sie sich und wühlte nun auch mit den Händen und Armen darin. Schon bald war sie über und über mit stinkendem Dreck bedeckt, doch sie gab nicht auf. Zu Weihnachten schlachteten die meisten Sylter. Die Reicheren ein Schaf oder ein Kalb, die Ärmeren wenigstens ein Huhn. Weihnachten war gerade drei Wochen her. Schön viel Zeit, dass sich die Knochen mit Maden bedeckt hatten.

Plötzlich begann Blitz, der Hund, zu bellen. »Pscht!«, machte Jördis, doch der Hund konnte sich gar nicht wieder beruhigen. Zehn Schritte von ihm entfernt hockte eine Katze auf einem Schuppendach, und Blitz, der eigentlich sitzen bleiben sollte, vergaß augenblicklich den Befehl seines Frauchens, sauste, seinem Namen alle Ehre machend, auf den Schuppen zu und bellte sich die Lunge aus dem Leib. Jördis erstarrte, sah bange nach dem Haus, ob die Lichter drinnen entzündet würden. Sie hatte endlich die Knochen vom Weihnachtsmahl gefunden. Sie musste nur noch schnell die Tranlampe holen und die Maden absammeln. Sie brauchte nicht länger als zehn Minuten. Doch Blitz bellte und bellte, und im selben Augenblick wurde drinnen ein Licht angezündet, und kurz darauf flog die Tür auf.

Jördis hielt inne, bewegte sich nicht, in der Hoffnung, unentdeckt zu bleiben. Inge stand in der Tür. Ihr Nachtkleid war dünn, das Haar zerzaust. »Wer ist da?«, rief sie, und Jördis hörte die Furcht in ihrer Stimme. »Wer da ist, soll sich melden, sonst hole ich meinen Mann.«

Als Jördis das hörte, atmete sie auf. Arjen war also nicht zu Hause, sondern offenbar noch in der Schmiede. Denn niemals hätte er zugelassen, dass sich seine Frau, ob geliebt oder ungeliebt, in Gefahr brachte.

»Wer ist da?«, rief Inge wieder. Die Angst in ihrer Stimme hatte sich verstärkt. Sie trat zwei Schritte von der Schwelle weg und leuchtete mit dem Licht. Der Hund bellte weiter. Inge watschelte über den Hof, packte Blitz im Nacken und schüttelte ihn. »Du widerliche Kreatur! Wirst du wohl dein Maul halten?« Wieder schüttelte sie ihn, und Blitz begann zu wimmern und zu schreien.

Da konnte sich Jördis nicht mehr zurückhalten und trat vor. »Lass den Hund los!«, rief sie.

Inge fuhr vor Schreck herum und ließ Blitz auf die Erde fallen. Inge hob das Licht, und Jördis konnte erkennen, wie sie die Stirn runzelte. »Wer ist da?«, fragte sie noch einmal, dieses Mal drohend.

»Ich bin es – Jördis.«

Inge hielt das Licht vor sich und kam langsam näher. Als sie Jördis endlich auf dem Misthaufen entdeckte, blieb sie verblüfft stehen. »Du? Was machst du hier?«

»Ich suche nach Maden«, antwortete Jördis betont ruhig.

»Nach Maden?«

»Ja.«

»Was willst du damit?«

»Was will man schon mit Maden?«

»Sag du es mir«, verlangte Inge.

»Angeln wollte ich. Drüben im Watt.«

»Und die Maden suchst du in unserem Misthaufen?«

»Ja. Ich habe nicht gewusst, wo ich sonst im Januar Maden finden könnte.«

»Warum bist du nicht am Tag gekommen und hast einfach gefragt?« Inge hielt das Licht nun so hoch, dass Jördis sich geblendet abwandte.

»Warum schon? Weil es mir peinlich war.«

Inge schürzte die Lippen. »Und du sagst auch wirklich die Wahrheit?«

»So wahr mir Gott helfe.«

»Pfft!« Inge warf den Kopf zurück. »Diese Worte aus deinem Mund machen dich nicht glaubwürdiger.«

Während des Gespräches hatte Jördis sich auf den Mist gekniet und hatte rasch so viele Maden wie möglich von den Knochen gesammelt. Sie steckte sie in eine kleine Schachtel und sprach dabei mit Inge. »Gut, dann glaube mir halt nicht. Aber du kannst dich schon fragen, was ein Mensch mit Maden will außer angeln.«

Sie erhob sich, klopfte sich das Kleid ab und stieg von dem stinkenden Haufen. Sie rief Blitz zu sich, dann zeigte sie Inge die Schachtel vor. »Hier, sieh! Es sind nur Maden. Ich danke dir auch dafür.«

»Gestohlen hast du die Maden«, stellte Inge fest. »Wenn ich wollte, könnte ich dich dem Landvogt melden.«

Jördis lachte auf. »Dem Landvogt? Du willst ihm sagen, dass du mich beim Diebstahl von Maden erwischt hast? Nun, die Strafe wird drastisch ausfallen. Stell dir nur vor, ich muss dir am Ende die Maden wieder zurückbringen.«

»Es ist Diebstahl!« Inge stampfte mit dem Fuß auf. »Du bist eine Diebin.«

Jördis steckte die Schachtel in ihre Rocktasche. »Nun, ich bin vielleicht eine Madendiebin, aber ich habe niemals ein Kreuz in der Kirche gelöst und damit dafür gesorgt, dass Menschen sterben und ihr Hab und Gut verlieren. So wie du es getan hast. Und jetzt denke ich, dass der Diebstahl von ein paar Maden weitaus weniger wiegt als deine Taten, aber ich sage dir trotzdem: Von mir aus sind wir jetzt quitt.«

Jördis nickte Inge noch einmal zu, dann verschwand sie mit ihrem Hund.

Zehntes Kapitel

Jördis war unten am Strand. Wieder war ein Schiff zerbrochen, doch dieses Mal gab es keine Überlebenden. Es war noch dunkel. Gleich würde der Strandvogt kommen und die Berger bestellen. Jeder Rantumer drängte sich danach, die Ladung zu bergen, denn der Lohn betrug immerhin ein Drittel des Wertes.

Jördis wusste, dass die Strandwache längst in einer Dünenkuhle gelegen und die Strandung des Schiffes beobachtet hatte. Aber sie wusste auch, dass der Strandvogt ohne ein gutes Frühstück nicht arbeitsfähig war. Sie hatte vor wenigen Augenblicken gesehen, wie der Strandvogt mit seinem Helfer über die Dünen davon gestapft war. Nun glitt sie vorsichtig mit den Füßen ins Wasser und angelte hervor, was es zu holen gab: ein kleines Fass, ein großes Stück Segel, eine Seemannskiste, mehrere Holzplanken und ein Säckchen mit unbekanntem Inhalt. Sie packte die Sachen in das nasse Segel, warf es sich über die Schulter, ächzte unter der Last und schleppte alles über die Dünen zurück nach Hause.

Inzwischen war Lian wach geworden. Jördis setzte sich zu ihm ans Bett. »Du hast Wundbrand«, sagte sie leise und legte ihm sanft eine Hand auf den geschundenen Arm. »Ich habe in der Nacht Maden besorgt und mache dir jetzt einen Wickel damit. Die Maden werden das tote Fleisch abfressen, und wenn wir Glück haben, können wir so den Wundbrand besiegen.«

Lian verzog das Gesicht. »Muss das wirklich sein«, fragte er, »gibt es kein anderes Mittel?«

Jördis schüttelte den Kopf. »Die Maden sind das sicherste Mittel. Man kann auch versuchen, den Schimmel von einem Brotkanten abzukratzen und ihn auf die Wunden zu legen, doch die Wirkung lässt in vielen Fällen zu wünschen übrig.«

»Woher weißt du das alles?«, wollte Lian wissen. Er war noch immer blass. Unter seinen Augen zeigten sich schwere dunkle Ringe, und seine Lippen waren vom Fieber rissig und aufgesprungen, obgleich Jördis sie immer wieder mit Schmalz eingerieben hatte.

»Meine Großmutter hat es mir beigebracht. Sie kam aus dem Eisland genau wie du. Sie hat mir immer gesagt: Das Eisland ist einsam und rau. Um dort zu überleben, muss man sich zu helfen wissen.«

Lian lachte leise. »Sie hatte recht, deine Großmutter. Meine hat mir das auch erzählt.« Dann ließ er sich zurück auf die Bettstatt sinken. »Mach mir den Madenwickel«, sagte er und schloss die Augen.

Jördis füllte den Branntwein, den sie am Strand in dem Fässchen gefunden hatte, in einen Becher und setzte Lian den Trank an den Mund. Lian schluckte und schluckte, die Tränen traten ihm in die Augen, er hustete und schluckte weiter, bis der Becher vollständig ausgetrunken war. Dann wandte er den Kopf zur Wand, und Jördis sah, wie er die Zähne zusammenbiss. Sie wickelte sanft die Leinenstreifen von der

Wunde. Dann breitete sie ein großes Tuch unter dem Arm aus, schüttete die Maden darauf, schlug das Tuch über seinem Arm zusammen und band es mit gedrehten Wollfäden fest.

»Jetzt können wir nur noch beten«, sagte sie, faltete die Hände und flüsterte ein Vaterunser.

Inge war nicht zu ihrem Vater gegangen, denn er war in erster Linie ihr Vater und nicht ihr Seelsorger. Sie hatte von den Katholiken gehört, die einfach zum Priester gingen, in den Beichtstuhl stiegen und hernach alle Sünden los waren. Seit dem Gespräch mit Tamme war sie nachdenklich geworden. Sie hatte das Bedürfnis, sich zu reinigen. Nicht mit Wasser und Seife, sondern innerlich. Sie hatte den Eindruck, alles in ihr wäre verklebt und verdreckt. Und sie selbst war es, die sich so beschmutzt hatte. Reine Seele, dachte sie und lachte bitter auf. Wo gab es das denn? Kaum war man den Kinderschuhen entwachsen, wurde die Seele schmutzig. Es ging nicht anders. Sicher war es bei allen so, doch das tröstete Inge überhaupt nicht. Sie hatte erwogen, in den Nachbarort zu laufen, nach Westerland und dort den Pfarrer um ein Gespräch zu bitten. Doch sie war nicht katholisch; der Pfarrer würde ihr raten, ihren Frieden mit Gott selbst zu suchen. Nun war es aber so, dass es Inge nicht viel nützte, wenn Gott ihr vergab. Sie hatte an Jördis gesündigt, an Arjen und nun auch noch an dem krummen Tamme. Diese Menschen mussten ihr vergeben, wenn sie wieder Frieden haben wollte. Und ihre Sehnsucht nach Frieden war so groß wie noch nie zuvor in ihrem ganzen Leben. Denn sie hatte etwas gesehen, das sie sich so nicht vorgestellt hatte: Sie hatte die Liebe gesehen. Die wahre Liebe, die von ganz innen, tief aus der Seele kam. Sie hatte sie in Tammes Augen gesehen. Plötzlich war ihre Sicht auf die Welt eine andere geworden. Sie wollte sich Tammes Liebe verdienen. Nichts war wichtiger. Aber warum eigentlich? Sie hatte Arjen geliebt, doch ihre Liebe war nicht erwidert worden. Sie wusste genau, wie man sich fühlte, wenn man den Geliebten um einen Blick, um ein Wort anbettelte, die nicht kamen. Es waren immer die falschen Blicke, die falschen Worte. Sie wollte jetzt alles richtig machen. Dazu gehörte Vergebung. Erst wenn sie die erfahren hatte, konnte sie mit ihrem eigenen, dem richtigen Leben beginnen. Sie stand am Fenster und blickte hinaus. Der Himmel war von dicken, grauen Wolken bedeckt. Ein paar Rottgänse flogen kreischend vorüber. Einige vereinzelte Flocken fielen vom Himmel. Es war nicht mehr so kalt wie in den letzten Tagen, und die Flocken schmolzen, sobald sie auf die Erde trafen. Inge zog sich an, wickelte sich einen warmen Schal um den Hals und ging, um die erste Vergebung zu erbitten.

Die Dorfstraße war belebt, überall an den Ecken standen die Frauen und Männer beieinander und tuschelten aufgeregt. »Was ist los?«, fragte Inge die Nachbarin.

»Hast du es noch nicht gehört?«

»Was denn?«

»Gestern Morgen sind dänische Soldaten in List gelandet. Es heißt, sie suchen auf der ganzen Insel nach einem Mann, der den Schiffbruch zu Weihnachten überlebt hat. Er soll sofort nach Dänemark gebracht werden.«

»Ach ja?« Inge zuckte mit den Schultern. »Und wo soll er sein, der Fremde?«

»Es heißt, er könnte hier bei uns sein, hier in Rantum. Die Büttel haben zwar schon nach ihm gesucht, doch sie haben niemanden gefunden. Nun wollen die dänischen Soldaten sich selbst überzeugen.«

»Nun, ich hoffe, Gott steht ihnen bei«, erklärte Inge. Sie war so erfüllt von dem, was sie vorhatte, dass für andere Menschen und deren Schicksal kein Platz in ihrem Herzen war. Sie überquerte die Dorfstraße, sah nebenbei, dass alle Schornsteine in Rantum rauchten, sie roch den Buchenduft der brennenden Scheite. Eine fette Gans, die Weihnachten ungeschoren davongekommen war, querte ihren Weg. Aus einem offenen Fenster drangen Flüche und Geschrei eines Kleinkindes. Als sie die Schmiede erreicht hatte, blieb sie kurz stehen. Sie öffnete die Tür, und Arjen, der an seiner Werkbank stand und mit einer Harpune den letzten Schliff gab, hob den Kopf.

»Du hier?«, fragte er und ließ die Feile sinken.

»Ja … Ich … ich muss mit dir reden.«

»Kann das nicht bis heute Abend warten?« Arjen wies auf die Wand, an der mehrere halbfertige Harpunen lehnten. »Die Männer gehen in wenigen Wochen zurück aufs Meer. Ich muss die Harpunen bis dahin fertig kriegen.«

»Es dauert nicht lange.« Inge hatte sich so schwer getan, den Mut aufzubringen, um ihren Mann zu besuchen, dass sie sich jetzt nicht einfach wegschicken lassen konnte.

»Also gut.« Arjen wusch sich die Hände in einem Wassereimer, dann räumte er einen Schemel frei. »Bitte, setz dich.«

Inge tat, wie ihr geheißen. Sie blickte dabei Arjen an, und ihr Herz zog sich schmerzhaft zusammen. Sie hatte ihn lieben wollen – so sehr, wie nie zuvor auf Sylt eine Frau ihren Mann geliebt hatte. Aber es war anders gekommen. Sie liebte ihn schon lange nicht mehr. Sie folgte ihm, sie bettelte ihn an um ein Wort, um einen Blick, sie hing hündisch an ihm, aber Liebe, so, wie sie sie sich wünschte, war es nicht.

»Nun, was gibt es so Dringendes?«

Inge holte tief Luft. »Ich möchte dich um Vergebung bitten.«

»Um Vergebung? Was hast du angestellt?« Dann fiel es ihm ein. »Es geht um die Schwangerschaft, nicht wahr? Nun, ich vergebe dir.«

Inge schüttelte den Kopf. »Es geht nicht um die Schwangerschaft; es geht um uns. Ich habe dich in diese Ehe gezwungen, und du sollst wissen, dass es mir unendlich leid tut.« Sie lächelte ein wenig schief. »Man kann die Liebe nicht erzwingen. Vergib mir, bitte.«

Arjen seufzte. Er machte ihr keine Vorwürfe, es fielen keine bitteren Worte, nur ein abgrundtiefes Seufzen drang aus ihm. »Und was machen wir nun?«, fragte er.

Inge zuckte mit den Schultern. »Ich weiß es nicht. Aber ich gebe dich frei. Geh zu Jördis, lebe mit ihr. Mit mir würdest du niemals glücklich werden.«

Abrupt stand Arjen auf, nickte noch einmal und antwortete: »Ich danke dir für deine Worte, Inge, aber es ist zu spät. Wir sind nun einmal verheiratet und können einander nicht frei geben. Der Einzige, der das vermag, ist ein hoher Vertreter der Kirche. Doch damit er uns scheidet, bräuchten wir einen guten Grund. Wir müssten nachweisen, dass unsere Ehe nicht erfüllt werden kann.«

Inge sprang von ihrem Hocker auf. »Wenn ich meinem Vater sage, dass wir die Ehe nie vollzogen haben? Er könnte unsere Ehe für ungültig erklären lassen.«

Arjen schüttelte den Kopf. »Das wird er nicht tun. Er würde glauben, du willst ihn absichtlich zum Gespött von ganz Rantum machen. Außerdem glauben alle, dass du schwanger bist.«

Er nahm eine der Harpunen, die an der Wand lehnten, legte sie auf den Amboss und schlug so fest mit dem Hammer auf die Spitze ein, dass die Funken stoben.

Elftes Kapitel

Tamme konnte nicht warten, bis die Dunkelheit angebrochen war, er lief am hellen Tage zu Jördis' Hütte, trommelte mit den Fäusten dagegen, und als sie ihm endlich öffnete, schlüpfte er hinein und schlug die Tür hinter sich zu.

»Was ist los, Tamme?«, wollte Jördis wissen. »Du bist ja ganz außer Atem.«

»In List sind Soldaten gelandet – Dänen. Sie suchen nach ihm.« Er deutete mit dem Kopf in Richtung Lian, der schlafend im Bett lag.

Jördis runzelte die Stirn. »Warum suchen sie nach ihm? Die Büttel haben ihn nicht gefunden; warum also kommen nun noch die Dänen?«

»Es geht um irgendwelche Zeichnungen. Er muss sich verstecken.«

Jördis schüttelte den Kopf. »Wo soll er sich verstecken? Er ist krank. Ich bin um jeden Tag froh, den er überlebt.«

»Das wird nicht mehr lange so sein, wenn er hier bleibt. Er muss weg. Noch sind die Soldaten nicht hier, aber es wird keinen halben Tag mehr dauern, bis sie Rantum erreicht haben.«

Jördis blickte um sich, als suche sie in ihrer Hütte ein

Versteck. Doch hier gab es nichts. Die einzige Truhe war viel zu klein, Nebenräume waren nicht vorhanden.

»Wo soll er denn hin?«, fragte Jördis. Verzweiflung schwang in ihren Worten. »Ich weiß kein Versteck außer in meinem Haus.«

»Nun, bei uns kann er auch nicht unterkommen. Unser Haus ist nur wenig größer als deines. Aber ich habe einen Einfall. Allerdings müssten wir Inge dazu in unser Geheimnis einweihen.«

»Inge? Niemals!«

»Warum nicht?«

Jördis biss sich auf die Lippen. Sie hatte sich geschworen, niemals mehr mit oder über Inge zu reden. »Sie hat mich verraten.« Stockend berichtete Jördis von dem fallenden Kreuz in der Kirche.

Tamme schwieg einen Augenblick, dann legte er einen Arm tröstend um Jördis' Schulter. »Sie hat sich verändert«, sagte er. »Das Leben hat es nicht gut mit ihr gemeint. Und sie hat dir selbst gestanden, was sie getan hat. Meinst du denn nicht auch, dass jeder Mensch eine zweite Chance verdient hat?«

»Eine zweite Chance? Ja, wenn es sein muss. Aber nicht, wenn ein Menschenleben dabei auf dem Spiel steht. Ich kann ihr nicht mehr vertrauen. Um was geht es eigentlich? Was soll Inge tun?«

Tamme strich sich mit der Hand über das Kinn. »Es gibt einen Platz in Rantum, an dem die Soldaten ganz bestimmt nicht suchen würden.«

»Und wo ist das?«

»In der Kirche. Oder besser gesagt: In dem Sarg, der in der Kirche steht. Die alte Grit ist gestorben. Übermorgen soll die Beisetzung stattfinden.«

Jördis riss die Augen auf. »Du willst die Grit aus dem Sarg holen und Lian hineinlegen?«

Tamme zuckte mit den Schultern. »Die Grit war sehr klein und zum Schluss recht mager. Vielleicht können wir Lian auf sie legen.«

Jördis presste eine Faust auf ihren Mund. Die Vorstellung war so grausig, dass ihr ein kalter Schauer über den Rücken lief.

»So, wie ich die alte Grit kannte, hätte sie nichts dagegen, wenn ein junger Mann auf ihr zu liegen käme.« Der krumme Tamme lächelte über seinen Scherz.

Jördis entspannte sich ein wenig. »Der Einfall ist nicht schlecht. Aber wie sollen wir das anstellen?«

»Ich habe gehört, dass die Dänen die ganze Insel durchsuchen. Heute werden sie in List beginnen. Morgen werden sie in Westerland sein und übermorgen hier in Rantum. Wir müssen Lian morgen Nacht in die Kirche bringen. Inge muss uns den Schlüssel besorgen. Um den Pfarrer kümmert sich Antje. Er muss natürlich der Kirche fernbleiben. Wir verstecken Lian in der Sakristei. Wenn die dänischen Reiter Rantum erreichen, dann legen wir ihn in den Sarg. Ich sorge dafür, dass die Soldaten mit der Kirche beginnen. Und wenn sie weitergezogen sind, hinüber nach Hörnum, dann bringen wir Lian wieder zurück.

Jördis ging zum Bett und legte Lian eine Hand auf die Stirn. »Er fiebert noch. In der Kirche ist es kalt und feucht. Womöglich holt er sich dort noch eine Lungenentzündung.«

»Wir haben keine andere Wahl, Jördis«, erklärte Tamme. »Du musst dich jetzt entscheiden. Ich muss noch mit Inge sprechen.«

Zögernd nickte Jördis. »Gut. Es ist die einzige Möglichkeit. Sag Inge, wenn sie das tut, dann verzeihe ich ihr.«

Wenig später klopfte der krumme Tamme an Inges Tür. Sie war eben erst von der Schmiede zurückgekehrt. Sie fühlte sich so leicht und frei wie noch nie in ihrem Leben, obgleich sie wusste, dass sie zu ihrer inneren Reinigung noch einiges zu tun hatte. Sie öffnete Tamme mit einem Lächeln auf den Lippen. Ihre Wangen färbten sich leicht rosa, die Augen hatten einen stillen Glanz, und Tamme fand, dass Inge so schön aussah wie schon lange nicht mehr.

»Wie schön, dich zu sehen«, sagte Inge statt der sonst von ihr üblichen Begrüßung. »Was willst du von mir?«

Tamme folgte ihr in die Küche, setzte sich an den Tisch und nickte, als sie ihm ein Glas Grog anbot. Dann stellte sie den dampfenden Becher vor ihn hin und setzte sich ihm gegenüber. »Was kann ich für dich tun?«, fragte sie freundlich.

Tamme seufzte. Er kannte die alte Inge, die neue, die jetzt vor ihm saß, war ihm nicht so vertraut.

»Ich weiß von dem Kreuz in der Kirche«, begann er.

Inge senkte den Blick.

Tamme sah, dass sich ihr Gesicht rot verfärbt hatte.

»Es tut mir leid, dass ich das getan habe«, sagte sie leise. »Ich bin jetzt eine andere, auch wenn man es nicht auf den ersten Blick sieht. Und, glaube mir, ich würde alles dafür tun, dass Jördis mir verzeiht, dass du mir verzeihst.«

Tamme runzelte die Stirn. »Es gibt nichts, was ich dir zu verzeihen hätte.«

»Oh, doch!«, widersprach Inge. Sie wagte es nicht,

den Kopf zu heben. »Oh, doch! Und das weißt du genau.«

Tamme begriff nicht genau, was Inge meinte, aber er sah, dass sie es ernst meinte.

»Du kannst uns helfen«, erklärte er. »Es hängt ein Menschenleben davon ab.«

Inge blickte auf. »Du vertraust mir?«, fragte sie verblüfft. »Oder hast du keine andere Wahl?«

»Ich kenne dich seit Kindertagen und weiß, dass du es niemals leicht hattest. Du bist kein schlechter Mensch, Inge. Das warst du nie. Deshalb vertraue ich dir.«

Ein schmales, ängstliches Lächeln legte sich um Inges Mund. Sie trat auf Tamme zu und ergriff mit beiden Händen seine rechte Hand. »Das ist das Schönste, das jemals einer zu mir gesagt hat. Es bedeutet mir viel. Vor allem auch, weil du es warst, der es gesagt hat.«

Tamme war verlegen. »Ich meine es auch so.«

Inge ließ ihn los. »Was soll ich tun?«

»Du sollst nur deinen Vater besuchen, am besten morgen Abend, und ihm den Schlüssel zur Kirche entwenden. Nicht länger als für eine Stunde. Dann kannst du den Schlüssel wieder zurückbringen. Übermorgen brauchen wir ihn dann noch einmal. Kannst du das für uns tun?«

Inge seufzte. »Das wird nicht leicht«, erklärte sie. »Der Vater trägt den Schlüssel stets in seiner Hosentasche. Er müsste schon schlafen, damit ich daran käme.«

Tamme lächelte. »Wie steht es mit Branntwein? Jeder in Rantum weiß, dass er einem Gläschen oder zwei nicht abgeneigt ist.«

Inges Blick huschte zur Speisekammer. Sie wusste, dass dort noch eine ganze Korbflasche stand, denn Arjen trank nur sehr selten Branntwein. »Ich weiß nicht … Was würde Arjen dazu sagen?«

Kurz überlegte Tamme, dann sagte er: »Ich werde ihn einweihen. Er muss eingeweiht werden, schon damit du die Last nicht allein tragen musst.«

Inge warf den Kopf in den Nacken, so dass ihre Löckchen hin und her schwangen. »Ich mache es«, erklärte sie.

»Aber du weißt nicht, warum ich dich um Hilfe bitte.«

»Das ist mir egal. Ich weiß nur, dass du nicht bitten würdest, wenn es nicht wichtig wäre. Ich vertraue dir nämlich auch, Tamme. Du musst mir auch nicht sagen, was genau du vorhast. Es ist vielleicht sogar besser, wenn ich es nicht weiß. Denn was man nicht weiß, das kann man auch nicht verraten.«

Tamme lächelte, und Inge sah, wie das Lächeln sein ganzes Gesicht erhellte. Seine Augen blitzten, die Lippen strafften sich. Ein Strahlen ging von ihm aus, wie sie es noch nie an ihm gesehen hatte. Sie begriff, dass sie es war, die dieses Strahlen hervorgezaubert hatte. Nie war ihr der krumme Tamme so ansehnlich erschienen. Was machte es schon, dass er einen Buckel hatte? Was machte es schon, dass er wegen dieser Behinderung zu kaum einer Arbeit taugte? Er war ein guter Mensch, und mehr wollte Inge nicht wissen. Das Herz raste in ihrer Brust, ein Schauer durchzog ihren Körper. Warum hatte sie nie bemerkt, was für ein Mensch Tamme war?

»Morgen Nacht«, sagte er. »Morgen um Mitternacht brauchen wir den Schlüssel. Oder besser noch: Du schließt die Kirche auf und bringst den Schlüssel auf der Stelle zurück. So verringert sich die Gefahr für dich. Und nun muss ich weiter, es gibt noch einiges zu tun.«

Inge nickte, dann trat sie auf Tamme zu und gab ihm einen Kuss auf die Wange. Nur ganz flüchtig, nicht mehr als ein leiser Hauch, aber Tamme errötete, fasste mit der Hand nach der Stelle, sah Inge an, dann drehte er sich abrupt um und verließ das Haus.

Sein nächster Weg führte ihn zur Schmiede. Arjen stand im Schein des Feuers und glättete die Spitze einer Harpune mit Sand.

»Kann ich dich kurz sprechen?«, wollte Tamme wissen.

»Aber ja.« Arjen ließ den Sand aus seiner Hand in einen Eimer rinnen und stellte die Harpune an die Wand. »Was kann ich für dich tun?«

Tamme setzte sich auf einen Schemel, rückte nah ans Feuer heran und hielt kurz die Hände darüber. »Es ist kompliziert«, sagte er. »Aber deine Frau, deine tapfere Frau und Jördis sind mit dabei.«

Arjen lehnte sich mit dem Rücken an den Amboss. »Du machst es spannend.«

»Du hast von dem Mann gehört, der die Strandung überlebt haben soll? Die Büttel haben nach ihm gesucht.«

»Ja. Das habe ich. Aber sie haben ihn nicht gefunden. Wahrscheinlich liegt er unter irgendeiner Düne verscharrt. Zu gern wüsste ich, warum sie ihn so dringend gesucht haben. Normalerweise fragt keiner nach denen, die das Meer hier anschwemmt.«

»Er kommt vom Eisland und hat lange in England gelebt. Er soll einer der besten Navigatoren der Welt sein.«

»Aha. Mich würde interessieren, wie er navigiert hat.«

»Darum geht es jetzt nicht. Oder doch, vielleicht geht es genau darum. Er hatte Zeichnungen bei sich, mit denen man ein neues Gerät zum Navigieren herstellen kann. Die Zeichnungen sollte er nach Dänemark bringen. Dort herrscht Krieg, es geht um die Vorherrschaft im Ostseeraum. Und ein Gerät zur besseren Navigation könnte den Krieg entscheiden. Nun sind Dänen in List gelandet. Sie suchen nach ihm. Oder eher nach den Zeichnungen.«

»Woher weißt du das alles?«, wollte Arjen wissen.

»Dass die Dänen auf Sylt gelandet sind, weiß jedes Kind. An allen Ecken stehen die Tratschmäuler zusammen. Die Sache mit der Zeichnung weiß ich von Jördis.«

»Von Jördis? Was hat sie damit zu tun?«

»Sie hat den Eismann am Strand gefunden. Die Strandräuber haben ihn bei lebendigem Leib in den Dünen vergraben. Es gelang ihm gerade noch, eine Hand aus dem Sand zu strecken. Die Strandräuber haben sie ihm abgeschlagen.«

»Du warst dabei, nicht wahr?«

»Ich war nicht dabei, aber ich habe alles aus der Ferne beobachtet. Doch darum geht es jetzt nicht. Der Eismann hat Wundbrand, Jördis hat ihn behandelt, und vielleicht wird er wieder gesund. Jetzt geht es aber darum, ihn zu verstecken, wenn die Dänen kommen.«

»Warum müssen wir ihn verstecken, wenn er doch

selbst auf dem Weg zu den Dänen war?« Arjen verschränkte die Arme vor der Brust.

»Nun, er war nicht freiwillig auf dem Schiff. Man hat ihn unter einem Vorwand darauf gelockt. Es hieß, das Schiff würde zuerst nach Dänemark fahren und hernach direkt zur Eisinsel. Er wollte seinen Leuten diese Zeichnungen bringen, damit sie im Krieg nicht von den größeren Mächten überrollt werden.«

»Und er ist jetzt bei Jördis? Sie hat ihn versteckt?«

Tamme nickte. »Bei ihr würden die Dänen ihn finden. Deshalb müssen wir ihn morgen Nacht in die Kirche bringen. Dort liegt die alte Grit in einem Sarg. Wir werden den Eisländer zu ihr legen, und wenn die Dänen wieder fort sind, kehrt er zu Jördis zurück.«

Tamme hatte den Eindruck, dass Arjen ihm gar nicht richtig zugehört hatte. »Die Zeichnungen aber sind gerettet?«, fragte er.

»Nun, eigentlich nicht. Die Schrift ist verwischt; der Eisländer müsste sie neu zeichnen. Aber das kann er nicht, da ihm die rechte Hand abgeschlagen wurde.«

»Was meinst du, ob ich die Zeichnungen wohl einmal sehen könnte?«

Tamme stöhnte auf. »Arjen, es geht hier nicht um die Zeichnungen, es geht um das Leben des Mannes. Verstehst du nicht?«

»Aber ja. Ich werde helfen, ich werde ihn mit dir in der Nacht zur Kirche schaffen und in Grits Sarg betten. Aber ich würde zu gern die Zeichnungen sehen.«

»Lass uns darüber reden, wenn die Dänen wieder fort von der Insel sind.«

Arjen nickte. »Eines muss ich noch wissen: Ist Jördis in Gefahr?«

»Nur, wenn man den Mann bei ihr erwischt. Deshalb muss er in die Kirche.«

»Geht es ihr gut?«

Tamme nickte. »Ja. Es geht ihr gut. Der Fremde hilft ihr, sich nicht zu einsam zu fühlen.« Er blickte Arjen an. »Sie braucht Freunde hier. Verstehst du?«

Arjen nickte. »Sie hatte in mir immer einen Freund. Auch wenn sie es mir schwergemacht hat, ihr Freund zu sein.«

Tamme kratzte sich im Nacken. »Nun, war es nicht so, dass du sie verlassen hast? Du warst mit ihr verlobt und hast dich dann für Inge entschieden. Ist das etwa kein Grund, dir zu misstrauen?«

Arjen seufzte. »Ich habe es satt, für den Verräter gehalten zu werden. Ich habe Jördis nicht verraten. Ich habe Inge geheiratet, um Jördis zu schützen.«

»Ach?« Tamme rutschte auf dem Schemel herum.

»Ja. So war es. Aber ich kann nicht darüber sprechen. Inge ist vielleicht nicht das Eheweib, das ich mir gewünscht habe, aber sie ist eine gute Frau. Und sie ist mein Weib. Ich habe vor Gott geschworen, sie zu behüten. Sie hat Fehler gemacht, die sie längst schon bereut.«

Tamme erhob sich. »Ich verstehe dich nicht, Arjen. Aber ich dachte, wir wären Freunde. Es tut mir leid, dass du mir nicht vertraust.«

»Es geht nicht um mich, es geht um mein Weib.« Arjen senkte den Kopf. »Es ist wahr, ich wollte Inge nicht. Sie hat mich gezwungen, sie zu heiraten. Sie dachte wohl, auf diese Art meine Liebe zu ihr zu wecken. Doch das ist nicht geschehen. Ich habe sie bitter dafür bestraft.«

»Das weiß ich. Ich habe es mir zumindest gedacht«, erwiderte Tamme. »Aber jetzt klingt es, als hättest du ihr verziehen.«

»Inge habe ich verziehen. Aber befreit bin ich erst, wenn Jördis mir auch verzeiht.«

Zwölftes Kapitel

Du hast Arjen eingeweiht?« Jördis riss die Augen auf. »Man kann ihm nicht trauen.«

»Man kann ihm vertrauen«, widersprach Tamme. »Ich kann es jedenfalls. Er ist ein guter Freund.«

»Er hat mich verraten.«

»Nicht alles, was auf den ersten Blick so aussieht, hält auch dem zweiten Blick stand.«

»Was weißt du darüber?«, wollte Jördis wissen.

»Später«, entschied Tamme. »Arjen wird gleich da sein. Wir müssen Lian in die Kirche bringen.«

Jördis trat zum Bett, auf dem der Eisländer lag, und legte ihm eine Hand auf die Schulter. »Es geht ihm ein wenig besser. Das Fieber ist gesunken, und die Wunde an seinem Arm beginnt langsam zu heilen. Aber in der Kirche ist es kalt. Er darf nicht so lange dort bleiben.«

»Wir tun, was wir können.« Kaum hatte Tamme diesen Satz ausgesprochen, klopfte es an Jördis' Hütte. Arjen stand davor. Als er Jördis ansah, stieg eine flammende Röte in ihr Gesicht. Ihre Augen blitzten lodernd auf, ihre Stimme klang barsch. »Es ist mir gar nicht recht, dich hier zu sehen«, sagte sie in rüdem Ton. »Aber es geht wohl nicht anders.«

Arjen trat wortlos ein und begab sich an den Tisch,

auf dem noch immer die Zeichnungen lagen. »Was genau ist das?«, fragte er Lian.

Der Eisländer wedelte mit seiner gesunden Hand. »Eigentlich sind es nur Ideen.«

Tamme trat hinzu. »Lass das jetzt. Es geht um etwas anderes.«

Arjen packte eine dicke Weste aus Schafsfell aus. »Er soll sie anziehen. Die Weste wird ihn warm halten.«

Jördis half Lian in die Weste und legte ihm noch eine Decke um die Schultern. Dann verließen die drei Männer das Haus.

Jördis stand am Fenster. Die Nacht war schwarz. Dicke Wolken wälzten sich am Himmel entlang. Von der See her stieg Nebel auf, so dass sie die drei schon nach wenigen Schritten aus den Augen verlor. Sie verließ ihren Fensterplatz, räumte die Zeichnungen zur Seite und versteckte sie unter einer losen Diele.

Am nächsten Morgen, wie erwartet, tauchten die Soldaten auf. Sie kamen geritten, sechs Reiter hoch zu Ross, und sie hatten Musketen dabei, schwere, lange Vorladegewehre mit geradem Lauf. Zudem trugen sie Säbel über ihren Uniformen. Sie ritten bis in die Mitte des Dorfes, dann blies einer der Soldaten ins Horn. Sofort öffneten sich die Türen der Rantumer. Männer, Frauen, Jungs, Mädchen, Alte, Greise und sogar Kleinkinder strömten auf den Platz vor der Kirche.

»Der dänische König hat verfügt, dass der Eisländer Lian, genannt Gustavson, herausgegeben wird. Es wird euch eine Stunde Zeit dafür gegeben. Ist er uns dann nicht ausgeliefert worden, so werden wir jedes Haus und jede Hütte durchsuchen. Derjenige, der den Eisländer versteckt hat, wird mit dem Tode bestraft, es sei denn, er ist geständig. Jetzt ist die rechte Zeit, dies anzuzeigen.«

Der dänische Soldat verstummte. Seine fünf Kameraden und er blickten in jedes einzelne Gesicht. Tamme hielt sich neben Arjen am Rande der Versammlung. Als er in das Blickfeld der Dänen geriet, fragte er laut: »Was hat er verbrochen, dieser Eisländer?«

»Das geht dich nichts an«, rief der Däne, der die Ansprache gehalten hat. Er sah noch einmal im Kreis umher, dann holte er einen Lederbeutel aus seiner Satteltasche. »Seht her, ihr Leute. In diesem Beutel sind lauter Goldstücke. Derjenige, der mir verrät, wo der Eisländer ist, bekommt das Gold.«

Tammme stockte der Atem. Auch Arjen neben ihm war ein wenig blass geworden. Mit Speck fing man Mäuse, mit Geld Verräter. Und Geld war knapp auf Sylt. Gerade jetzt, am Ende des Winters.

Ein paar Seefahrer, darunter auch ein Kapitän, hatten sich auf dem Dorfplatz eingefunden. Sie würden in drei Wochen, am Petritag, aufbrechen und hinaus bis nach Grönland fahren. Aber auch sie wollten wissen, was es mit dem Eisländer auf sich hatte. Einer von ihnen meldete sich zu Wort: »Wir würden euch gern helfen, schließlich gehören wir zum dänischen Reich. Aber wir wüssten schon gern, wonach wir suchen sollen. Ein fremder Mann – diese Beschreibung ist uns zu wenig.«

Der Däne verzog missmutig das Gesicht. »Ihr habt hier gar nichts zu wollen«, entgegnete er barsch.

Der Kapitän nickte. »Gut, wenn das so ist, dann habe ich hier auch nichts mehr verloren.«

Der Kapitän wandte sich ab und stapfte die Dorfstraße hinauf. Auch die anderen Rantumer verließen den Dorfplatz. Nur Inge blieb stehen.

Hastig wechselte Tamme einen Blick mit Arjen. Konnte er Inge wirklich vertrauen? Oder hatte sie nur darauf gewartet, sich ein bisschen eigenes Geld zu verdienen?

Inge stand da und blickte zu dem Dänen auf dem Pferd auf. Tamme biss die Zähne zusammen, und auch Arjen stand da wie erstarrt.

Der Däne auf dem Pferd beugte sich zu Inge herunter. »Hast du mir etwas zu sagen, Weib?«, fragte er.

Inge blickte kurz zu ihrem Mann und zu Tamme, dann holte sie tief Luft und erwiderte: »Ja. Ich habe etwas zu sagen. Aber nicht hier. Kommt mit zu mir in mein Haus.«

Dreizehntes Kapitel

Jördis lief unruhig in ihrer Hütte auf und ab. Wann kamen die Dänen endlich? Wann durchsuchten sie ihre Hütte? Wann konnte Lian endlich zu ihr zurückkehren? Er war noch nicht gesund, brauchte noch Pflege. Außerdem vermisste sie ihn. Er war jetzt schon so viele Wochen bei ihr gewesen, dass sie sich aneinander gewöhnt hatten. Und er war vom Eisland. Er stammte von dort, wo ihre Wurzeln lagen. Einmal, als sie am Abend bei ihm auf der Bettkante gesessen hatte, hatte sie ihn gebeten: »Erzähle mir vom Eisland. Erzähle mir von den nordischen Göttern.«

Lian hatte nach ihrer Hand gegriffen. »Die nordischen Götter – was soll ich dir von ihnen berichten? Du kennst sie alle, kennst Odin und Baldur, kennst Ran und die Nornen. Früher, in der ganz alten Zeit, da glaubten alle die, die am Meer wohnten, an die alten Götter. Sie warfen Runen, brachten Opfer.«

»Und du?«, fragte Jördis und spürte, wie das Herz in ihrer Brust schneller schlug. »Glaubst du an die alten Götter?«

Lian nickte. »Ja, das tue ich. Und du?«

Jördis wiegte den Kopf hin und her. »Ich weiß es nicht. Etta, meine Großmutter, hatte mir an meinem sechzehnten Geburtstag die Runen geworfen. Die Runen sagten, ich würde einen Mann heiraten, denn ich schon lange kenne. Es müsste also einer von hier sein, da ich die Insel noch nie verlassen habe. Aber der, den ich liebte, der heiratete eine andere. Und diese andere hatte einen Runenstein mit sich genommen. Du weißt, dass man die Runen nicht mehr werfen kann, wenn ein Stein verschwunden ist. Also hält jemand anderer meine Zukunft in seinen Händen. Jemand, der nicht an die alten Götter glaubt. Überhaupt ist mein Leben nicht so verlaufen, wie es die Runen vorhergesagt hatten. Ich habe alles verloren, das mir lieb und teuer war: mein Haus, meine Großmutter, einfach alles. Ich war nicht immer so arm, und nicht immer war diese Hütte mein Zuhause.« Sie brach ab und schwieg.

Vorsichtig nahm Lian ihre Hand. »Wenn das alles hier vorüber ist, werde ich nach Hause gehen. Zurück auf die Eisinsel. Wenn du möchtest, kannst du mit mir kommen. Ich werde für dich sorgen, so, wie du für mich gesorgt hast. Es wird dir an nichts fehlen.«

»Danke«, sagte Jördis. »Ich muss darüber nachdenken. Aber jetzt sollten wir schlafen.«

Wenig später lag Jördis auf dem Boden vor ihrem Bett, hatte die Arme unter dem Kopf verschränkt und dachte nach. Sollte sie wirklich mit nach Eisland gehen? Die Menschen dort sprachen eine Sprache, die sie verstand. Sie taten Dinge, die ihr vertraut waren. Aber sie kannte niemanden dort. Hier, auf der Insel, war sie nicht bei allen wohlgelitten, aber sie hatte Freunde. Tamme zählte dazu. Und natürlich Antje. Und sie kannte ihre Feinde. Das war wichtig, fand sie. Denn nur der, der seine Feinde kannte, konnte sich auch vor ihnen schützen. Die Landschaft war ihr lieb und vertraut. Aber reichte das aus? Reichte es aus für ein Leben, wie sie es sich für sich vorgestellt hatte? Ihre Mutter und ihre Großmutter lagen hier begraben. Wenn sie wegging von Sylt, dann wären die beiden allein. Nun, sie waren tot, doch Jördis glaubte fest daran, dass die Wurzeln eines Menschen nicht unbedingt dort liegen mussten, wo er geboren war, sondern vielmehr dort, wo die Menschen, die er liebte, begraben lagen. Auf der anderen Seite konnte sie sich ein Leben in Eisland gut vorstellen. Es war kälter dort, aber es gab die vielen heißen Quellen, von denen ihr Etta immer erzählt hatte. Die Eisländer waren ein raues Volk, doch sie waren ehrlich und anständig. Sie würde mitten unter ihnen wohnen, und niemand würde Anstoß daran nehmen, wenn sie die Runen warf. Doch wenn Jördis ehrlich sein wollte, so hatten die Runen sie enttäuscht. Sie sagten keineswegs die Wahrheit. Und musste Jördis nicht überhaupt hier bleiben, weil Inge ja noch immer die Rune ihrer Zukunft hatte? Sie wusste es nicht. Lange wälzte sie sich hin und her, unfähig, einen Entschluss zu fassen.

Der Morgen brach an. Die Sonne färbte den Himmel purpurrot, und Jördis fühlte sich wie zerschlagen. Sie war beinahe die ganze Nacht in der Hütte hin und her gelaufen und hatte dabei an Lian gedacht. Würde er frieren in seinem Sarg? Würden die Dänen ihn finden? Und was geschah, wenn sie ihn entdeckten? Tamme war bei ihr gewesen und hatte berichtet über das, was vor der Kirche gesagt worden war. Sie hatte nichts anderes erwartet, und doch war etwas an Tamme gewesen, das sie beunruhigt hatte. Sie wusste, dass er ihr etwas verschwieg, aber sie hatte keine Ahnung, was das sein könnte. Befand sich Lian in Gefahr? War er verraten worden? Aber von wem? Hier in Rantum kannten nur vier Leute sein Geheimnis.

Jördis kochte sich ein wenig Grütze, die sie rasch aß. Dann war ihre Geduld endgültig erschöpft. Sie konnte nicht länger untätig hier sitzen und warten. Sie musste etwas tun. Also hüllte sie sich in ihr warmes Tuch und verließ die Hütte. Sie stieg über die Dünen bis hinunter zum Strand. Dort hatte die See in der letzten Nacht einiges angeschwemmt. Jördis sah Antje, die sich nach einer Schiffsplanke bückte und dabei einen Sack über der Schulter trug, der recht gut gefüllt zu sein schien.

»Guten Morgen«, rief Jördis ihr zu.

Antje winkte. Ein Lächeln glitt über ihr Gesicht. »Was machst du denn so früh hier?«, wollte sie wissen. Sie zwinkerte Jördis zu, und Jördis begriff, dass Antje von Lian wusste.

»Ich halte das Warten nicht aus«, erklärte Jördis. »Die Dänen werden kommen, aber bis dahin habe ich mir die Schuhsohlen in meiner Hütte abgelaufen. Ich musste einfach an den Strand kommen.« Überall war Treibholz angespült worden. Sie lief ein Stück in Richtung Westerland, sammelte auf, was sie brauchen konnte. Dann ging sie ein Stück in Richtung Hörnum, wo noch immer das Wrack des Schoners lag, mit dem Lian gekommen war. Noch immer war die Stelle am Strand abgesperrt.

»Warst du schon dort?«, fragte Jördis.

Antje schüttelte den Kopf. »Ist mir zu gefährlich. Man weiß nie, wer in den Dünen auf der Lauer liegt. Und jetzt noch die Dänen …«

Jördis nickte. Dann entdeckte sie unweit des Ufers, nur drei Schritte im Wasser, ein Säckchen. Sie zeigte es Antje. »Ich werde es holen und dabei sehen, ob ich noch etwas anderes finde. Bleibe du hier und schau, ob jemand kommt.«

Sie raffte ihre Röcke und watete in das eiskalte Wasser. Sie fischte das Säckchen, einen kleinen Lederbeutel, aus dem Wasser und griff sich noch ein Holzkästchen, bevor sie zurück an den Strand stieg.

»Was hast du gefunden?«, wollte Antje wissen.

Jördis zeigte das Lederbeutelchen.

»Willst du es nicht öffnen?«

Jördis nickte, doch dann hielt sie es Antje hin. »Es fühlt sich komisch an. Als ob Steine darinnen wären. Bitte, mach du es auf.« Sie ahnte, was in dem Beutel war, doch sie hatte nicht den Mut, ihn zu öffnen.

Antje tat es und schüttete Steine auf ihre Hand. Steine, in die etwas eingekratzt war. Sie hielt sie Jördis hin.

»Ein Futhark«, sagte Jördis leise. »Wie ich vermutet habe.« Dann nahm sie die Steine und zählte sie. Es waren vierundzwanzig Stück. »Es ist ein komplettes Runenalphabet«, erklärte sie der Freundin. Ein heißer Schauer rann ihr über den Rücken. Sie glaubte plötzlich felsenfest daran, dass die nordischen Götter ihr das Futhark geschickt hatten. Sie hatten es einem toten Seemann aus der Tasche und ihr vor die Füße gespült. Erleichterung und Glück durchströmten Jördis. Sie hatte ein neues Futhark; sie konnte wieder die Runen legen. Sie sammelte die Steine in den Lederbeutel und drückte ihn an die Brust. »Es ist ein Glück, die Runen gefunden zu haben.«

Antje nickte und zeigte dabei auf die andere kleine Kiste. »Was ist darin?«, wollte sie wissen.

Jördis zuckte mit den Schultern. »Nimm du sie, vielleicht ist etwas drin, das du brauchen kannst.«

»He da!« Vom Dünenkamm erklang ein barscher Ruf. Die beiden Frauen wandten sich um und sahen zwei der dänischen Reiter. »Was macht ihr da?«

Einer der Soldaten stieg von seinem Pferd und kam die Düne hinab direkt auf sie zu. Antje hielt das Kästchen unter ihren Röcken verborgen, und Jördis hatte das Futhark in ihr Mieder gesteckt.

»Wir schauen nach Treibholz«, erklärte Jördis. »Der Winter ist lang, wir haben kaum noch Feuerholz.«

Der Däne bedeutete Antje, dass sie den Sack öffnen sollte. Dann wühlte er darin herum und nickte. »Seht zu, dass ihr von hier verschwindet«, knurrte er. »Ihr wisst selbst, dass es Diebstahl ist, was ihr da macht.«

Jördis und Antje knicksten höflich, dann eilten sie die Dünen hinauf. Der Däne stieg auf sein Pferd, und dann ritten die Reiter in Richtung ihrer kleinen Kate.

Jördis blieb stehen und atmete tief ein und aus, wobei sie die rechte Hand auf ihren Busen presste. »Ich frage mich, ob ich auch wirklich nichts übersehen habe«, sagte sie leise.

Antje zupfte an ihrem Ärmel. »Soll ich mitkommen?«

Jördis schüttelte den Kopf. »Nein. Wenn sie etwas finden sollten, dann will ich die Einzige sein, die bestraft wird. Du hast schon so viel für uns getan.«

Sie strich der Freundin hastig über die Schulter, dann zog sie ihr Umschlagtuch fester um sich und begab sich eilig zu ihrer Hütte.

Die Männer waren schon im Innern, denn Jördis hatte nicht abgeschlossen. Zum einen, weil es auf Sylt nicht üblich war, die Häuser zu verschließen, zum anderen aber, damit die Dänen ihr nicht die Tür aufbrachen.

Mit klopfendem Herzen stand sie auf der Schwelle und fragte: »Kann ich behilflich sein?«

Der Däne, der unten am Strand gewesen war, blickte auf und schüttelte den Kopf. »Ihr scheint wirklich ein armes Weib zu sein. Feuerholz habt ihr tatsächlich auch nicht mehr. Ich denke nicht, dass wir den Eisländer bei dir finden.« Er deutete mit der Hand in die Hütte und fragte: »Wo denn auch?«

Der andere aber riss die Bettdecke zurück und starrte auf einen blutigen Fleck auf dem Laken. »Was ist das?«, fragte er lauernd.

Jördis schoss die Röte in die Wangen. »Nun fragt mich doch nicht solche Peinlichkeiten. Ich hatte meine Mondtage, was denn sonst?«

Die beiden Dänen beließen es dabei. »Komm, wir gehen«, sagte der eine.

Als die beiden Männer wieder auf ihren Pferden saßen und hinüber zum Dorf ritten, atmete Jördis auf. Sie spürte, wie die Anspannung langsam von ihr abfiel.

»Was sollte das gestern auf dem Platz vor der Kirche?«, fragte Arjen seine Frau und starrte sie verärgert an. »Hast du ihn verraten? Du hast mit den Dänen gesprochen.«

Inge fuhr zurück. »Du glaubst wirklich, ich hätte

den Eisländer an die Dänen verraten? Ich kann nicht fassen, dass du so denkst.«

Arjen stand an den Tisch gelehnt. Er hatte die Arme vor der Brust verschränkt und sah zu, wie Inge in einem Kochtopf rührte. »Nein, ich glaube nicht, dass du ihn verraten hast. Sonst würden die Dänen heute nicht suchen müssen. Aber was hast du mit ihnen besprochen?«

Inge sah noch immer ärgerlich aus. Sie fuhrwerkte mit dem Kochlöffel so heftig in der Suppe, dass diese überschwappte und zischend ins Feuer lief. »Was glaubst du denn, was ich gesagt habe?«

Arjen lächelte sie an. »Ich vertraue dir«, sagte er. »Bitte verzeihe mir meine harschen Worte.«

Inge wandte sich um, den Kochlöffel in der Hand, von dem die Suppe auf den Boden tropfte. Ein Lächeln glitt über ihr Gesicht. Sie hatte sich immer gewünscht, dass Arjen so liebevoll mit ihr sprach. Jetzt hatte sie etwas bekommen, das sie sich so sehr gewünscht hatte: sein Vertrauen.

»Ich habe mich als die Tochter des Pfarrers vorgestellt. Und ich habe ihnen erzählt, dass mit meinem Vater nicht gut Kirschen essen ist. Da er ja als Pfarrer der dänischen Kirche untersteht, dachte ich, sie würden vielleicht die Kirche in Ruhe lassen. Wie du siehst, haben sie es getan. Sie haben heute Morgen nur die Tür aufgemacht, haben hineingeschaut und sind wieder verschwunden.« Sie strahlte Arjen an.

Arjen war tatsächlich gerührt. Er nahm sie kurz in seine Arme, und Inge, die sich so danach gesehnt hatte, stellte plötzlich fest, dass sie die Berührung zwar genoss, aber das brennende Kribbeln ausblieb. Ich bin nicht mehr in Arjen verliebt, sagte sie sich und löste sich von ihm. Er schichtete ein paar Scheite Holz neben dem Ofen auf. Sie sah sein langes Haar, die Muskeln seines Rückens, die schmale Hüfte und die langen Beine. Doch das Verlangen, welches sie bislang beinahe aufgezehrt hätte, war verschwunden.

Vierzehntes Kapitel

Als Tamme und Arjen am späten Abend Lian zurück in ihre Hütte brachten, war Jördis so erleichtert wie noch nie in ihrem Leben. Sofort stürzte sie sich auf den Eisländer. »Wie geht es dir? Hast du sehr gefroren? Hast du Hunger? Möchtest du etwas trinken?«

Lian lächelte und schüttelte den Kopf. »Ich bin sehr gut versorgt worden«, sagte er. »Eine Frau kam, brachte mir einen heißen Backstein gegen die Kälte, einen Grog für den Durst und Kuchen gegen den Hunger.«

»Eine Frau? Wer war es?«

»Sie wollte mir ihren Namen nicht verraten, aber sie war klein und ein wenig füllig, hatte lockiges Haar.«

»Inge?«, fragte Jördis überrascht und blickte zu Tamme und Arjen.

»Sie ist eine gute Frau, die Inge«, sagte Tamme leise. »Eigentlich war sie es schon immer. Nur manchmal hatte sie es vergessen. Wir sollten uns darüber freuen. Auch wir haben sie nicht immer gut behandelt.«

Jördis war noch immer ärgerlich auf Inge, doch allmählich war dem Ärger die Spitze genommen. Einst waren sie Freundinnen gewesen, dann Feindinnen. Und jetzt? Jördis wusste es nicht.

Dann gingen Arjen und Tamme, und Jördis war mit

Lian allein. Sie setzte sich auf die Bettkante, wickelte behutsam die Leinenstreifen von seiner Wunde und schüttelte dann die Maden vor der Haustür aus.

»Die Wunde sieht gut aus. Die Maden haben das ganze schwarze abgestorbene Zeug weggefressen«, sagte sie, nachdem sie den Stumpf betrachtet hatte. Sie lächelte. »Ich glaube, du wirst bald wieder gesund sein.«

Lian erwiderte ihr Lächeln nicht, sondern nickte nur.

»Was hast du? Freust du dich nicht?«, fragte sie.

Lian seufzte. »Ich weiß nicht, wie es weitergehen soll. Ich kann mich nicht ewig bei dir verstecken. Du weißt, dass ich zurück ins Eisland möchte, aber ich habe keine Ahnung, wie ich das anstellen soll. Immerhin suchen die Dänen überall nach mir.«

Jördis strich ihm über die Schulter. »Erst einmal musst du gesund werden, dann sehen wir weiter.«

Lian ließ sich jedoch nicht so einfach beruhigen. »Die Dänen werden keine Ruhe geben«, mutmaßte er.

Jördis zog verwundert die Augenbrauen in die Höhe. »Sie haben nach dir gesucht und dich nicht gefunden. Was sollen sie nun weiter tun? Ich glaube, sie denken, du wärest tot. In der See verschwunden.«

»Es wäre gut, wenn das so wäre. Aber besser wäre es noch, wenn die Dänen die Zeichnungen bekämen.«

»Das verstehe ich nicht. Du willst ihnen die Zeichnungen überlassen, damit sie den Großen Nordischen Krieg gewinnen und vielleicht sogar das Eisland annektieren? Aber das verstößt doch gegen deine Interessen!«

Lian leckte sich über die Lippen, und Jördis reichte ihm einen Becher mit Wasser, von dem er einige Schlucke trank. »Die Zeichnungen, die ich mit mir geführt habe, sind falsch. Nicht ganz, nur an einer entscheidenden Stelle. Wenn sie nach dieser Zeichnung ein Navigationsgerät bauen, kommen sie nicht weit. Verstehst du? Ich wäre auch in Dänemark in Gefahr gewesen. Deshalb wollte ich so schnell es geht zurück in die Heimat. Es ist gut, dass sie denken, ich wäre tot. Nun müssten sie nur noch die Zeichnungen in die Hände bekommen.«

»Sie sind verwischt. Man kann auf ihnen nichts mehr lesen.«

»Genau das ist mein Problem. Jemand müsste die Zeichnungen neu anfertigen. Ich kann es nicht ohne rechte Hand. Und die Zeichnungen müssten nach Dänemark gelangen. So hättet ihr Sylter endlich Ruhe, und die Dänen würden mich nicht mehr verfolgen. In meiner Heimat könnte ich dann ein neues Leben beginnen.«

»Ich glaube, ich kenne jemanden, der helfen könnte«, sagte Jördis in einem zweifelnden Tonfall.

Lian bemerkte ihr Zögern. »Aber du willst ihn nicht fragen, oder?«

»Nein, eigentlich nicht.«

»Traust du ihm nicht?«

Sie zuckte mit den Schultern. »Ich weiß es nicht. Wir waren einmal miteinander verlobt, dann hat er mich wegen einer anderen verlassen. Bis heute kenne ich den Grund dafür nicht und fühle mich von ihm verraten.«

Jördis erhob sich und stieß dabei mit der Hüfte gegen den Tisch. Ein leises Klappern erklang. »Ach, das hätte ich fast vergessen«, sagte Jördis und holte aus ihrer Tasche den kleinen Lederbeutel. »Das hier habe ich im Wasser gefunden. Ich bin nicht sicher, wem es gehört.« Sie warf ihm das Säckchen mit dem Futhark zu.

Lian fing es mit der gesunden Hand auf und lächelte. »Ein Eisländer ohne seine Runen ist wie ein Sylter ohne Pfeife.« Er wog das Säckchen in der Hand. »Auf meinem Schoner war noch ein Eisländer. Auch er wollte zurück in die Heimat. Nun wird er wohl auf dem Meeresgrund liegen. Ich glaube, ich habe diese Runen schon einmal bei ihm gesehen.« Er lächelte. »Jetzt gehören sie dir. Willst du, dass ich dir die Runen werfe?«, fragte er.

Jördis setzte sich an den Küchentisch. »Ich habe von meinem Futhark eine Rune verloren. Meinst du, dass man auch aus diesen hier meine Zukunft lesen kann?«

Lian nickte, erhob sich stöhnend und setzte sich zu ihr an den Tisch. »Als ich in dem Sarg in der Kirche lag, Haut an Haut mit einer alten Frau, die ich nie gesehen hatte, da habe ich mir Gedanken gemacht.« Er verstummte einen Moment. »Über das Leben und über den Tod. Und natürlich über die Götter.«

»Was ist dabei herausgekommen?«

Lian lächelte, doch es war ein schmerzliches Lächeln. »Ich denke, wir können den Göttern nicht trauen. Sie führen unser Leben nicht; das müssen wir ganz alleine tun. Es geht nicht darum, wer recht hat mit seinen Göttern, denn es gibt da kein Recht. Wir müssen uns auf uns selbst verlassen, müssen uns vertrauen. Wenn wir von unserem Gott, ganz gleich, wer er ist, Stärke ziehen können, so ist das mehr als genug.«

»Aber geht es nicht darum, welcher Gott der wahre ist?«, wollte Jördis wissen. »Ich habe darunter gelitten, dass ich den falschen Göttern nachhing. Das zumindest ist die Meinung der Sylter.«

Lian schüttelte den Beutel. »Willst du es trotzdem wissen? Willst du erfahren, was die Runen sagen?«

Jördis überlegte. Eine gute Nachricht käme ihr sehr gelegen, denn auch sie wusste nicht, wie ihr Leben weitergehen würde. Sollte sie mit nach Eisland gehen oder hierbleiben? Doch konnte sie so eine wichtige Entscheidung den Runen überlassen? Und was war mit der Rune, die Inge mitgenommen hatte? Noch immer hielt die ehemalige Freundin ihre Zukunft in ihren Händen. Nein, sie würde sich nicht die Runen von Lian werfen lassen. Aber sie würde versuchen, ihre Zukunftsrune wieder zu bekommen. Die restlichen Runen, Ettas Runen, waren bei dem Brand mit verbrannt. Seither hatte Jördis ohne Futhark leben müssen, und wenn sie ehrlich war, so hatte sie die Runen nicht allzu sehr vermisst. Doch ihre Zukunftsrune wollte sie unbedingt wieder haben. Ihr schien, erst wenn sie diese Rune wieder hätte, könnte sie neu anfangen. Auch mit einem neuen Futhark.

Jördis stand auf, schlüpfte in ihre Stiefel, die vorn durchgescheuert waren, und schlang sich das Umschlagtuch um die Schultern. »Ich muss noch einmal weg«, sagte sie.

»Zu dem, der die Zeichnungen nach meinen Anweisungen ausführen kann?«, wollte Lian wissen.

»Ja«, erwiderte Jördis, »auch zu ihm.«

Als Jördis die Hütte verließ, kroch die Dämmerung bereits über den Horizont. Es war den ganzen Tag über windig gewesen, und der Wind schickte nun Böen über das Land. Doch der Himmel war klar, der Mond schien als helle Scheibe. Obwohl es mittlerweile schon Februar war, klirrte die Kälte noch eisig auf der Insel. Schon nach wenigen Schritten waren ihre Wangen rot gefroren, und der Atem bildete kleine helle Wolken vor ihrem Mund. Sie stemmte sich gegen den Wind und kam nur sehr langsam voran. Doch das war ihr nur recht. Sie war auf dem Weg zu Inge und Arjen. Sie wollte reinen Tisch machen, ohne zu wissen, was genau sie erwartete. Die Angst schnürte ihr die Kehle zu. Sie wusste zwar, dass Inge Arjen in diese Ehe gezwungen hatte, aber sie wusste nicht, wie und warum. Sie hatte nicht gewagt danach zu fragen, denn sie ahnte, dass es vielleicht etwas mit ihr zu tun haben könnte. Jördis hatte so viel verloren. Nein, sie konnte nicht noch mehr hergeben. Sie hatte Arjen hassen müssen, damit sie weiterleben konnte.

Sie hatte diesen Gedanken noch nicht bis zum Ende verfolgt, als sie schon vor Arjens Haus stand. Das Haus hatte sie immer an ihr eigenes Haus erinnert. Es war weiß gestrichen, trug ein Reetdach, und die Tür war blau angemalt. Ein großer Messingklopfer prangte daran. Aus dem Schornstein stieg heller Rauch auf. Es roch nach Buchenscheiten. Die Fenster waren erleuchtet, die Holzläden noch nicht vorgeschlagen.

Jördis griff nach dem Messingklopfer, aber dann ließ sie die Hand wieder sinken. Tue ich das Richtige?, fragte sie sich. Oder werde ich nur wieder verletzt? Sie dachte an die schrecklichen Wochen, nachdem Arjen sie verlassen hatte. Sie hatte ihn vermisst, so sehr, als wäre er ein Körperteil von ihr. Sie hatte nicht essen können und nicht schlafen. In ihrem Kopf hatten sich die Gedanken gedreht wie ein Wetterhahn im Sturm. Warum? Warum? Warum? Habe ich etwas falsch gemacht? Lässt er mich gehen, weil ich an die alten Götter glaube? Mag er mich nicht mehr, weil mich die Rantumer nicht mögen? Hatte er es überhaupt je ernst gemeint mit ihr? Sie hatte sich so einsam und verlassen gefühlt wie nie zuvor in ihrem Leben. Nicht einmal, als ihre Mutter gestorben war. Nie zuvor hatte sie sich so unzureichend gefühlt. Manchmal, wenn die Sonne in eine Pfütze geschienen und sie sich darin gespiegelt hatte, hatte sie sich hübsch gefunden. Und sie hatte immer geglaubt, ein guter, aufrechter Mensch zu sein. Plötzlich jedoch hatte sie erfahren müssen, dass die anderen sie für eine Hexe hielten. Dabei hatte sie nie in ihrem Leben einem anderen Menschen etwas Schlechtes getan. Das aber hatte nicht gezählt. Nichts hatte mehr etwas gezählt, und Jördis hatte begriffen, dass sie in Rantum wohl immer die Fremde bleiben würde, auch wenn sie auf der Insel geboren worden war. Das Fremde. Die Fremde. Warum lösten sie solche Angst aus? Um diese Frage zu beantworten, musste sie jetzt an die Tür klopfen.

Noch einmal holte sie tief Luft, dann griff sie nach dem Klopfer und schlug ihn gegen das Holz. Sie musste nicht lange warten, bis Inge ihr die Tür öffnete.

»Du?«, fragte sie, doch es klang nicht unfreundlich, sondern nur verwundert. »Komm rein!« Sie trat einen Schritt zur Seite, so dass Jördis an ihr vorübergehen konnte.

Jördis zögerte einen Augenblick, dann setzte sie entschlossen ihren Fuß über die Schwelle. Inge führte sie ins Wohnzimmer, in die gute Stube, in den Pesel. Arjen saß dort am Tisch, und ihm gegenüber thronte der Pfarrer, Inges Vater.

Als er sah, wer den Raum betreten hatte, erhob er sich. »Ich gehe dann«, erklärte er mürrisch. Und zu Inge gewandt: »Ich dachte immer, du wärest wenigstens eine gehorsame Tochter. Wie kannst du es also wagen, die da« – er zeigte mit dem Finger anklagend auf Jördis – »hereinzubitten, während ich bei euch zu Gast bin?«

Inge öffnete den Mund, wollte antworten. Arjen aber sagte laut: »Lass, Inge.« Dann wandte er sich zu seinem Schwiegervater. »In deinem Haus bist du der Herr und kannst bestimmen, wer an deinem Tisch sitzt. In meinem Haus bestimme ich darüber.«

Jördis blickte verlegen zu Boden. »Nein, ich gehe. Ich komme später vielleicht noch einmal wieder.«

»Bitte bleib«, sagte Inge und fasste Jördis beim Arm. Dann drehte sie sich zu ihrem Vater um. »Geh, wenn du gehen willst. Aber erzähle keinem, ich hätte dich aus dem Haus gewiesen.«

Der Pfarrer knurrte einige undeutliche Worte und musterte Jördis so abfällig, dass sie unter den Blicken zusammenzuckte. Im nächsten Moment war er durch die Tür gegangen.

Arjen erhob sich und zog einen Stuhl für Jördis unter dem Tisch hervor. »Bitte setz dich.«

Inge war stehengeblieben. Sie rang einen Augenblick die Hände und sah sehr unglücklich aus. Dann fragte sie: »Kann ich dir etwas anbieten? Einen Tee?«

Dass Jördis über diese freundliche Geste verwundert war, zeigte sie nicht. »Ja, gern.«

Inge verschwand in der Küche, und Jördis blieb mit

Arjen allein. Sie hatte den Blick gesenkt, ihre Hände zerknüllten in ihrem Schoß den Stoff des Kleides. Das Schweigen zwischen ihnen war unbehaglich.

»Wie geht es dir?«, fragte Arjen endlich.

»Es geht mir gut«, erwiderte Jördis.

»Brauchst du etwas? Kann ich dir irgendwie helfen?«, fragte er weiter.

Jördis schüttelte den Kopf. »Lian bittet dich um deine Hilfe.«

»Was soll ich tun?«, wollte Arjen wissen, doch in diesem Augenblick kehrte Inge zurück und stellte einen dampfenden Becher mit Tee vor Jördis. »Bitte!« Dann setzte sie sich neben die einstige Freundin.

Wieder herrschte Schweigen in dem kleinen Raum. Nur das Knacken des Ofenholzes war zu hören.

Ein paar Atemzüge später brach Inge die Stille. »Ich bin froh, dass du gekommen bist«, sagte sie.

Jördis blickte auf und runzelte die Stirn. »Wirklich? Ich dachte, du hasst mich.«

Inge schüttelte den Kopf. Ihre Miene war betrübt, sie wirkte, als stünde ihr etwas Schlimmes bevor. »Nein, ich habe dich nie gehasst. Neidisch war ich auf dich, das ja. Du bist so schön und geheimnisvoll, alle Männer drehen sich nach dir um.«

Jördis verzog den Mund. »Was nützt es mir denn, wenn sich alle Männer nach mir umdrehen, aber mich niemand heiraten wird?« Sie hörte selbst, dass ihre Worte ein wenig weinerlich klangen. Sie sah Arjen dabei an, doch er senkte schuldbewusst den Blick.

»Es ist meine Schuld«, erklärte Inge. »Ich habe ihn gezwungen. Erinnerst du dich an deinen sechzehnten Geburtstag? Ein Runenstein ist unter den Tisch gefallen. Ich habe ihn aufgehoben. Die Anhörung vor dem Thinggericht stand kurz bevor. Ich ging zu Arjen und sagte ihm, ich würde dort den Runenstein vorlegen. Als Beweis für eure Hexerei und Zauberei. Es sei denn …« Inge verstummte. Sie wollte ein neues Leben beginnen. Ein Leben frei von Schuld und Bosheit. Also schöpfte sie tief Luft und begann wieder zu sprechen, den Blick dabei fest auf den Tisch gerichtet. »Arjen hat mich geheiratet, um dein Leben zu retten«, sagte sie mit fester Stimme.

Jördis riss die Augen auf, ihr Blick huschte zu Arjen und von Arjen zu Inge. »Wie das?«, fragte sie. Ihre Stimme klang so leise, als fürchtete sie sich vor dem, was nun kommen würde.

»Ich hatte den Runenstein und drohte damit, ihn dem Thinggericht vorzulegen, es sei denn, Arjen würde sich von dir trennen und mich heiraten. Nun, Arjen tat, was ich verlangte, und in der Hochzeitsnacht gab ich ihm den Stein.«

Jördis brauchte einen Moment, um diese Neuigkeit zu verdauen. Arjen hatte sie gar nicht verlassen und verraten. Im Gegenteil, er hatte ein großes Opfer gebracht. Und nicht Inge, sondern Arjen hatte die ganze Zeit ihre Zukunft in der Tasche. Sie konnte es nicht glauben und stand auf. Sie lief bis zum Fenster und schaute hinaus. Ein paar vereinzelte Schneeflocken flogen vorüber, erreichten aber nicht den Boden. Jördis atmete mehrmals tief durch, dann drehte sie sich wieder um. »Inge, du hast das Kreuz in der Kirche gelöst. Darauf wurden wir als Hexen benannt und vor das Thinggericht zitiert. Und nur, weil Arjen sich bereit erklärt hat, dich zu heiraten, wolltest du darauf verzichten, die Rune als Beweis dem Gericht vorzulegen. Habe ich das richtig verstanden?«

»Ja«, sagte Inge leise. »Genau so war es. Und heute tut es mir leid. Ich kann dir gar nicht sagen, wie gern ich das alles ungeschehen machen würde.«

»Aber warum hast du dann doch eine Rune, also zumindest etwas, dass die anderen für eine Rune halten sollten, dem Thinggericht vorgelegt und uns somit zu Hexen gemacht?«, wollte Jördis nun wissen.

»Ich hatte gehofft, man würde euch verbannen und Arjen würde endlich aufhören, an dich zu denken. Ich wollte nicht, dass man euer Haus anzündet, und schon gar nicht, dass Etta stirbt. Ich wollte bloß, dass Arjen dich nicht immerzu sieht und sich doch noch in mich verliebt.«

Jördis hatte schweigend zugehört. Sie starrte vor sich hin, ehe sie dann, nach Momenten der Stille sagte: »Und du, Arjen, hast mich sozusagen freigekauft?«

Arjen nickte. »Ich habe es gern getan, und ich würde es wieder tun.«

Jördis spürte, wie ihr der Schweiß ausbrach, wie die Knie sie nicht mehr hielten. Sie wollte weinen oder schreien, aber sie stand wie erstarrt da. Dann schüttelte sie den Kopf und rannte aus dem Haus.

»Warte!«, rief Arjen ihr hinterher, doch sie hörte nicht auf ihn, sondern eilte die Dünen hinauf. Sie verweilte nicht auf dem Dünenkamm, sondern rannte auf der anderen Seite wieder herunter. Dann stand sie am Wasser, das dunkelgrau vor ihre Füße schlug. Arjen hatte sie nicht verraten. Das war das Einzige, was sie dachte. Sie fühlte sich so hilflos wie ein neugeborenes Kind. Sie hatte sich die Liebe zu ihm schier aus dem Herzen gerissen. Sie hatte gelitten, war verzweifelt, hoffnungslos gewesen, hatte sich ungeliebt gefühlt. Und nun das! Sie hatte keine Ahnung, wie sie mit den Empfindungen, die mit der Kraft einer Springflut auf sie einstürzten, umgehen sollte. Zu gern hätte sie jetzt einen Menschen neben sich gehabt, der ihr die Welt erklärte. Sie dachte an Nanna, ihre Mutter, und an Etta, ihre Großmutter. Aber sie war allein.

Plötzlich legte sich von hinten eine Hand auf ihre Schulter. »Erschrick nicht, ich bin es nur«, hörte sie Arjen sagen. Erst da bemerkte Jördis, dass sie zitterte. Ja, sie schlotterte regelrecht am ganzen Leib.

Vorsichtig lehnte sie sich an Arjen. Er schlang von hinten seine Arme um sie. So standen sie eine ganze Weile, während ihnen das Meer Wellen mit weißen Schaumkronen vor die Füße legte.

Endlich brach Jördis das Schweigen. »Was sollen wir nun tun?«

Arjen zog sie fest an sich und küsste sie auf ihr silberhelles Haar. »Ich weiß es nicht. Kommt Zeit, kommt Rat.«

Jördis nickte, schmiegte sich noch enger an Arjen, und als er sie umdrehte und küsste, glaubte sie, sich nicht mehr auf den Beinen halten zu können. Sie küssten sich, als hätten sie alle Küsse der gesamten Welt nachzuholen.

Irgendwann lösten sie sich voneinander. Die Kälte war ihnen unter die Kleider gekrochen. Arjen fasste Jördis bei der Hand. »Ich werde dich niemals wieder loslassen«, flüsterte er.

Jördis schürzte die Lippen. »Du bist verheiratet. Verheiratet mit Inge.«

Arjen schüttelte den Kopf. »Das war ich nie. Ich habe immer nur dich geliebt.«

Plötzlich fiel Jördis der Grund wieder ein, warum sie überhaupt zu Arjens Haus gegangen war. »Ich muss nach Hause«, sagte sie leise. »Lian wartet. Aber vorher muss ich dich noch etwas fragen.«

»Alles, was du willst, mein Herz.«

»Lian besitzt Zeichnungen, die ein neues Navigationsgerät beschreiben. Die Dänen warten darauf, es ist für sie kriegswichtig. Allerdings sind die Zeichnungen bei der Strandung unleserlich durch das Wasser geworden. Er muss sie neu zeichnen, aber das kann er nicht, weil ihm die rechte Hand fehlt. Er sucht jemanden, der sich damit auskennt.« Sie hielt inne, versuchte in Arjens Gesicht zu lesen. »Die Zeichnung muss nach Dänemark gebracht werden. Erst dann kann Lian von der Insel verschwinden, zurück in seine Heimat gehen.«

Arjen überlegte nicht lange. »Ich kann zeichnen, das weißt du. Ich werde kommen. Aber nicht bei Tag, sondern am Abend, wenn in Rantum alle Lichter verlöschen. Er wird noch immer gesucht, und noch immer ist das Kopfgeld auf ihn ausgesetzt. Wir dürfen ihn nicht unnötig in Gefahr bringen. Wenn du willst, dann können wir heute gleich mit der Arbeit beginnen.«

In diesem Augenblick spürte Jördis die Anspannung der letzten Wochen. Tränen lösten sich und strömten über ihre Wangen. Sie weinte vor Freude, weinte alle Anspannung weg und fühlte sich danach so erschöpft, als wäre sie von Rantum bis nach List und wieder zurückgelaufen.

Arjen hielt sie fest und flüsterte: »Es wird alles wieder gut.«

Fünfzehntes Kapitel

Ist sie fort?«, fragte der Vater, noch bevor er Inge begrüßte.

Sie öffnete die Tür, nicht gewillt, ihn einzulassen, doch er schob sie einfach zur Seite.

»Was wollte sie hier?«

Inge zuckte mit den Schultern. »Sie wollte uns besuchen, wie es unter Nachbarn üblich ist.«

Er lachte auf. »Das glaubst du doch selber nicht. Sie ist keine Nachbarin, sie ist eine Hexe.« Unaufgefordert ließ er sich auf einen Stuhl fallen. »Ich weiß alles«, sagte er. »Und diese Mal kriege ich sie. Gekommen bin ich nur, um dich zu warnen. Geh ihr aus dem Weg, sonst kann ich für nichts garantieren.«

»Wovon sprichst du?« Inge war auf der Hut.

»Ich spreche von der Hexe vom Eisland. Und ich spreche davon, dass sie den Gesuchten bei sich versteckt.«

Inge schüttelte den Kopf. »Das kann nicht sein. Die Dänen haben jedes Haus und jede Hütte durchsucht. Sie haben niemanden gefunden.«

Das beeindruckte den Pfarrer wenig. »Sie ist eine Hexe. Deshalb hat man den Fremden bis heute nicht gefunden. Aber ich bin ihr nachgegangen. Vorhin.

Sie ist zum Strand gerannt, und dein Mann ist ihr gefolgt.«

»Das dachte ich mir«, erklärte Inge und fühlte sich traurig und schuldbewusst.

»Als sie am Strand war, da bin ich zu ihrer Hütte gegangen. Ich habe durch das Fenster geschaut und einen Mann gesehen. Er saß am Tisch und fühlte sich offenbar ganz zu Hause.«

Inge erschrak. Sollte das Versteck im Sarg umsonst gewesen sein? Würde ihr Vater alles verraten?

»Das kann irgendwer gewesen sein«, gab sie zu bedenken, doch der Vater wischte die Einwände mit einer energischen Handbewegung zur Seite. »Ich weiß, was ich gesehen habe. Da war ein Mann, den ich nicht kannte. Wer soll es sonst gewesen sein als der Eisländer.«

Inge hob die Schultern. Sie wusste, dass sie jetzt ganz dringend eine Antwort brauchte, aber ihr fiel einfach nichts ein. »Vielleicht ein Mann aus Westerland oder aus List?«

Der Pfarrer hob den Finger. »Ich werde gleich morgen früh zum Landvogt nach Munkmarsch gehen. Soll er sich darum kümmern.« Er stand auf, musterte seine Tochter und rümpfte die Nase. »Du hast mir nicht viel Ehre gemacht«, stellte er mitleidlos fest. »Aber jetzt kannst du einiges wiedergutmachen. Halt den Mund! Sage niemandem ein Wort! Dann ist mir wenigstens das Kopfgeld sicher.« Er schlug ihr mit einer Hand leicht auf den Bauch. »Und siehe zu, dass du endlich ein Balg in die Welt setzt. Ich möchte nicht, dass du mich in ganz Rantum zum Gespött machst.« Mit diesen Worten wandte er sich um, und einen Augenblick später fiel die Tür hinter ihm ins Schloss.

Inge ließ sich auf die Küchenbank fallen und überlegte. Der Vater machte keine leeren Versprechungen. Er würde morgen nach Munkmarsch aufbrechen und den Fremden verraten. Es blieb also nichts anderes übrig, als ihn daran zu hindern. Aber wie? Sie überlegte und dachte nach, aber ihr fiel einfach nichts ein. Sie konnte dieses Problem nicht alleine lösen, also machte sie sich auf den Weg zu Jördis' Hütte.

Als sie klopfte, schraken Arjen, Jördis und Lian zusammen. Arjen, der die ganze Zeit über ganz dicht bei Jördis geblieben war, fragte: »Erwartest du jemanden?«

Jördis schüttelte den Kopf. Dann stand sie auf und öffnete.

»Entschuldige«, erklärte Inge, ohne sich lange mit einer Begrüßung aufzuhalten. »Ich weiß, dass du mich nicht sehen möchtest. Aber der Vater war da, er weiß von dem Eisländer. Gleich morgen früh will er nach Munkmarsch zum Landvogt. Ich habe keine Ahnung, wie ich ihn aufhalten könnte.«

Sie schöpfte Luft und betrachtete dann den Eisländer, der neben Arjen am Küchentisch saß und unverwandt auf ein Blatt Papier starrte. Vor Arjen stand ein Tintenfass, er selbst hielt einen Gänsekiel in der Hand. »Dein Vater? Wie hat er von Lian erfahren?«

Inge presste eine Hand auf ihr wild schlagendes Herz. »Er ist Jördis gefolgt und hat durch die Fenster der Hütte gespäht. Er weiß alles.« Erschöpft ließ sie sich auf einen Stuhl fallen. »Was sollen wir jetzt nur tun?«, fragte sie.

Arjen überlegte. »Den Dänen geht es nicht um Lian. Es geht ihnen um die Zeichnungen. Wir müssten dafür sorgen, dass der Pfarrer morgen die Zeichnungen mit nach Munkmarsch nehmen kann. Dann gewinnen wir Zeit. Soviel, dass wir Lian von der Insel bringen können.«

Jördis verzog den Mund. »Oder aber wir hindern ihn daran, überhaupt nach Munkmarsch aufzubrechen.«

»Wie willst du das anstellen?«, fragte Arjen.

»Ich weiß nicht, vielleicht muss er nur so viel Branntwein trinken, dass er morgen nicht rechtzeitig aus den Federn kommt.«

Inge schüttelte den Kopf. »Er ist gewarnt, er würde darauf nicht eingehen. Besser wäre es, die Zeichnungen zu haben.« Sie wandte sich an Arjen. »Meinst du, ihr schafft das?«

Arjen wiegte den Kopf. »Schaffen wir das?«, wollte er nun von Lian wissen.

Der Eisländer nickte. »Wenn wir uns beeilen, dann ja.«

Inge erhob sich und trat unschlüssig von einem Bein auf das andere. Sie hatte ihre Pflicht erfüllt, hatte die Botschaft überbracht. Nun war sie hier überflüssig, zudem hatte sie niemand zum Bleiben aufgefordert. »Ich gehe dann also«, sagte sie fragend und blickte zu Jördis.

Jördis betrachtete die dicke Frau, die einst ihre Freundin gewesen war. Sie sah den unförmigen Leib, die lockigen Haare, die verschwitzten Stellen an ihrem Kleid. Nein, Inge war nicht zu beneiden. Um nichts und aber nichts. Und als Jördis dies erkannt hatte, da verwandelte sich ihr Ärger über ihre einstige Freundin in Mitleid. Sie trat zu ihr, fasste nach ihrer Hand. »Du kannst bleiben, wenn du willst. Aber ich denke, es ist besser, wenn jemand den Pfarrer im Auge behält. Sobald die Zeichnungen fertig sind, bringe ich sie dir.

Du kannst deinem Vater dann sagen, du hättest sie in meiner Hütte gefunden. Nur die Zeichnungen, nicht aber den Mann.« Jördis wandte sich zu den Männern. »Wollen wir es so machen?«

Arjen und Lian nickten. Dann erhob Arjen sich und legte seiner Frau eine Hand auf die Schulter. »Ich danke dir sehr, Inge. Du bist ein gutes Weib.«

Unwillkürlich musste Inge lächeln, und das Lächeln machte ihr Gesicht lebendig und schön. Sie wandte sich zur Tür, als es erneut klopfte.

Tamme stand auf der Schwelle. »Ich wollte sehen, ob ihr etwas braucht«, erklärte er, und sein Blick huschte verwundert von einem zum anderen. »Oh, ich dachte nicht, dass hier eine Zusammenkunft stattfindet.«

Jördis nahm ihn beim Arm, zog ihn nach draußen, damit die beiden anderen ungestört arbeiten konnten. Mit wenigen Worten berichtete sie Tamme von dem, was Inge gesagt hatte. Dann bat sie ihn: »Vielleicht könntest du mit Inge wachen?« Sie sagte es fast flehend und war verblüfft, als Tamme erwiderte: »Nichts lieber als das.« Dann nahm er Inge bei der Hand und stapfte mit ihr über die Dünen davon.

»Du kannst ruhig nach Hause gehen, ich schaffe das schon alleine«, sagte Inge, als sie das Dorf erreicht hatten. Ihre Stimme klang ein wenig matt, doch ihr Blick war fest.

»Nein, ich bleibe bei dir«, erklärte Tamme.

Inge senkte den Kopf und kratzte mit der Fußspitze im harten Sand. »Ich weiß schon. Du traust mir nicht.

Du willst bei mir bleiben, um sicher zu sein, dass ich den Eisländer nicht verrate. Du kannst es ruhig zugeben. Es macht mir nichts aus.«

Tamme trat einen Schritt auf sie zu, umfasste ihr Gesicht mit beiden Händen und hob es an, so dass sie ihm in die Augen sehen musste. »Nein, Inge. Ich habe keine Angst, dass du jemanden verrätst. Ich vertraue dir, habe es immer schon getan. Das habe ich dir doch schon gesagt.«

Inge wirkte trotz seiner Worte unsicher, so, als befürchte sie, dass Tamme sogleich in höhnisches Gelächter ausbrechen würde.

»Ja. Ich vertraue dir«, wiederholte er leise, dann legte er seine Lippen ganz sanft auf ihren Mund. Sie schloss die Augen und war zutiefst verwundert über die Zärtlichkeit dieses Kusses. Noch nie zuvor war jemand so behutsam zu ihr gewesen. Sie erwiderte seinen Kuss, schmiegte sich an ihn. Und sie vergaß seinen Buckel und alles andere um sich herum. Sie wusste, dass sie darauf ihr ganzes Leben gewartet hatte. Auf diesen Kuss, der ihr das Blut wie Feuer durch die Adern jagte, ihren Leib wärmte, wie es nicht die prallste Sommersonne vermochte.

Schließlich löste sich Tamme von ihr und blickte ihr in die Augen. »Jetzt möchte ich mit dir schlafen. Aber nicht, weil du ein Kind bekommen sollst, dessen Vater ein anderer wäre, sondern weil ich der Vater deines Kindes sein möchte.« Er hielt inne, küsste Inge auf die geschlossenen Lider mit den zitternden Wimpern. »Der Vater deines Kindes und dein Mann. Willst du das auch?«

Inge hob den Kopf, sah die Zärtlichkeit und Liebe

in Tammes Augen und nickte. »Es ist zwar unmöglich, weil ich schon verheiratet bin, aber ich möchte trotzdem deine Frau sein und die Mutter deines Kindes.«

Der Morgen brach an, als Jördis zum Haus von Inge und Arjen eilte, die Zeichnungen fest an ihre Brust gepresst. Sie klopfte an die Tür und war nur ein wenig erstaunt, dass Tamme ihr öffnete. Sie wusste seit langem, dass er Inge liebte. Aber als sie Inge dann sah, riss sie vor Verblüffung die Augen auf. Inges Gesicht leuchtete in einem sanften Rot, das an einen frühsommerlichen Sonnenaufgang erinnerte. Ihre Augen glänzten wie Morgentau, das Haar legte sich in weichen Wellen um ihr Gesicht. Nie hatte Inge so sehr gestrahlt, nicht einmal als Braut vor dem Altar.

»Hier!« Sie reichte die Zeichnungen an Inge. »Bring sie deinem Vater.«

»Und der Eisländer?«, wollte Inge wissen.

Jördis überlegte kurz, dann entschloss sie sich, Inge zu vertrauen. »Arjen wird ihn mit einem Fischerboot rüber nach Amrum bringen. Von dort wird er auf ein Schmackschiff steigen und nach Amsterdam reisen. Von Amsterdam aus dürfte es ihm leichtfallen, ein Schiff zu finden, das ihn nach dem Eisland zurückbringt.«

»Und du?«, wollte Inge wissen. »Wirst du mit ihm gehen?«

Jördis ließ sich auf die Küchenbank sinken. Sie legte ihre Hände vor sich auf den Tisch. »Ich weiß es nicht. Ich muss mich entscheiden. Innerhalb der nächsten

Stunde muss ich wissen, wie mein Leben weitergehen soll.« Sie sagte es leise, und man konnte die Unschlüssigkeit in ihrer Stimme hören.

Inge legte ihr eine Hand auf den Unterarm. »Was treibt dich fort von hier?«

Jördis schluckte. »Ich liebe einen Mann, der einer anderen gehört. Bliebe ich hier, so sähe ich ihn jeden Tag, und die Sehnsucht nach ihm würde mich verzehren. Ginge ich nach Eisland, so könnte ich neu beginnen.« Sie lachte leise auf. »Vielleicht gibt es ja dort einen, der mich liebt und den ich lieben kann.«

»Du liebst Arjen noch immer?«, fragte Inge ganz leise.

Jördis nickte. »Ja. Das tue ich. Aber er ist dein Mann.«

Inge sah zu Tamme auf, ehe sie erwiderte: »Und ich liebe einen anderen Mann. Seit heute weiß ich, dass Tamme der Mann meines Herzens ist.«

Jördis lachte auf, aber es war ein verzweifeltes Lachen. »Wir lieben also beide Männer, die wir nicht haben können.« Sie erhob sich und legte die Zeichnung auf den Tisch. »Bring sie deinem Vater, aber noch nicht sofort, sondern warte, bis die Sonne aufgegangen ist. Lian sollte die Insel schon verlassen haben, ehe dein Vater sich auf den Weg nach Munkmarsch macht.«

Dann stand sie auf. »Ich sage euch Lebewohl, weil ich noch immer nicht weiß, was ich machen soll. Aber wenn ich auch zum Eisland gehe, werde ich euch nie vergessen.«

Inge stand ebenfalls auf, schlang die Arme um Jördis und drückte sie an sich. »Bleib«, bat sie. »Es wäre schön, dich als Freundin zu haben. Dieses Mal als echte Freundin. Bleib hier bei uns, denn hier gehörst du hin.«

Sechzehntes Kapitel

Als Jördis zurück in ihre Hütte kam, war Lian bereits fertig für die Reise. Er trug einen alten Ölmantel von Arjen, dazu seine Stiefel, eine feste Hose und ein Hemd, wie es die Sylter Männer zu besonderen Anlässen trugen. Nichts an ihm deutete darauf hin, dass er ein Eisländer war.

»Du bist bereit zur Abreise? Wo ist Arjen?«, wollte Jördis wissen.

»Er ist am Strand und macht das Fischerboot klar.«

Jördis nickte.

»Kommst du mit mir?« Lians Frage war leise gestellt, doch Jördis schien es, als dröhne die ganze Hütte davon.

»Soll ich denn?«, fragte sie. »Soll ich Sylt verlassen und mit dir in die Heimat meiner Vorfahren gehen? Ich weiß einfach nicht, was richtig ist.«

Lian lächelte sanft. »Ich würde für dich sorgen. Dir wird es an nichts mangeln. Das verspreche ich dir.«

»Aber? Ich höre ein Aber in deiner Stimme.«

»Du hast hier Freunde, sehr gute Freunde. Und Arjen liebt dich. Das kann ein Blinder sehen.«

»Doch er ist verheiratet«, gab Jördis zu bedenken.

»Für die Liebe gibt es immer einen Weg. Darauf

kannst du vertrauen. Wichtig ist nur, ob du ihn auch liebst.«

Plötzlich sah Jördis auf. Ihre Augen waren klar, ihre Stimme fest. »Ich liebe Arjen. Ich habe ihn immer geliebt und werde das auch in Zukunft tun. Egal, ob ich das möchte oder nicht. Man kann sich nicht aussuchen, wen man liebt, und man kann sich auch nicht aussuchen, wie lange die Liebe dauert.«

Sie holte tief Luft, dann streckte sie beide Hände nach Lian aus. »Ich bleibe. Und ich wünsche dir alles Gute auf dieser Welt.«

Lian zog sie an sich. »Ich danke dir für alles, was du für mich getan hast. Du hast mir das Leben gerettet. Ich stehe tief in deiner Schuld.« Er griff in seine Hosentasche und zog ein Lederbeutelchen daraus hervor. »Hier ist mein Futhark. Es ist vom bedeutendsten Runenmeister Eislands geweiht. Nimm du es.«

Jördis umschloss das Beutelchen mit der Faust und trat zurück. Dann schlüpfte Lian in seine Öljacke, strich ihr noch einmal kurz mit dem Daumen über die Wange. »Lebe wohl, Jördis. Ich werde dich nie vergessen.« Dann riss er die Tür auf und stapfte nach draußen.

Jördis sagte leise: »Und ich werde dich nie vergessen.«

Doch Lian war schon gegangen.

Wenig später stand Jördis auf dem Dünenkamm und blickte in Richtung Amrum. Das Fischerboot mit Arjen und Lian war nur noch als kleiner Punkt zu erkennen. Wehmut schlich sich in ihr Herz, aber auch Freude. Sie hatte sich entschieden. Sie würde bleiben, hier auf der Insel. Sie war eine Sylterin, auch wenn sie isländische Wurzeln hatte. Hier gehörte sie hin. Hier, an dieses Meer, an diesen Strand, in dieses Dorf. Sie würde hier stehen und warten. Warten, bis Arjen zurückkehrte. Sie würde auf den Dünen stehen wie die Seemannsfrauen und nach ihrem Mann Ausschau halten. Und zwischendrin würde sie beten, dass ihm nichts Böses geschähe.

Siebzehntes Kapitel

Die Kirche war voller als sonst. Alle Rantumer waren gekommen, weil der Landvogt sein Erscheinen angekündigt hatte. Er wolle den Rantumern danken, hieß es. Dafür, dass sie im Großen Nordischen Krieg eine entscheidende Rolle gespielt hatten. Ein Schreiben vom dänischen König habe er auch dabei, wurde an den Straßenecken gemunkelt, in dem der Gemeinde Rantum für ein ganzes Jahr sämtliche Steuern erlassen werden sollten. Außerdem sollten alle laufenden Gerichtsverfahren wegen Strandräuberei eingestellt werden.

So etwas hatte es noch nie auf Sylt gegeben. Die Rantumer wunderten sich, denn eigentlich hatten sie weder vom Großen Nordischen Krieg noch von ihrem wertvollen Beitrag dazu etwas gewusst. Einzig mit der Strandräuberei kannten sich die meisten aus.

Jördis, Inge, Arjen und Tamme waren zusammen gekommen. Sie setzten sich weit nach vorn. Inge bestand darauf, und als Pfarrerstochter hatte sie auch alles Recht dazu. Die anderen drei hätten lieber weiter hinten gesessen. Dort, wo der Blick des Pfarrers sie nicht treffen konnte, doch sie gaben Inge nach.

Immer mehr Leute strömten in die Kirche. Es waren

sogar welche aus Westerland gekommen, um zu erfahren, was in Rantum geschehen war. Dann spielte das Cembalo auf, und einige der alten Frauen stimmten mit ein: »Guter Gott, du großer König.«

Als das Lied verklungen war, erschien der Pfarrer. Normalerweise hatte er ein mürrisches Gesicht, stieg ohne Lächeln hinauf auf die Kanzel und donnerte los. Heute aber lächelte er. Ja, er blieb sogar stehen, und die Leute in den vorderen Bänken erzählten später, sein Lächeln sei liebevoll gewesen.

Er begab sich zum Landvogt, der mit seinem Sekretär und der holden Gattin ganz vorn in der ersten Reihe saß. Die beiden Männer reichten sich die Hand. Dann erklomm der Pfarrer die Kanzel. In der Kirche herrschte atemlose Stille. Alle Blicke waren auf den Mann gerichtet, der seiner Gemeinde bislang nur ein strenger Hirte gewesen war.

»Liebe Rantumer«, begann er, »vor wenigen Tagen ist es uns gelungen, dem Großen Nordischen Krieg zu einer entscheidenden Wendung zu verhelfen. Durch die Aufmerksamkeit der Rantumer Bürger war es möglich gewesen, kriegswichtige Dokumente aus der See zu bergen und an den dänischen König weiterzuleiten. Meine Tochter war es, die die Zeichnungen entdeckt hatte. Am Strand hat Inge sie gefunden, halb vergraben im Sand, und hat sie mir gebracht, so dass ich sie dem Landvogt überreichen konnte.«

Die Rantumer sahen sich auch verblüfft an. Die allermeisten wussten nichts von kriegswichtigen Dokumenten, aber das machte ihnen nichts aus, wenn ihnen doch die Steuerbefreiung zu Gute käme. Nun erhob sich der Landvogt und verlas einen Brief des

Dänenkönigs, in dem genau das stand, was die Rantumer schon an den Ecken getuschelt hatten. Am Ende, als die ersten schon aufstehen wollten, bat der Landvogt noch Inge und Arjen nach vorn vor den Altar. Er reichte den beiden die Hand und klopfte Arjen sogar auf die Schulter. Dann wandte er sich an die Gemeinde: »Das sind die Helden von Rantum. Das sind unsere Freunde und Nachbarn, auf die wir stolz sein können.«

Unvermittelt begannen die Rantumer zu klatschen. Einige warfen sogar ihre Mützen in die Höhe. Arjen lächelte ein wenig schief und wusste offensichtlich nicht, wohin mit seinen Händen. Inge aber stand ganz ruhig da. Um ihre Lippen blühte ein Lächeln. Der Beifall ebbte ab, und der Landvogt machte Inge ein Zeichen, Arjen zu folgen und sich zu setzen. Aber Inge blieb stehen. »Ich möchte etwas sagen«, erklärte sie laut und deutlich.

Der Pfarrer, der inzwischen die Kanzel verlassen hatte, zischte: »Setz dich hin, du hast hier nichts zu melden. Du nicht und auch kein anderer.«

Der Landvogt aber hielt ihn am Ärmel fest. »Ich möchte hören, was diese Rantumer Heldin zu sagen hat.« Er lächelte Inge aufmunternd zu, und sie lächelte zurück. Sie war aufgeregt. Ihre Lippen zitterten. Die Hände hielten den Stoff ihres Kleides umklammert. Doch dann begann sie: »Wie ihr alle wisst, bin ich die Ehefrau des Schmiedes Arjen. Wir führen keine glückliche Ehe, denn wir lieben uns nicht. Kinder werden wir deshalb wohl nie bekommen. Ich habe Arjen in diese Ehe gezwungen, habe dafür gesorgt, dass er Jördis, seine Verlobte, verlässt und mich heiratet.

Er tat es, um Jördis zu retten. Aber er liebt sie noch immer, und Jördis liebt ihn noch immer.« Sie senkte den Kopf. In der Kirche herrschte atemlos Stille. »Die beiden gehören zusammen. Ich möchte hier, vor dem Altar, Arjen freigeben und den Pfarrer bitten, unsere Ehe aufzulösen.«

Kaum hatte sie eine Pause gemacht, setzte Getuschel ein. Die Frauen steckten die Köpfe zusammen und flüsterten, die Männer sahen sich verdattert um. Viele von ihnen hatten ihre Frauen nicht aus lauter Liebe geheiratet. Die Liebe war mit der Zeit gekommen oder aber auch nicht.

Der Pfarrer stand hinter dem Altar und schnaufte. Sein hochroter Kopf zeigte an, dass er seiner Tochter am liebsten die Hände um den Hals gelegt hätte. Der Landvogt aber stellte sich neben sie. »Das weißt du ganz sicher?«, fragte er laut. »Du hast ihn wirklich gezwungen?«

Inge nickte. »Ja, ich weiß es ganz sicher. So sicher, wie ich Tamme liebe. Aber wenn ihr mir nicht glaubt, so fragt doch die Betreffenden.«

Der Landvogt blickte durch die Kirche, bis er Arjen erspähte. »Stimmt es, was sie sagt?«, wollte er wissen.

Arjen erhob sich, und mit ihm stand Jördis auf, und danach reckte sich auch Tamme aus der Kirchenbank. Arjen fasste nach Jördis Hand. »Es ist Unrecht geschehen in Rantum. Aber Inge hat recht. Wir sind nicht glücklich miteinander, weil wir jeweils andere lieben.« Er riss den Arm hoch, so dass alle Rantumer sehen konnten, dass er mit Jördis Hand in Hand stand. »Unrecht kann wiedergutgemacht werden. Wir bitten den Landvogt, unsere Ehe zu annullieren.«

Der Landvogt wandte sich an Tamme. »Und ist es auch richtig, was über dich gesagt wurde?«, wollte er wissen.

Tamme reckte den Hals und verkündete: »Ich liebe Inge und wünsche mir nichts sehnlicher, als dass wir Mann und Frau werden könnten.« Er warf einen kurzen Blick zum Pfarrer, der weiß vor Wut geworden war.

Plötzlich drehte sich der Landvogt um, er trat auf den Pfarrer zu und hob die Hände: »Nun, eine erzwungene Ehe ist keine gültige Ehe. Da, wo die Liebe spricht, soll das Gesetz schweigen.«

Epilog

Sylt, im Jahre 1714

Es war wieder einmal Herbst geworden, und die Frauen der Seefahrer stellten sich schon im Morgengrauen wie jedes Jahr auf die Dünen und hielten Ausschau nach den Schmackschiffen, die von Amsterdam oder Hamburg her kamen und ihre Ehegatten, Brüder, Liebsten oder Väter an Bord hatten. Alles Männer, die auf Walfang gewesen waren. Im Februar, nach dem großen Biikefeuer und dem Petritag, waren sie aufgebrochen, waren den Sommer über bis nach Spitzbergen oder Grönland gesegelt und hatten Wale gefangen. Sie waren in Stürme geraten und in Packeis, sie waren auf kleinen Schaluppen nahe an die Riesen des Meeres herangerudert und hatten unter Einsatz ihres Lebens Harpunen auf die Wale geworfen, sie hatten die toten Tiere zu ihrem Mutterschiff gezogen und waren dann halsbrecherisch auf ihnen herumgeklettert, um den Speck von den riesigen Knochen zu lösen. Sie hatten gefroren, sie hatten geschwitzt, sie hatten gelacht und geflucht und waren nun froh, endlich wieder nach Hause zu kommen. Es herrschte gute Stimmung auf den Schmackschiffen. Die Männer hatten die Taschen voller Geld, die Seemannskisten mit Geschenken gefüllt und freuten sich auf einen Winter, den sie mit Frauen und Kindern am Ofen verbringen konnten.

Auch Jördis und Inge hatten sich zu den Frauen gesellt. Sie standen Seite an Seite, und Inge hielt in ihren Armen ein winziges Menschenbündel, das hin und wieder lauthals krähte. »Sie ist groß geworden«, sagte Jördis und strich dem Säugling sanft mit dem Zeigefinger über die Wange.

»Ja, das ist sie«, erwiderte Inge stolz. »Tamme wird staunen, wie sehr sie in den letzten Wochen gewachsen ist. Als er mit Arjen nach Amsterdam aufgebrochen ist, habe ich sie noch zu jeder Mahlzeit gestillt. Jetzt kann sie schon ab und an ein Löffelchen Grütze vertragen.«

Jördis nickte. »Ich hoffe, unsere Männer werden reichlich Aufträge mitbringen. Es sei denn, Tamme wird die Arbeit in der Schmiede zu viel …«

»Mach dir darüber keine Sorgen. Tamme arbeitet gern mit Arjen zusammen. Die großen Teile kann er zwar nicht bearbeiten, aber er kann sehr gut die Kochtöpfe der Sylterinnen ausbeulen, kann Türklopfer und all die anderen Kleinigkeiten herstellen. Und natürlich den Sextanten.« Sie wandte sich zu Jördis, griff nach deren Hand. »Ich bin so froh, dass alles so gekommen ist. Ich bin so froh, dass Tamme bei Arjen arbeiten kann, so dass wir unseren Lebensunterhalt nicht mehr mit Strandraub bestreiten müssen. Ich weiß gar nicht, wie ich euch danken kann.«

Jördis zuckte mit den Schultern. »Arjen sagt, Tamme ist ein hervorragender Schmied. Er kann sich gar nicht mehr vorstellen, wie es war, ohne ihn zu arbeiten.«

»Das haben wir Lian zu verdanken«, bemerkte Inge und wiegte ihr Kind in den Armen.

»Ja, da hast du recht. Wenn er uns nicht nach seiner Rückkehr nach dem Eisland die richtigen Zeichnungen geschickt hätte, hätten Arjen und Tamme daraus kein neuartiges Navigationsgerät bauen können.«

Inge nickte. »Ich habe zwar noch immer nicht verstanden, wie der Sextant genau funktioniert, aber Tamme ist davon so begeistert, dass er an manchen Abenden über nichts anderes spricht. Ich bin sicher, unsere Männer werden in Amsterdam einige davon verkauft haben. Und wahrscheinlich noch volle Auftragsbücher mit nach Hause bringen.«

Plötzlich kam Unruhe auf. Die Frauen, die mit ihnen auf den Dünen standen, begannen zu tuscheln. Am Horizont war ein Schmackschiff aufgetaucht. Einige holten ihre Bürsten aus der Tasche und fuhren sich durch das windzerzauste Haar. Andere strichen noch einmal über ihre Kleider. Junge Mütter spuckten auf Taschentücher und putzten den Kleinen die Rotznasen. Alte Frauen richtete die gekrümmten Rücken auf, um das Schiff erkennen zu können.

Inge griff nach Jördis' Hand und drückte sie kurz. »Ich bin so froh, dass das Leben nun so ist, wie ich es mir immer gewünscht habe.«

Jördis erwiderte den Händedruck. »Das bin ich auch.« Dann legte sie eine Hand auf ihren hochgewölbten Bauch und streichelte ihn.

»Wisst ihr schon, wie ihr euer Kind nennen wollt?«, fragte Inge.

Jördis nickte. »Wenn es ein Mädchen wird, dann soll sie Nanna heißen. Wird es ein Junge, so wollen wir ihn Lian nennen.«